中国艺术研究院
基本科研业务费项目

中国艺术研究院学术文库
主　编　王文章　周庆富

曹禺探知录

田本相　著

北京时代华文书局

图书在版编目（CIP）数据

曹禺探知录 / 田本相著 . -- 北京：北京时代华文书局 , 2025.6
（中国艺术研究院学术文库 / 王文章，周庆富主编）
ISBN 978-7-5699-5130-1

Ⅰ . ①曹… Ⅱ . ①田… Ⅲ . ①曹禺（1910-1996）－话剧－戏剧文学－文学研究 Ⅳ . ① I207.34

中国国家版本馆 CIP 数据核字 (2024) 第 063951 号

CAO YU TANZHILU

出 版 人：陈　涛
责任编辑：宋启发　刘显芳
装帧设计：周伟伟
责任印制：刘　银　訾　敬

出版发行：北京时代华文书局 http://www.bjsdsj.com.cn
　　　　　北京市东城区安定门外大街 138 号皇城国际大厦 A 座 8 层
　　　　　邮编：100011　电话：010-64263661　64261528

印　　刷：三河市嘉科万达彩色印刷有限公司
开　　本：710 mm×1000 mm　1/16　　　成品尺寸：170 mm×240 mm
印　　张：25.25　　　　　　　　　　　　字　　数：370 千字
版　　次：2025 年 6 月第 1 版　　　　　　印　　次：2025 年 6 月第 1 次印刷
定　　价：98.00 元

版权所有，侵权必究
本书如有印刷、装订等质量问题，本社负责调换，电话：010-64267955。

"中国艺术研究院学术文库"编辑委员会

主　编　王文章　周庆富

副主编　喻　静　李树峰　王能宪

委　员　王　馗　牛克成　田　林　孙伟科
　　　　李宏锋　李修建　吴文科　邱春林
　　　　宋宝珍　陈　曦　杭春晓　罗　微
　　　　赵卫防　卿　青　鲁太光
　　　　（按姓氏笔画排序）

编辑部

主　任　陈　曦

副主任　戴　健　曹贞华

成　员　马　岩　刘兆霏　汪　骁　张毛毛
　　　　胡芮宁　（按姓氏笔画排序）

"中国艺术研究院学术文库"再版序

周庆富

由中国艺术研究院策划、北京时代华文书局出版的大型系列丛书"中国艺术研究院学术文库",历经十余载,陆续出版近150种,逾5000万字,自面世以来取得了很好的社会反响。这套丛书以全景集成之姿,系统呈现了中国艺术研究院新一代学者在文化强国征程中,承继前海学术传统,赓续前辈学术遗产的共同追求,也展现了学者们鲜明的研究个性和独特的学术风格,勾勒出我国当代文化艺术从理论研究到实践探索的发展脉络,对推进中国艺术学学科体系、学术体系、话语体系建设具有重要的史料价值和学术价值。

北京时代华文书局意将整套丛书再版,并对装帧、版式等进行重新设计,让这一系列规模庞大、内容广博的研究成果持续发挥它应有的作用,这无疑是一件好事!衷心祝愿"中国艺术研究院学术文库"再版成功!中国艺术研究院的学者们也将继续以饱满的学术热情,将个人专长与国家需要紧密结合,不断为新时代文化艺术繁荣发展,为文化强国建设贡献智慧和力量。

2024年12月20日

总　序

王文章

以宏阔的视野和多元的思考方式，通过学术探求，超越当代社会功利，承续传统人文精神，努力寻求新时代的文化价值和精神理想，是文化学者义不容辞的责任。多年以来，中国艺术研究院的学者们，正是以"推陈出新"学术使命的担当为己任，关注文化艺术发展实践，求真求实，尽可能地从揭示不同艺术门类的本体规律出发做深入的研究。正因此，中国艺术研究院学者们的学术成果，才具有了独特的价值。

中国艺术研究院在曲折的发展历程中，经历聚散沉浮，但秉持学术自省、求真求实和理论创新的纯粹学术精神，是其一以贯之的主体性追求。一代又一代的学者扎根中国艺术研究院这片学术沃土，以学术为立身之本，奉献出了《中国戏曲通史》《中国戏曲通论》《中国古代音乐史稿》《中国美术史》《中国舞蹈发展史》《中国话剧通史》《中国电影发展史》《中国建筑艺术史》《美学概论》等新中国奠基性的艺术史论著作。及至近年来的《中国民间美术全集》《中国当代电影发展史》《中国近代戏曲史》《中国少数民族戏曲剧种发展史》《中国音乐文物大系》《中华艺术通史》《中国先进文化论》《非物质文化遗产概论》《西部人文资源研究丛书》等一大批学术专著，都在学界产生了重要影响。近十多年来，中国艺术研究院的学者出版学术专著在千种以上，并发表了大量的学术论文。处于大变革时代的中国艺术研究院的学者们以自己的创造智慧，在时代的发展中，为我国当代的文化建设和学术发展做出了当之无愧的贡献。

为检阅、展示中国艺术研究院学者们研究成果的概貌，我院特编选出版"中国艺术研究院学术文库"丛书。入选作者均为我院在职的副研究员、研究员。虽然他们只是我院包括离退休学者和青年学者在内众多的研究人员中的一部分，也只是每人一本专著或自选集入编，但从整体上看，丛书基本可以从学术精神上体现中国艺术研究院作为一个学术群体的自觉人文追求和学术探索的锐气，也体现了不同学者的独立研究个性和理论品格。他们的研究内容包括戏曲、音乐、美术、舞蹈、话剧、影视、摄影、建筑艺术、红学、艺术设计、非物质文化遗产和文学等，几乎涵盖了文化艺术的所有门类，学者们或以新的观念与方法，对各门类艺术史论做了新的揭示与概括，或着眼现实，从不同的角度表达了对当前文化艺术发展趋向的敏锐观察与深刻洞见。丛书通过对我院近年来学术成果的检阅性、集中性展示，可以强烈感受到我院新时期以来的学术创新和学术探索，并看到我国艺术学理论前沿的许多重要成果，同时也可以代表性地勾勒出新世纪以来我国文化艺术发展及其理论研究的时代轨迹。

中国艺术研究院作为我国唯一的一所集艺术研究、艺术创作、艺术教育为一体的国家级综合性艺术学术机构，始终以学术精进为己任，以推动我国文化艺术和学术繁荣为职责。进入新世纪以来，中国艺术研究院改变了单一的艺术研究体制，逐步形成了艺术研究、艺术创作、艺术教育三足鼎立的发展格局，全院同志共同努力，力求把中国艺术研究院办成国内一流、世界知名的艺术研究中心、艺术教育中心和国际艺术交流中心。在这样的发展格局中，我院的学术研究始终保持着生机勃勃的活力，基础性的艺术史论研究和对策性、实用性研究并行不悖。我们看到，在一大批个人的优秀研究成果不断涌现的同时，我院正陆续出版的"中国艺术学大系""中国艺术学博导文库·中国艺术研究院卷"，正在编撰中的"中华文化观念通诠""昆曲艺术大典""中国京剧大典"等一系列集体研究成果，不仅展现出我院作为国家级艺术研究机构的学术自觉，也充分体现出我院领军国内艺术学地位的应有学术贡献。这套"中国艺术研究院学术文库"和拟编选的本套文库离退休著名学者著述部分，正是我院多年艺术学科建设和学术积累的一个集中性展示。

多年来，中国艺术研究院的几代学者积淀起一种自身的学术传统，那就是勇于理论创新，秉持学术自省和理论联系实际的一以贯之的纯粹学术精神。对此，我们既可以从我院老一辈著名学者如张庚、王朝闻、郭汉城、杨荫浏、冯其庸等先生的学术生涯中深切感受，也可以从我院更多的中青年学者中看到这一点。令人十分欣喜的一个现象是我院的学者们从不故步自封，不断着眼于当代文化艺术发展的新问题，不断及时把握相关艺术领域发现的新史料、新文献，不断吸收借鉴学术演进的新观念、新方法，从而不断推出既带有学术群体共性，又体现学者在不同学术领域和不同研究方向上深度理论开掘的独特性。

在构建艺术研究、艺术创作和艺术教育三足鼎立的发展格局基础上，中国艺术研究院的艺术家们，在中国画、油画、书法、篆刻、雕塑、陶艺、版画及当代艺术的创作和文学创作各个方面，都以体现深厚传统和时代特征的创造性，在广阔的题材领域取得了丰硕的成果，这些成果在反映社会生活的深度和广度及艺术探索的独创性等方面，都站在时代前沿的位置而起到对当代文学艺术创作的引领作用。无疑，我院在文学艺术创作领域的活跃，以及近十多年来在非物质文化遗产保护实践方面的开创性，都为我院的学术研究提供了更鲜活的对象和更开阔的视域。而在我院的艺术教育方面，作为被国务院学位委员会批准的全国首家艺术学一级学科单位，十多年来艺术教育长足发展，各专业在校学生已达近千人。教学不仅注重传授知识，注重培养学生认识问题和解决问题的能力，同时更注重治学境界的养成及人文和思想道德的涵养。研究生院教学相长的良好气氛，也进一步促进了我院学术研究思想的活跃。艺术创作、艺术教育与学术研究并行，三者在交融中互为促进，不断向新的高度登攀。

在新的发展时期，中国艺术研究院将不断完善发展的思路和目标，继续培养和汇聚中国一流的学者、艺术家队伍，不断深化改革，实施无漏洞管理和效益管理，努力做到全面协调可持续发展，坚持以人为本，坚持知识创新、学术创新和理论创新，尊重学者、艺术家的学术创新、艺术创新精神，充分调动、发挥他们的聪明才智，在艺术研究领域拿出更多科学的、具有独创性的、充满鲜活生命力和深刻概括力的研究成果；在艺术创作领域推出更多具有思想震撼力和艺术感染力、具有时代标志性和代表性的精品力作；同时，培养更多德才兼备的优秀青年人才，真正把中国艺术研究院办成全国一流、世界知名的艺术研究中心、艺术教育中心和国际艺术交流中心，为中华民族伟大复兴的中国梦的实现和促进我国艺术与学术的发展做出新的贡献。

2014年8月26日

目 录

自序 / 1

第一编 论文

《雷雨》《日出》的艺术风格 / 3

关于曹禺的早期创作 / 18

杰出的时代戏剧诗人
　　——为祝贺曹禺从事戏剧活动六十五周年而作 / 31

曹禺的诗化现实主义
　　——《曹禺全集·前言》 / 41

曹禺及其在世界上的地位和影响
　　——为纪念曹禺先生诞辰九十周年而作 / 60

曹禺的苦闷
　　——2001年9月2日在中国现代文学馆的演讲 / 69

曹禺戏剧节与《曹禺与中国》 / 91

曹禺的贡献
　　——为纪念中国文联六十周年而作 / 96

伟大的人文主义戏剧家曹禺
　　——为纪念曹禺百年诞辰而作 / 104

一个渴望自由的灵魂
　　——为纪念曹禺百年诞辰而作 / 114
曹禺和北京人艺 / 124
曹禺晚年悲剧性的探知 / 130

第二编　剧评

《北京人》观后 / 145
《原野》的创作 / 147
《雷雨》演出的新面目 / 159
非经典非《原野》的解构行动？ / 163
《雷雨》导读 / 170
全本《雷雨》的意义和价值 / 176
《雷雨》的启示 / 180
喜看台版《原野》谱新曲 / 183
《原野》琐谈 / 187
津版《原野》，一台表现主义的演出 / 190
津版《原野》的价值和意义 / 192
关于《原野》的通信 / 197
王延松执导曹禺三部曲的启示 / 199
《雷雨》的诞生 / 208
回归到《雷雨》的原点再出发
　　——为纪念《雷雨》发表八十周年而作 / 218
论《雷雨》的典范性
　　——为纪念《雷雨》发表八十周年而作 / 224

第三编　研讨

曹禺是谁，你们知道吗？／237

苦闷的种子／239

曹禺的表演艺术天才／242

曹禺·《玄背》·郁达夫／245

震撼平津的《财狂》／248

艺术的发现

　　——《雷雨》的创作／251

《日出》·萧乾·《大公报》／254

我和曹禺／258

说不尽的曹禺

　　——在南开大学曹禺研究国际学术讨论会上的开幕词／261

曹禺的地位和意义

　　——在河北师范大学曹禺学术研讨会上的开幕词／263

把曹禺的研究再提升一步

　　——在潜江曹禺国际学术研讨会上的开幕词／268

曹禺的当代性

　　——在潜江曹禺国际研讨会上的开幕词／270

第四编　怀念

曹禺同志生平／275

悼曹禺／278

曹禺和戏曲

　　——悼曹禺先生／285

曹禺的意义
  ——悼念曹禺先生 / 288

深情的纪念　无尽的追思
  ——纪念曹禺逝世一周年 / 292

怀念曹禺先生 / 296

最是曹禺鼎盛时
  ——曹禺在重庆 / 306

第五编　序跋

《〈北京人〉导演计划》序 / 311

《曹禺戏剧的剧场性研究》序 / 318

一颗诗心铸《原野》
  ——王延松《我要把〈原野〉变一个演法》序 / 322

《戏剧解读与心灵图像》序 / 328

第六编　剧作

《弥留之际》/ 345

深挚的怀念
  ——《弥留之际》写作后记 / 383

自　序

多年来，就想着将写的有关曹禺的论评，收集起来。

恰好有这样一个机会，就请我的儿子阿鹰帮我编辑起来。这个集子大体上记录了学习曹禺、研究曹禺的过程，前前后后几十年。

如果说我有什么体会，还是那句老话，曹禺是说不完的。

我研究曹禺，大体是三个阶段。第一个阶段，是为曹禺在中国话剧史上的地位而论说，理论核心是讨论他的现实主义戏剧创作的成就。这以《曹禺剧作论》为代表。第二阶段，用一个新的关键词——诗化现实主义来概括，他将现实主义同中国的诗化的传统、现代主义等融合起来。第三阶段，即在纪念他的百年诞辰时，我以"伟大的人文主义艺术家"来概括他的成就。这些，对我来说，都意味着对曹禺认识的深化。而一篇《曹禺晚年悲剧性的探知》，则我认为比较客观地回答了他晚年的生活和创作的悲剧性。

我也关注着曹禺剧作的演出。我不能夸大理论的作用，但是王延松的确从曹禺的研究成果中得到启发，或者说点燃了他的灵感，使他在导演《雷雨》《日出》《原野》三部曲中，将曹禺的演出提升到一个新的阶段。所以说，曹禺的剧作也是演不完的。如果，我批评了一些演出，那也是作为一种学术探讨。

我赞成曹禺先生说的，批评家和作家是一种"知心"的关系。他引用《诗经》中的"他人之心，予忖度之"，太恰当了。"知心"才有恳切的批评，才有衷心的赞许，而这一切是需要真诚，需要学术的良心。

这些文章，可以说是对曹禺及其剧作的探知记录，所以就把这个集子称作是《曹禺探知录》。

不是客套，很希望得到专家和读者的批评指正。

2015 年 8 月 25 日

于北京东郊罗马嘉园

第一编　论文

《雷雨》《日出》的艺术风格

曹禺的剧作——《曹禺剧作选》，又和广大读者见面了。其实，在"四人帮"的禁止下，它仍然拥有广泛的读者。人们是喜爱曹禺的剧本的。其原因不仅由于曹禺的剧作"记载和暴露了黑暗、丑恶的旧社会，使今天的读者了解一些过去，从而更加热爱我们的新社会"（《曹禺剧作选·后记》）；而且由于它的杰出艺术成就，它所凝结的戏剧创作的宝贵经验，至今仍能给我们提供可珍惜的启示和借鉴。本文试就《雷雨》《日出》的艺术风格作些初步探讨。

一

曹禺是一位有着巨大热情的作家。他特有的思想、热情的特色，不但决定着他的创作风貌，更使他的作品具有一种格外动人心弦的艺术力量。

在某种意义上说，任何杰出的作品都不是用笔墨写成的，而是作家用他的生命，用他的高尚灵魂，用他全部的感情写成的。曹禺创作《雷雨》《日出》时，不可遏止的"被压抑的愤懑"推动着他，心中汹涌着一股巨大的情感的流，他甚至说："写《雷雨》是一种情感的需要。"（《雷雨·序》）他写《日出》同样是出于"终于按捺不住"的"一腔愤懑"。光怪陆离的社会黑暗现实，"梦魇一般的可饰的人事"，这些都"化成多少严重的问题，死命地突击着我。这些问题灼热我的情绪，增强我的不平之感，有如一个热病患者"（《日出·跋》）。《雷雨》《日出》都是在强烈的责任感支配下，在这灼热的情绪和按捺不住的愤懑中创作出来的。艺术，本来就是对现实生活的一种具有情感的形象反映。对革命的先进的事物的崇敬、赞美，对反动的丑恶的事物的愤怒、仇恨，是艺术创作的强烈推动力。缺乏真情实感，不可能产生动人的艺术；缺乏真情实感的作品，更不可能企望打动读者的感情。曹禺的巨大热情在《雷雨》《日出》中激荡着，使你感到他的作品好像都矗立着巨大的感情支柱，支撑着他戏剧艺术的大厦。这种激越的热情，拨动着读者和观众的心灵。

曹禺在总结《雷雨》《日出》创作体会的文章中，一再提到他在创作过程中所产生的"原始的情绪"、"情感的憧憬"以及"情感的发酵"等等。不可否认，在这些文章中或多或少蒙上了一层艺术神秘的薄雾。但是，只要拨开这层神秘的薄雾，所谓情感的憧憬和发酵，都生动地描绘了形象思维的过程总是伴随着感情的激荡而进行的。人物、情节在情感的潮水中浮现着、孕育着、骚动着。"我初次有了《雷雨》一个模糊的影像的时候，逗起我的兴趣的，只是一两段情节，几个人物，一种复杂而又原始的情绪。"（《雷雨·序》）所谓"情感的发酵"，正是在思想感情的升腾鼓荡中人物形象的诞生过程。可以说，没有沸涌着的热情，就没有真正形象思维，也就不可能诞生感人的艺术形象。曹禺把自己的热情熔铸于人物塑造、情节提炼和环境氛围的创造之中，无处不流淌着倾注着他的热烈的情感。

作家的思想是有个性的，为作家的思想所支配的热情也是有个性的。作家思想感情的个性不能不决定着他的创作风格。别林斯基曾说："戏剧就其本质来说，最是充满热情的。"还说："伟大诗人的作品无论怎样繁多怎样不同，每一篇都有自己的生命，从而有其自己的热情。"（《别林斯基论文学》，第54、55页）曹禺是有着他"自己的热情"的。他的巨大的热情特色，表现在《雷雨》《日出》中，它好像是在"黑暗的坑"中挣扎的呐喊，是在"残酷的井"中拼命逃脱所爆发出来的呼号。"被压抑的愤懑"，焦灼，痛苦和苦闷都一起注入作品之中。弥漫于《雷雨》《日出》中的是一种暴风雨来临前夕的郁闷和烦躁的情绪，是大地震即将到来时的骚动不安的气氛。这些透露在创作风格上，表现为紧张、热烈而激荡。这种风格特色，使人明确而毫不含糊地分辨出它是曹禺的戏，而决不是另一个人的。

曹禺的热情使得他的作品具有浓郁的抒情特色和诗的意味。可以说，他写出了诗的戏剧，戏剧的诗。他的热情透过人物的台词迸涌而出，每个人物都卷入了感情的旋涡之中，性格自身的矛盾也表现为情感的矛盾，人物性格之间的矛盾冲突也激起飞溅的感情浪花。他的热情也注入情节的提炼和组织之中，表现为高度的紧张性，生动而丰富的情节为人物提供着抒其感情展其内心的机遇。他创造着一个情景交融的环境和氛围，无论是《雷雨》和《日出》，都有着一个诗意的境界。

泰纳曾指出，巴尔扎克的"灵魂和行为的每一部分都在他所思考的和写作的东西上留下了印痕"（《巴尔扎克论》）。曹禺自己的热情、风格等等，无疑也都会打着他世界观的烙印。既然他是写自己对时代和社会的真实感受，那么，在他对社会和时代的独特的理解和感受中，自必有着他的优长和短处，而这些又辩证地统一于曹禺的世界观里。曹禺写《雷雨》《日出》时，不过是个二十多岁的青年。当时，他还没有找到马克思主义。他对黑暗社会的"残忍"和"冷酷"充满义愤，他对一件件"不公平的血腥的事实"焦灼不安。《雷雨》《日出》中所表现的雷雨来临前夕的令人窒息的气氛，所透露出来的动荡不安的空气，它确实反映了二十世纪三十年代暂时处于革命低潮的中国正酝酿着一场大变动的社会气氛。但是，也反映着作家由于对中国革命的任务、对象和动力缺乏正确理解而带来的苦闷。他所塑造的人物，也都有着他自己的热情的标志，在人物身上凝结着他的爱和恨，血和泪，体现着他对人物的思想的感情的评价。但是，无论是《雷雨》中的蘩漪、鲁侍萍、四凤等，还是《日出》中的陈白露、翠喜、小东西、李石清、黄省三等，似乎都有着这样的特征：这些人无论"怎样的呼号也难逃脱这黑暗的坑"，也难跳出"残酷的井"。他们挣扎着，争执着，"而不知千仞的深渊在眼前张着巨大的口"。于是，越是挣扎越是陷在死亡和悲惨的命运里。具有不可摆脱的悲剧命运的人物，组成了曹禺自己的形象画廊。这些人物的命运，的确"暴露大家庭的罪恶"，揭露着那"损不足以奉有余"的社会。但是，人物不可挣脱的命运，反映着他"当时思想上的苦闷，徘徊以至犹豫，因此它们就没有，也不可能明确地指出活着的人的生路"（《曹禺剧作选·后记》）。顺便提到的是，有人把曹禺的剧作说成是批判现实主义的，这并不是十分准确的评价。《雷雨》《日出》所表现出来的彻底反封建主义的精神，对资产阶级的揭露，对"日出"的向往，对工人的热切期望，仍闪耀着为我们党所领导的新民主主义革命的时代亮色，并且继承了"五四"以来文学的战斗传统，都并非批判现实主义所能概括。曹禺创作的独特艺术风格，有着那个时代的色彩，战斗的风貌。

二

曹禺的创作风格，透露在人物塑造上则是着意揭示人物的内心世界，赋予人物以浓厚的抒情色彩。

曹禺曾说："作为一个戏剧创作人员，多年来，我倾心于人物。我总觉得写戏主要是写'人'；用心思就是用在如何刻画人物这个问题上。而刻画人物，重要的又在于揭示人物的内心世界——思想和感情。人物的动作、发展、结局，都是来源于这一点。"（《看话剧〈丹心谱〉》）这确是他多年创作实践的总结。人物的思想感情决定着人物的行动，越是把人物的内心世界充分揭示出来，越能刻画出人物性格的特征。曹禺在《雷雨》《日出》的人物塑造中，从揭示人物的内心世界出发，严格遵循着人物的思想感情的发展逻辑，写出人物的行为、发展和结局。周蘩漪是一个内心有着"火炽的热情"，热烈地追求自由的人物。但是周公馆的环境却像铁箍一样把她紧紧地束缚住。尽管她对周朴园的专横和冷酷充满着厌恶愤恨，却又不得摆脱。十八年，她被关闭在令人窒息的生活圈子里，强烈地渴望得到自由的呼吸。于是，她把挣脱的希望寄托在周萍身上。她死死地抓住周萍不放，表现了一种阴鸷性的爱。但是，周萍却是一个懦弱者，偏又拼命地摆脱她。"阴沟里讨着生活却心偏天样高"，这样，不可摆脱的被压抑的愤懑，不可得到的爱情和自由，使得她绝望而疯狂起来，导致了她的悲剧的结局。在这里，人物性格自身的矛盾，也表现为内心深处的巨大的感情冲突，似乎人物也成为某种感情的化身。伴随着人物感情的升沉潮汐，人物的性格得到充分的展现，产生着感人的艺术力量。

让人物"在情感的火坑里打着昏迷的滚"，这是曹禺揭示人物内心世界的特色。他既然认为许多人物都有着不可摆脱的悲剧命运，因此，他就充分展现人物的不可摆脱的命运所带来的感情的痛苦性。黑暗的社会制度所强加的重压的残忍和冷酷，都透过人物，情感上的折磨和痛苦反映出来。鲁侍萍被周朴园蹂躏的命运已是十分悲惨了，打击也是格外沉重的。谁料到三十年后，不但她自己又由于和周朴园重见而勾起久沉心底的怨恨，而且她的女儿四凤又在重蹈着她的命运，在旧的未解的怨恨上又增添了更沉重的打击和感情上的痛苦。曹禺曾说："在不重要的地方只几笔交代过，在需要大段抒发人物感情的地方抓住不放。"（《曹禺创作生活片断》）鲁侍萍的几场戏：在周公馆同周朴园旧地重见；在雷声闪电中要四凤起誓不见周家的人；得知四凤已经怀孕三月，她的惊疑、惧怕、担心、痛苦和怨恨都异常深刻地表现了"在情感的火坑里"受着折磨的残酷性质。正是这样的人物的抒情，控诉着社会制度强加给她的不公平的命运，也控诉着社会的黑暗和冷酷。富有情感的艺术形象感动着读者，蕴藉着深厚的思想力量。

曹禺人物塑造的杰出之处，还在于他善于刻画人物性格的丰富性和多面性。性格的丰富性，同样是通过对人物内心世界的开掘而展现出来的。

陈白露是一个堕入资产阶级生活圈子而不能自拔的人物。但是，曹禺没有把她的性格简单化。作为一个交际花，她出卖着自己，整天同潘月亭这些人物厮混，但是她却同情着小东西的遭遇。她决不同意和方达生结婚，而偏偏叫他留下来，为的是"想想我们以往的感情"。她既认为"我同他们一样爱钱，想法子弄钱"，深受着金钱哲学的支配，但她对可以满足其金钱要求的潘月亭，却总是表现了厌恶、嘲讽甚至戏弄。这一切看来都是矛盾的，但这些又都表现了她不得不向黑暗的残酷的现实妥协，不得不出卖自己的处境；同时，又深刻地揭示了她毕竟是个铜臭浸透了灵魂，堕落了的资产阶级女性。

她的悲剧性格的本质是透过多面性的表现而展示出来的，因此，更为真实，更为令人信服。周朴园是作者鞭笞的人物。这个双手沾满了工人鲜血的资本家，在家庭里也是专横独断的暴君。就是这样的一个人物，作者却写了他吃斋念佛。他可以在家里保留着三十年前被他蹂躏后而抛弃的侍女鲁侍萍的种种习惯，并把她的照片摆在案上，似乎是"真诚"地纪念着被他蹂躏而抛弃的女人，当他再次见到鲁侍萍时更慷慨地拿出大笔金钱奉送她。这些，看来也是十分矛盾的。但是，正是这些看来"真诚"、"慈善"、"道德"、"慷慨"、"人情"的地方，都深刻地揭示了周朴园丑恶灵魂的多面性的统一。作者越是表现他的"真诚""道德"的地方，越是无情地揭露出剥削阶级的"真诚"的伪善，这种伪善恰是剥削阶级本性的表现形式。人物性格的丰富性，所以真实，是因为没有把人物搞成概念的化身。人物的典型性通过丰富的个性表现出来，反而更加深刻地表现了性格中本质的东西。

　　人物性格的丰富性，是在多面的错综复杂的人物关系的描写中完成的。曹禺的创作风格特色，在于写性格的冲突时都着意突出其感情上的巨大冲突。凡是在那些性格的矛盾展开搏斗的地方，都使之各抒其情。因此，在跌宕起伏的性格冲突中，人物的感情潮水也随之激起澎湃的浪涛。李石清的性格丰富性，是在同潘月亭、黄省三、李太太的多面的性格冲突中展现的。没有黄省三，就看不出李石清的狠辣和无情；没有潘月亭，就刻画不出李石清的狡黠、无毒不丈夫的特征；没有李太太就写不出李石清不顾一家老小的铁石心肠，而这些都深刻揭示了他一心向上爬的内心世界。这些写法同脸谱化概念化是绝缘的。性格的多面冲突，着重又揭示其感情的冲突，这就使性格的矛盾有着浓重的感情色彩。周繁漪同周朴园的性格冲突，着重表现为周朴园的冷酷无情和周繁漪的被压抑的愤懑之间的感情冲突。周繁漪同周萍的性格冲突，则更多地表现为周萍的拼命摆脱而产生的厌烦悔恨和周繁漪死死抓住他的阴鸷爱情之间的感情冲突。这样的戏剧冲突，不但引人入胜，而且动人心魄。在情感的激荡中，人物的内心世界的丰富性得到完美的表现。

　　只有十分熟悉自己笔下的人物，才能深入内心世界的堂奥。曹禺对他的人物感情脉搏和心理细微的变化,都有着精细的研究。他在《雷雨·序》中曾告诫扮演此剧人物的演员说:"一个雕刻师总先摸清他的材料有哪些弱点,才知道用起斧子时哪些该加谨慎。所以演员们也应该明了这几个角色易碎的地方。这几个角色没有一个是一具不漏的网,可以不用气力网起观众的称赞。"曹禺就是一个熟悉自己的人物并善于塑造人物性格的雕刻师。他不但善于用浓重的笔触勾勒人物性格的轮廓,而且精于用工笔把人物的行为举动的理性根据和分寸,感情的波纹,心理的微妙,内在的韵味都准确而细微地加以刻画。失去了这些,就失去了人物性格的特征,破坏了人物性格的完整性。萎缩而贪婪、卑躬而尖利、贪图而胆怯的鲁贵,是很容易被写成一个小丑或是一个"可笑的怪物"的。翠喜的性格也很容易被写成一个打情骂俏的人物,抑或写成一个失去妓女特征的悲剧性格。曹禺对翠喜的性格刻画,是极为精确的。翠喜同小东西谈着她的身世遭遇,控诉着那狗样的生活,小东西以为她说着落泪了,拿出手帕给她。她说:"我没有哭,我好些年没有眼泪了。"这种没有眼泪的倾诉,这种哭不出来的痛苦,是受尽了折磨和侮辱的痛苦,是一个求生不得求死不得的人磨平了的痛苦。这些,都为曹禺极为细腻而准确地刻画出来。鲁侍萍的痛苦是几十年积郁起来的,是一种埋藏在内心深处的积怨和痛苦,因此,她有着一种更内在更深沉的表现痛苦的语言和行动。倘是让她"过度的悲痛","嘶声喊叫","哭起来如倒海",便破坏了人物性格。曹禺善于用精细的笔法来刻画他的人物的思想感情的韵味和波纹,准确地揭示其内心深处的感情及其表现形式,以致这种细腻的刻画精确到稍稍偏离了人物感情行为的分寸,便损害了人物。应当说,截至《雷雨》《日出》为止,在中国现代戏剧史上,还没有一个剧作家像曹禺这样在一部多幕剧中,塑造出如此众多的栩栩如生,性格鲜明,真实感人的人物形象,他的杰出的人物塑造的艺术,在中国现代话剧史上是有着不可抹杀的地位和意义的。

三

曹禺的创作风格，体现在情节冲突的提炼和组织上，其特点是情节的生动性、丰富性和紧张性的高度结合。

《雷雨》发表之后，曹禺认为它"太像戏"了，技巧上也"用得过分"，曾一度考虑改变一下写法。于是，他沉醉于契诃夫的结构平淡、剧情没啥起伏但却又深深抓住人们灵魂的戏剧风格。他试图这样去写《日出》，最后又坚决放弃了这个打算，把已经写出的稿子都烧掉了。他说："即便写得出来，勉强得到半分神味，我们现在的观众是否肯看仍是问题，他们要故事，要穿插，要紧张的场面。"（《日出·跋》）因此，不仅像《雷雨》这样的情节戏，而以截取社会"横断面"见称的《日出》，都表现了曹禺在情节的设计和安排上具有独特的风格：生动的故事情节，紧张而热烈的场面，巧妙的穿插，使他的戏波谲云诡、跌宕多姿。

《雷雨》《日出》的情节场面都是由人物性格自身以及性格之间的矛盾冲突引导出来的。情节的生动性是同人物性格的遭遇、命运分不开的。他所塑造的那些呻吟在"火坑"里的悲剧人物，几乎每个人都有着一部辛酸悲痛的历史，每个人物都有着自己的故事。在《雷雨》中，全部剧情是集中在一天之内发生的，但是它却展现了其中人物长达三十年的悲惨遭遇。鲁侍萍的悲剧命运，就是一个曲折而生动的故事。周蘩漪的故事也是极为生动的。而周、鲁两家的成员之间所展开的错综复杂的纠葛，更使剧情生动多姿。在有限的时间和画面内组织起这样纵横交织的情节线索，显示了曹禺组织情节和场面的巨大才能。

曹禺在描写这些人物的命运中，出色地为人物性格设计了出人预料的情节，大胆地虚构出偶然而巧合的戏剧冲突，诱使读者对人物的命运发生浓厚的兴趣和关切，为人物的命运担忧、懊恼、惊喜、悔恨，这正是情节的生动性。谁能料想，一个人能同自己的后母发生暧昧的关系，而这个后母又是这样狠狠地抓住他不放呢！这已是相当令人吃惊和出乎所料的了。

但是谁又能料想,周萍不但要拼命摆脱着周繁漪,同时,又和家中的侍女发生关系,而这个侍女却是他自己的同母异父的妹妹?中间又巧妙地穿插了周萍的弟弟周冲也偏偏爱上了四凤的戏。每个人物都有每个人的故事,而这些故事又交织起来,连结在剧情发展的主要纽带上,组织在一个严谨而完整的结构之中,形成了情节的丰富性。出人意料的情节,又是合情合理的。偶然的情节,却表现了必然的东西。周萍和周繁漪的乱伦关系,揭示着掩盖在道德纱罩下周公馆的罪恶,畸形的伦理关系是畸形社会制度的产物。有人曾指出《雷雨》中宿命论的色彩和血缘关系的强调,对主题和人物都有所损弱。的确,如鲁侍萍、四凤、周萍等都吞下了这种思想局限的果子。但是,如果《雷雨》仅仅是这样的,那么人物一系列出人意料的命运和结局,就不可能产生深刻的思想力量。令人折服的是,在许多充满着巧合的血缘关系的纠葛中,却异常深刻地表现了不可调和的阶级对立。周朴园并不因为知道鲁大海是亲生的儿子而宽恕他的罢工行为。周萍看见鲁大海怒斥着周朴园而大打出手,亲兄弟之间爆发了尖锐冲突,也深刻地表现了阶级的对立和斗争。在这里,阶级的关系撕碎了血缘的亲密的关系。在这些看来由于血缘关系而巧聚起来所爆发的冲突,都更真实更典型地揭示了阶级的本质。鲁侍萍三十年前被周朴园蹂躏了抛弃了,她最害怕最担心的是她的女儿四凤重蹈其命运的覆辙。但是,三十年后,不但她同周朴园旧地重逢,而她最不愿意发生的事发生了,四凤被周家大少爷周萍引诱了,而引诱四凤的又是她亲生的儿子。这确实是太巧合了,太出人意料了。对于鲁侍萍来说,这种巧合是一种残酷的巧合。巧合的残酷性,正是突出了人物悲剧命运的残酷性质。就其对揭露黑暗社会的冷酷和残忍来说,这种偶然的巧合的情节就体现着必然的东西。情节的丰富性也是一种巧合,不过是在更大规模范围内多条情节线索的精巧的组织和结合,它可以在更广阔更深刻的领域里展示那些必然的东西。

《日出》的情节线索虽然不像《雷雨》这样集中,但它围绕着陈白露和小东西两个人物的命运所展开的场景也是热烈而生动的。错综复杂的人物关系，一个连接一个的紧张场面，构成一幅骚动不安的社会生活的图画。在这里仍然有着片断的故事的展开和交代：潘月亭在日益逼临的经济危机中，胆战心惊地利用公债进行投机。公债交易的钩心斗角，竞争的激烈，直到他倾家荡产。也写出人物遭遇的起伏波澜：李石清在鬼蜮世界中顽强地向上爬，凭着狠辣的手段，先是擢为襄理，继而又遭辞退，他同潘月亭的搏斗也如骇浪惊涛。其他如小东西久寻不见到最后悬梁自尽，黄省三的全家服毒，等等，都使得剧情有着引人入胜的起伏，而牵动读者和观众的心弦的，始终是人物的性格，人物的命运。

在《雷雨》《日出》中，情节的生动性、丰富性是同情节、场面的高度紧张性相结合的。它一方面表现为一波未平一波突起的剧情跌宕上，一方面表现为情节本身具有内在的紧张性以及场面的紧张性。它造成某种令人透不过气来的逼迫感重压感。《雷雨》第一幕，周朴园逼着蘩漪喝药的场面，造成着极度的紧张气氛。第三幕，鲁侍萍固执地要四凤答应不再见周家的人，这场戏同样是紧张的，当着四凤在闪电声中起誓的时候，可谓惊心动魄。《日出》第三幕的场面描写，更具内在的紧张性。在喧嚣着叫卖、诟骂、打情卖笑的恶浊声浪中，宝和下处笼罩着地狱似的氛围。在鸽子笼里生活着的翠喜、小顺子、小东西这些"可怜的动物"。她们的血泪、痛苦和悲惨都混杂在这重重的噪喧、龌龊的恶浊空气里。这些被践踏被蹂躏的人物的强颜的欢笑，暗地的叹息、流不出的眼泪都表现了她们命运的紧张性，她们遭遇的悲惨性。在这些交织着人物紧张命运的场面里，是一幅幅黑暗角落里的令人窒息的图景。

情节的紧张性是性格冲突的尖锐性的表现。所谓戏剧性，也是人物按照自己的性格发展逻辑互相撞击互相格斗产生出来的。狄德罗便说过："如果性格能够促使由性格所产生的情况更为复杂和更富有戏剧性，那么，性格便是塑造得很好。"李石清在历经金钱交易的世情中，形成了他狡黠而狠辣的性格，他的人生哲学就是要凭着手段爬到有钱有势的地位上去。为此，他既可以委屈逢迎讨好潘月亭，为他献计献策，克扣工人工资。但他也可以同狠毒的潘月亭较量，偷偷掌握着他的机密进行敲诈，这必不可免地爆发着冲突。他又是这样的毫无同情心，对被开除了的小职员黄省三挖苦斥责。正是在这样由性格冲突而产生的戏剧性，使他的性格跃然纸上。李石清和潘月亭性格冲突的尖锐性，几乎是不可调和的。钩心斗角，互相利用，互相警惕直到展开一场唇枪舌剑的对战。曹禺说："铁烧到最热的时候再锤，而每锤是要用尽了最内在的力量。"冲突的尖锐性的时刻就是"铁烧到最热的时候"；在尖锐紧张的冲突中"用尽了最内在的力量"去"锤"，"锤"出的是性格鲜明的人物。

  恩格斯说："倾向应当是不要特别地说出，而要让它自己从情节和行动中流露出来。""作者的观点愈隐蔽，对于艺术作品就愈好些。"在《日出》中，没有环绕着陈白露而展开的社会上层生活的生动描绘，没有那些众多的在大旅馆里周旋的人物以及他们之间殊死格斗的场面；没有围绕着小东西而展开的宝和下处的地狱般的生活描写，没有那些"可怜的动物"般的人物命运的刻画，就不可能揭示那"损不足以奉有余"的社会。作者的"倾向"、"观点"正是"流露"、"隐蔽"在生动的情节和场面的描写之中，表现在人物性格的塑造上。其中只就对金钱魔力的抨击来看，也是相当深刻的。陈白露的悲剧，潘月亭的荡产，李石清的失败，黄省三的全家服毒，顾八奶奶的丑恶，都在金钱的魔力所隐蔽的阶级关系中行动着冲突着。这使人突然发现金钱的魔力把一些人鬼使神差地调动起来，做着种种丑恶的行径。那个为金钱统治的世界不知吞噬着多少人的生命。作者越是生动地描绘这些活生生的人物和人物关系，越是产生着对资产阶级，对黑暗社会的抨击力量。曹禺在《日出》中没有把矛头指向帝国主义，没有把金八所代表的黑暗势力同反动的统治联系起来，这确实是不足之处。但是，它的杰出艺术描绘却引起人们对现有制度的怀疑和沉思，宣判那社会末日的来临，启示着人们去追求一个旭日即将升起的"伟大的将来"。

四

话剧主要特点是没有作者的语言，一切都是靠人物自己的台词来创造的，这也是它的困难之处。所以高尔基说它是"最难运用的一种文学形式"。曹禺在《雷雨》《日出》中成功地驾驭着这最难运用的文学形式，创造了他独具一格的戏剧语言。他的人物台词没有那种江海滔滔一泻千里的气势，但是，经他加工了的生活语言，却具有一种格外隽永的内在力量和耐人寻味的艺术感染力。其风格特色是简练、含蓄、具有高度的戏剧性和浓郁的诗意的抒情色彩。

曹禺说："舞台上的诗所受的限制是较多的，它既必须通俗易懂而又必须有诗意，既应像诗而又应像日常人们说的话，所以写起来很费力。舞台上所能用的字汇比写散文所能用的字汇少得多，以散文的字汇来写剧本，常常是听不懂的，演员读起来一定像念书，在诗剧里更如此。"（《曹禺同志漫谈〈家〉的改编》）这可看作是曹禺锤炼戏剧语言的经验结晶，也是他的剧作语言风格的概括。他不但提炼了"日常人们说的话"，而又有像诗一样的抒情性。他正是运用这种具有诗意的生活化的语言来刻画人物性格，十分细腻地揭示人物的内心活动，抒发人物的丰富感情。

《雷雨》《日出》中的人物绝少长篇大论，语言简练，具有一种精细的性格雕塑力。几乎每个人物都能收到"闻其声如见其人"的效果。每个人物的用词、语气、分寸、口吻、节奏，都决不是重复的。周朴园专横、冷酷、自强，说出来的话是"向来不能改的，他的意见就是法律"。因此，他的语言都很短促并带着命令的口吻。鲁大海性格倔强，尽管有些口吃，他的语言总是词锋锐利、干干脆脆，从不拖泥带水。张乔治句句不离洋文，他自己也认为"我简直不习惯中国话"，言谈之间洋奴性格神情毕现。顾八奶奶满嘴都是不伦不类的文明词，什么"伟大的爱情"、"美丽、香艳"、"悲剧"、"痛苦"之类的词汇，同时还夹杂着"王八看绿豆"、"三从四德"等用词。老式的封建闺阁里出来的女人又硬学着十里洋场的时髦话，活生生地勾勒出她把肉麻当有趣的丑陋不堪的性格。同一个人物，由于说话的对象、地点、情势的不同，他的语言也有着变化但同样是个性化的。繁漪充满了被压抑的痛苦，她的强悍而热烈的追求和反抗埋藏内心深处。因此，她的外表是沉静的，她的语言是含蓄的，一般说来都是克制的。由于她极端矛盾着的心理状态，往往语义双关，话藏锋刃，具有一种尖锐性。但是，单独对着周萍谈话时，就不是十分克制了，句句逼近，似乎在审问着周萍。在第四幕，她的被压抑感情终于冲破了克制的表层，当众对着周萍说："你不要装！你告诉他们，我并不是你的后母。"这种语言有着惊人的效果，它是繁漪绝望情绪的表现，也是被压抑痛苦的总爆发。撕破着面皮宣布她和周萍不可告人的关系，也深刻地反映了她的自私。语言的丰富表现力在这里得到绝妙的表达。

《雷雨》《日出》的语言是富于戏剧性的语言，妙趣横生，引人入胜。戏剧性的语言不仅仅是因为对话，其秘诀是于对话中，必须使得一方对另一方发生着影响。它通过一方的暗示、试探，进攻等，使得另一方惊疑、担心、忧虑、欣喜等而产生新的动作。总之，它应调动着对方的情感和动作。这样，就在观众中造成一种紧张的期待，产生着悬念。曹禺善于驾驭这种语言的戏剧性，造成性格冲突的动因和推力。鲁侍萍从外地回来，在周公馆第一次看见四凤，就向她提起老早就嘱咐过她的话："我不愿意我的女儿叫人家使唤。"在后来的剧情发展中，鲁侍萍屡次提起，生怕女儿因一时糊涂而产生意外。而每一次说起来，都使得四凤惊惧、担心、害怕，引起四凤感情的激荡和新的动作。争吵和对骂的台词并不一定具有戏剧性。曹禺的台词，常是使得一方抓住对方的脆弱的地方，对其心灵的弱点施加压力，对其性格加以损伤。《日出》第四幕，李石清和潘月亭的几段对话，双方都抓住对方曾经说过的话加以重复，抓住对方的弱点加以损害。李石清句句狠辣，于被免职中决不示弱，幸灾乐祸，极尽嘲讽之能事，潘月亭字字刻毒，绝不因倾家荡产而罢休，双方性格都得到充分展现。这正如别林斯基所说："如果争吵的双方都想争取压倒对方的优势，力图损伤对方性格的某些方面或触痛他脆弱的心弦，如果从这里透露出他们的性格，争吵的结果使他们彼此有了新的关系——这就是一种戏了。"(《别林斯基论文学》，第204页)曹禺的戏剧语言，之所以妙趣逗人，就是建立在这种性格冲突的基础上。推动着剧情发展，徐徐入扣，环环相连，引导着读者和观众到他所想引到的地方，跟着他的人物性格前进。

曹禺的台词创造妙语惊人，并不靠着那种警句格言，以及故作惊人的壮词丽语。极普通的日常口语，被他加工提炼，便有着感人的艺术效果。据说，他的《雷雨》《日出》上演后，其中人物的用语成为群众一时流行的口语，可见其影响之大。这种生活化的语言，具有丰富的表现力。如鲁侍萍于第四幕的结局中，听到四凤已经怀孕三个月，犹如晴天霹雳，她最担心最害怕的事还是发生了。她发痴了，接着说："我是在做梦。我的女儿，我自己生的女儿，三十年工夫，——哦，天哪，(掩面哭，挥手)，你们走吧，我不认得你们。"这不连贯的，一句一句从心底深处蹦出来的话，每一句都有着深厚的感情容量，概括着她生活的全部痛苦。这些，又都是很普通的日常用语，却产生惊人的艺术效果。理性的根据和分寸，感情浓度，韵味的波纹，节奏的适度，在这里也都得到精细而深刻的表现。胡四每逢对着顾八奶奶说话，总是说："你瞧你!"这本是一句很平常的话。但放在他们之间特殊关系中，在不同的情势下，这句口头禅却表现了胡四种种微妙的心理状态。有时则表现一种敷衍的感情，有时则是一种打趣的讨好，有时则是埋怨，有时还带着某种无可奈何的厌恶。

"通俗易懂而又必须有诗意"，"既应像诗而又应像日常人们说的话"。这种富于诗意抒情的日常话，是曹禺的独到之处。从这种人物语言中，使我们可以谛听到人物心灵的絮语和人生的叹息。陈白露自杀前的一段话，就是这样富于诗意的抒情独白。她对着镜子端详着说："生得不算太难看吧。人不算太老吧。(她不忍再看了，慢慢又踱到中桌前，倒出药片，将空瓶丢在地下。望着前面，哀伤地)这——么——年——轻，这——么——美。"这里毫无雕饰之感。它不但抒发了这个在太阳出来之前要睡去的资产阶级女性的人生悲剧的哀叹，而且具有启人深思的哲理意味，诱发人去思索着她的悲剧的实质。曹禺富于诗意的抒情的人物语言的创造，是因为他深入生活熟悉人物内心世界的缘故。如他为了描写"宝和下处"的生活，他曾亲自历着风险，深入到"鸡毛店"、大烟馆、妓女院，口袋里藏着纸和笔，一字字一句句把那个环境里人们所说的话记录下来。所以，在他那些看来平淡而蕴含深厚的语言创造中都有着他呕心沥血的辛勤劳动。如翠喜的"掏出心窝里的话"，是提炼得格外成功的。在她的性格语言中，使人感受到"一颗金子似的心"在跳动："有钱的大爷们玩够了，取了乐了，走了，可是谁心里委屈谁知道，半夜里想想：哪个不是父母养活的？哪个小的时候不是亲的热的妈妈的小宝贝？哪个大了不是也得生儿育女，在家里当老的？哼，都是人，谁生下就这么贱骨头，愿意吃这碗老虎嘴里的饭？"这是一个生活在人类最黑暗角落的人的人生苦楚的心声，这是饱含着血泪的控诉。这种灼热的语言是从心底迸涌出来的诗，是颤栗着被压迫的痛苦的诗。平淡的、日常人说的话有着这样的动人力量，确是曹禺的杰出的创造。

在中国现代话剧史上，曹禺的艺术风格独树一帜，丰采熠熠，决非"四人帮"所能一笔抹杀的。我们珍爱这朵"五四"以来新文艺的戏剧之花，是为了社会主义文艺园地的百花齐放。

（原载《南开大学学报（哲学社会科学版）》1978年第4-5期）

关于曹禺的早期创作

最近一个时期，曾接到一些朋友和年青同志的来信，向我索取曹禺早期创作的篇目，或探询有关的问题。这样，就促使我写一篇关于曹禺早期创作的文章，一方面是介绍；一方面也谈谈我的看法。

一

在我撰写《曹禺剧作论》时，我曾把我发现的曹禺的两篇早期诗作《四月梢，我送别一个美丽的行人》和《南风曲》作了评介。后来，我又陆陆续续地发现曹禺的一篇小说《今宵酒醒何处？》；诗三首《林中》、《"菊"、"酒"、"西风"》、《不久长，不久长》；杂文一篇，名《杂感》；改译剧作两部，《冬夜》和《太太》；此外还有他翻译的莫泊桑的两篇小说《一个独身者的零零碎碎》和《房东太太》。

二

先介绍一下他创作的短篇小说《今宵酒醒何处》。这篇小说刊登在天津出版的《庸报》副刊《玄背》上。时间是一九二六年九月。《玄背》每周出一次，共出二十六期。曹禺的小说从第六期开始连载到第十期刊完。遗憾的是，其中缺一期，遍查京津沪等地主要图书馆都未能查到。

一般研究者都以为万家宝第一次用曹禺的笔名发表的作品是《雷雨》,现在看来就不对了。《今宵酒醒何处》就是用"曹禺"的笔名发表的。是不是第一次用这个笔名,目前尚不能断定;但却是目前发现最早用曹禺作笔名的作品了。

为什么曹禺要写这篇小说,又为什么把它发表在《庸报》副刊《玄背》上呢?这里还有一段故实。据曹禺同志对我说,那时他演新剧是入了迷的,但是,他不只想演剧,还总想写点什么。有几个要好的同学经常在一起谈文学创作,便想办一个文学刊物。其中一位同学和《庸报》的副刊文学编辑王希仁很熟,于是便决定办《玄背》。曹禺对新文学是很迷恋的,他很早就读过鲁迅的《呐喊》、郭沫若的《女神》。他读《语丝》、《创造》、《小说月报》等新文学期刊,他对新文学的热衷和喜爱远远超过了外国文学和古典文学。他曾经说:易卜生的作品"无论如何不能使我像读'五四'时期作家作品一样的喜爱。大约因为国情不同,时代也不一样吧。甚至像读了《官场现形记》一类清末谴责小说,都使我的血沸腾起来要和旧势力拼杀一下,但易卜生却不能那样激动我!"(颜振奋:《曹禺创作生活片断》,《剧本》1957年第7期)恐怕最使人感到兴趣的,是在新文学作家中最能引起他的兴趣和崇拜的是郁达夫。曹禺说,他为郁达夫的《沉沦》集迷住了,他和他的同学都很崇拜郁达夫,敬仰郁达夫,正是在郁达夫小说的影响下,他写了小说《今宵酒醒何处》。

据曹禺同志说,他写《今宵酒醒何处》,是借柳永的词来抒发他的感情。这篇小说是全然按照郁达夫那种感伤浪漫主义的情调和模式来写的。小说写的是青年恋爱的故事。男主人公夏震同梅璇小姐相爱了,正当他们情爱甚笃的时候,便遇到了波折。梅璇的叔父从中作梗,不同意梅璇和夏震相爱。梅璇叔父之所以持反对态度,是因为一个名叫野村三郎的日本贵族青年,他看上了梅璇,他要把梅璇从夏震那里夺来,便借着他父亲是日本显赫贵族的权势对梅的叔父施加影响。梅的叔父是个势利小人,为了巴结野村三郎,便听信他的挑拨,也不顾野村三郎是个有妇之夫,便执意把侄女嫁给野村，逼着梅璇同夏震断绝来往。在这种高压之下，梅璇被迫同夏震分手。梅璇并非要和野村要好，而是以此作为权宜之计，先应付野村三郎一下。可是，夏震却以为梅璇和野村三郎真的要好了，便以为梅璇见异思迁，背弃爱情誓盟，从而陷入无量的愁苦哀伤之中。为了消愁排闷，便到妓院里去厮混度日，颓废感伤之情无以复加。这种忧伤之情在写给他的好友文伟的信中表现得淋漓尽致，也构成了小说的感情基调。他在信中说："我的心身日益萧索，长日昏噩噩地，饮酒凄闷，到荡妇窝里，胡闹也是凄闷，终日觉得空虚落寞，不知怎样是好。"他在一首诗中，诅咒"人类本是残酷无知蠢物"，他要"今朝有酒今朝醉"，小说的结局，是在文伟的暗中帮助和安排下，当夏震乘船要回B地时，梅璇又突然出现在船上。他们终于解除了误会，倾诉着分离之苦情。按理说，在这喜重逢中，应使夏震感到高兴；但是，这并不能使他的心灵创伤得以愈合，相反却更是心境漠然，便脱口说出柳永的词句："多情自古伤别离，更那堪、冷落清秋节。今宵酒醒何处？……"说着眼泪黯然坠了下来。这结束仍然是凄楚伤感的调子。

  看看郁达夫的小说，还有创造社其他作家写的小说，就觉得《今宵酒醒何处？》给人以似曾相识之感。我以为曹禺早期是写诗、写剧，还是写小说，这并不特别重要；但对他如此热衷郁达夫的小说，以及喜欢郭沫若的《女神》，却是应当给予足够重视的地方。一些研究者都以为曹禺是一个现实主义作家；但是，从他早期的文学倾向来看，他对浪漫主义，特别是感伤浪漫主义是曾有一度热烈追求和向往的。早期作家的美学追求和倾向并不一定在他后来的创作中原封不动地保持下来，但它却是未来创作美学倾向的基因，这是任何作家的创作实践都证明了的。而这点恰是应当加以研究的。像《今宵酒醒何处》，作为一篇小说，它的技巧并不高明，有着明显的模仿的印痕，但是，这篇小说对抒情性的追求，对感伤诗意的表现都给人以深刻的印象。对郁达夫作品的倾慕，也并非是曹禺故作多情，他那种自幼便失去了亲生母亲而带来的忧郁和苦闷，以及家里令人窒息的环境造成他内心的孤独感和苦闷,这种情性都可能使他更接近郁达夫,更接近郁达夫那种感伤浪漫的情调。

创造社的浪漫主义是以主情主义为特色的,无论他们写诗写小说还是写戏剧,都把自我抒情放到重要位置上。郁达夫在他的《诗论》中就说:"诗的实质全在感情",而文学的本质也"全在感情"的。正是在这点上,曹禺的早期创作接受了以郁达夫为代表的创造社作家的影响。

三

《玄背》的同人都崇拜郁达夫,《玄背》创刊不久,他们便把《玄背》寄给郁达夫,并写信给他,希望得到他的支持和指导。当时,正在广州的郁达夫,接到《玄背》同人的信,很快便复信了。曹禺回忆说,当他们收到这封回信时,心情是十分兴奋的,受到了很大的鼓舞。他以为郁达夫的来信对他这样一个热爱文学的青年来说是太重要了。在他的心目中,郁达夫是大作家,能给他们来信,是很不简单的一件事。这在他未来的创作道路上无疑是起了重大而深远的影响的。他们是那样兴奋,很快便把郁达夫的信发表在《玄背》上。郁达夫这封信可算是他一篇重要的佚文,不妨也照录下来:

玄背社诸君:

记得今年的四五月里,你们忽而寄来了几张刊物,题名《玄背》。我当时读了,就感到一阵清新的感觉。举例来说,就譬如当首夏困人的午后,想睡又睡不得,想不睡又支不住的时候,忽而吃一个未熟的青梅样子。这时候我的身体不好,虽则说是在广州广东大学教书,然而实际上一礼拜只上三点钟课,其余的工夫,都消磨在床上横躺着养病。因此,从前接手做的事情,都交出去托别人办了,第一,那个创造月刊,就在那时交给了仿吾。一两个月之后,接到了北京的信,说我的宠儿病了。匆匆赶到北京,他的小生命，早已成了泥土。暑假三个月，优处北京，只和我的女人，在悲哀里度日，旁的事情，一点也没有干。

这一回到广州，是在阳历的十月底，未到之前，先有一大堆书件报纸，在广大宿舍里候我了。打开来看时，中间也有你们的《玄背》（系和《庸报》一道寄给我的），接着又见了你们的信。

读了你们的信，才想起当时想和你们交换广告的事情来。这事情实在是我的疏忽。当时交原稿（《创造》第三期）给仿吾时，没有提出来说个明白，所以变成了欺骗你们的样子。现在《创造》月刊，又归我编了。在第六期的后面，当然可以把《玄背》介绍给大家。虽然介绍的方式，还不能预先告诉你们。但是在过去三四个月里，却使你们太失望了，这一点是我的疏忽，请你们恕我。

现在上海北京，有许多同《玄背》一样的刊物问世，它们的同人，都是新进的很有勇气的作者。可是有一点，却是容易使人感到不快的，就是这一种刊物的通病，狂犬似的没有理由的乱骂。骂人，本来不是容易的事情，尤其是在现在的中国。

我的朋友成仿吾也喜欢骂人，可是他骂的时候，态度却很光明磊落，而对于所骂的事实，言语也有分寸。第一，他骂的时候，动机是在望被骂者的改善，并非是在尖酸刻薄的挖苦，或故意在破坏被骂者的名誉。第二，他骂的，都是关于艺术和思想的根本大问题，决不是在报睚眦之仇，或寻一时之快。

你们的小刊物上，也有几处骂人的地方，我觉得态度都和仿吾的骂人一样，是光明磊落，不失分寸的。这一点就是在头上说过，《玄背》使我感到清新的一个最大原因。以后我还希望你们能够持续这一种正大的态度，对恶势力，应该加以十足的攻击，而对于不甚十分重要的个人私事，或与己辈虽有歧异而志趣相同的同志，断不可痛诋恶骂，致染中国"文人相轻"的恶习。现在交通不便，政局混沌，这一封信，不知道要什么时候能够寄到天津，并且收信到日，更不知你们的《玄背》，是否在依旧出版。

总之，我希望你们同志诸君，也能够不屈不挠地奋斗，能够继续作一步打倒恶势力阻止开倒车的功夫。

达夫寄自广州

一九二六年十一月十五日夜

(《玄背》第 16 期)

从这封信可知郁达夫和《玄背》以及和曹禺的某些历史联系。这点，还是过去很少为人道及的。曹禺和朋友们办《玄背》，也并非把文学当成儿戏，他们自称是"不受天命"的青年，他们"感到周遭一切恶势力的压迫，既没有十足的权威来发一道命令去禁止它们的侵袭，又不能像屠夫刀下的羔羊似的战栗着讲'服从'的大道理，只得几个人结合起来，硬着头皮去碰恶势力的铁钉子，碰死了也是一个勇敢的死鬼，碰不死就拼上了这条不值钱的命还是跟它碰，早晚总有一个胜负的日子。"(蓬西：《郁达夫致〈玄背〉诸君信·附言》，《玄背》第16期。)当郁达夫指出《玄背》使人感到"清新"时，就使他们特别感到慰安了，更激起他们要"像郁达夫先生希望那样，'不屈不挠'的干去"。

无疑，曹禺也在同郁达夫的交往中得到信心和力量。我们还不能查找出《玄背》中是否有曹禺写的"骂人"的文章，但郁达夫那种鼓励他们对恶势力"应该加以十足的攻击"的话，是对曹禺有影响的。这点，从曹禺写的《杂感》一文可看出来。

四

关于曹禺早期的思想，除了曹禺自己曾经谈过的，其他就很难找到什么文字材料作为佐证了。我觉得曹禺的《杂感》的发现，对了解他早期的思想，可多少提供些线索。曹禺曾说，他有着"一般青年人按捺不住的习性",他内心积蓄着愤怒和不平,"时日曷丧,予及汝偕亡"。这成了他的思想主导倾向。但这些思想又是从哪里来的呢?他对那旧社会持怎样的态度呢?这篇《杂感》可看出些端倪。《杂感》,署名万家宝,发表在《南中周刊》一九二七年四月十八日第二十期。再过一年,他就该高中毕业了。

这篇《杂感》,确如郁达夫所说的那样,作者对恶势力的攻击持"正大的态度",它的"骂人"也"是光明磊落,不失分寸的"。在文章的序言部分,很鲜明表示着他的原则和态度:面对"因袭畸形社会的压制",文学创作者们"将避去凝固和停滞,放弃妥协和降伏,且在疲弊困惫中要为社会夺得自由和解放吧。"在这里,他把文学同为夺得社会自由解放联系起来,体现出作者的战斗热情和高度的社会责任感。也许,他是《南中周刊》的编辑,他还呼吁同学们大胆发表意见。他说:"同学们尽可发挥个人的意见,不顾忌地陈说自己对于环境的不满(当然,向猥亵的社会攻击更是我们青年的精神。)只要自己能踢开利害的计算"。这些,都表明他那种坦荡而爽直地批评社会的态度。

《杂感》于序文后列出三个小题目,一是《Gentleman的态度》,二是《"文凭同教育救国"》,三是《Supply and demand》(《供给和需要》)。在《Gentleman的态度》一文中,他嘲讽了一位教授屈从于"洋权威"的恶劣态度。这位教授在讲台上"大讲其理",说什么"……好了,外国人有金钱有强势,犹以Gentleman的态度对待我们,我们反不自量力,不以Gentleman的态度向他们,这不是自找苦吃么?"作者援引这个事例后指出,这种以"他们的'主人'如何,他们亦如何"的说法,貌似合理,但却是"他们全驱服于洋权威"的荒谬逻辑。在《"文凭同教育救国"》中,他讽刺了一面学生在考试时作弊"色门月教俱超过八成",一面校长在每次开学和毕业典礼时讲着"教育救国"的现象,他以为这不过是领得一个自欺欺人的"'教育救国'的执照"罢了。《Supply and demand》一文也是讽刺得颇为辛辣的,此文先提出"需要多供给少则市价涨"的一般道理,然后引出一学生发问说,"上次北京猪仔奇贵,是不是供给少于需要的原故",答曰:是这个道理。文章把笔头转向一种社会现象，即"做太太确是一件难事"，有些人选"太太"，必定是"英语精通，满身洋气"，"要洋气非游外国不可"，这样大学毕业的女学生都得落选。要入选，那就得"读洋书，做女留学生"。文章最后说："上面足能阐明Supply（需要）and demand（供给）的原理，当然这比买卖猪仔有趣多了。"这则杂感虽不能说十分深刻，但却具有一种令人发笑的喜剧性，而且在当时起到了讽刺曹锟贿选的作用。

虽然只是一篇《杂感》却对我们了解学生时代曹禺的思想倾向很有帮助，他并不是那种只知读书演戏而对社会无动于衷的人，他对生活对社会都是具有一种敏感和批判激情，而且从这三则杂文更看出作者很善于捕捉生活中的喜剧性的矛盾。

五

现在，又可以回到前面提到的课题了。如果说，在《今宵酒醒何处？》这篇小说中，表现出曹禺早期创作的感伤浪漫主义的倾向，那么，在他的早期诗歌创作中，这种倾向就更为明显了。

在《曹禺剧作论》中，我对《四月梢·我送别一个美丽的行人》和《南风曲》已作过一些评价，指出这两首诗"具有细腻的抒情特点，也很善于刻画诗的意境。或凄婉清冷，或恬淡幽静，显示他的文学修养"。两首诗"都带有这种'超脱'的意味"。甚至认为《南风曲》"具有一种田园牧歌般的情调"。还说，从这些诗，"我们看到他早年受过资产阶级纯艺术观的影响"。现在来看，这些评价就不够了，一是不够准确，二是不够深入。因为当时对他的早期创作知之甚少，也只能就诗论诗。曹禺早年喜欢写诗不是偶然的，他从小便有着爱幻想的天赋，他性格内向，颇重感情。他那种富于想象力的特质，也使他去追求诗，追求诗的情感，诗的意境。现在发现他更早的两首小诗，可看出他受古典诗词的影响。

小诗两首

　　曹禺

一　林中

晚风吹雨，点点滴滴；
正晴时，闻归雁嘹唳。
眼前黄叶复自落；
遥望，
不堪攀折，
烟柳一痕低。

二　"菊"、"酒"、"西风"

黄黄白白与红红，
摘取花枝共一丛。
酌酒半杯残照里，
——打头帘外舞西风！

这两首诗发表在一九二六年十月三十一日的《庸报》副刊《玄背》第十三期上。这两首小诗分明有着一种感伤而凄零的调子，又分明烙印着古典诗词的痕迹。从诗的意境，诗的语言，诗的格式都可看出是受了词的影响，思想情趣和《今宵酒醒何处？》是相通的。他写这些作品时不过十五六岁，年岁尚小，但内心却有着这么浓重的感伤和苦闷。他父亲就曾说过他，不知为什么他这样小小的年纪就有这么多苦闷。除了我们提到的他个人的遭际、家庭环境影响之外，不可否认，他的感伤苦闷也多少是社会制度的重压在他心灵上的投影。在《杂感》中就可看到他那时对许多社会现象已相当敏感了。

如果说《南风曲》等都还带有一种空灵的超脱的浪漫情调；那么，新发现的《不久长，不久长》就更浓重地表现出他的感伤浪漫主义色彩。

不久长，不久长
　　　　曹禺

不久长，不久长，
乌黑的深夜隐伏，
黑矮的精灵儿恍恍，
他忽而追逐在我身后，
忽而啾啾在我身旁。
啊，爹爹，不久我将冷硬硬地
睡在衰草里哟，
我的灵儿永在
深林间和你歌唱！

不久长，不久长，
莫再谈我幽咽的琴弦，
莫再空掷我将尽的晨光。
从此我将踏着黄湿的
草径躞蹀，
我要寻一室深壑暗涧
作我的墓房。
啊，我的心房是这样抽痛哟，
我的来日不久长！

不久长，不久长，

无星的夜里，这个精灵轻悄悄地
吹口冷气到我的耳旁：
"嘘……嘘……嘘……
来，你来，
喝，喝，……这儿乐。
——喝，喝，你们常是不定、烦忙。"
啊，此刻我的脑是这样沉重哟，
我的来日不久长！

不久长，不久长，
袅袅地，他吹我到沉死的夜邦，
我望安静的灵魂们在
水晶路上走，
我见他们眼神映现出
和蔼的灵光；
我望静默的月儿吻着
不言的鬼，
清澄的光射在
惨白的面庞。
啊，是这样的境界才使我神往哟，
我的来日不久长！

不久长，不久长，
乌黑的深夜隐伏，
黑矮的精灵儿恍恍，
他忽而追逐在我身后！
忽而啾啾在我身旁。

啊，爹爹，不久我将冷硬硬地
睡在衰草里哟，
我的灵儿永在
深林间和你歌唱！

(《南开双周》1928年第1卷第2期）

  从这首诗的思想来看是相当消极而悲观的：寻找一个深壑暗涧作为自己的坟墓，神往一个静谧森然有着鬼魂相伴的境界。的确，这很难令人明白：他当时那么年青却为何产生这样诗的玄想冥思，积淀着如此浓郁的人生苦闷。尽管我们不能把作家的思想和作品的思想等同起来，但这首诗的消极的思想倾向是不能抹杀的，它当然反映着作者的思想情绪。曹禺曾说："我的年青时代总是有一种瞎撞的感觉"，"好像是东撞西撞，在寻求着生活的道路。人究竟该怎么活着？"他苦苦地追索着人生的课题，思索着人生的意义，有时搅得他睡卧不安。我认为，在这些诗中正带着思想追索的苦闷印痕。苦闷并不都是坏事，它往往蕴藏着深刻的内涵，一旦从具有深刻内涵的苦闷中挣脱出来，便使思想来一次升华和提高。甚至这苦闷本身就具有潜在的价值。这些诗，可以看作是曹禺早期追索人生意义的诗意表现，由此，也可看出曹禺走向《雷雨》的蛛丝马迹。

六

  一九八二年五月二十五日，我为撰写《曹禺传》去访问黄佐临同志，佐临和曹禺的友谊早在二十世纪二十年代末期就开始了，谈到曹禺的创作时说："家宝是经过改编外国的剧本而逐渐走向自己的创作道路的，他改编过《争强》、《财狂》等，就是高尔斯华绥、莫里哀、易卜生的剧本，经过这些改编，使他懂得什么是戏。他又演这些剧作家的戏，这样，就从改编过渡到创作，并且写出好的作品来。演戏的人会写戏，就能写出有戏的戏，家宝就是这样的。"佐临同志的看法是很有见地的。曹禺一开始便能写出《雷雨》这样的杰作，不是偶然的，其原因很多，但的确在创作《雷雨》之前，他已经改译和改编过剧本，作过试练。据曹禺说，当时要演的外国剧本，虽然有现成译本，但排演非得修改不可，否则，连台词都读不出来。因为翻译的语言欧化，观众听不懂。曹禺的早期改编剧本是很难找到了，现在能看到的，有他改译的两部外国剧本：一名《冬夜》，一名《太太》。

《太太》原名《Whose Money? (A farce)》，是Lee Dickson & Lestie和M. Hieksou合著。发表在一九二九年《南大周刊》第七十四期，署名小石，并注明"改译"。此剧是一轻松喜剧，没有什么高深的思想性，作者把人名都改成中国名，叫什么戴士敏，戴依芝等，布景也改成是中国式的。特别是台词，可以说毫无翻译的痕迹，都是能上口的舞台语言。富于喜剧的风趣，如不特别说明，说是一出中国戏，也不会有人怀疑的。

《冬夜》，原名《Winter's Night》作者是Neith Boye。发表在一九二九年《南大周刊》第七十七期，署名小石。人物很少，只有三个人。如同《太太》，作者把人物的姓名，布景，台词都中国化了。此剧是一悲剧，故事并不复杂。在一个冬天的夜晚，哥哥顾继光、弟媳顾阿慈为弟弟送葬回来。外边田野积雪沉沉压着，月光清冷，室内灯光幽微，寂寞而凄凉，弟弟病了十年，哥哥和弟媳守护了十年，弟媳心里是异常的孤单，而哥哥也是。在沉静的夜里哥哥向弟媳倾吐了二十年埋藏在他心里的爱情，但遭到弟媳的拒绝，他的希望破灭了而开枪自杀，弟媳也似乎因之惊呆了。虽系独幕剧，全剧充满了浓郁的悲剧氛围，人物内心也都有着一种人生悲凉和追求的诗意。从这个剧倒多少可看出它对曹禺剧作的某些影响来。

《冬夜》、《太太》刊出后，是很有影响的。据记载，"《太太》、《冬夜》（系万家宝译）等，今皆为平津剧团及各学校所普遍采用"（《南开新剧团略史》，《天津益世报》1935年12月8日、9日）。

（原载《中国现代文学研究丛刊》1986年第1期）

杰出的时代戏剧诗人
——为祝贺曹禺从事戏剧活动六十五周年而作

曹禺,自他于1925年参加南开新剧团起,就投身于中国的戏剧事业,从演剧走上了戏剧创作的道路,至今已经整整六十五周年了。在他漫长的艺术生涯中,他的剧作受到人民的称赞并赢得了世界的声誉。人们称他是"中国的莎士比亚"。他的一部又一部剧作在中国话剧史上树立起一道道丰碑。他的剧作至今仍然是中国话剧文学之翘首,他是中国话剧文学的奠基人之一。他的剧作所提供的丰富的艺术经验,对于繁荣社会主义戏剧创作仍然是有益的。

一

只要是一位杰出的戏剧家,他总是属于他所生活和经历的时代的,他不仅为时代所塑造而且更站在时代的前列表现这时代的主流和时代的精神。他的戏剧才能、戏剧美学倾向以及艺术风格等都同时代紧紧联系在一起。曹禺就是这样一位属于他生活的时代,并无愧于他的时代的戏剧诗人。他的剧作已经深深嵌入他所经历的社会发展历史的年轮之中,也深深地刻印在一代又一代的观众心中,成为民族戏剧文化宝库中的财富。正因为他把自己的剧作奉献给自己的时代,也就使他的剧作属于未来,不仅属于中国,也属于世界。

他出身于一个没落的封建官僚家庭里,可是他却像神话中的莱谟斯,是喝着野兽的乳汁长大的,成为他的家庭和阶级的叛逆者。他从童年就咀嚼着家庭压抑的苦闷,到了青年时代就更敏感社会黑暗的重压,不可遏止的热情习性，从内心爆发出对旧社会挑战的声音。当他十七岁时，就曾写出这样的文字：

> 转到自己，假若生命力犹存在躯壳里，动脉还不止地跳动着的时候，种种社会的漏洞，我们将不平平庸庸地让它过去。我们将避去凝固和停滞，放弃妥协和降伏；且在疲惫困弊中要为社会夺得自由和解放吧。怀着这样同一的思路；先觉的改造者委身于社会的战场，断然地与俗众积极地挑战；文学的天才绚烂地造出他们的武具，以诗、剧、说部向一切因袭的心营攻击。
> （《杂感》，《南开周刊》1927年4月第20期）

这样，我们就不难理解，为什么他能够在23岁时就写出《雷雨》，因为他早就在他心中蕴蓄着"雷雨"。时代在增积着升腾着他的愤懑和不平。他说，他写《雷雨》时，"并没有显明地意识着我是要匡正、讽刺或攻击些什么"；可是"写到末了，隐隐仿佛有一种情感的汹涌的流来推动我，我在发泄着被抑压的愤懑，毁谤着中国的家庭和社会"（《雷雨·序》）。而到了写《日出》的时候，他是"更执拗地恨恶起来"，决不再信守"长者们所标榜的中庸之道"，萦绕于心的"是一种暴风雨来临之感"，直面那"不公平的禽兽世界"，发出："难道这世界必须这样维持下去么？什么原因造成这不公平的禽兽世界？是不是这局面应该改造或者根本推翻呢？"（参看《日出·跋》）曹禺是带着对旧制度的深刻怀疑和彻底决绝的态度走上剧坛的，一开始就使他成为一个具有强烈鲜明思想倾向的戏剧家。高度的时代责任感和使命感化为他创作的强大内驱力。可以说，他创作的深层动因，是从时代的历史潮流中汲取来的。到了写《原野》时，他的视野他的感受是更广大而深邃了。在他的三部曲中所体现的时代精神是同鲁迅为代表的新文学的战斗传统一脉相承的，那就是对封建主义的攻击，特别是对那"因袭的心营"的深刻揭露和批判。因此，当鲁迅向美国记者埃德加·斯诺介绍中国的剧作家时说："最好的戏剧家有郭沫若、田汉、洪深和一个新出现的左翼戏剧家曹禺。"（尼姆·威尔士：《现代中国文学运动》，

杰出的时代戏剧诗人

《新文学史料》1979年第2辑。)

曹禺的可贵之处,在于他始终跟着时代前进,他把自己的创作始终同中国人民的命运联系在一起。抗战爆发,他满腔热忱地与宋之的合作编创了《黑字二十八》(又名《全民总动员》),还有稍后的《蜕变》,都是服膺于抗战需要的。他深深懂得戏剧艺术自身的价值是决不能脱离社会的最高利益的。在民族面临生死存亡的关头,他鲜明地反对戏剧的"超脱"。他认为沉迷于那种"超逸而淳厚的诗境"或"故作雅人"是不可取的。他倡导旨在"使我们振奋,使我们昂扬,使我们勇敢"的悲剧精神,从而使中国"立足于世界"(《悲剧的精神》,《曹禺论创作》,第298页)。而他的《蜕变》就是一部弘扬民族正气、歌颂民族脊梁的剧作,这种对民族的社会的最高利益的追求,使他的剧作有了新的艺术特色。他对艺术性是一丝不苟并锐意精雕细刻的。但是,他把对戏剧艺术性的追求同对争取社会最高利益的追求总是结合起来。当他写《北京人》时,如他所说:"我朦胧地知道革命在什么地方了。"那时,他已经多次见到周恩来同志并从中得到教益,而且,许多年轻的共产党人就是他的学生。而这些,使他的《北京人》不仅揭示了垂死的封建制度走向灭亡的必然性,而且在剧中透露出革命的曙色以及对革命的憧憬。

列宁曾说:"如果我们看到的是一位真正伟大的艺术家,那么他就一定在自己的作品中至少反映出革命的某些本质的方面。"(《列夫·托尔斯泰是俄国革命的镜子》,《列宁论文学与艺术》第一卷,第281页)曹禺新中国成立前的剧作,诞生在人民民主革命的激流之中,它以对现实关系的真实描绘,深刻地揭露了剥削阶级的罪恶和腐朽的封建制度必须灭亡的命运,彻底否定了那个吃人的社会,昂扬着彻底地不妥协反帝反封建的战斗精神,而且显示着新民主主义革命时代的亮色。

如果说,曹禺新中国成立前的剧作,都是因为时代的抑压的驱使而创作的,写的是他熟悉的生活和人物;那么,新中国成立后,他面对的是新时代新的生活。社会主义时代的课题,需要他进行新的艺术探索。我们不必讳言"左"的思潮曾经给他带来深刻的困惑和束缚,以致遭受"文革"的苦难和折磨。但是,在新中国成立后他的剧作中所贯穿的,是他对新的时代新的生活的热爱,是更自觉地服膺于新的时代的要求。他的《明朗的天》、《胆剑篇》(与梅阡、于是之合作)、《王昭君》,都表现了他对社会主义事业的责任感,只要回顾一下这三部剧作创作的时代背景,就能懂得他是如何以自己的创作来回答时代的需求,并以激励人民的斗志、鼓舞振奋人民的热情为旨趣的。同时,内中深深寄托着他对祖国的殷切期望和对美好理想的追求。人们可以对他这三部剧作做出这样或那样的评价,但是,他所渴望的,仍然是维护着社会主义社会的最高利益。只是这一点,就弥足珍贵了。

别林斯基曾说:"任何伟大的诗人之所以伟大,是因为他的痛苦和幸福深深植根于社会和历史的土壤里,他从而成为社会、时代以及人类的代表和喉舌。"(《别林斯基论文学》,第26页)六十五年的戏剧实践证明:曹禺始终是、也不愧是社会、时代和人民的代言人。

二

曹禺的剧作是以其杰出的现实主义著称于世的。他的《雷雨》、《日出》等前期剧作是中国话剧文学走向成熟的标志,他的所有剧作也体现着中国话剧现实主义的最高成就。

曹禺创作的起点很高,他的第一部剧作《雷雨》,就以其深刻而丰富的思想内涵和精湛的戏剧艺术,把"五四"以来的话剧的现实主义推向了一个新的阶段。如果说,"五四"时期的写实剧往往还停留在侧重问题而忽略艺术的不成熟的阶段,还在简单地模仿着易卜生的社会问题剧;那么,《雷雨》一出,则使中国话剧文学摆脱了它的初创的幼稚而进入成熟。曹禺戏剧不仅继承了鲁迅为代表的现实主义传统,更在广泛地借鉴中外戏剧的基础上,经过他的消融而转化为艺术的独创。他的巨大的热情,自然使他关注社会的课题;但是,他把对社会问题的关注伸向更广阔的人生,伸向那浮出社会问题的海洋的根底,投向"对社会、对人生、对人的了解"。把社会问题同"复杂多变的人生的深沉理解"结合起来。可以说,"五四"时期的话剧作品,还没有一部像《雷雨》、《日出》写得这样深刻有力，特别是作为多幕剧的形式像他掌握和运用得如此高明圆熟并独具创造。因此，《雷雨》问世，李健吾便称赞它是"一部具有伟大性质的长剧"〔刘西谓(李健吾)：《雷雨》，《大公报》1935年8月31日〕。姚莘农更称赞曹禺是文坛涌现的一颗新星。而当时的一位美国教授认为："《日出》在我所见到的现代中国戏剧中是最有力的一部。它可以毫无羞愧地与易卜生、高尔斯华绥的社会剧的杰作并肩而立。"（〔美〕谢迪克：《一个异邦人的意见》，《大公报》1936年12月27日）这些评价并非是过誉之词，都是通过对历史对中外戏剧的比较而得出的客观结论。以《雷雨》来说，其中透露着希腊悲剧以及易卜生戏剧的影响，从表面看来也写了巧合的命运以及血缘关系，可是，其中却异常深刻地展示了中国近代社会史特定阶段的真实的阶级关系，以及那不以人们意志为转移的阶级对立阶级冲突所导致的必然性的命运。它的杰出之处，还在于以其对现实人生的敏感和洞察，揭示了精神思想孱弱的中国资产阶级同封建文化思想的根深蒂固的联系。在周朴园的家庭秩序和文明中，透露出僵死的思想精神统治的残酷性窒息性，表现为一种令人灵魂颤栗的吞噬力量。它所形成的无形的网，黑暗的坑，是任谁也难以逃脱的。在这一点，曹禺同鲁迅的现实主义的精神是相通的，都在倾力揭示那精神吃人的悲剧。

  曹禺戏剧的现实主义是把刻画人、刻画人的灵魂放到一个中心地位，这是他对中国话剧的现实主义所做的最大的贡献。他从不醉心于表层的现实事件和冲突，也从不卖弄戏剧技巧，他执意追求的，是对人的性格，对人的灵魂的丰富性和复杂性的展现和透视，单是从刻画人的灵魂这一点来说，他同中国现代文学史上杰出的文学大师相比是毫无愧色的。甚至可以说，除了鲁迅就是曹禺了。的确，他没有写出像阿Q那样的"国人的灵魂"，可是，他笔下蘩漪、陈白露、仇虎、愫方、曾文清、瑞珏等，这些人物的性格和灵魂，表现了他对人的认识，对人的价值、尊严和力量，对人的心灵深处的激荡，有着多么深刻的见解和理解。而这些，构成他所特有艺术灵魂的长廊。像蘩漪，在她的灵魂中纠集着热情、忌妒、抑郁、愤激、勇敢、怯懦……是一个极端热烈而又极端阴鸷的灵魂,是复杂的但却是变态的。甚至郭沫若都说:"作者于精神病理学,精神分析术等,似乎也有相当的造诣。"(《关于曹禺的〈雷雨〉》,《沫若文集》第11卷,第113页)的确,曹禺对繁漪有着深沉的理解和见地,他是如此深入了一个渴望自由的女性心灵的秘密世界。而陈白露的内心世界和变化是更为错综复杂的,她心灵中纠葛着的矛盾因素直到最后自杀,折射出复杂的人生与社会对这个曾经是天真聪明美丽的姑娘的精神腐蚀和折磨。曹禺把中国话剧剧作中人物灵魂雕塑的艺术推向一个高峰,他在探索人的灵魂秘密上,堪称戏剧的巨匠,也是他奉献给中国话剧艺术的最可宝贵的东西。

曹禺戏剧的现实主义的特色,还在于他以一个强有力的心灵和理想去拥抱现实。他的现实主义总是带着诗意的芬芳和理想的情愫。他是忠于现实、但又绝不是照抄现实的,因此,我曾经说,他的现实主义总是描绘出一种诗意的真实。他对真的追求是同对美和善的追求熔铸起来。真实固然是现实主义的要求,但是,如果把写真实作为现实主义的唯一标志,那是对现实主义的一种误解。以《日出》为例,他所写的是大饭店和三等妓院的腐朽和污秽的生活,但是,他决没有停留在对污秽和黑暗的揭露上,停留在表层的真实之中;而是揭示黑暗掩盖下的金子的闪光,挖掘污秽腐朽中诗意的芳馨。曹禺曾说:他写《日出》就是要写出"希望","一种令人兴奋的希望"。正因为他怀着强有力的理想温热,使他能够写出那种令人欣喜的希冀。一个剧作家的理想,决不是对现实的虚饰和伪造,而是对现实的诗意发现和从现实中提炼出精醇的能力,是一种对现实的摄取和升华的悟性。理想,永远是剧作家从生活中发现诗意和提炼诗意的艺术创造力的源泉。曹禺认为:"现实主义的东西,不可能那么现实",更不能"按现实的样子去画去抄"(《曹禺谈〈北京人〉》,《曹禺论创作》,第100页)。如他改编的巴金的同名小说的《家》,他写了瑞珏的诗、鸣凤的诗,写出了悲怆中爱情的甜蜜,写出了冬天中春的信息,同时也洋溢着青春的战斗的朝气。他从人物心灵的哀曲中提炼出具有普遍意义的东西。在《北京人》中,他深刻地把握住生活中新的幼芽破土而出的诗意真实,从那些嫩芽欣欣然发出来的破土的声音中,昭示着新的生活之流正在冲击着冰封的河床,即将迎来解冻的春天。在曹禺的剧作中,从没回避丑恶的现实、回避现实中的矛盾冲突,但是,他却写出生活的本真,在这本真中结晶着美凝结着善,蕴蓄着理想的温热。

剧作家的主体作用是应当肯定的,但它不是可以任意超越的东西,如果说作家的主体是可贵的,那么,它指的是剧作家的一颗诗心,一颗善于从生活中倾听到诗的心灵。曹禺经常说,他写剧就是像写一首诗。他确实像诗人那样对生活怀着巨大的热情。从他的每一部剧作中,都可以看到他自己的热情。这热情是为思想所点燃,为理想所激发,为美丑所蒸腾起来的,是一种不可抑制的推动力量。看看他写《日出》时的心灵燃烧的情境吧:"我看见多少梦魇一般的可怖的人事,这些印象我至死也不会忘却;它们却化成多少严重的问题,死命突击着我,这些问题灼热我的情绪,增强我不平之感,有如一个热病患者,我整日觉得身旁有一个催命的鬼低低地在耳边催促我,折磨我,使我得不到片刻的宁贴。"(《日出·跋》)《日出》就是在这热情的燃烧中完成的。也正如别林斯基说的:"戏剧,就其本质来说,是充满热情的。"(《别林斯基论文学》,第54页)而曹禺正是一位怀着巨大热情的戏剧诗人,他把自己燃烧的心灵化为戏剧的诗。

三

曹禺戏剧的成功,还在于他走了一条民族化群众化的道路。

歌德曾对爱克曼说:为剧场写作是一件困难而费力不讨好的事情;"重要的是,作家要懂得采取适合观众爱好和兴趣的道路。如果作者的才能与观众的倾向一致,那么,就大功告成了。"(爱克曼辑录:《歌德谈话录》,《古典文艺理论译丛》第11期,第205页)曹禺是一位深深懂得中国观众的爱好和兴味的剧作家。由于他长期看戏和演剧的实践,他认为中国的"观众是非常聪明的","中国的观众十分善感"。他也最了解中国观众的审美习惯,正因此,他写戏是把观众放到心中的。写《日出》时,他原希望写出一部具有契诃夫式的平淡而深邃的风格的剧本来，但是几经考虑，还是把已经写出的部分底稿烧毁了。他说："即便写得出来，勉强得到半分神味，我们现在的观众是否肯看仍是问题。他们要故事，要穿插，要紧张的场面。这在我烧掉了的几篇东西里是没有的。"(《日出·跋》)写《雷雨》时，也是考虑到"希腊悲剧中的命运，这都是不能使观众接受的"，所以，不能还让"观众如听神话，听故事似的，来看我这剧"(《〈雷雨〉的写作》，《曹禺论创作》，第3页)。一些著名的戏剧大师如莎士比亚、莫里哀等，都是有着丰富舞台实践的剧作家，他们是最尊重观众也又最懂得观众的。曹禺也深知为观众而写戏是一个剧作家的天职。他的一些戏之所以受到不同层次的观众的欢迎，能够受到一代又一代观众的欢迎，正是因为他把自己的戏剧才能同观众的爱好需求结合起来。当有人批评《日出》以"击鼓骂曹"式的义气故意博得观众喝彩，以为是作家在讨好观众时，他起而辩解说，唯有观众才是剧场的生命。"一个弄戏的人，无论是演员、导演，或者写戏的，便欲立即获有观众，并且是普通的观众。只有他们才是'剧场的生命'。尽管莎士比亚唱高调，说一个内行人的认识重于一戏院子groundings（按：指买贱价票，站着看戏的人们）称赞，但他也不能不去博得他们的欢心，顾到职业演员们的生活。写戏的人最感觉苦闷而又最容易逗起兴味的就是一个戏由写作到演出中的各种各样的限制，而最可怕的限制便是普通观众的兴味。怎样一面会真实不歪曲，一面又能叫观众感到愉快，愿意下次再来买票看戏，常是使一个从事于戏剧的人最头痛的问题。"(《日出·跋》)这些看来是最普通的道理，但在二十世纪三十年代的话剧界中也并非都能领悟到了，即使懂得却很少有人像曹禺那样遵奉它、实践它。最普通的道理，往往是最深刻的，也是易为人忽略的。人们常常把许多精力放到制造新的戏剧法则和手段上，这自然也需要，可是却无心去实践为历史检验是成功的道理。曹禺的这一席话，对于今天的剧作家仍然是有启示的。他的创作体现了绝妙的走钢丝的艺术：既要满足观众的兴味但又真实，保持艺术的高质量，使得雅俗共赏。他最善于在"最可怕的限制"下取得创造的自由，从而让观众心甘情愿地走进剧场而又从中得到教益和享受。曹禺的戏剧体现着中国话剧群众化的成就，这是因为话剧为中国群众接受，才使它这个外来的艺术形式立足在中国的大地上。

话剧的群众化同民族化是相互关联的。曹禺的戏剧真正体现了民族的独创性，他的剧作不仅具有鲜明的个人风格，而且有着浓郁的民族风格。有的记者，曾经指责他是在"模拟"外国戏剧，甚至苛刻地指出他的哪一部剧作是"抄袭"了外国的哪一部剧作的东西。他自己也不否认他的剧作曾经受过外国剧作的影响，问题在于他是如何对待外国戏剧的。恰恰在这一点上，他提供了最可宝贵的经验，可以说，他是一个对外国戏剧实行最好的"拿来主义"者。他对外国戏剧的研究，足以使他成为一个在大学讲堂上开出外国戏剧史及其作品分析的教授，他对希腊悲剧、莎士比亚、易卜生、契诃夫、奥尼尔等都有着学者式的钻研和艺术家的深邃感受。他读过的外国戏剧作品有数百部，古典的、近代的、现代的戏剧的各种流派都很熟悉。他不止一次对青年剧作家讲过，要广泛地借鉴外国戏剧。但是，他却特别强调对外国戏剧要有"化"的功夫，讲究"揉搓塑抹"。即以《雷雨》来说，尽管其中吸取了《俄狄浦斯王》以及易卜生的《群鬼》中的东西；但是，你不能不承认，它不但是一个中国作家写的中国的人、事，而且其艺术神韵也是民族的，是曹禺的。《北京人》，连作家自己都承认它是受了契诃夫戏剧的影响，可是，它决不是《三姊妹》的翻版。他曾经这样说："我是一个忘恩的仆隶，一缕一缕地抽取主人家的金线，织好了自己丑陋的衣服，而否认这些退了色(因为到了我的手里)的金丝也还是主人家的。"这个比喻，在谦逊中道出了一个形象而深刻的道理，那就是以我为主、为我所用地借鉴外来戏剧的态度。他说："我是我自己——一个渺小的自己。"他还说："我是一个中国人吗？"他甚至还说过，他很不喜欢有些人，首先怀着写给外国人看的写作态度，因为写出来的不是真正的中国人，那结果是一定要失败的。以一个强大的自主的中国人的民族灵魂和艺术传统去借鉴和吸收外国戏剧中的有益的东西，这是曹禺创作的宝贵经验。

在他的戏中，他以民族的东西去"化"外国的东西，民族艺术传统的主体作用，在他的剧作中得到不断完善的发挥。譬如他对外国戏剧表现派、象征派的创作方法和技巧，不但不机械地模仿照搬，而是把它同民族艺术传统中的象征艺术结合起来，从而使人感到其中贯穿着中国艺术的情调和韵味。从他写的象征人物(如金八)，象征性的环境氛围(如《雷雨》、《日出》)，到道具象征(鸽子、棺材)，音响象征(号子、鼓声等)，都有着传统艺术中的情景交融、气韵生动、形神兼备以及赋比兴手法等所体现出来的民族性和文化特色。而最杰出的是他的戏剧语言的创造，他创造了最富有戏剧艺术魅力也最有民族特色的戏剧语言。戏剧语言的转化，是最深刻最细微地体现着对外来戏剧形式的创造性的转化，也是朝民族话剧的形式转化。正如爱德华·萨波尔所说："每一种语言本身都是一种集体的表达艺术，其中隐藏着一些审美因素——语音的、节奏的、象征的、形态的——是不能和任何别的语言全部共有的。"(〔美〕爱德华·萨波尔：《语言论》，第201页)可以说，话剧到了曹禺那里，才真正实现了这种外来戏剧的民族性的转化，他是中国最杰出的话剧语言的大师。如果说任何民族艺术形式都是特定民族的载体，当它被移植到另一个民族的生存圈和文化圈时，载体的变异就是一种"化"的过程。"化"就是创造性的转化和改造，而这里的关键是以引进者的主体(民族主体，艺术家的主体)去"化"外来的艺术。曹禺正是这样实践的。经过八十年的历史，话剧终于成为中国的现代的民族的话剧，曹禺为此所贡献的历史功绩是不可抹杀的。

曹禺，作为一个戏剧家，他并不是完美的，他的每一部剧作也并不都是杰出的。当我们祝贺他从事戏剧活动六十五周年的时候，最重要的还是看他为中国的戏剧贡献了那些在今天看来仍然是最基本的经验、最可宝贵的精神和传统。这正是我这篇文章所要揭示的，并以此作为祝贺。

我们诚挚地献上对他的祝福。

我们期待着他的新作。

(原载《剧本》1990年第9期)

曹禺的诗化现实主义
——《曹禺全集·前言》

今年，是曹禺诞生八十五周年，又是他从事戏剧活动七十周年，花山文艺出版社出版《曹禺全集》，是一个最好的纪念和祝贺。

回顾曹禺漫长的生平和创作道路，他对中国戏剧和世界戏剧所做的贡献是多方面的。本文只就其创作的基本风格特色，主要的经验及其在中国现代戏剧史乃至世界戏剧史上的地位和影响进行综合的历史的考察，作为前言。

曹禺是作为一个杰出的现实主义剧作家出现在中国现代文学史和中国现代戏剧史上的。他的现实主义，不仅凝结着他的创作个性，他的艺术独创和贡献，形成了他诗化现实主义的风格，而且比较集中地体现着中国话剧艺术现实主义的宝贵传统。

一个作家选择什么创作方法和原则是有他的自由的，即使选择同一创作方法，在人们的理解和艺术实践中也会因人因时因地而异的。但是，对于一个杰出的作家来说，他在创作方法上的美学选择，他的创作上的美学风格特色的形成，也并非是随心所欲的。

曹禺的现实主义美学选择不是偶然的。通常人们都把《雷雨》作为曹禺现实主义创作的起点，但是，他是经过一段摸索试验、酝酿准备才最终做出他的美学抉择的。

还在《雷雨》写作之前，早在他的青年时代，就曾经写过小说、诗歌和杂感等，在写作的体裁上就有过各种试验。在这些早年试笔的作品中，如小说《今宵酒醒何处》，就明显地受到郁达夫小说的影响，分明带着一种浪漫感伤的情调。而他的诗《四月梢，我送别一个美丽的行人》、《南风曲》、《不久长，不久长》等，诗情恬淡凄婉，诗境超脱朦胧，在追索人生中又流露出人生"不久长"的哀叹。他的诗同样也流露出那种浪漫的缥缈的感情的调子。曹禺说，他当时是把诗作为"一种超脱的、不食人间烟火的艺术"来看待的。但是，在经过演剧实践，特别是演出易卜生的戏剧后，在戏剧与社会人生的结合中，他的剧作终于选择了现实主义。这自然反映着他个人思想和美学追求的转变，但这种转变却有着它更深层的历史背景和时代动因。

　　直面着那样一个光怪陆离的黑暗社会，面对着那样一个民族危机不断加深，社会矛盾日趋深化但却令人诅咒的时代，只要是一个正直的知识分子，他就不可能对现实无动于衷，更不可能对它闭上眼睛，更何况曹禺当时正是血气方刚、又是那么一个充满热情血性的青年。他不止一次地说，在那梦魇般的人事面前，他的灵魂被折磨得不能有片刻的宁贴，他的感情被煎熬着、蒸煮着，他按捺不住一腔的愤懑。他的雷雨般的热情个性，他的强烈的诗情义愤，成为他创作的强大内驱力。由此，我们也就不难理解，为什么他23岁就写出《雷雨》，就那么满腔激情地"毁谤着中国的家庭和社会"；而《日出》又是那样无情地攻击那个"不公平的禽兽世界"了。是黑暗的现实激起愤怒，而愤怒又造就着现实主义的戏剧诗人。

　　同时，还应该看到曹禺所选择的现实主义，是既受到"五四"以来的现实主义戏剧创作主潮的影响，而又有所不同。他的美学选择带有深思熟虑的特征。

　　曹禺作为"五四"以来的新文学浪潮中的第二代作家，他所面临的新剧创作思潮和流派是复杂而多样的：既有接受易卜生的社会问题剧的强大影响而形成的写实剧，又有浪漫派戏剧创作以及模拟新浪漫主义即现在称之为现代派戏剧的剧作。面对如此复杂纷呈的戏剧现象，他既没有固守自己的早期创作中的浪漫感伤的倾向，也没有盲目追逐新浪漫主义的剧作，更没有因循那些只侧重问题、偏重教训的写实的社会问题剧。而更为可贵之处，他把他的艺术视界面向着世界戏剧的潮流，可以说，在中国的剧作家中，还没有人像他那样潜心地考察了自古希腊悲剧以来的戏剧思潮，精心地广泛地研究了近代欧美戏剧创作的各种流派及其作品，这就使他得以在冷静的思考和会心的领略中，探索如何使话剧这种外来的艺术形式同中国的现实，同中国观众的需求结合起来，同时，又能发挥他的创作个性。这就是我们曾经加以概括的，他走了一条诗与现实结合的、富有民族的个性的现实主义戏剧创作道路。

一方面，他继承着以鲁迅为代表的"五四"新文学的现实主义精神，充分汲取了新兴话剧的经验，更避免了它的教训；另一方面，他循着易卜生、契诃夫、奥尼尔等人的近代现实主义的潮流，领悟着他们的戏剧审美特质和发展趋势，寻找着中国观众可接受的东西，闯开一条新路。美国戏剧理论家约翰·加斯纳对现代戏剧潮流曾作过如下的概括："现代剧作家试图使现实与诗这两种可能的境界，都能够达到美的极致，或都力图使这两者能够浑然一致或相互迭替。"（《外国现代剧作家论剧作·导论》，中国社会科学出版社1982年版）而曹禺的剧作，正是这种现代戏剧美学潮流在中国的代表。他把其诗人的创作个性同中国现实结合起来，形成了他诗化现实主义戏剧美学风格的特色。

曹禺的诗化现实主义美学风格的基本特色表现在以下几个方面。

首先，诗与现实的融合所呈现出来的突出特色，即以诗人般的热情拥抱现实。

从特定意义上说，任何杰出的作品都不是用笔墨写成的，而是作家用他全部的生命、高尚的灵魂以及对人生的领悟和激情而铸就的。曹禺早年的诗作，便显示了他对诗的天然倾向和爱好。他的创作个性是属于诗的，他甚至说，写《雷雨》就是在写一首诗。从《雷雨》到《王昭君》，他都在追求诗与戏剧的融合，都在追求戏剧的诗的境界。对于他来说，写剧从来都是一种诗情的迫切需要。不可忽视的，他的强烈的诗情，都来自他那种高度的社会责任感，来自他那种对历史人生的艺术良知。在《雷雨》中，他把对时代的感受和对现实的激情同自然界的雷雨形象交织起来，使雷雨般的热情和雷雨的形象浑然一致，形成一个情景交融的境界。雷雨既是整个戏剧的氛围，又是剧情开展的节奏。雷雨既是摧毁旧世界的象征，又是激荡人物心灵的力量。他把巨大的热情，化为诗的氛围，化为性格的感情冲突，化为人物心灵的诗。艺术从来就是对现实生活中一种带有感情的形象反映。对先进的革命的事物的崇敬赞美，对丑恶的反动的事物的愤怒仇恨，对被压迫奴隶的同情热爱，是艺术创作的推动力。缺乏真情实感，不可能产生动人的艺术；缺乏真情实感，也不可能发现和切入现实的底里，从而写出真实的艺术品。对于曹禺来说，他的巨大热情，带有更特殊的地方，他往往是靠着那种"情感的汹涌的流"来推动着孕育着他的剧作的。

　　诗的发现，是对现实敏感的表现，是通向创造的第一步。但是诗的发现，或是艺术的敏感，是激扬的感情同现实撞击的结果，是诗人的一颗充满崇高情感的心灵拥抱现实的产物。像《雷雨》中，周朴园逼繁漪喝药的一场戏，那是在封建大家庭中司空见惯的事；但是，在曹禺的笔下却化为一场惊心动魄的戏。正是在人们习以为常的生活中，他以被抑制的情感，敏锐地感受到周朴园的令人颤栗的精神镇压力量。在曹禺所描绘的现实中，都是为鲜明爱憎所熔铸过提炼过的。别林斯基曾说："戏剧就其本质来说，最是充满热情的。"（《别林斯基论文学》，第54页）而曹禺正是一个对现实怀着巨大热情的剧作家，他用巨大的热情融入现实并建构了他的戏剧大厦。

　　其次，诗与现实的融合所带来的另一特色，是曹禺总带着理想的情愫去观察现实和描写现实；因此，我们把他的现实主义的真实性称之为诗意真实。诗意真实，是他的现实主义美学风格的突出特点。

　　在曹禺的剧作中，他对现实关系的描绘的真实性，往往带有严峻而冷酷的特点，无情地暴露了现实生活的丑恶，揭示了人物命运的严酷，如《雷雨》中所描绘的。在《日出》中所展现的豪华饭店和三等妓院的污秽的腐朽的生活画面，其中所发生的大大小小的惨剧，揭露了黑暗社会制度所制造的种种罪恶。但是，可贵的是他不止于暴露，而是在暴露中透视出那堂皇的社会大厦必然倾覆的结局，垂死阶级日暮途穷的征兆，而且更写出他的憧憬和希望。《北京人》中所描绘的曾家的黑暗王国中，尽管发散着腐朽的棺材气息，但却让人们看到其中正有新芽破土而出，新的潮流正在冲击着冰封的河床，即将迎来解冻的春天。《家》写的是悲剧，却洋溢着青春的朝气、爱情的芬芳和乐观的情绪。一个剧作家的理想，决不是对现实的虚饰和伪造，而是对现实中蕴藏着的诗意发现，以及从现实中提炼出美的精醇。曹禺正是从现实中发现着探求着这种诗意真实的。已故的文学理论家何其芳曾这样说："那些最激动人心的作品常常不仅描写了残酷的现实，而且同时也放射着诗的光辉。这些诗的光辉或者表现在作品中的正面人物的行为上，或者是同某些人物的行为结合在一起的作者的理想的闪耀，或者来自平凡而卑微的生活深处发现了崇高的事物，或者就是从对于消极的否定的现象的深刻而热情的揭露中也可以折射出来……总之，这是生活中本来存在的东西。这也是文学艺术里面不可缺少的因素，这并不是虚伪地美化生活，而是有理想的作家，在心里燃烧着火一样的爱和憎，必然会在生活中发现、感到，并且非把它们表现出来不可的东西。所以，我们说一个作品没有诗，几乎就是没有深刻的内容的同义语。"（《论〈红楼梦〉》，第127页）这番话用之于评价衡量曹禺的剧作也是适用的。理想，永远是剧作家从生活中发现和提炼诗意真实的心灵的源泉。

当剧作家用一颗诗心去观察现实时，他不仅是描绘出一种诗意真实，同时，也包孕着诗人对现实人生的哲学沉思。这种哲学沉思当然不是用逻辑的词语来表达的，而是从生活中提炼的并蕴蓄在艺术形象中的诗性哲学。

曹禺虽然不是哲学家，但是《雷雨》中便表现了他对人生，对宇宙的苦苦求索，而《日出》中对那"损不足以奉有余"的社会探究也是十分紧张的。《原野》中在拷问着人的灵魂秘密。《北京人》对人生真谛的紧张探索，它的深刻的诗意力量也是震撼人心的，这部作品不仅令人思索人生更思索着整个人类了。透过愫方和瑞贞的形象，所透露出来的对美好人生的憧憬和诗意理想：人活着，不应该为着自己；人活着应该为别人才有快乐；人活着，应当到更新的更广阔的生活潮流中去。其人生诗意，是十分感人的。20世纪60年代《北京人》公演，周恩来特地看了演出。"总理看完后问：台词中，把好的送给别人,坏的留给自己,这句话,是不是新加的?导演说,原来就有。总理说,那就好。又说作者对那个时代的人理解很深。"(《缅怀周总理,重演〈北京人〉》,中央广播电视剧团1979年11月演出说明书)可见,周恩来为这诗意哲理所惊异所感动了,以为是作者在新中国成立后新加上去的。诗和现实的撞击必然带来对现实人生的哲学沉思。戏剧并非只是在那里铺演一个故事,也并非仅是演绎一段人生的遭际,戏剧要表现的是人生的诗意和诗的人生,这才是戏剧最佳境界。它从现实中所提炼的升华的是戏剧的哲学、戏剧的诗性哲学。曹禺一再说,不能把易卜生式的戏剧简单地理解为"问题剧",必须把社会问题同"复杂多变的人生深沉理解"联系起来,从而达到对现实生活的更深邃的诗性哲学的概括。

其三,曹禺的诗化现实主义的艺术重心,在于倾力塑造典型形象,特别是把探索人的灵魂,刻画人的灵魂放在最重要的地位上,写出人物心灵的诗。

曹禺一再说,他写戏醉心于人物塑造,醉心于人物性格的塑造。他说:"作为一个戏剧创作人员,多年来,我倾心于人物。我总觉得写戏主要是写'人';用心思就是用在如何刻画人物这个问题上。"(《看话剧〈丹心谱〉》,《光明日报》1978年4月19日)这可以说是他一贯的执着的美好追求,也是他现实主义创作的核心。

一个剧作家的美学追求是他创作的动力和目标。由于每个剧作家的美学追求不同,其作品面貌也就有所不同。有的剧作家追求所谓无主题无冲突无人物,主张淡化情节淡化人物,则自然是又一种面貌。曹禺不仅醉心于人物性格塑造,写出大大小小性格鲜明生动的形象,而且更追求写出艺术典型来。他奉献给中国现代戏剧史的,是一个又一个的艺术典型:周朴园、蘩漪、陈白露、仇虎、金子、愫方、曾文清、瑞珏等,正是这些典型形象,构成他的艺术形象的系列,组成他的艺术长廊。

这些典型,是属于曹禺自己的艺术发现,正如答尔丢夫之属于莫里哀,哈姆雷特、罗密欧之属于莎士比亚……如别林斯基所说,是既陌生又熟悉的人物。蘩漪，也许被习俗视为最不规矩的女人，是为旧道德所不容的。但是，他却发现"她是一个最'雷雨'……性格"。他不能掩饰对她的"怜悯"和"欢喜"。他更发现了她"有着美丽的心灵"，"她有火炽的热情，一颗强悍的心，她敢冲破一切的桎梏，做一次困兽的斗"。愫方，也是他的发现，在她的最能忍耐的性格中发现了她的坚韧刚毅以及对美好生活的追求，发现了她那积淀着的中国妇女的传统美德。他的妇女形象系列，是他献给中国现代文学史最具光彩的艺术形象，最集中地体现着他对妇女命运的深沉思考和深切关注。如果说，从蘩漪、陈白露这样的现代妇女的悲剧命运中，蕴蓄着对现代妇女的个性解放的探索；那么，像对侍萍，甚至鸣凤、四凤的悲剧命运，则体现着被侮辱被迫害的奴隶的渴求解放的正义呼声，几乎他笔下所有的妇女形象，不管其身份地位，都有着种种美好的心灵和道德，而透过她们的命运对封建制度发出血泪的控诉。正如高尔基所说：每个艺术家总是"发现自己、发现自己的对生活、对人们、对特定的事实的主观态度，并把这种态度用自己的形式和自己的语言表达出来。"（转引自《现代文艺理论译丛》1958年第2期，第176页）曹禺正是以自己独到的发现写出了自己的人物，自己的典型。在中国现代戏剧史上，还没有一个剧作家能够像他写出这么多令人难忘的属于作家自己的艺术典型来。

就其对作品人物灵魂的深刻性、丰富性和复杂性的刻画而言，曹禺同中国现代文学的大师相比也是毫无愧色的。

曹禺曾说："刻画人物，重要的又在于揭示人物的内心世界——思想和感情。人物的动作、发展、结局，都是来源于这一点。"这可以视为他多年创作经验的总结。他刻画人物的灵魂，颇有鲁迅小说刻画人物灵魂的特点。以他对妇女形象的塑造来说，他很善于揭示她们心灵深处的激荡和错综复杂的丰富的内心世界。如蘩漪，在她灵魂中纠集着热情、忌妒、抑郁、愤激、勇敢、怯懦……是一个极热烈而又极阴鸷的灵魂，甚至心理上都是变态的。郭沫若看过《雷雨》后，便敏锐地看到曹禺对人物灵魂刻画得精细深透的特色，甚至说，"作者于精神病理学，精神分析术等，似乎也有相当的造诣。"

(《关于曹禺的〈雷雨〉》，《沫若文集》第11卷，第113页）曹禺并非是这方面的专家，但他却能深入人物内心的堂奥。还有陈白露，在她的心灵中同样交织着错综复杂的矛盾，她那喜怒无常、玩世不恭、骄傲任性、聪明而又糊涂的复杂心理；犹如一座迷宫。正是在她的复杂心理中看到她那越来越深地陷入痛苦的精神状态，也看到罪恶的生活是怎样把一个曾经是聪明、美丽、纯洁的少女的心灵腐蚀得如此深重。而对仇虎的刻画，则把一颗痛苦的灵魂揭示了出来。曹禺把中国话剧艺术的典型塑造，特别是灵魂刻画的艺术推向一个高峰。他在探索人的灵魂的秘密上，堪称戏剧的巨匠，也是他贡献给中国话剧艺术的最可宝贵的东西。

最后，还必须指出，他的现实主义剧作的民族独创的特征。

话剧作为一种外来的艺术形式，如何使它在中国的民族的土壤中落脚、生根、成长，必然遇到一个民族化的问题。曹禺的现实主义的美学选择，则是充分考虑到如何使话剧适应中国的社会现实，如何适应中国观众的审美习惯和精神需要。他的现实主义的成功，即在于他走了一条群众化、民族化的道路。

曹禺是一个深深了解和懂得中国观众的爱好和趣味的剧作家。可能由于他有着长期看戏和演剧的经验，使他对中国观众十分熟悉。他认为中国的"观众是非常聪明的"，"中国的观众十分善感"。因此，他写戏总是把观众放到心中。他说："一个弄戏的人，无论是演员、导演，或者写戏的，便欲立即获有观众。并且是普通的观众。只有他们才是'剧场的生命'。"当曹禺开始剧本创作时，话剧的观众只是在少数的校园中，在部分知识分子圈里，话剧演出还多是业余的。从某种角度说，那时话剧观众的危机和面临的困难较之今天要严重得多。他说："写戏的人最感苦闷而又最容易逗起兴味的就是一部戏由写作到演出中的各种各样的限制，而最可怕的限制便是普通观众的兴味。怎样一面真实不歪曲，一面又能叫观众感到愉快，愿意下次再来买票看戏，常是使一个从事戏剧的人最头痛的问题。"（参考《日出·跋》)而他写《雷雨》、《日出》时，正是考虑了"普通观众"的审美水平审美情趣和爱好，写得既真实又让观众感到审美的愉悦而甘心情愿买票来看的。茅盾曾有"当年海上惊雷雨"之赞,他的《雷雨》、《日出》赢得了普通观众,并且可以使一个职业剧团的票房收入得以维持再生产。可以说,他的戏是最能博得观众欢心的。

他的戏之所以能够得到一代又一代的观众,成为久演不衰的剧目,其原因是多方面的。但其中重要的一点,是他的现实主义剧作表现出可贵的民族独创性。他的剧作不仅有着鲜明的个人风格,而且具有浓郁的中国特色的民族风格。他把外来的话剧创造性地转化为民族的。

在对待外国戏剧的态度上,他实行着最广泛的借鉴,但他从不模仿因袭。他的剧作并非像有的论者说的,是外国剧作的模仿物,而是把借鉴转化为创造。当有人称他是"易卜生的信徒",说他的《雷雨》是"承袭"了欧里庇德斯的《希波吕托斯》和拉辛的《费德尔》的时候,他说:"我用了力量来思索,我追忆不出哪一点是在故意模仿谁。也许所谓'潜意识'的下层,我自己欺骗了自己;我是一个忘恩的仆隶,一缕一缕地抽取主人家的金线,织好了自己丑陋的衣服,而否认这些褪了色(因为到了我的手里)的金线也还是主人家的。"(《雷雨·序》)这段自我剖析,可以说十分形象而又深刻揭示了曹禺借鉴外国戏剧的经验。那就是以我为主,对外国戏剧在"化"字上下功夫,用别人的金线来织自己的衣裳。曹禺还特别讲究要"揉搓塑抹",反对简单地照搬和模仿。如《北京人》,作家自己也承认曾受到契诃夫戏剧的影响,但它决不是《三姊妹》、《樱桃园》和《伊凡诺夫》的翻版。且不说它们之间描绘的生活内容、思想内容不同;单以戏剧冲突展开的形式,则曹禺的《北京人》更具有为他的创作个性所决定的内在的紧张性和复杂性,较之契诃夫的戏剧情韵更多了些"辣"味。的确,曹禺就是曹禺。他尽管从古希腊悲剧、莎士比亚、易卜生、契诃夫、奥尼尔,甚至从佳构剧中都汲取过有益的成分,但正如曹禺所说:"我是我自己。"还说:"我是一个中国人嘛!"我们无论进行怎样深入的比较研究,都会发现他的剧作背后站立着的是一个独具个性的中国作家曹禺,而决不会把他和他的剧作同任何一个外国剧作家及其剧作混淆起来。

曹禺借鉴外国戏剧的经验可归结为两点：一是以作家的艺术个性的主体去消化外来的东西；一是以民族的主体，即以强大的自主的民族灵魂和艺术传统去借鉴和汲取外国戏剧中有益的东西。而这二者对曹禺是统一的。譬如他对外国戏剧表现派，象征派的创作方法和技巧，不但不去机械模仿照搬，而是把它同民族文学艺术传统中的象征艺术结合起来，使人感到其中贯穿着中国艺术的情调和韵味。从他写的象征人物(如金八)，象征性的环境氛围(如《雷雨》、《日出》)，到道具音响的象征(如《北京人》中的鸽子，《日出》中的号子，《原野》中的鼓声等)，都有着传统艺术中的情景交融、气韵生动、形神兼备以及赋比兴手法等所体现出来的民族风格和文化特色。又如奥尼尔把人物潜在情绪戏剧化的表现方法，善于刻画人物内心强烈的矛盾和感情冲突，而我国戏曲中也往往用大段唱词来刻画人物心理；曹禺正是把中国传统戏剧中的"大段抒情"同奥尼尔那样表现人物复杂心理的手法结合起来，形成曹禺戏剧的浓郁的抒情特色和人物性格心理的丰富性和复杂性。在汲取外国戏剧中的新鲜的技巧手法时，为了使得本国观众易于接受而不致感到陌生，那么，这种融合就显得十分必要了，把难以接受的陌生的东西变成似曾相识的又是可接受的。

　　如果从更深的层次来说，曹禺用的是外国戏剧的形式，但更多地更深地注入的却是中国艺术的精神。我们从不否认他所接受的外国戏剧的影响，包括艺术精神的影响，但他的剧作从《雷雨》起，便追求(也许是无意识的更根蒂固地趋向)着中国艺术所谓"神"，所谓"妙"，所谓"味"，所谓"悟"等。他说写《雷雨》就是写一首诗，这"诗"，并非是外国"诗"，而是中国的"诗"。是中国诗中所渗透并提炼出来的诗美的范畴。所谓诗的意象，诗的神韵，诗的韵味等，曹禺把这种诗美，或者中国诗中所体现出来的艺术精神，贯穿到他的剧中，这就是他对戏剧的诗和诗的戏剧的审美追求。他讲究戏剧的"神"和"味"，讲究戏剧的意境。他把这作为戏剧真实的最高境界。比如，他曾有过一个十分精妙的提法："现实主义的东西，不能那么现实。"这个提法，是他创作中对"真"的感悟和体验，他举《北京人》为例说："我不能把日本侵略军写到剧本里去。我明明知道，但不能写，只要一把日本联上，这部戏就走神了。古老的感觉没有了，味道也没有了。"（曹禺同笔者谈话记录，1982年5月26日）可见，他对真的追求，是同中国一些现实主义剧作家不同的，也是同一些外国现实主义剧作家不同的。他强调"神"，强调"味"，是强调主体的审美感知和审美感情对戏剧形象、戏剧冲突以及戏剧情境的融入和渗透，追求神似，追求情真，也可以说追求类似形而上意味的境界。如《雷雨》中，透过人物、场面、冲突等具体的有限的形象而达到对抽象的无限的诸如对人生、社会和宇宙的感悟。但是，曹禺却又没有照搬西方现代派戏剧，像梅特林克，斯特林堡等人的做法，使形而上的东西透过颇带抽象意味的象征寓意而表现出来，而是以中国的艺术精神去融会他所需要的，而且是为中国观众所能接受的外国戏剧的编剧法则和技巧。所以说，曹禺的剧作的民族独创性，不仅在于他写了中国的人事，还在于他是以中国的艺术精神来消融转化外国戏剧的形式因素的。

与此相联系的，是曹禺的现实主义的"开放性"。他善于把非现实主义的表现方法和技巧融入现实主义的创作。现实主义在文学艺术历史的长河中也经历着自身的发展过程。曹禺的现实主义创作，由于其艺术视野的广阔，使他不断地从浪漫主义，现代主义中汲取养分。但是，他是以现实主义为主体去汲取消融的，如金八这一象征性人物，就蕴含着深刻的现实性，并作为个别成分融入现实主义人物形象的系列之中。《北京人》中杜家和曾家争抢棺材的情节，也带有象征性的含义。而这些都丰富了现实主义的艺术表现力，扩展了剧作的思想艺术的涵量。在我国现代文学史中，像鲁迅的小说，艾青的诗歌等，在他们杰出的现实主义作品中都以现实主义精神作为主体去融化汲取其他流派的艺术经验和表现技巧。

而最能体现曹禺的民族独创性的，是他杰出的戏剧语言的提炼。话剧，虽然是综合的艺术，但仍然也可以说是一种语言艺术。要使话剧成为中国观众可接受的并且是一种审美的语言艺术，从中国话剧的历史发展来看，确非一件容易的事。在早期剧作中，明显的欧化语言和书面语言，都造成话剧同观众的阻隔，更缺乏话剧语言特有的魅力。曹禺戏剧的杰出之处，在于他创造了或者说提炼了一种最富于戏剧性的魅力、最富于人物性格化、也最具民族特色的戏剧语言。戏剧语言的转化，是最深刻、最细微、最内在地体现着对外来戏剧形式的把握，也意味着朝话剧民族化的创造性转化。爱德华·萨丕尔曾说："每一种语言本身都是一种集体的表达艺术，其中隐藏着一些审美因素——语音的、节奏的、象征的、形态的——是不可能和任何别的语言全部共有的。"（《语言论》，第201页）曹禺的戏剧语言正是表现了这种民族语言特有的戏剧审美特色，他不愧是中国最杰出的话剧语言的大师之一。

当我们对曹禺的现实主义剧作的美学风格特色，主要的经验作了论述之后，实际上已经谈到了他对中国话剧艺术的贡献。但为了更深入地探讨他在中国话剧史乃至世界戏剧史上的地位和影响，仍有必要加以专门论述。

曹禺是以他的杰出剧作，奠定了他在中国话剧史乃至中国现代文学史上的重要地位的。他同欧阳予倩、田汉、洪深、熊佛西等老一代戏剧家有所不同；但是，就其创作来说，他仍可以被看作是中国话剧艺术的奠基者之一。

从中国现代文学和中国话剧的发展历史来看，曹禺所做的历史贡献是为文学史家所公认的。唐弢以文学史家的眼光，称曹禺是"开中国话剧一代风气"的剧作家。他说："我有这样一种看法：中国的话剧跟现代小说、现代诗歌的情况不同。小说方面，鲁迅的《呐喊》一出来，起点就很高；诗歌方面，郭沫若的《女神》也是这样。而在话剧方面，许多老一辈作家田汉、欧阳予倩、丁西林、熊佛西等做了许多工作，写过不少好作品，筚路蓝缕，为话剧开拓了一条道路。但真正能够在现代文学史开一代风气，给人耳目一新之感的剧作，恐怕还得从曹禺的《雷雨》算起。曹禺恐怕是我国最早写出《雷雨》这样既能演又能读的大型剧本的作家。特别是他通过话剧这种形式，把中国人的精神气质表达出来了，起点很高。对于一个23岁的青年来说，确实了不起。"（《立于世界戏剧之林的中国剧作家——曹禺》，《戏剧报》1983年第12期）从历史角度来看，他的《雷雨》、《日出》等剧，是中国话剧艺术走向成熟的标志，并且可以说"对我国现代话剧文学样式的成熟起了决定性的作用"（朱栋霖：《论曹禺的戏剧创作》，第6页）。日本的学者佐藤一郎也说："在中国近代戏剧史上，若要推出一位代表作家,当首推曹禺。我觉得,在小说史上推崇一位达到顶峰的代表作家,肯定会引起很大的争论。但至少是在话剧界,把他作为近代话剧的确立者和集大成者却是可能的。"(《曹禺》,《现代中国的作家125》〔日·和光社〕,1954年7月)

他的剧作的影响是深远的。还没有一个剧作家的剧作像曹禺的剧作一样能够长演不衰,具有一种持久的艺术魅力,嵌入一代又一代的观众心里。也没有一个剧作家像他一样,他的剧作培育了一代又一代的演员。于是之曾经这样说:"从30年代到80年代,您用您心血凝结的文字,培育了一辈子又一辈子的演员。今后,还将有大批新人凭您的剧作成长起来。我以我能作为他们当中的一个感到幸福。"(转引自田本相:《曹禺传》,北京十月文艺出版社1988年版,第459页)可以说,许多著名的表演艺术家都是因为演了他的戏而展露才华并扬名剧坛的。尚没有一个剧作家,像他这样,是如此深入到我国话剧创作、演出的历史年轮之中。

他的杰出的现实主义戏剧艺术,在我国戏剧创作中独树一帜,并对话剧创作产生了不可忽视的影响。在20世纪30年代,他虽然不是左翼戏剧家,但他的创作也受过左翼进步文学和戏剧的影响,同时,又反过来给左翼进步的戏剧以支持和影响。曾经有过一个阶段的戏剧史的研究,把左翼戏剧同进步戏剧作过简单的政治区分,实际上,它们不仅有着共同的方向,而且在创作的思想和艺术上也是互相推动、互相融合的。以《雷雨》、《日出》为例,其中分明地可以看到鲁迅、茅盾等革命作家的影响,而曹禺的现实主义也给左翼戏剧以助力。

众所周知,夏衍的《上海屋檐下》是他的代表作,也是左翼戏剧最杰出的创作之一。夏衍曾这样回顾道:"这是我写的第四个剧本,但也可以说这是我写的第一个剧本。因为,在这个剧本中,我开始了现实主义创作方法的摸索。""在这以前,我很简单地把艺术看作宣传手段。引起我这种写作方法和写作态度之转变的,是因为读了曹禺同志的《雷雨》和《原野》。"(《上海屋檐下·后记》。中国戏剧出版社1957年版)他后来又一次提到,他说他写了《赛金花》、《秋瑾传》等剧本之后,"自己觉得很不满意,特别是看了曹禺同志的《雷雨》和《原野》之后",他才改变了那种单是为了"表达一点对时局的看法","兴之所至,就不免有将反面人物漫画化,和借古人之口来抒今人之情的地方",才转向对现实主义的探索和实践追求,写出"典型环境中的典型性格"(《谈〈上海屋檐下〉的创作》,《上海屋檐下》,中国戏剧出版社1963年版)。当然,曹禺对夏衍的这种影响,不是具体的艺术技巧,而是他那种现实主义艺术精神和审美追求的启示。值得提出的是曹禺在江安国立剧专任教时,他读了《上海屋檐下》后,便把它作为教材加以讲解分析。他认为这部剧作不仅对夏衍个人的话剧创作,而且是对中国话剧艺术的一次突破。在这些互相倾慕学习的佳话中,蕴含着中国话剧发展中的丰富而深刻的历史经验。曹禺现实主义话剧艺术对中国现代话剧艺术发展的影响,是一个值得研究但还没有引起足够重视的课题。

曹禺剧作的影响,不但没有随着岁月的消逝而减弱,相反,却越来越显示着它的艺术生命。新中国成立后,特别是进入改革开放的新时期,可以说,兴起了一股"曹禺热"。

曹禺及其剧作,特别是新中国成立前的剧作,越来越受到研究者的关注和重视,在中国现代文学界、戏剧界,对曹禺的研究达到空前的高潮。据王兴平、刘思久、陆文璧编辑的《曹禺研究专集》所提供的资料统计:从1978年到1983年,全国报刊共发表各种论文、剧评、专著等共322篇(部)。据笔者所知,单是专著已经出版的有:《〈雷雨〉人物谈》(钱谷融)、《曹禺剧作论》(田本相)、《曹禺的戏剧艺术》(辛宪锡)、《曹禺年谱》(田本相、张靖)、《论曹禺的戏剧创作》(朱栋霖)、《曹禺剧作艺术探索》(华忱之)、《曹禺论》(孙庆升)、《〈日出〉导演计划》(欧阳山尊)、《曹禺研究五十年》(潘克明)、《曹禺戏剧人物的美学意义》(柯可)、《金线和衣裳——曹禺与外国戏剧》(焦尚志)、《曹禺评传》(田本相、刘一军)、《曹禺:历史的突进与回旋》(马俊山)、《大小舞台之间——曹禺戏剧新论》(钱理群)等,涌现出一批有见地有深度的论文,并且初步形成了一支曹禺研究的队伍。这些论著探讨的课题比较广泛,从作家的生平和创作思想、剧作专论、人物剖析、创作方法、艺术风格、艺术技巧、戏剧语言直到版本考订等，应有尽有。从研究方法来说，也具有新的时代特色，综合研究、比较研究等独具一格。研究者摒弃庸俗社会学的影响，力图从中国现代文学和中国话剧发展的历史中，从美学的角度来评价和探索曹禺剧作的价值和成就。关于曹禺的学术会议和纪念会议，也标志着曹禺的艺术地位，1983年11月7日，《戏剧报》为纪念曹禺创作50周年，专门召开了座谈会，并于《戏剧报》第12期以《立于世界戏剧之林的中国剧作家——曹禺》为题，发表了座谈会的发言。1985年10月4日，在他的母校南开大学，为了祝贺他从事戏剧活动60周年、祝贺他75周年诞辰，举行了"曹禺学术讨论会"。1990年10月，在北京隆重举行了祝贺曹禺从事戏剧活动65周年纪念大会，曹禺剧作的纪念演出活动以及学术研讨会。林默涵、贺敬之在纪念大会上发表了重要讲话。1991年8月，由中国艺术研究院，南开大学、天津剧协联合召开的"曹禺研究国际学术研讨会"，吸引了中外曹禺研究专家数十人，对曹禺的生平和创作进行了广泛而深入的探讨，到会的日本、美、法、澳大利亚等国学者，所提出的论文，对曹禺给予很高的评价。会后出版了《中外学者论曹禺》论文集。1993年10月，中国艺术研究院、武汉大学等单位，再一次召开"曹禺国际学术研讨会"，不断扩展了曹禺及其剧作在国际上的影响。

他的剧作，特别新中国成立前的剧作，被一个不漏地搬上舞台。《雷雨》、《日出》、《北京人》、《家》是新中国成立后都陆续上演过的，而《蜕变》和《原野》在新时期也终于上演了。特别是被冷落了数十年的《原野》的搬上舞台，使学术界对这部历来就有着争议的剧作又重新展开再评价再探讨，形成了一股小小的"《原野》热"！

他的剧作，特别是他新中国成立前的剧作，越来越多地被改编为戏曲、歌舞、音乐剧、电影，甚至芭蕾舞。应当说，由凌子改编执导的电影《原野》起了带头作用。此片于1981年11月在香港公演，受到观众的热烈欢迎。虽然，有一段时间在大陆没有放映，但在内部映出中不胫而走，受到电影界的普遍赞扬。它确实具有一种美的震撼力。在改编中它淡化了原作的神秘色彩和格外浓重的压抑恐怖气氛，它把原作提纯了。诱人的故事，富于奇异色彩的个性鲜明的人物，浓烈的感情，显得更集中洗炼。摄影师罗丹以其锐敏的艺术美感，把画面拍得极具光彩，令人心醉。刘晓庆和杨在葆的表演也有淋漓尽致的发挥。它虽然是原作的电影再现，却在创造性地改编中，使得观众和评论界也得对原作刮目相看了。于是对话剧《原野》的评价，在不断地升级，甚至称它是曹禺剧作中最好的一部了。继之，孙道临改编执导了《雷雨》，曹禺和他的女儿万方又把《日出》改编为电影并获得金鸡奖。《雷雨》还被改编为芭蕾舞。《原野》被改编为湖北花鼓戏、京剧、歌剧，《日出》被改编为音乐剧等。大概在中国剧作家中，剧本被改编为其他艺术形式最多的，可能要数曹禺。

　　曹禺的剧作在海外的影响也在扩大着。香港对曹禺的戏剧始终怀有热情，还在"四人帮"统治的岁月里，香港24个剧社联合演出，市政局主办了"曹禺戏剧节"，当时上演了《北京人》、《蜕变》和《胆剑篇》。另由李援华从其他剧目中，抽取其中片段编成一个剧目，名曰《曹禺与中国》，全剧共三幕。据作者说，他所以这样编写此剧，是"觉得曹禺所有作品都和中国社会有很大关联；而他在多年写作过程中，思想意识又随着自己对社会的认识加深而变化。于是，我决定通过这个剧本，反映我国近40年来的重大变动，目的是加深本港的年轻人对中国的认识和关心，并推动他们体会曹禺在各作品中所流露的观点及作出自己的评价"（《曹禺与中国》，《曹禺〈王昭君〉及其它》，香港良友图书公司出版，第30页）。此次曹禺戏剧节在香港影响颇大。打倒"四人帮"后，《雷雨》等剧作又不断在香港上演。1980年北京人民艺术剧院赴港演出《王昭君》，为此特地出版了《曹禺〈王昭君〉及其它》一书。黎觉奔在《为曹禺的〈王昭君〉演出欢呼》中，除表示盛情欢迎外，他相信这次演出会"给予话剧界一个很大的刺激作用，从而使香港的演剧水准提高一步"。1986年2月，中国青年艺术剧院赴港演出《原野》，同样引起观众的强烈反响。香港总督尤德博士观剧后对导演说，他在1942年就读过曹禺的《雷雨》、《日出》。今天能看到《原野》，心里很高兴。还请导演代问曹禺先生好。尤德博士对曹禺剧作如此熟悉，使导演感到吃惊（张奇虹：《赴港演出纪事》，《北京晚报》，1986年4月11日）。近年来，香港更陆续上演了曹禺的《雷雨》、《日出》、《原野》等剧。随着两岸交流的展开，台湾也上演了曹禺的《雷雨》、《北京人》等。

笔者在1983年曾经提出，曹禺是一位走向世界的戏剧家，实际上是提出了一个如何评价曹禺在近代世界戏剧史上的地位和影响的问题。我们不赞成妄自尊大的观点，也不赞成妄自菲薄的心理状态。尽管话剧是从外国移入的戏剧形式，而且历史不长；但是中国的话剧艺术已经进入近代世界话剧的发展史，更以其民族的特色和卓越的成就而占有重要的地位。对外国话剧的吸收移植改造，展示了中华民族在文化艺术上的开阔心胸和巨大的吸收消化的能量，而曹禺正是这样一个杰出的代表。而从西方话剧的发展史，特别是从近代欧美话剧发展史的角度来看，曹禺的戏剧不仅融汇着古希腊悲剧，莎士比亚戏剧的艺术传统，而且是以易卜生为代表的近代欧美戏剧潮流在中国的一个卓越的体现者，它坚持易卜生现实主义的精神并吸收着契诃夫、奥尼尔以及现代各个戏剧流派的艺术精华，形成了曹禺的诗化现实主义戏剧学派，为世界戏剧发展做出了贡献。佐藤一郎曾指出："欧洲理性教给曹禺的是对于渗透着古陶和黄土子孙血液的民族自觉，曹禺每次进入欧洲，对中国的理解就更进一层。"他还认为曹禺的造型能量的源泉来自中国文学的传统，"正是中国传统内部的造型意识从而获得近代睿智，这个睿智的名字，就叫曹禺的现实主义"（《古陶和黄土的子孙》，《三田文学》〔日〕第41卷第5期）。曹禺正是以其民族自觉而焕发的睿智，不仅使他的戏剧具有了民族的地位和意义，而且有了世界的地位和影响。日本戏剧理论家河竹登志夫在他的《戏剧概论》中所附的《世界戏剧年表》中，提到中国的事件有三次，其中之一即提到《雷雨》的发表。显然他把曹禺及其《雷雨》的出现，是作为世界戏剧史的重要事件来看的，给予应有的历史地位。日本学者之所以重视曹禺，这也许是因为他们对中国的文学艺术更熟悉的缘故，使他们得以从世界戏剧的发展史中，更能看清曹禺戏剧的世界地位和意义。

曹禺的剧作在国外的影响是在逐渐扩展的。据不完全的统计，他的剧本是中国剧作家中为各种外国文字翻译最多的，在演出上也是这样。英、法、俄、日、越南、朝鲜、罗马尼亚等文字均有曹禺的剧作译本，其中尤以日本译本最多，几乎把主要剧作都翻译出版了。在日本、苏联以及东欧各国，曹禺的剧作早就被搬上舞台。最近十多年来，演出他的剧作的国家和地区越来越多。1981年，《雷雨》由罗马尼亚布加勒斯特大学中文专业同学演出。1983年，《雷雨》在莫斯科再次上演。美国继演出《日出》、《北京人》后，1984年密苏里大学邀请英若诚为该校学生排演由他改编的曹禺剧作《家》。美国评论界认为"《家》的演出使美国人深刻理解了20年代的中国社会，这是理解后来发生的伟大的中国革命的钥匙"（英若诚：《从在美国排演〈家〉想到的》，《北京日报》，1984年4月3日）。

在日本，早就演出曹禺的剧作，1981年，《日出》由东京民艺剧团演出，内山鹑执导，曹禺还特地为这次演出写了《作者的话》。1984年，大阪关西大学中文系学生，用汉语演出了《雷雨》。1985年9月，上海人民艺术剧院在日本东京阳光城剧场演出了《家》，10天演了10场，盛况不衰。日本戏剧评论家野村乔说："它所以给人以深刻的感动，是因为从中可以呼吸到充满苦难的中国近代历史的气息。"还说："现实主义是艺术本来的道路，但在日本新剧中却越来越少见了。在这个时候，中国话剧的到来，给人一种新鲜感。"（《日本观众喜欢〈家〉》，《文汇报》1985年9月22日）1984年2月，《雷雨》在马来西亚上演，受到华裔和华侨观众的热烈欢迎，导演说："《雷雨》的艺术成就已超过易卜生。"（马来西亚《星洲日报》1984年2月8日）其他，如韩国、丹麦等地也都有曹禺剧作的演出。从这些也可看出曹禺剧作在世界上的影响在不断扩大着。

最后，还可提起一个饶有趣味的事情。美籍华人教授刘绍铭先生的《曹禺论》出版后，曾经在海外产生过相当的影响。他在书中对曹禺的剧作的批评是相当苛刻的。但后来他终于这样地反思说："我首先向曹禺招供，如果今天重写《曹禺论》，我对他剧作的评价，会高得多。我对《雷雨》和《日出》二剧批评得极不客气，理由不外是那时我刚念完比较文学的课程，眼中尽是希腊悲剧以来的西方戏剧大师，而把曹禺的作品与易卜生、契诃夫和奥尼尔等人平放着来看，那曹禺自然吃亏些。"（《君自故乡来——曹禺会见记》，《明报月刊》（香港）1980年6月第174期）美籍华人教授夏志清也说："我在《中国现代小说史》里，对曹禺批评较苛，唯独对《北京人》另眼相看，认为它比《雷雨》、《日出》、《原野》好得多。……后来刘绍铭写曹禺博士论文，同意我的看法，也肯定《北京人》为曹禺真正的杰作。这几年因为教书的关系，每年重读一遍《雷雨》、《日出》，《雷雨》我一直认为不佳，对《日出》却增加了不少好感，曹禺处理银行经理潘月亭、书记李石清、小职员黄省三三人之间的关系尤其精彩。有机会真想把曹禺全部作品看一遍，再来评断它们的高下。"（《曹禺访哥大纪实》，《明报月刊》（香港）1980年6月第174期）如果没有偏见，真正客观地把曹禺放到近代世界戏剧史和中国话剧史的发展中，即使是把他的作品与易卜生、契诃夫、奥尼尔等人的作品加以比较，也会对曹禺及其剧作做出更加客观而公正的评价，也会看到他对中国话剧乃至世界戏剧所做的历史贡献。曹禺是属于中国的，他的戏剧也属于世界。

曹禺作为一个剧作家，也并不是说他的每一部剧作都是完美的，他当然不可避免地也受着种种局限。但是，他的诗化现实主义话剧艺术，已经成为中国现代文学、中国话剧文学的瑰宝，也成为优秀民族文化的组成部分，而这些，也正是今天发展戏剧艺术可资借鉴的。

一九九五年于北京

（原载《曹禺全集》第1卷，花山出版社1996年版）

曹禺及其在世界上的地位和影响
——为纪念曹禺先生诞辰九十周年而作

曹禺，不但在国内享有盛誉，而且也是一位走向世界的剧作家。他的剧作，在中国的剧作家中是被国外演出最多，翻译也最多的。

也许是一种巧合，曹禺的第一部剧作的第一次演出就是在国外进行的。

当他的第一部剧作《雷雨》于1934年在《文学季刊》上发表之后，最先注意到并把它推上舞台的是日本的年青的学者武田泰淳和竹内好，是他们发现了《雷雨》并把它推荐给在日本留学的热爱戏剧的中国留学生杜宣、吴天等人。1935年4月27日、28日、29日，《雷雨》以中华话剧同好会的名义，在东京神田一桥讲堂举行首次公演。一位东京帝国大学的学生影山三郎看了演出，很受感动，写了《应该了解中国戏剧》一文，发表在《帝国大学新闻》第576期（1935年5月6日）。(饭冢容：《日本曹禺研究史简介》，田本相等主编《中外学者论曹禺》，南开大学出版社1992年出版，第327页）不久，影山三郎又同留日学生郑振铎一起翻译并出版了日译本（1936年2月由东京汽笛出版社出版），日本著名的戏剧家秋田雨雀和正在日本的郭沫若都写了序言。由此，启开了日本的学术界和戏剧界对于曹禺及其剧作的引人瞩目的演出、翻译和研究史。

首先，我们先介绍一下曹禺的剧作在国外的演出和翻译的状况。

1946年，曹禺和老舍访问美国，当时，即同一位美国朋友雷金纳德·劳伦斯（Reginald Lawrence）整理《北京人》的英译本，但是，此书未能出版。而1953年4月，这部译本却在纽约城54街121号的 Studio Theatre 演出，这可能是欧美国家演出曹禺剧作的最早的记录了。1980年春天，曹禺以70高龄再度访美，美国朋友为了欢迎他的到来，满怀盛情演出了《北京人》和《日出》，前者在纽约曼氏剧院演出，导演肯特·保罗（Kent Paul）；后者，在印地安纳大学演出，T.Hernandez教授导演。大概更使人饶有兴趣的是密苏里大学学生演出的《家》。1984年，英若诚执导了这出戏，轰动了密苏里州的堪萨斯城。后来，此剧经中文配音在中央电视台播出，的确演得十分成功。英若诚说：美国评论界认为"《家》的演出使美国人深刻地理解了20年代的中国社会，这是理解后来发生的伟大的中国革命的钥匙"（英若诚：《从在美国排演〈家〉想到的》，《北京日报》1984年4月3日）。

由于历史的原因，苏联以及社会主义阵营的东欧诸国也是演出曹禺剧作较早较多的国家。50年代，苏联的阿·柯索夫导演的《雷雨》，译名《台风》，这位导演为演出此剧于1958年3月还同曹禺有过通信。他说："我认为《雷雨》这一个剧名，把正在来临的革命风暴从直接的概念扩大成为现实的感觉。这场风暴将要摧毁当时业已形成的社会关系，而周朴园的家庭的瓦解和毁灭，便是中国剥削阶级不可避免的毁灭。"（《关于〈雷雨〉在苏联上演的通信》，《戏剧报》1958年第9期）1981年，《雷雨》再次于莫斯科演出。1959年4月，在罗马尼亚由青年导演格·弗洛里昂执导的《雷雨》演出获得成功。罗马尼亚《论坛报》于4月25日发表了亚·格普拉里乌的评论。文章对该剧给予高度评价，还提及："据报道，'卡兹列'国家剧院和克鲁什国家剧院，也准备演出《雷雨》。"（《〈雷雨〉在罗马尼亚首次演出》，《世界文学参考资料》1959年第5期）1981年，布加勒斯特大学中文系的学生演出了《雷雨》，由他们的中文老师杨玲缩写成为两幕。

日本，在80年代再度演出曹禺的剧作。先是1981年12月由东京民艺剧团演出的《日出》，由内山完造先生的侄子著名的导演内山鹑执导，陈白露由真野响子扮演。当曹禺先生看到此戏的录像后说：陈白露就应该像真野响子这么年轻漂亮。继之，是1984年5月大阪关西大学中文系学生以汉语演出的《雷雨》，这些学生为了演好此剧，多数人自费专程来华学习语言体验生活，付出了艰苦的劳动，成为中日友好的生动范例。

亚洲的国家上演曹禺戏剧的还有：新加坡、马来西亚、越南、朝鲜和韩国。马来西亚于1984年2月演出了《雷雨》，受到当地侨胞的热烈欢迎。该剧导演说："《雷雨》的艺术成就已超过易卜生。"（《〈雷雨〉在马来西亚演出》,《星洲日报》1984年2月18日）新加坡由郭宝昆执导的《原野》，对原作作了重新的阐释，艺术处理也别具独造。

关于曹禺剧作的外国翻译状况，据我们掌握的很不完全的材料，《雷雨》和《日出》是翻译语种最多的，尤其是《雷雨》，英、法、德、俄、意、西班牙等都有。在亚洲，越南、朝鲜、韩国、蒙古等国，也有不同的翻译版本问世。大概日译本最多了。《雷雨》有1936年影山三郎、郑振铎的译本和1953年影山三郎的译本。《日出》有奥野信太郎、佐藤一郎（1954年）、松枝茂夫（1962年）、内山鹑（1982年）的三种译本。《原野》有饭冢容（1977年）的译本。《蜕变》有松枝茂夫、吉田幸夫（1954年）的译本。《北京人》有三种：服部隆造（1943年）、松枝茂夫和吉田幸夫（1971年）、吉村尚子（1975年）的译本。《胆剑篇》有黎波（1964年）的译本。

其次，就是对曹禺及其剧作的评论和研究。

早在1983年，《戏剧报》为纪念曹禺先生从事话剧艺术60周年，举行了一个小型座谈会。笔者在会上作了《一个走向世界的戏剧家》的发言，记得《戏剧报》就以这样一个标题发出一个专辑。那时，我就想就曹禺及其剧作在世界戏剧史的地位和影响作一些探讨。我不赞成妄自尊大，也不赞成妄自菲薄。尽管话剧是从外国引进的剧种，而且历史不长，但是，以我的看法，中国的话剧艺术已经进入现代世界戏剧历史的进程。不仅如此，中国人以其特有的民族智慧和民族独创力，特别是以开放的文化心胸和巨大的消融能量，对这个外来的艺术品种，做出了具有创造性的转化，使之成为中国的现代的民族的大剧种。而曹禺正是杰出代表。而从西方戏剧的发展历史来看，曹禺的戏剧不仅融汇着希腊悲剧、莎士比亚戏剧的艺术传统，更是以易卜生为代表的近代欧美戏剧潮流在中国的一个卓越的体现者。曹禺把易卜生现实主义戏剧精神、契诃夫戏剧艺术的神韵以及奥尼尔的现代主义戏剧艺术的精华都吸摄过来，从而创造了中国话剧的诗化现实主义学派。

最初，以世界戏剧发展的目光审视和评价曹禺戏剧的外国学者是美国人H.E.谢迪克。1936年《大公报》组织对《日出》的集体讨论，当时正在中国燕京大学西洋文学系担任系主任的谢迪克教授，发表了《一个异邦人的意见》，他说："《日出》在我所见到的现代中国戏剧中是最有力的一部。它可以毫无羞愧地与易卜生、高尔绥华兹（现译为高尔斯华绥——引者注）的社会剧的杰作并肩而立。"（《一个异邦人的意见》，《大公报》1936年12月27日）显然，他把曹禺列入世界戏剧家的系列。日本的戏剧理论家河竹登志夫撰写的《戏剧概论》中所列出的《世界戏剧年表》，认为中国可以进入世界戏剧进程的大事只有两件，其中之一就是《雷雨》的发表。

美国的曹禺研究，主要是美籍华人学者做的。其中影响最大的是刘绍铭写的《曹禺论》（刘绍铭：《曹禺论》，香港九龙文艺书屋1970年版），他在序言中明确地说明他为什么要研究曹禺："不错，曹禺浅薄，但在中国剧作家中，他是最受读者欢迎的剧作家。而且，研究中国近代文学史的，不提话剧则已，一提话剧，曹禺不但占一席地位，而且占极其重要的一席位（与他齐名的田汉和洪深，现在重读，远较曹禺'浅薄'）。就因为曹禺在话剧史中有如此重要的历史地位；因为他的作品拥有如此多的读者；因为他的戏路曾被后期学写戏剧的青年模仿过；因为他的作品华而无实但却往往被对文学批评毫无修养的人瞎捧一番——我才立意研究曹禺，以正视听。"

全书由四篇论文组成：在《＜雷雨＞所受西方文学的影响》一文中，指出，"《雷雨》是一个对传统中国社会制度和道德作彻头彻尾批判的剧本。"当论者进入比较分析时，指出《雷雨》的乱伦关系和命运观念受到希腊悲剧的影响；而在戏剧技巧上，指出《雷雨》与易卜生的《群鬼》"相像的地方"；在设置悬念，则是受到"情节戏"的大师斯克里布的影响；在人物上，则指出"周繁漪和Abbie Putnam有一种最不幸的共同点，两人都爱上自己的晚子"，"繁漪对自己和周萍关系的看法，与Abbie的大同小异"⋯⋯通过这一系列的比较，得出的结论是："《雷雨》给我们制造出来的种种刺激（shocks），均无认知

(recognition)价值。大概是曹禺把'无辜'误认为'悲剧','歇斯底里'(蘩漪的性格)误作'勇气'了。"但不论蘩漪在其剧作者心目中如何够勇气、够真诚,甚至神圣不可侵犯,在我们看来,她不过是一个戏剧化了的、不平衡的、装腔作势的知识概念而已。"在《从比较文学的观点去看＜日出＞》中,对此剧的否定尤甚。他说:"作为一个柴霍甫的戏路而写成的实验剧本看,《日出》写得坏得可以。"如果读过曹禺《日出·跋》,就会发现,曹禺在写《日出》时,原想学习契诃夫的风格,但觉得不成,把写好的稿子烧掉了。但是,刘绍铭先生却硬说《日出》是契诃夫戏路的实验剧,这就同事实不符了。《＜原野＞所倡导的原始精神》一文,对《原野》给予更多的肯定,一是肯定此剧中所谓的"原始精神",他认为,"中国五四时代文学用的性爱眼光来探讨人类行为的,实不多见。《原野》可说是大胆的尝试了。"二是对《原野》技巧的肯定。"既然《原野》在技巧上有许多地方借重了《琼斯皇帝》,因此也免不了沾染若干表现主义的色彩。但曹禺在此剧中糅合了若干中国传统舞台艺术,使新学来的西方技巧,更是相得益彰。这一点,可说是曹禺青出于蓝,也实在是他第一次摸索到自己的路子了。"在《废人行:论曹禺的＜北京人＞和柴霍甫的＜伊凡诺夫＞》中,刘绍铭对《北京人》是最为肯定的了,显然是借重了夏志清的意见:"《北京人》可以说是曹禺最成功的剧本。"并且认为曹禺在实践契诃夫的"静态剧"精神上,"远较《日出》来得成功"。

80年代,美国的两位比较艺术学者,以其特有的艺术感受,对曹禺戏剧中的民间艺术和传统艺术的影响给予格外的关注。杰西卡·海格妮的《＜原野＞中的民间小调》指出:"曾经是戏剧的源泉的歌曲,经常被剧作家用来强化主题、组织结构和表现感召性目标。曹禺对于中国和西方的戏剧传统的熟知促成了他对于民间小调的熟练运用,就像古希腊悲剧中的歌队一样,这些民间小调以一种富于感召力的方式被用来合成戏剧动作和戏剧主题。它们虽然被融入戏剧动作之中,但又存在于另一种的感性层面上。"(杰西卡·海格妮:《〈原野〉中的民间小调》,田本相、刘家鸣主编《中外学者论曹禺》,第269页)罗伯特·沃特曼的《实用智慧的条件》,他首先批评了那种"偏执"的曹禺研究,即找出曹禺戏剧所受西方戏剧的影响，然后又加以贬抑的研究。他说："通过各种西方传统媒介来研究中国的艺术作品，是超越不了'它提醒我'的探索性阶段的。这种以丢掉中国艺术品所独具难得特色为代价的研究是简单而偏执的。当他们真正提出一种观点的时候，最值得珍重的东西——中国文化的独具特色却遭到了贬损。"他以《雷雨》为例，揭示了其中所蕴蓄的中国传统艺术的"诗中有画，画中有诗"的诗情画意，那种中国特有的抒情风格。他说："它的抒情风格与其他对话中的残酷无情的现实主义风格之间形成了一个明显的反差。在剧中这一短暂的瞬间，西方的影响消失了，对于中国家庭和封建制度的攻击没有了，'话剧'与中国戏曲传统之间的差异也不存在了。"（罗伯特·沃特曼：《实用智慧的条件》，田本相、刘家鸣主编《中外学者论曹禺》，第274页）

日本的曹禺研究，起步较早，也许还由于日本同中国文化的深厚的历史联系，使日本学者对中国现代作家的研究更有兴趣，更为深入。还在30年代就有土居治和野中修撰写的《曹禺论》。前者认为曹禺的《雷雨》和《日出》水平不高，皆是"习作"；后者则给曹禺的剧作以较高的评价，认为，"曹禺不但是优秀的剧作家，而且是优秀的人道主义者"，还认为，"春柳社以来中国话剧经过三十年的岁月，带来最大收获的功名毫无疑问应该授予曹禺。"40年代出现了中村贡、冈崎俊夫的曹禺剧作的研究。（参见饭冢容：《日本曹禺研究史简介》）

50年代开始，日本的曹禺研究更加活跃，也更具水准。在我所见到的外国研究曹禺及其剧作的研究文章中，似乎日本的学者的文章研究得更为深入。其中佐藤一郎（庆应大学教授）的研究最为引人注目。他从1951年到1954年7月在《三田文学》等刊物上，接连发表数篇论文，对曹禺和他的五部剧作《雷雨》、《日出》、《原野》、《蜕变》和《北京人》做出综合的评价和具体剧作的分析评论。在《曹禺》一文中，他对曹禺在中国现代戏剧史上的地位给予高度的评价："在中国近代戏剧史上，若推出一位代表作家，当首推曹禺。我觉得，在小说史上推崇一位达到顶峰的代表作家，肯定会引起很大的争论。但至少是在话剧界，把他作为近代话剧的确立者和集大成者却是可能的。"他说，曹禺之前的剧作家，往往以不能娴熟地运用近代戏剧创作的手法，不能摆脱文明戏的遗风，因而带有生硬、不成熟等缺陷。但是曹禺不同，"他对于欧洲文学有着很深的造诣，他决不是一个仅仅起介绍者作用的人，而是在获得作品的世界性的同时，能够使其文学的造诣成功地进行再创造的作家。"（佐藤一郎：《曹禺》、《现代中国的作家125》〔和光社〕，1954年7月）当佐藤一郎对曹禺在中国现代戏剧史的地位给予如此明确肯定时，在中国还没有这样的评估。

佐藤一郎对曹禺戏剧的民族创造性有着深刻的评价。他说，《北京人》体现了曹禺创造风格的变化，体现着"他体内欧洲理性和黄土子孙的血液在某种程度上统一的努力"。在他看来《雷雨》和《原野》更倾向欧洲，而《家》和《北京人》更是中国的。他说："欧洲的理性教给曹禺的是作为古陶和黄土子孙的血脉的自觉。他每次进入欧洲，对中国的理解就更进一层。《北京人》不是对古代文化传统的复归，而是存续在这种传统的巨大的笼罩中，朝着现代迈步。"（佐藤一郎：《古陶和黄土的子孙——评曹禺的〈北京人〉》，《三田文学》1951年9月第41卷第5期）佐藤一郎对曹禺戏剧的民族根性的把握，同样是在比较研究中获得的，但是对另外一些研究者却不能看到这一点。又如他对曹禺戏剧艺术创造的认识也是相当深刻的。他认为，"曹禺是一个造型力非常卓越的作家。他能大胆地去掉多余的部分，其余皆归我取。他的造型能力使全剧紧紧地把握而成为一个浑然一体的世界，他把满腔的热情倾注到造型上"。同时他又认为曹禺的"造型能量的源泉来自中国文学的传统"，"正是中国传统内部的造型意识从而获得近代的睿智，这个睿智的名字，就叫曹禺的现实主义"（佐藤一郎：《古陶和黄土的子孙——评曹禺的〈北京人〉》，《三田文学》1951年9月第41卷第5期）。难得的是佐藤一郎先生对《蜕变》这样的作品，给予崇高的评价，他认为"民族的叙事诗诞生了"。同时，他从《蜕变》中看到"曹禺所肯定的理想人物在剧作中主人公上应运而生了。这个理想人物是抒情诗，而包括在抒情诗里的叙事诗才是表现民族上升期中的民族英雄的形式"（佐藤一郎：《哺育母亲的国家——曹禺的〈蜕变〉》，《三田文学》1952年3月第42卷第2期）。总之，他看到《蜕变》中所体现的抗日战争时期的中华民族的英雄主义精神的昂扬和一个民族英雄时代的到来。

在日本的曹禺研究中，对《雷雨》的研究比较突出，文章也多。如宅田园子的《曹禺〈雷雨〉的悲剧性与社会性》，此文以女性研究者的细腻而独具见解。她还提出一个很有探索意味的问题：为什么《雷雨》自发表之后几十年来一直"保持着生命力"？她的回答是："1.《雷雨》在戏剧构成和表现手法上具有使人联想到希腊悲剧的那种恰到好处的东西。2.蘩漪这个女性成了剧中的中心人物，而且她的性格呈现出罕见的特色（可以说这是该剧最引人入胜之处）。3.剧中随处可以看出作者对现实社会具有锐敏的观察力，虽不彻底，但还是含有社会性戏剧的因素。"她对曹禺的戏剧技巧给予高度评价，认为"严谨周密的戏剧结构和从容不迫的节奏更表现出作者的高超的剧作技巧。"（宅田园子：《曹禺〈雷雨〉的悲剧性与社会性》，《中国文艺座谈会札记》1963年12月第14期）

另一位女研究者吉村尚子的《中国女性会话的特征》，认为《雷雨》是"中国第一部真正的戏剧"。但是她研究的中心，认为中国女性的语言在某些场合十分激烈，行动也颇具刚烈之性，有时激烈得不能再激烈了，但是，这种激烈不是让人感到厉害，而是给人某种好感，这是很了不起的。而日本的女性是决不会使用中国女性所使用的那种"骂人的话"。（吉村尚子：《中国女性会话的特征》，《中京大学论丛（教养编）5》1964年12月）其他如一位女研究者井波律子写的《〈雷雨〉论》和名和又介的《＜雷雨＞随笔》等，都对《雷雨》做出高度评价。

更值得重视的是日本学者对曹禺戏剧的比较研究，应当说他们起步较早，而且出现了一批研究成果。还在50年代初，著名的日本学者目加田诚撰写的《曹禺的戏剧》，就揭示了曹禺剧作所受欧美戏剧的影响（目加田诚：《曹禺的戏剧》，《文学研究》1951年11月第42期）。而比较突出的是年青的曹禺专家饭冢容的比较研究，他自1976年以来，陆续发表了论文十余篇，如《奥尼尔·洪深·曹禺》（饭冢容：《奥尼尔·洪深·曹禺》，《季节》1977年11月第5期）、《再论〈原野〉与外国文学》（饭冢容：《再论〈原野〉与外国文学》，《季节》1981年5月第19期）都是颇有见地的文章。他指出，《原野》在人物、场景和细节上，受到奥尼尔的剧作《琼斯皇帝》、《天边外》和《榆树下之恋》的影响。而后者，他则进一步寻找到《原野》可能受到俄罗斯作家奥斯特洛夫斯基的《大雷雨》，以及哈代小说《归乡》的影响与联系。此外如饭冢容写的《关于钱谷融的〈《雷雨》人物谈〉》（饭冢容：《关于钱谷融的〈《雷雨》人物谈〉》，《咿哑》1981年12月第14期)、《最近的〈北京人〉论》(饭冢容：《最近的〈北京人〉论》，《人文学报》1982年3月第156期)等，向日本的学术界评介了中国的曹禺研究的成果和进展。另一位年青的学者牧阳一在来华学习期间，将曹禺的早期杂文和一篇小说《今宵酒醒何处》译为日文，又致力于曹禺戏剧中宗教影响的研究，写了《作为基督教式的悲剧〈雷雨〉、〈日出〉、〈原野〉》(牧阳一：《作为基督教式的悲剧〈雷雨〉、〈日出〉、〈原野〉》，《日本中国学会会报》1990年10月第421期)以及《曹禺与厨川白村》(牧阳一：《曹禺与厨川白村》，田本相、刘家鸣主编《中外学者论曹禺》，第99页)。前者，他认为《雷雨》中有着西方"原罪"的影响，《日出》中则有着世界末日的宗教情绪，《原野》则和但丁的《神曲·地狱篇》有着精神的联系。后者，他从曹禺早期的杂文《杂感》、《偶像孔子》、《中国人，你听着！》，发现有着厨川白村在其《苦闷的象征》中模仿的印记，不仅在思想上受其影响，而且连句式都有相似之处。由此，就认为曹禺的剧作中也同样受到厨川白村的思想影响，如苦闷是创造的原动力，潜意识和梦对创作的影响，以及恋母情结等。

（原载《广东艺术》2000年第3期）

曹禺的苦闷

——2001年9月2日在中国现代文学馆的演讲

傅光明：

朋友们，大家好！欢迎来到文学馆。

今天，我们邀请的演讲人是中国艺术研究院的研究员、博士生导师、著名的学者、曹禺研究专家田本相先生。他对曹禺研究，可以说已有几十年之功力。他今年出版了一本非常有趣的书《苦闷的灵魂——曹禺访谈录》。田先生把他对曹禺先生的几十次的访问、对谈，和曹禺先生推心置腹的访谈如实地记录下来。这是一本非常有意思的书，把大师对人生的感悟，对自己创作生命的回顾和思索如实地记录了下来，为我们呈现了一个大师的心灵。主要写的是晚年，曹禺先生为什么陷入了极度的、深刻的苦闷当中。这是非常重要的一个问题，很值得我们深刻反思的一个文化现象。就是像曹禺这一辈的现代文学大师们，在新中国成立以后有一条共通的路就是他们无法再创作了，陷入了苦闷当中。想写而不能写，自己熟悉的题材写不了了，上级或者说是领导上方给安排的，又是自己非常不熟悉的题材，不管是茅盾先生、老舍先生、曹禺先生、巴金先生，这些大师们都陷入了极度的苦闷之中。那么今天请田先生来，他讲的这个题目就是《曹禺的苦闷》，就是把这个苦闷的心灵告诉大家，曹禺先生怎么样在新中国成立以后，在创作上、心灵上是一种什么样的挣扎和无奈。现在让我们以掌声欢迎田先生为我们演讲《曹禺的苦闷》。

我曾经到这里来开过会,但是我们开会的时候,每次都没有坐这么多人。今天我一进来看到坐的这么多人,想不到在这个城市非常偏僻的地方,这么多人来听演讲,还有这么多老年的朋友,跟我几乎是同龄的朋友,我想这是一个非常好的文化的现象。

我为什么要讲这么一个题目,一方面我这本书就叫《苦闷的灵魂》;一方面,还由于受到一些启发,非讲这个题目不可了。大家知道北京有一个很著名的剧作家郭启宏先生,他读了我写的《苦闷的灵魂》之后,写了一篇文章,交给一个杂志去发表。想不到还有这样的一个主编或者负责人吧,看了他这篇文章以后,居然就因为是写曹禺苦闷的,就没有敢登出来。郭启宏先生的文章标题是《惟其苦闷,所以伟大》,主编先生看到这个标题就吓着了,怎么能讲曹禺的苦闷呢?!昨天的《文艺报》将这篇文章发表了,说明还有识货的编辑。

郭启宏先生为什么会突出地来谈"曹禺的苦闷",我想这个题目大家一定也会感兴趣。曹禺23岁这么年轻的时候,就写了那么伟大的作品《雷雨》,为什么?我想大家一定很关注,这个问题跟曹禺的苦闷是有关联的。也就是说一个作家的苦闷,是他创作的一非常重要的动力,是他创作的内涵。大家知道一个日本人叫作厨川白村的,他写了一部著作叫《苦闷的象征》,鲁迅先生把它翻译过来。其中谈到一个艺术家,特别是一个伟大的艺术家,他的心里往往是苦闷的,一个作家的作品就是他苦闷的象征。不是有这样一句话吗,说"愤怒出诗人",我们说"苦闷出作家"。这里涉及创作的心理,涉及一些创作的规律,这就是我为什么要讲这个问题的原因。我是希望了解曹禺的朋友,希望探索创作秘密的朋友们,可以从中得到一些启示。

这里,还要交代一下,为什么我写《曹禺访谈录》时,给这部书起名《苦闷的灵魂》?80年代的初期,我写了一本书叫《曹禺剧作论》,当时我不认识曹禺先生。打倒"四人帮"以后,写出这本书来,出版社很慎重,因为这是建国之后第一部关于曹禺先生的专著吧,就请曹禺先生看一看,审阅一番。我是十分赞成的,一方面很高兴,另一方面也很惶恐。没有想到,曹禺先生很快就看了，而且很快就给我写来信，给了我很大的鼓励，希望跟我能够作一次长谈。

作为一个晚辈，作为一个学生，第一次见了曹禺先生，曹禺先生就跟我谈了他的许许多多的家事，讲他年轻时候的苦闷，讲了很多很多，真是让我感动。第一次跟我这么一个年轻人见面，他就掏出他的心窝子来了。这次谈话，给我印象最为深刻的，也是给我感受最深的，就是他在年轻的时候充满着苦闷。他说连他的父亲都很奇怪，他那么小小的年纪会有这么多苦闷。他父亲曾对曹禺说：家宝啊（他的名字家宝），怎么你小小的年纪，怎么有这么多的苦闷？哪里来的这么多苦闷？

后来北京十月文艺出版社准备出版他的传记，他们请曹禺先生推荐撰稿的人选，曹禺先生就推荐我来写他的传。当我就写《曹禺传》向曹禺先生请教时，他讲了一句非常重要的话，说："如果你写好我的传，那么就应当把我的苦闷写出来。"这点，我当时已经朦胧地感觉到了，而由他说出来，让我豁然开朗。因此，《曹禺传》开篇，就把"曹禺的苦闷"提出来，用了很多的篇幅来写曹禺童年的、少年的、青年时代的苦闷。当若干年后我重新整理访问记录，准备写曹禺访谈录时，感到"曹禺的苦闷"真是贯穿了他的全部人生，这就是我为什么把这本书叫《苦闷的灵魂》的原因。曹禺从童年、少年，一直到他的晚年，一生可以说都是在苦闷当中度过的，经历了人生的很多很多的苦闷。

那么现在我就首先介绍一下他的童年和少年时代的苦闷。"曹禺的苦闷"同他的家庭，同他的父亲，同他的身世是有着直接的关联的。

曹禺的家族是湖北潜江人，他的祖父、曾祖父，以及更前辈的人，一代又一代都是穷教书先生。偶然出个把做官的，也是命运多舛。大家知道在过去那个年代，你要是考不上秀才、举人的话，你是拿不到官位的，只能当个穷教书先生，那是很可怜的一个职业。不是流传这样的话么，"家有三斗粮，不当孩子王"。到了他的父亲这一辈，依然过着贫穷的生活。他的父亲叫万德尊,从小就在心中埋藏着这样的情结,不甘心这样一代一代的不得发迹的厄运,他要光宗耀祖。他先是只身一人离开家乡,到张之洞办的"两湖书院"去读书。在这里,不但能够读书,一个月还有几两银子,他还省下一半寄回家里,接济家用。他是非常地想把他们家多少年、多少代的厄运甩掉的。

但是到了晚清,科举制度已经没落了,学而优则仕的这种路途已经变得相当渺茫了。这个时候就出现了一种新的机遇,就像鲁迅先生当年所遇到的一样——出国留学。那个时候出国留学并非像今天这样吸引人,往往是既没有路子做官,又没有门路和资本经商的,才去留学。但是,它毕竟为他提供了一个希望啊,于是就跟他的一个小舅舅一块到日本去。他在日本进的是陆军学堂,跟阎锡山,就和后来山西那个大军阀阎锡山是同班的同学。

习武归来,在直隶总督府的卫队中作了一个标统,相当于一个团级职位。很快,中华民国成立了,本来他作为清朝的官吏是要被赶下去的,但是他不但没有倒运,而且由于依附了黎元洪,竟然官运亨通了。大家知道,黎元洪是被拉出来做过临时大总统的,他是湖北人,那么万德尊作为湖北帮,被黎元洪看中。先后做过总统府的秘书,也就是高级幕僚,还放到外地做过宣化的镇守使,相当于一个师长。那时军阀混战,民国政府的领导像走马灯一样,换得很快。黎元洪也终于倒台了。那么万德尊不过40岁的样子,只好赋闲回家了,就到了天津。那时候很多军阀败落下来了都到天津去做寓公,过着坐吃山空的日子。

万德尊也是这样,靠着手里还有些钱,买了两座小洋楼,整天抽大烟,打麻将,也和一些人吟诗作画,但是却郁郁不得志。曹禺回忆说,我放学回来以后这个家跟坟墓一样,沉闷得很啊!万德尊总说还要出去奔一奔,但是他也出不去了,就像大家看到的《北京人》里那个曾老爷子一样,嚷着还要出去,重振家业,而实际上已经飞不动了。那么,他经常大发脾气,动不动就骂厨子,动不动就打人。他总觉得自己没有能够光宗耀祖,因此就把希望寄托在儿子身上。曹禺还有一个同父异母的大哥和大姐,他们从湖北老家来到天津。大哥不学好,也抽大烟。万德尊抽大烟,但是他不希望他的儿子抽大烟。《北京人》里有这么一个场面么,曾皓跪下求自己的儿子文清,求他不要抽大烟了。这就是当年万德尊求儿子不抽大烟的场面的再现。曹禺亲眼看见他父亲给大哥下跪的那种状况。有一次,他甚至把他大哥的腿都打断了,他真是望子成龙呀,儿子不成器呀!家庭的沉闷,万德尊的苦闷,自然给曹禺以深刻的影响。曹禺在这个家庭里是非常苦闷的,他说尽管我的父亲说他很爱我,但是我对他还是非常不满意,我不喜欢他,甚至厌恶他。于是他放学回来以后就躲进自己的房子里头,到书中的世界去讨生活。

这样的家庭生活给予曹禺的影响是太深了。记得唐弢先生说过,我们常说深入生活,其实曹禺的家庭生活就是生活啊!以我看来是刻骨铭心的生活。否则我们无法理解为什么曹禺23岁就能写出《雷雨》来。按照我们一般的理解,这么年轻还是不懂世事的年纪,但是他却在《雷雨》里头写了这么复杂而深刻的人事,往往是一个老年人,甚至是饱经风霜的人都不能理解的人和事,特别像蘩漪那种人。为什么曹禺会那么理解她?的确他的家庭,给了他一个深刻的生活烙印,种种的深刻的生活感受,这种感受是可以发酵的,是一个宝贵的矿藏,是可以开掘的。

问题还在于曹禺具有一种常人所没有的对于生活的细腻的观察和超人的敏感。都是一样的生活,对于一般人来说是司空见惯的,而对于他则可能是石破天惊,闪电雷鸣。比如说《雷雨》当中逼着蘩漪喝药这场戏。大家看到了,这在常人看来,像我们这样岁数的人看来,在旧社会的家庭里,特别是大家庭里,丈夫以命令的口气叫自己的妻子去喝药,或者做其他的事情,这并不奇怪的;但是在曹禺的笔下却成为一场惊心动魄的戏,那么让人震撼。

我再给大家讲一个例子,就说蘩漪这个人,在我们普通人的眼光看来,特别是那个时候人们的眼光看来,这是一个不守规矩不守妇道的女人。蘩漪是有一个原型的,她是曹禺的一个同学的嫂子。曹禺的这位同学同这位嫂子发生了暧昧的关系。这位同学的哥哥是个搞工程的,人很老实,妻子去世了,这是续弦。曹禺同学这个嫂子很年轻,也不过二十多岁,但是那时候二十多岁不嫁就是很大了,那么才委屈作了填房,嫁给这么一个人,感情生活不顺心，不能满足她。

　　她并不是一个新式的女人，但她有些活泼，会唱评弹。就是这样一个人，跟丈夫生活中，可能是产生了一些问题，那么就跟她的小叔好起来。这种事情，在一般人看来，对这个女人是瞧不起的；但是她却在曹禺心中放了一把火，他深深地同情这个女人。他说："蘩漪是个最让人怜悯的女人。""我想她应该能得到我的怜悯和尊敬，我会流着泪水哀悼这可怜的女人的。""这类的女人许多有着美丽的心灵，然为着不正常的发展，和环境的窒息，她们变为乖戾，成为人所不能了解的，受着人的嫉恶，社会的压制。这样抑郁终生，呼吸不着一口自由的空气的女人在我们这个现实社会里不知有多少吧。"

　　是的，曹禺看到的是一个被封建的东西窒息了心灵的女人。蘩漪不等于是他同学的嫂子，他却在这个为别人所不能同情的人、不能原谅的人身上看到她有着美丽的心灵，有着值得怜悯的东西。有人这么说，往往一个剧作家所写的人物，都有着作家的一部分灵魂。如果说没有曹禺的心灵的苦闷感受，又怎么能写出蘩漪的苦闷。整个《雷雨》的戏剧氛围都是郁闷的，那个雷老打着却不下起雨来，一直是郁闷的。

　　你们如果有兴趣的话，可以到天津他那个故居里去看看，那个小楼一进去你就感到这就是《雷雨》的环境，整个楼道里黑黑的，暗暗的，你就感到那种非常郁闷的东西。你想在这样家庭里，每天他放学回来就如同进入了坟墓一样，他的心灵就会一天一天地被啃啮着，这是怎样一个岁月啊！我想，一方面是他直接地对家庭的观察；一方面是他从读书中由此产生很多的联想，于是就构造出《雷雨》来，用他的观察，以及他的苦闷孕育了《雷雨》。创作呀，的确是说不清楚的。要把自己的创作同别人说清楚了或者是由研究者说清楚，是很难很难的呀！搞文学研究的，搞文艺理论的，或是搞文学批评的，特别现在的一些批评，你觉得他写的那些批评文字是那么的枯燥，离开作家，离开作品那么远，离开大家那么远，还用了很多的外国的种种的名词和概念，你说叫人累不累。

　　我想文学，本来就是感染人的，如果是批评文章，也应当是对人有一种感染，或者唤起人们跟你一块去感受、理解，我觉得现在批评文字，研究文章，离开作品越来越远，离开作家越来越远。那么，就让我们一块儿感受曹禺，一块感受他的作品，这样反而会让我们更直接一些。

曹禺的童年和少年时代是很苦闷的，带给他巨大的苦闷的有几件事。

第一件事是生母的去世。

对于曹禺来说这是个非常重大的事件。他生下三天之后他的生母就得产褥热去世了，这个事情对曹禺来说是终生难忘的。幼年丧母对一般的孩子来说，也许没有这样严重的意义，但是对曹禺来说，对于他的性格和心理，以及后来的创作来说，它的意义是太大了太深远了。我第一次同曹禺见面的时候，他谈到他的生母时，眼里就含着泪光。他说他永远忘不了他的母亲。

他是怎样知道事情真相的呢？他的父亲回天津时带回来一个马弁，就是随身的警卫员了，在家当佣人；同时他又把他的妻子带来，也在曹禺家做事。中国的佣人有一个特点，一旦用长了以后，他就是主子，甚至他比主子还主子。不知何故，曹禺的继母得罪了这位女佣人，她就把这个消息泄露给曹禺。她跟曹禺说："你知道吗？你不是这个妈生的，你的生母生下你三天就去世了。"啊，这一下就不一样了，那时，他不过五六岁，就感到非常忧伤，非常孤独和寂寞。这样，在他幼小的心灵中就形成一个情结，尽管继母对他非常好，继母是曹禺生母的孪生妹妹，但是他对生母的这种感情是摆脱不开的，他说他每一想到母亲生下他三天就死去，他就觉得非常对不起他的母亲。我们也可以用弗洛伊德的恋母情结来解释。所以为什么曹禺发现了，并且写了那么多的妇女形象，这完全是可以从心理学上解释清楚的。特别是他在抗战时期写的这些妇女形象，就像愫方呀，瑞珏呀，都是非常传统的，温柔型的女人，在他心灵中对于女性有一种天然的依恋和爱意。

童年的孤独和寂寞，在他随父亲到河北省宣化的一段日子，显得格外突出。父亲在那儿做镇守使，相当于现在的军分区司令，家就住在这个大衙门里，就是这么一个小孩，没有人跟他玩儿，是十分寂寞的。他经常一个人跑到他们家的后山上去，那里长着一棵高大的神树，把后山都遮住了。一进到那里，阴森森的，很神秘，还有点恐怖，好像不知哪里要跳出什么东西来。后来，他写《原野》，黝黑的黑林子，阴森恐怖的戏剧氛围，就是来自小时候的这些印象和感受。对于一个作家来说，童年的印象和感受是太重要了，它是创作幻想的一个源泉，一个仓库，一个矿藏。研究一个作家呀，这个童年时代、少年时代太重要了，很多的东西都是从这儿来的。我写《曹禺传》的时候，既然曹先生给我这么一个提示，我就把很多的精力放在他的童年和少年身上，用了很多的精力和笔墨来写他的童年和少年；否则你怎么解释他23岁会写出《雷雨》来？

就是在宣化那些日子里，他感到非常凄凉，非常孤独，你说一个六七岁的孩子就有着这样浓重的孤独感和寂寞感，要说有什么天才，大概这就是天才，要说有什么天性，这就是天性了。《北京人》里有这样的场景，深秋季节，黄昏降临，乌鸦点点，从远处的城墙上传来孤独而悲凉的号角声，是那样的凄凉，哀伤，充满了哀怨和依恋。这些都是曹禺在宣化的印象，以及由此引发那种情思。他说他在宣化，有时一个人坐在那儿，十分寂寞，从宣化城上吹来那个军号声，又是傍晚的时候，引起心头一阵阵的悲凉。

《原野》的意象也来自宣化。在宣化，他亲眼看见了他父亲的部下在拷打农民（所谓土匪），打得个半死。他躲在一边，偷偷地看，心却颤栗着。他不明白这是怎么回事儿：把这个人打得皮开肉绽之后，那些拷打他的士兵在他血肉模糊的伤处细心地敷上鸡蛋清，说这样就不会发炎了，等伤好些了再拷打，甚至把他枪毙。这些事情，在他幼小的心灵是打上很多问号的。

第二件事就是他的姐姐万家瑛的去世。

家瑛从老家来了，对这个小弟弟爱护备至，他也从这个姐姐身上找到了温暖，姐弟之间的感情非常之好。家瑛的婚姻是不幸的。尽管有人从中介绍，但还是自由恋爱的。出嫁之后，她才发现丈夫抽大烟，吃喝嫖赌，有时还遭到打骂。每次回到家里同继母抱头痛哭。但是家里又能为她做些什么呢，眼看着他这个姐姐硬是怀恨死去。这个事情对他的震动也是非常大的。这些，怎能不引起他对于社会的愤懑，对于人生的追索，他又怎么能不苦闷呢？

第三件事也是更引起他苦闷的——就是他父亲的死。

曹禺的父亲是在大年三十突然死去的，他曾经中过风，这次依然是中风。他的父亲生前的时候，家里是经常有人来，来了就是吃呀喝呀。他家虽不能说是门庭若市吧，找上门来的攀附者也不少。父亲死了，大哥家修根本就没有料理丧事的能力，而他的继母痛不欲生，料理丧事的担子自然就落在曹禺肩上。曹禺说，"我去找我父亲那些非常要好的朋友，到那儿去求人家，但是，迎接我的却是一张张冷脸。"这就使曹禺突然感觉到，这个世界的人情变化是太突然了。鲁迅也有过这样的经历。鲁迅不就说过吗：有谁看见从小康堕入困顿的吗，由此可以看到世人的真面目。那么在这个变化当中，从这个家境的变化当中，曹禺深深地感到世态炎凉。似乎一下子让他更懂得了人生。

父亲还在的时候，曹禺已经对于人生，对于社会有过很多的追索。他说："我在上大学的时候，我就感到对人生啊有一种东撞西撞的感觉，就想到人活着究竟是为什么呢？"他在紧张地探寻人生的真谛，他有时甚至想到了生和死的问题。我给大家读一首诗，还是他在上高中的时候写的，他在这样的年纪，居然就想到了生和死。他写的诗叫《不久长，不久长》：

> 不久长，不久长，
> 乌黑的深夜隐伏，
> 黑矮的精灵儿恍恍，
> 他忽而追逐在我身后，
> 忽而啾啾在我身旁。
> 啊，爹爹，不久我将冷硬硬地
> 睡在衰草里哟，
> 我的灵儿永在
> 深林间和你歌唱！

不久长，不久长，
莫再弹我幽咽的琴弦，
莫再空掷我将尽的晨光。
从此我将踏着黄湿的
草径蹩躞，
我要寻一室深壑暗涧
作我的墓房。
啊，我的心房是这样抽痛哟，
我的来日不久长！

不久长，不久长，
无星的夜里，这个精灵轻悄悄地
吹口冷气到我的耳旁：
"嘘……嘘……嘘……
来，你来，
喝，喝，……这儿乐。
——喝，喝，你们常是不定、烦忙。"
啊，此刻我的脑是这样沉重哟，
我的来日不久长！

不久长，不久长，
袅袅地，他吹我到沉死的夜邦，
我望安静的灵魂们在
水晶路上走，
我见他们眼神映现出
和蔼的灵光；

> 我望静默的月儿吻着
> 不言的鬼，
> 清澄的光射在
> 惨白的脸庞。
> 啊，是这样的境界才使我神往哟，
> 我的来日不久长！
>
> 不久长，不久长，
> 乌黑的深夜隐伏，
> 黑矮的精灵儿恍恍，
> 你忽而追逐我在身后，
> 忽而啾啾在我身旁。
> 啊，爹爹，不久我将冷硬硬地
> 睡在衰草里哟，
> 我的灵儿永在
> 深林间和你歌唱！

　　这么一个小小年纪，他就感到人世不久，在那儿哀叹人生，甚至想到死。这些的确说明曹禺对人生有东撞西撞的感觉。他确实在东撞西撞，有时候他就到天主教堂做礼拜，体验一下宗教的庄严和宁静。曹禺说："我在天津上学，天津有一个非常好的天主教堂，法国教堂，高高的。"他说我到那里边去，去体验一下，去听教堂的音乐，感受着教堂的肃穆，"我并不信基督教，天主教，就是乐意到那里去体会。"他从很小的时候就对这个教堂有一种仰慕，他家住的地方在海河的东边，那么河的西边就是这个教堂，一到冬天，教堂的钟声一响，顺着西北风就传到他家。他很迷恋这教堂的钟声，带给他许多的幻想。

　　现在该讲讲他青年时代所经历的苦闷了。曹禺的确是一个对于社会，对于生活格外敏感的人。他家还是有钱的，可以说他是一个公子哥，但是他思想习性；却总是那么焦虑不安，他说："我有着一般青年人按捺不住的习性，问题临在头上，恨不得立刻搜索出一个答案；苦思不得的时候便冥眩不安，流着汗，急躁地捶击着自己，如同肚内错投了一副致命的药剂。这些年在这光怪陆离的社会里流荡着，我看见多少梦魇一般可怖的人事，这些印象我至死也不会忘却；它们化成多少严重的问题，死命地突击着我，这些问题灼热我的情绪，增强我的不平之感，有如一个热病患者，我整日觉得身旁有一个催命的鬼低低地在耳旁催促我，折磨我，使我得不到片刻的宁静。"这些话，十分准确概括了曹禺的苦闷的焦灼的心理状态。他就是怀着这样的焦虑和苦闷来创作的。

曹禺写《日出》时，也不过是25岁。有时，人们都很奇怪，写《雷雨》，有家庭生活的积累，而《日出》这样题材，又是怎样引起他的关注的呢？他写完《雷雨》之后写《日出》，写的是交际花，是妓女。他为什么会产生这个印象？他在清华大学读书的时候，有一次跟几个外国人到五台山，到内蒙古去旅行。在太原转车的时候，第一次看到那种妓女，站到大街上拉客卖淫，引起他深深地刺痛。

也许一般人看到，作为好奇心看看就过去了，如果怀着很坏的一种心理，就会想到另外的邪路上去。但是曹禺先生那种悲天悯人的心怀，对人的同情心非常之浓厚。不但使他同情这些人，深深地刺激了他，就像我们刚才说的，搞得他冥眩不安，不得宁贴，而且促使他更深入地思考和追索。这就是《日出》创作的动因之一。为了写这个题材，他到天津的三不管这些地方去调查，跑到妓院去，到土药店去，抽鸦片的地方去调查。被人误会了，人家一看这么一个先生来了，不是在那儿做嫖客，而是问这问那的，结果被人家打了，把眼镜都打碎了，几乎把眼睛打瞎了。

但是，曹禺居然跟那些妓女谈得很投机，她们把心窝里的话都掏出来讲给他听，就像剧中翠喜那种人。曹禺确实是个了不起的人，他跟妓女谈话，竟然从这些妓女的谈话中，感受到她们有着一颗金子般的心，这是一般的作家很难做到的。一个伟大作家,他不但有着一颗十分善良的心灵,而且是一颗能够非常锐敏发现美,感应美的心灵。天津那种三等妓院,我在天津上学的时候,也曾路过南市那一带,新中国成立前是非常污秽的,非常嘈杂的地方。一般人都不愿去的,老师也会嘱咐说这种地方不能去的。但是曹禺他去了,却在那么污秽的外貌下,看到翠喜们的金子般的心灵。

我这里顺便提到北京人艺演出的《日出》(2000年版),他们把《日出》改了,说成是2000年发生的事情,所有的故事不动,就是把时间给改了。如果《日出》是2000年发生的故事,陈白露、翠喜又有什么人去同情。时代颠倒了,悲剧产生的社会背景和原因就失去了基础,就成为一种不正确的误解和解释。

曹禺先生对于陈白露这样的女性,是有着深刻的同情和理解的。30年代艾霞的死,阮玲玉的死,都给曹禺以十分深刻的触动。他知道陈白露曾经有过十分美好的理想情愫,对于诗人的追求就是证明。但是,那个社会制度是扼杀美的,扼杀美的心灵的。从先被迫着,十分屈辱地去做歌手,去做交际花;时间长了就为这种腐朽的生活所腐蚀,明知道是非常的屈辱地在那儿生活着,但却不能自拔了。

对于陈白露来说,这个痛苦是意识到的痛苦,意识到的痛苦是更深刻的痛苦。白杨在演这个戏的时候就说,陈白露不是不可以再卖了。曹禺先生也说她是可以再卖的,她还很年轻嘛,虽然潘月亭破产了,没有钱给她了,还可以有李月亭,张月亭。关键是她自己不卖了。她为什么不卖了,她对自己厌恶了,对这个社会厌倦了,她恨透了,所以她很清醒地吞下安眠药自杀了。

曹禺先生从这些女性身上发现她们被毁灭的悲剧,本来很青春的,有着美好心灵的年轻的学生,走向社会以后,走向妓院,走红了。那种生活腐蚀了她,而使她不能自拔。她清醒地感到腐蚀她的可怕,但是她又不能拔出来,他正好写这种矛盾,而这种矛盾是怎样地绞杀,从精神上绞杀了人。曹禺先生跟鲁迅是一脉相通的,他们都不是写一般人的悲剧,一个单纯的生活悲剧、经济困窘的悲剧，而是写人的精神悲剧。如果我们今天演《日出》，还解释成她是因为没有钱了，所以自杀了，这个解释就太浅薄了。把一个深刻的精神悲剧，演成一个一般的经济的原因造成的悲剧，这就是一个倒退了。经济仅仅是悲剧的一个诱发点，顶多是这样。

像鲁迅、曹禺这些作家都是善于刻画人的灵魂悲剧的。那么他们的苦闷也就在这些人身上。曹禺先生由于他自己的家庭遭遇，如同他的姐姐的遭遇，艾霞、阮玲玉的悲剧，那么他对这些女性的发现，对蘩漪、对陈白露这些人，尽管她们都被扭曲了，身上有很多的污秽的东西，甚至是很肮脏的东西，但他却能发现她们内心的美！

一个伟大的作家在写人的时候，不光是写那些外在的东西。现在我们看到的一些电视剧，那种青春剧所写的爱情，使你并不感到爱情的美好。周冲的恋爱，对四凤的那种爱，那种纯洁美好的爱情憧憬，为了救四凤扑到电线上死去，写得太美好了。只有这样具有一颗美的心灵的作家才能写出这么美好的东西。文学如果不能写出最美好的东西来就不是文学。自然，文学也揭露罪恶、揭露黑暗，这仅仅是一个方面，更重要的还是要把美好的东西写出来。

这个人世的苦难太多了，一个伟大的作家，为什么我们叫他是艺术家？艺术家本质是什么？他就是追求真、善、美的东西，他写那些罪恶的东西、丑恶的东西都是为了更好地写出美来。如果不是更好地写出美来，那就不是真正的作家。我觉得曹禺先生的苦闷内涵就是感到美被社会腐蚀了，被人类自己毁灭了。因此我们说《雷雨》中曹禺先生那种胸怀，譬如他对周朴园都认为是值得同情的。过去或者现在我们都把这个周朴园看成是一个凶神恶煞的人物。我觉着曹禺先生有一个观点，他没有直接说出来，他感到人活在这个世上呀，是充满了很多的悲剧的。

《雷雨》是有一个序幕和尾声的。但是，第一次日本留学生在东京演这个戏的时候，把序幕和尾声去掉了，引起他的愤怒。曹禺年轻的时候是非常坚持自己的主张的。他给他们写信说，他写《雷雨》是在写一首诗，而不是写一个社会问题剧。序幕和尾声中，四凤死了，周萍死了，周冲死了，侍萍傻了，繁漪疯了，她们住在由周家公馆改造成的医院里。只剩下一个周朴园，到医院来看望她们。他很衰老，看着这两个女人，也让他在接受这个灵魂的惩罚。看来他也是很可怜的人，也是一个可怜的动物。大家再去读读《雷雨》原本。曹禺的确对人有着一种更广阔的人文关怀，对人的理解，对人的心灵的复杂性的理解是相当深刻的。我敢说这么一句话，在中国的现代作家里，除了鲁迅之外就是曹禺能写出这深刻的人物来。我想曹禺的作品随着年代的推移，他和他的作品的位置都可能被提前。他写的作品不多，但是将会很好地存留下去，他的作品是具有艺术的持久性的，在中国现代文学作品中，具有艺术持久性的作品是很少很少的。我是不赞成动不动就给一个作品奉为经典，只有具有艺术持久性的作品，才可以成为经典吧！

现在，我讲讲他在恋爱婚姻上的遭际和他的戏剧创作的关系。实际上也是婚姻爱情的苦闷对于创作的影响。

他的第一个夫人叫郑秀。郑秀出身于福建的一个名门望族，她的父亲是一个大法官，而他的舅舅是黄花岗七十二烈士之一，她的家庭教养非常之好。她又在北京贝满女中读书，然后考到清华大学去读法律系。我访问过这位老太太，人非常之好，但这并不意味他们夫妇之间关系是融洽的。人的婚姻是很奇妙的事情！

当郑秀出现在清华大学的时候，是颇有亮色的，是校花吧。她和曹禺共同演了一个戏以后，那么就有很多人写信追求她。曹禺是导演，他想尽办法邀请郑秀来演，曹禺那么追求她，追得都傻了。据吴祖光先生说，当年曹禺追求郑秀的时候，在郑秀的宿舍的窗子前成天守望着。同学告诫郑秀说，你快去看看他吧，否则万家宝就要弄出什么病来了。

曹禺追求郑秀是非常浪漫的。写《雷雨》的时候，正是跟郑秀热恋的时候，看周冲追求四凤的那股浪漫劲，海天云帆，乘风破浪的爱情梦幻，也许就有曹禺自己的恋爱的体验吧。当她们还没有结合，以及结婚之后，由于性格原因，逐渐矛盾起来。曹禺是一个不修边幅的人，生活随便，夏天把身子都袒露出来，穿鞋趿拉着，不洗脚呀，不洗澡呀，他就是一个书呆子。我访问过很多曹禺的同学，说家宝呀就知道读书，一看到他就抱着书，成天待在图书馆里。他住在医院里，我去医院看他，总是看到他拿着书本躺在那儿看书，他就是一个在书里头讨生活的人。

他看书，而且是专门看他喜欢看的书。他考试是不行的，所以考留美呀，他老考不上。他这个性格习性，同郑秀是不同的。郑秀很爱干净，很讲究的，喜欢打麻将，当太太嘛，在家里没有什么事情了就打打麻将。传着这样一个笑话，抗战时，在江安国立剧专，曹禺不乐意洗澡，郑秀把他推进一个洗澡间里，然后把门反锁上，锁上以后就在外边听，听里头有水的声响(是曹禺故意把水拨弄响了，骗郑秀的)。郑秀放心地走了。等再回来以后，打开门一看，他老先生抱着书本睡着了，根本就没洗。这些看来是生活上的性格上的矛盾吧，慢慢地积累起来就伤了感情。

正是曹禺处于婚姻苦闷的时刻，第二个夫人方瑞闯进他们生活中来了，曹禺很喜欢她。郑秀曾经跟我说过，说曹禺这个人就是这样，你跟他提意见，跟他说的时候，他就是一声不吭。吵架，批评他，他就是一声不吭，不说话，他就是这么个人。追的时候那么热烈，冷来了吧，冷得不说话，非常决绝地不说话。郑秀这个老太太一直到死都没有再结婚，还爱着他。这也是我们中国妇女的一种类型呀，我曾经建议她的女儿好好写写她这个母亲，郑秀有郑秀的美的价值。

曹禺经历了婚姻的痛苦，他的感受似乎不同了，特别是在遇到方瑞之后，他笔下的妇女形象完全变了，无论是瑞珏、愫方，都有着方瑞的影子。方瑞，据说是方苞的后代，她的父辈们准备把她培养成中国最后一个女秀才。她写得一手很好的毛笔字，性格是那么温婉，幽静，跟愫方的性格几乎是一样的。他写愫方就是在写方瑞，写瑞珏也是以方瑞为模特来写的，所以谁看了剧本以后谁都觉得这些形象是方瑞的文学化，典型化。也就是说他把对这个夫人的爱的那个感受都放到这里头来了。

据说《家》中什么"含到嘴里怕化了"，这些台词呀都是跟方瑞恋爱得来的。曹禺把爱情的苦闷都写进改编巴金先生的小说《家》里了。这个戏的重音是婚姻恋爱，主角是觉新和瑞珏，他把他的爱情和婚姻的苦闷放到了这个剧里。《家》把爱情写得美极了，绝妙极了。像第一幕觉新和瑞珏的洞房夜话，可谓爱情的极致，也是诗的极致。爱情这个主题是永恒的，但是爱情内容总要有新的发现。现在的一些小说和电视剧，写青年的爱情，有的叫你看起来都恶心，粗制滥造的种种爱情，三角的、四角的、多角的这种东西，不能把爱情的美好写出来。

最后，我要讲的是他晚年的苦闷。

曹禺晚年的苦闷是值得我们研究的。今天讲这个课题，不是在谴责什么，我始终认为历史是不可谴责的，但却是值得反思，值得研究的。历史毕竟是过去了，谴责它是没有任何作用的。如果真的要从历史中汲取珍宝，唯一途径就是认真地研究它。

对曹禺先生晚年的苦闷应当从新中国成立以后说起。在旧社会曹禺先生作为一个剧作家是很有名望的，但是，很贫穷，也没有什么地位。但是中国共产党，特别是周恩来对于曹禺先生是非常器重的。抗日战争的时候，总理就不断地请曹禺先生到他的办事处去谈话，对他的戏也是十分支持的。比如说《北京人》出来以后，观众看着挺好，可当时就有人批评，怎么抗战时候写这东西，写《北京人》干什么，写这种大家庭的衰落干什么。是总理请人写文章刊登在《新华日报》。

《家》出来以后，更有人批评了，有一个非常著名的批评家就说，你这个《家》不过是写了那种旧社会的牙疼病罢了。大家知道牙疼不是什么大病，尽管有人说，牙疼不叫病疼起来真要命，但是毕竟它是个牙疼病。说你在写社会的小毛病，没写到社会的根本上来。依然是总理请朋友们出来写评论，说这个戏写得好。的确这个戏演的时候，是爆满的。

抗战胜利以后，他和老舍曾经到美国去讲学一年，但是没到一年，他一个人回来了。1948年，新中国成立的前夜，他接到中国共产党邀请参加政治协商会议，参加开国大典。从上海坐船到香港再到解放区，这就是说新中国还没有成立，共产党就待他为上宾了。在抗战时期，曹禺的生活是个什么样子，在重庆有时候一天就啃一个烧饼，到了饿肚子的时候，就跑到巴金那儿吃饭。巴金还有些收入，巴金招待很多的穷朋友到家里吃饭。当时就是这样，这么一个著名的作家，写了这么多有名的作品但却一样穷苦。

新中国成立以后，曹禺的待遇显然就不一样了，他不但参加中国人民政治协商会议，在中国第一次文联代表大会的时候当选为剧协的副主席等等，而且参加了文化、外交等方面的工作。他常常到国外访问，然后接待很多外国的文化使者，还担任中央戏院的副院长等等。他自己回忆说，每天都非常忙，这个时候他的心情呀，太好了，在他看来共产党领导的天下就像他的剧本一样是"明朗的天"，一片晴朗的天空，心情舒畅极了。地位变了，心情舒畅了，再也不过那个苦日子了。

但是，问题还是发生了，逐渐地感到了问题。那时候讲知识分子改造，批判电影《武训传》。他也得想想这些问题，因此他写了《我对今后创作的初步认识》，发表在《文艺报》上。我想他是真心的，他就按照周扬新中国成立前写的一篇文章作为他自我批评的标准，说《雷雨》和《日出》这些作品都是不好的，宣扬了他自己的一些错误的东西。比如说《日出》就没写出帝国主义压迫，没写工人阶级。这都是周扬的批评意见。周扬那篇评论在当时还是挺好的，但是也有一些简单的庸俗社会学的批评，比如说鲁大海写得不好，写得太粗暴了；《日出》尽管写出了旧社会的丑恶，但是没写出光明的东西；没有写出罪恶的根本根源是帝国主义。

曹禺就根据这些批评来检讨自己，他的自我批评是真诚的，真诚并不意味着真正从思想上解决了问题。真正的危机产生在写《明朗的天》的时候，他是遵照领导的嘱托，到协和医院深入生活的，就是要写知识分子改造。是彭真下达的任务，让他参加工作组。协和医院是美国用"庚子赔款"建立的，自然代代相传都是美国的那一套东西。当时正值抗美援朝，反对崇美、媚美。那么曹禺写知识分子改造，写这样的剧本就太痛苦了。

后来我访问他的时候，当我问他新中国成立后写的这几个作品时，《明朗的天》、《胆剑篇》、《王昭君》的时候，他往往跟我说这么一句话，"这些作品我就不必谈了，你比我还清楚。"别人有时候找他，他还谈，我一找他谈这个课题，他就回避。当然，关于《明朗的天》他说了很真实的话，他说我自己都不知道怎么改造思想，怎么就改造好了，我又怎么能写知识分子思想改造呢？这是一个很明白的道理。

  这个作品也得奖了，他还答记者问，谈创作的经验。如果把这个创作谈同他的《雷雨·序》、《日出·跋》比较一下，就感到不一样了。《雷雨·序》、《日出·跋》那完全是他的真实的感受。我认为是中国现代批评史上最精彩的文章，写得非常真实，非常真诚，而且具有真知灼见，勇敢地坚持他的美学理想。欧阳予倩先生，那是中国戏剧界的老前辈，比他老一辈的，排《日出》，把第三幕去掉了。当时他对欧阳予倩老也没客气，他说你这样就等于把《日出》的心脏都挖掉了。可是后来的曹禺就不一样了，就没有青年时代的这种勇气了。

  他说写《明朗的天》写得很艰苦，他回答记者的话看起来好像很有逻辑性的，现在读来，他是在十分艰难实行主题先行的做法。他说：我写一个共产党人，就先想想他应当具有什么样的品德，应当是怎么样的，然后再按图索骥。他说这是按照所谓社会主义现实主义创作方法来写，编了一套经验，从现在看这些创作经验，大多数是从理念出发创作的。我们看他好像是做了所谓自我批评，对自己的过去做了一个否定以后所写的，实际上他已经把他最好的经验丢掉了。过去的创作完全是他的真性情在流露，现在反过头来要按照一个框框去套。

  这说明一个什么问题呢？新中国成立以后我们做了不少好的工作，但是唯独在作家创作这个问题上瞎指挥太多了，什么人都可以管，都可以乱点鸳鸯谱。创作这个东西往往不是任何人可以规定的，曹雪芹，谁给他规定过，他吃饭都成了问题，还在那儿写，呕心沥血地写。创作真是一个作家自己的心血呀。曹禺先生也对我说过，创作呀这是心血呀，心血！可以说是把整个的身心全部的生命都投入进去了。现在我们把创作变成一个概念的演绎，政策的演绎，这就违背了创作的规律。所以你要他改造，你用这种不符合创作规律的东西要求他改变过去他符合创作规律的东西，这对一个作家来说是一个极大的痛苦，我觉着这点是我们一般人不理解的。

我们可以想想，比如说我们从小养成的生活习惯，不是什么坏习惯，非让你改过来，你说你痛苦不痛苦。这个例子不一定恰当，更何况创作这东西，是心血，你要非把他心血积累的东西变成另外一种东西，这无形是一种压力，一种强制，那是很痛苦的。说老实话新中国成立以后大家好像非常高兴，但是那高兴底下还有无形的政治压力，比如说批判《武训传》，批判《红楼梦》，批判胡风，反击右派，曹禺说这些都没轮到我头上。党是很器重他的。但是，他一样是胆战心惊的，打在他那些同伴们、他的朋友的身上，把他们都打成右派了，他能不胆战心寒吗？那真是战战兢兢，汗不敢出。所以有一次他跟我谈到一个王佐断臂的故事，他说："本相，你看过《王佐断臂》吗？王佐的胳膊断了，受了伤了，什么都明白了。但是，胳膊也断了。"就是说现在什么都明白了，但是为期已晚了，人已经变成残废了。他写《明朗的天》，实际上是在经历了一个创作的危机，以后好多年都写不出什么来了。

到了1960年的时候，赫鲁晓夫撤走了专家，三年困难时期，才又写了《胆剑篇》。当时全国到处都写这个故事，他也奉命来写，于是他就带着梅阡和于是之，躲到一个地方写。这个历史剧，写得还是不错的，他的才华依旧。这个剧本的主题是强调卧薪尝胆的精神。茅盾先生说全国几十部戏当中，唯有曹禺先生这部戏写得最好，最成功。不管是他创作的人物，或是原来历史中就有的人物，都刻画得非常好，性格写得格外鲜明。我曾访问过梅阡和于是之，他们都称赞曹禺的才华。他让他们为这个戏想细节，他们俩每天苦思冥想。当他们向曹禺说想出了一个什么细节时，曹禺往往说，这个细节一般，是早已有之，是哪个剧本哪部小说里就有的。他们感觉曹禺知识的渊博。

据说曹禺在清华读书时，就读了四五百部剧本，跟一般人读书不同，他是烂熟于心的。于是之还说，在设计这个戏的结尾时，曹禺提出一个方案。

现在这个结尾是勾践成功了，胜利了，就完了！而曹禺设计的结尾是勾践胜利了，夫差又在卧薪尝胆！于是之看到结尾吓坏了，就报告给有关领导，最后没有采纳曹禺的意见。于是之后来说，还是曹禺先生高明，曹禺先生的结尾更具深刻的意味，带给观众联想的东西更多。曹禺先生的那种创作的智慧是依然存在的。

《王昭君》，大家说了很多的好话，的确这个剧本的文采斐然，但是缺乏非常真实的东西。它已经不是曹禺说的呕心沥血的产儿。有人说《王昭君》的后半部就像插队的知识青年了，当然这个讽刺是严重了。但是应当说后半部是不成功的。尽管这个戏写的矛盾冲突起承转合，跌宕起伏，但是还觉得缺乏生命力。曹禺是有自知之明的，对于新中国成立后这三部戏，他是明白的。当有人公开地批评他这几部戏是遵命如何如何时，比如一些外国人说你这是奉命之作时，他说，我作为一个文艺界的负责人能不答辩吗？我就是奉命，但是我奉命之作也是应该做的嘛，我要说话呀，维护这个东西。但是作为创作来说他的确认为是不足取的。

因此到了晚年以后，我第一次访问他的时候，他就老问我，"你今年多大了？"我说我当时多大多大。"哎呀！你很年轻呀，你怎么怎么样……"然后就慨叹说："你看我一天有多少个会，我真是抽不出身来，我的生命就这样消耗了！"他对于成天地陷入那种纷杂事务烦恼极了。好像泰戈尔得了诺贝尔奖奖金后由于不得不会见许多人而感到十分痛苦，对于作家来说，社会事物是一种精神痛苦。泰戈尔就说："剥夺我幽居自我的权利，形同剥去牡蛎的壳，让它赤裸。现在充满好奇心的世界的野蛮接触，已覆盖了我的一切。"

但是曹禺不同的是，他无法摆脱，似乎又有些习惯了似的，也陷于一种不能自拔的境地。他很明白，但是他感到力不从心，不可摆脱，不能摆脱。这个时候他是非常苦闷的。晚年的那种苦闷，我觉着是一个仍然具有创造力的生命而不能创作的苦闷，无力创作的苦闷。这是最悲哀的、最苦闷的了。所以他晚年的苦闷是很值得研究的。他的爱人李玉茹女士给他编了一本书——《没有说完的话》，收入晚年的一些日记呀，书信等等。这些东西里头有些说的都是很有意思的，你看他写给巴金的信，他就谈到他很孤独，他说："正因为你我是好朋友，你又是我的老哥哥，萧珊之死，我的心是说不出的刺痛，你说，你若永远闭上眼，你的骨灰将要跟她的骨灰掺和在一起。一想你这句话，我以后要非常之孤独、寂寞，我将什么都不想。在这人世上我还有什么？我还有什么？"这些都是曹禺的真情实感的流露。

曹禺这一辈子的朋友很多，但是真正知心的朋友，大概要数巴金了。所以，他写给巴金的信是坦诚的。当年《雷雨》写出来，1930年，就交给他的一个好朋友靳以了。靳以当时主编一个大型的文学刊物，编辑部就在北京现在"三座门"。也许因为他们俩是老同学，南开中学的同学嘛，就交给巴金审稿，巴金一口气读下来，就决定全文发表、一期登完。这么长的四幕剧一期给登完了，这在当时是了不得的。也可以说是巴金发现了曹禺，把曹禺推向了文学舞台。一旦发表之后，就在全国引起轰动了。

曹禺跟别人不一样的地方，就是他的第一部剧作起点就非常高。一个日本的戏剧理论家河竹登志夫编了一个世界戏剧大事年表，中国就记载了两件事：一件事就是《雷雨》发表，这个记载是有他独到的眼光。任何的一部文学史都是以伟大的作家为标志的。那个时代文学怎样，最终还是以那个时代的最伟大的最优秀的作品作为代表，《雷雨》是能够标志时代的，标志中国话剧走向成熟的。

那么这个作品被巴金发现了。曹禺非常尊重这个老哥哥，巴金说对待曹禺也是这样的。所以当他对巴金做出这么一种感叹的时候，他的心情是很真实的。巴金曾经劝告曹禺少参加那些社会活动，说你应当把你的心灵的宝贝掏出来，让他致力于创作。

（原载《在文学馆听讲座》，中国现代文学馆演讲录系列丛书
2001/2002 第 1 辑，中国社会科学出版社 2002 年版）

曹禺戏剧节与《曹禺与中国》

李援华不但对香港话剧做出巨大的贡献，而且对中国话剧也做出奉献，突出地表现在20世纪70年代中期对香港"曹禺戏剧节"的策划和主持，以及《曹禺与中国》的创作上。

1975年，内地仍然处于"文革"之中，中国的话剧早已被"四人帮"彻底"打倒"，几乎戏剧界所有的艺术家，都已被视为"牛鬼蛇神"，饱受残酷迫害之苦，有的更身陷牢狱之中。曹禺这个号称"中国莎士比亚"的杰出剧作家，正在北京人艺劳动改造，当时海外报道传出："中国的莎士比亚在看守大门的消息"。李援华作为一个对曹禺先生充满敬爱之情，对祖国的命运满怀焦虑的剧作家，他颇有胆识地策划了1975年"曹禺戏剧节"，这确实是一个奇迹，而为了这次戏剧节，他更创作了三幕剧《曹禺与中国》。

为什么会举办"曹禺戏剧节"？杨裕平在《曹禺戏剧节·首演场刊》上的一篇文章指出："'曹禺戏剧节'可以说是一个理想的实现。去年，通过了李援华先生的帮助与安排，大会堂、罗师校友会及致群剧社发起主办了一次《中国话剧的发展》讲座，邀请得本港十多名的戏剧界前辈及老师作一连二十讲，详尽地介绍了中国话剧六十年来的兴起与发展及这期间中国流行的文艺思潮，与及社会环境、历史变迁对话剧创作的影响，提高了我们年轻的朋友对中国话剧发展的认识，从而使朋友们对将来话剧创作的方向与态度，寻找出一条正确的道路。讲座期间，朋友们还介绍出中国近年来多个杰出的剧作家，他们的水平与作品。为了使学习不至于太枯燥，使朋友们获得实践的机会，因此，我们提出组织一个戏剧节，以后将一些重要的剧作家与他们的作品陆续介绍出来，及重新加以评价，这便是'曹禺戏剧节'筹备的始末原因。"可以说，李援华是"曹禺戏剧节"的始作俑者。而且具体的原因，也如杨裕平所说："为什么选择曹禺呢？最简单的原因是他的戏剧都以在舞台演出为目标，故此他在剧本中，对舞台设计及人物造型，提出较详尽的描述，使导演容易掌握他的思想与内涵，观众易于接受，以期达到戏剧的教育目的。还有一点较少人留意的，……他的作品反映出中国社会不同时期的演变：从《雷雨》、《日出》、《原野》、《北京人》及《家》对旧家庭旧制度腐化所提出的抨击与暴露，以至《桥》、《蜕变》、《明朗的天》、《胆剑篇》的积极思想与不断新生的态度，正好上了一课浓缩的中国近代社会史。"而这点，也可以说是李援华为"曹禺戏剧节"所设计的总体意图之一。在他写的《曹禺与中国·代序》中最清晰表达了这样的意图：

> 我的写作意图有二：其一是介绍曹禺笔下的中国变动，其二是对曹禺观点作出若干评价。……无论你对中国社会发展的看法是怎样，我猜任何中国人总不会反对《日出》里方达生所说："中国人永不会向强盗低头"与《胆剑篇》所突现的"自强不息"与"自力更生"的主旨吧！（按：上述方达生的话出自《日出》改版本，"强盗"两字是指日本军阀。）①

而在《曹禺与中国·后记》中，他更作了补充：

> 当我写这个剧本时，带着三个动机：其一是基于对曹禺先生的敬爱；其二是希望通过他的剧作向香港市民介绍中国社会的发展；其三是尝试借

---

① 李援华：《曹禺与中国》，中天制作有限公司1991年版。

着演出推动观众在剧场的质疑。①

从上述可以看到李援华对曹禺的敬爱,对祖国的热爱。也可以看到他的编剧意图。在"根据中国历史发展,介绍曹禺笔下的中国,让青年人认识我国近四十年来的重大变动"的思想指导下,创作了三幕剧《曹禺与中国》。

第一幕,他选取了《雷雨》、《原野》和《家》中的片断。大幕启开,银幕上出现"1937年以前的中国"的大字,然后是几幅展现半封建半殖民地中国的旧照片。继之是曹禺的照片,随之出现曹禺的声音:"有人问我《雷雨》是怎样写的,……隐隐地仿佛有一种情感的流来推动我,我在发泄着被抑压的愤懑,毁谤着中国家庭和社会。"演出了《雷雨》第二幕中侍萍与周朴园重逢的一场戏。此场戏演完,出现了"介绍人",这个"介绍人"不但成为他简要地向观众介绍了《曹禺与中国》编剧意图,曹禺的创作道路,而且把下边的《原野》片断引领出来。于是又演出了《原野》中仇虎回来,同焦母会面,同金子声言复仇杀死大星,直到黑子致死的片断。接下来就是"介绍人"同观众对《原野》的讨论,认为仇虎是值得同情的,但不赞成仇虎的复仇行为。接着便是《家》的片断,突出的是环绕着鸣凤之死,婉儿迫嫁,直到觉慧同冯乐山面对面的斗争。

第二幕,又一次演出了《雷雨》中周朴园和鲁大海的片段,之后,在"介绍人"的讨论中,又把新旧版本的《雷雨》中的两个鲁大海作了比较,但是他仍然"喜欢《雷雨》的旧版本"。紧接着演出了《日出》的新版本的片段。再次借"介绍人"的口,肯定了"新版本,由于方达生这个角色的改写,加上田正洪(仁丰纱厂的工人领袖和工人们——引者注)一群人,这个剧本便有了生气。中国人虽然受着封建残余及日本军阀的压逼,依然会为自己打出一条出路"。然后转向作者特别创造的一个场景,在舞台正中,是曹禺剧作中一群

---

① 李援华:《曹禺与中国》,中天制作有限公司1991年版。

"被损害与被侮辱者：鲁侍萍、金子、大星、婉儿、鸣凤、周氏、王氏、李石清、黄省三、陈白露，周公馆两个仆人。"左方的台阶上是"损害别人的一群：周朴园、周萍、焦大妈、高克明、冯乐山、潘月亭"。舞台的右方梯级上是一群反抗者：鲁大海、仇虎、觉慧、方达生、田振洪等。从剧本中选出反抗者、被损害被侮辱者对于压迫者的反抗的片段。直到最后由方达生带头喊出："中国人不会向强盗低头"的声音。最后，是"介绍人"同甲、乙、丙、丁四个人的讨论，甲对曹禺是钦佩的，但对曹禺作品中流露出来的一些观点不赞成；乙是一位赞赏西方文学的人，看不起曹禺；丙是一位能够静心听取他人意见的人，最后再谈自己的见解；丁是一个"人云亦云"者，安排他出场，不过是为了使讨论的氛围更轻松些。

　　第三幕，是抗战胜利后以及新中国成立后的中国社会。作者选取曹禺的剧作是《桥》、《艳阳天》、《明朗的天》和《胆剑篇》的片段，其意图在于使观众看到中国社会中"新的力量、新的生命已由艰苦的斗争里酝酿着、育化着，欣欣然发出美丽的幼芽"。在全剧结束时，传来婴儿的哭声，小孩子的欢笑声。随之爆出这样的呐喊：

男声：谁说寒衣少，咱们合穿一件战袍。
女声：谁说没衣穿，咱们合穿一件布衫。
男声：谁说寒衣少，(互指) 你穿上我的战袍。
女声：谁说没衣穿，(互指) 你穿上我的布衫。
全：敌人来侵犯，拿起刀和剑。
苦：敌人来侵犯，咱们冲向前。
全：敌人来侵犯，拿起刀和剑，敌人来侵犯，咱们冲向前。

　　此剧演出后，观众的反响是热烈的。在报纸上刊登的多篇评论，均持赞赏的态度。李援华收到了二十六封来信，肯定和赞誉者有二十四封，只有两封"把我大骂一顿，认为我借着曹禺的作品来歪曲历史，歌颂共产党。其中一位措词愤激,谴责中共祸国殃民而骂我是帮凶"。

"当时是七五年四月,'文革'还未停止。香港的'左派'报纸报喜不报忧,不断传来工农业增产的消息;'右派'报纸登载的是使人震惊和担心的传闻;外国报章杂志更有红卫兵斗死的浮尸流到公海的报导。我猜想,那两位把我大骂一顿的观众对各项不幸的消息深信不疑,肯定'文革'是大灾难。当时国内实行新闻封锁,不许残酷斗争的真相外泄。于是港人对国内的情况没法了解,很多人从好处着想,认为外国通讯社的报导有意中伤中国的形象。"尽管对作者有着一些误解,但是,此剧的演出确实具有其重大的意义,在国内仍然处于"文革"灾难的年代,在曹禺仍然遭受迫害的岁月之中,这出戏无疑成为一道靓丽的风景,成为名垂香港剧史的佳话。

(原载《香港话剧史稿》,辽宁教育出版社 2009 年版)

曹禺的贡献
——为纪念中国文联六十周年而作

在庆祝中国文联成立六十周年之际，曹禺先生是值得怀念的。无论是他作为一个伟大的作家，还是作为中国文艺事业的领导者，都值得我们回顾他对中国文艺事业所做出的卓越的贡献。

首先，是他为中国文联的创建和中国文联的事业所做的贡献。

1949年3月22日，当郭沫若在华北文委和文协举行的会议上提出召开第一次全国文学艺术工作者代表大会的建议，曹禺不但热烈拥护，而且被推举为42名筹委之一。在全国文联第一次代表大会上，他当选为中国文联全国委员会的委员、常务委员会委员，并且是全国文联编辑部的负责人之一。他还被选为中华全国文学工作者协会全国委员会委员、中华全国戏剧工作者协会全国委员会委员和常务委员会委员，中华全国电影艺术工作者协会全国委员会委员。年轻的曹禺从此开始了与中国文联半个世纪的姻缘。1988年，在第五次文代会上他又当选为文联主席。直到1996年去世。

文联是新中国的文艺政策的主要传输平台，曹禺不仅对党的文艺方针政策身体力行，而且认真履行他领导责任。从他的工作中，折射出新中国在二十世纪文艺政策的得失成败，看出中国文联的辉煌和曲折历程。

因为他谦虚谨慎的品格、文艺上的巨大成就、渊博的学识以及对中外艺术特别是戏剧的深刻了解，而赢得文艺界的信赖，成为新中国文艺界的重要领导人。

其次，是他在戏剧教育上的贡献。

曹禺先生，首先是作为一个戏剧家而著称的，但是，他对中国戏剧教育的贡献是杰出的。这点，往往为人所忽视。应当说，他是一位伟大的戏剧家。

1935年，余上沅慧眼识英才，几乎是"三请诸葛"，将曹禺聘请到刚刚成立的南京国立剧校任教授。可以说，由于曹禺的到来，使剧校熠熠生辉，顿生活力。至今，他的学生都忘不掉他那充满灵性的讲课，特别是他那虚怀若谷、博学多识，独具创造的教学风范，成为中国第一代戏剧学人的楷模。

我们看到，像后来的大导演凌子风、大表演艺术家石联星、叶子、项堃等，都是他的弟子。

而在抗战时期，他担任国立剧专的教务主任时，曾有过一个辉煌阶段，剧校人才济济，团结了一批戏剧精英，如张骏祥、黄佐临、金韵芝（丹尼）、陈鲤庭、梁实秋、戈宝全、陈白尘等。此刻，被称为国立剧专的"黄金时代"。

抗战时期的国立剧专，处于远离重庆的偏远小城江安，条件十分艰苦，时为教务主任的曹禺，与学生们同甘共苦，孜孜教学，培养出更多的戏剧人才，如刘厚生、蔡松龄、沈蔚德、房琯德等，他们成为抗战时期演剧队，以及新中国成立后戏剧院团的骨干力量。如石羽成为中国青年艺术剧院的副院长，赵鸿模成为中央戏剧学院的院长。

新中国成立后，曹禺先后担任过中央戏剧学院的副院长、院长，而且一直是戏剧学院的名誉院长。

曹禺的伟大的戏剧风范鼓舞培育着一代又一代戏剧学人。

曹禺作为一个戏剧教育家，还在于他的剧作就是戏剧学校，很多戏剧工作者，都是由于看了曹禺的戏而走向戏剧道路的，更由于演出他的戏而成长为演员、剧作家和导演。也就是说很多戏剧表演人才都是在演出《雷雨》《日出》《北京人》《家》中成长起来的。于是之曾这样写道："从三十年代到八十年代，您用您心血凝结的文字，培育了一辈子又一辈子的演员。今后，还将有大批新人凭您的剧作成长起来。我以我能作为他们当中的一个感到幸福。"

于是之道出了广大戏剧工作者的心声。

其三,是他对创建北京人民艺术剧院所做的贡献。

1952年6月12日,北京人民艺术剧院成立,曹禺被任命为院长,直到1996年逝世,在半个世纪中,他始终是北京人民艺术剧院的领导者。

北京人艺之所以成为一个具有蜚声世界的剧院,能够成为一个独具风格自成一派的剧院,与曹禺先生是分不开的。

曹禺是北京人艺的缔造者、组织者之一,身为院长自建院之日起,就把自己的心血倾注在剧院的建设上,直到他生命的最后一息。可以说,他把自己大半生都献给了北京人艺。

曹禺对于北京人艺的第一个贡献,也是最重要的贡献,是同焦菊隐、赵起扬和欧阳山尊一起制定了北京人艺的建院方针,把北京人艺办成一个有理想有追求在艺术上有严格要求的剧院,一个具有独特风格和理论体系的剧院,一个具有高度艺术水准的世界第一流的剧院,一座像莫斯科艺术剧院那样的剧院。

对于北京人艺,曹禺心中是有规范的。作为一个学者型的剧作家,他的艺术修养,他的识见,使他在把定北京人艺的演出剧目和演艺水准上,都有着他不可降格以求的标准。因此,在建院后他十分重视演出剧目。以他的地位和名望,以他的眼光和识见,邀请最知名的剧作家为北京人艺写戏,使北京人艺演出的剧本保持高标准高品位。也正是由于曹禺先生的身份和热忱,才能请到郭沫若、老舍、夏衍、田汉等为剧院写戏,这是北京人艺得天独厚的地方。像曹禺这样全国知名的剧作家担任院长,他能够为了剧院亲自登门求稿,确实表现出他求贤若渴的风度。正是在演出这些大师的剧作中,不但提高了北京人艺的声誉,也有助于形成了北京人艺的演剧风格。正如莫斯科艺术剧院在演出契诃夫的剧本中,逐渐形成了自己的演剧体系一样,北京人艺也在演出"郭、老、曹"的剧作中形成了焦菊隐—北京人艺演剧学派。

曹禺先生的学者胸怀和虚怀若谷的态度,对于领导班子的团结,对于全院的团结,都成为一种凝聚的和吸引的磁石。北京人艺的艺术家,都把曹禺视为尊敬的老师和朋友。有着他和焦菊隐这样学者型的院长,使北京人艺形成一种艺术氛围,一种艺术传统,甚至积淀为一种艺术基因。

曹禺对于焦菊隐和赵起扬的尊重,以及他们之间的相互信赖和支持,是北京人艺成功的保证。曹禺每提到他们,就由衷地称赞。曹禺对于总导演焦菊隐的信赖、尊重和合作,可以说是一个剧院院长同总导演关系的杰出榜样。他对于焦菊隐艺术实践和艺术创造给予最大的支持和鼓励,对焦菊隐在北京人艺的地位和作用历来给予很高的评价。曹禺和焦菊隐的合作,是在艺术上心心相印的合作,是真诚的艺术家的合作,也是学者之间的合作。这里绝没有丝毫的私心和一星一点的嫉妒。曹禺称赞焦菊隐说:"他在北京人艺尽心致力于中国话剧民族化的创造,奠定了现实主义创作方法的基础。他创造了富有诗情画意、洋溢着中国民族情调的话剧。它是北京人艺风格的探索者,也是创造者。"在这些真诚的称赞中,可以看到曹禺对于焦菊隐的尊重。而这些正是北京人艺在艺术上取得伟大成就的关键。

如果说,丹钦科和斯坦尼斯拉夫斯基的合作成功地创办了莫斯科艺术剧院,创造出斯坦尼斯拉夫斯基演剧体系;那么,曹禺、焦菊隐和赵起扬的合作,则成功地创办了北京人艺并缔造了北京人艺演剧学派。这在中国话剧史上将是永远值得纪念的。

而曹禺先生同剧院艺术家的关系,是十分融洽而充满友谊的。他热爱这些朋友,北京人艺的艺术家也对曹禺充满敬爱之情。曹禺从心中热爱着北京人艺的艺术家们。

从表面看来,似乎曹禺这个院长是"虚"的,但是,有曹禺在,北京人艺似乎就像有着艺术神灵在。他的领导作用对于北京人艺来说是"大象无形,大音无声"的。譬如他对于舞台,他对于演出,就有着他绝妙而深刻的理解,他说:"舞台是一座蕴藏无限魅惑的地方,它是地狱,是天堂。""一场惊心动魄的成功的演出,是从苦恼到苦恼,经过地狱一般的折磨,才出现的。据说进天堂是美德的报酬。天堂是永远的和谐与宁静。然而戏剧的'天堂'却比传说的天堂更高,更幸福。它永不宁静,它是滔滔的海浪,是熊熊的火焰,是不停地孕育万物的土地,是乱云堆起、变化莫测的天空。只有看见了万相人生的苦和乐的人,才能在舞台上得到千变万化的永生。"(《攻坚集·序》,《曹禺全集》第5集,第355页)这里,就可以懂得他对于北京人艺的感情,对于北京人艺艺术家的感情,懂得他对于北京人艺这个戏剧殿堂的热爱。

曹禺说:我是爱北京人艺的。一句话,道出了对北京人艺的全部的感情。有人说,曹禺先生是为戏剧而生,生来就是为戏剧的。他把北京人艺视为自己艺术生命的。

其四,最为卓越的贡献,是他的戏剧创作。

他的剧作不多,但却是最经得起历史考验,最具有艺术持久力的,最具有观众的并赢得世界荣誉的经典,使他成为中国话剧的奠基者。

在今天,曹禺的戏剧日益展示其审美的现代性的内涵和魅力。

在他的剧作中展现出一种罕见的现代的焦虑,他的生命的焦虑、人性的焦虑、社会的焦虑、都市的焦虑、人类的焦虑……甚至可以说他的焦虑是与生俱来的焦虑。这些,构成他那种高贵的社会责任感和人类的良知。

现代性的焦虑"化成多少严重的问题,死命地突击着我,这些问题灼热我的情绪,增强我的不平之感。有如一个热病患者。我整日觉得身旁有一个催命的鬼低低地在耳旁催促我,折磨我,使我得不到片刻的宁贴。"(《日出·跋》)

他在追索着人生,拷问着社会,探索着人性,焦虑的"残酷"化为戏剧的"残酷",在阿尔托的残酷戏剧还是一种理念时,而在曹禺这里却构成戏剧的形象,形成他特有的残酷之美。

《雷雨》是残酷的,《日出》是残酷的,《原野》更是残酷的。

《雷雨》写的就是一个残酷的世界,是一系列的残酷:是命运残酷,命运的巧合恰恰体现着命运的残酷。四凤在重蹈着侍萍三十年前覆辙,无论是对于年轻的四凤,还是对于侍萍来说,他们的命运是太残酷了。"这种自然的'冷酷'四凤与周冲的遭际最足以代表,他们的死亡,自己并无过咎。"(《雷雨·序》)人物的性格也是残酷的,他说蘩漪,"她的生命交织着最残酷的爱和最不忍的恨。"

总之,是命运的残酷;性格的残酷;生的残酷;死的残酷;爱的残酷;恨的残酷;是场面的残酷;是情节的残酷,正是在这样的一系列的残酷中而蕴蓄它的诗意,有着曹禺的审美的现代性。

《日出》更揭示出现代的残酷是对人的精神灵魂的虐杀和戕害。陈白露,一个纯真的少女在现代金钱制度和卖淫制度下陷于一种不可摆脱的极度精神痛苦之中而自杀身亡。

在曹禺剧作中,有着他对于人和人性的复杂的深刻感知,对于人类处于矛盾的生存状态的展现。在他看来,人是可怜的,是愚蠢的,人类自身就是悲剧的。的确,曹禺具有一种大悲悯的胸怀,甚至说一种大悲悯的哲学。他说:"我用一种悲悯的心情来写剧中人物的争执。我诚恳地祈望着看戏的人们也以一种悲悯的眼来俯视这群地上的人们。……"(《雷雨·序》)

有人说,艺术就是发现,而曹禺就是一个伟大的美的发现者。当人们在习见着甚至厌见着一些人和现象时,他却在污垢掩盖下发现金子般的心灵,在罪恶的氛围中看到美丽的心灵。他笔下的繁漪、翠喜,都是他伟大的发现。而陈白露、愫方等,都是她献给中国艺术画廊崭新的典型形象。

的确,如他所说,他写的剧本就是在写一首诗,由此,他开辟了中国话剧的诗化现实主义的传统。

其五,是他的戏剧思想。

曹禺戏剧具有它独到的哲学沉思和思想特色,而其戏剧思想更应成为中国戏剧宝库中的珍贵遗产。

当中国话剧在二三十年代还纠缠在误读的"易卜生主义"的思潮之中,热衷于"问题剧"之际,曹禺首先提出他的戏剧诗宣言,声言他的《雷雨》"写的是一首诗,一首戏剧诗"。这在中国现代戏剧思想史上树起一道丰碑。他的《〈雷雨〉的写作》、《雷雨·序》和《日出·跋》所体现的诗化现实主义的戏剧思想,不但是他《雷雨》《日出》创作经验的结晶,而且是开拓一代剧风的理论导向。

曹禺的诗化现实主义的精华是他的诗意真实论。在自然主义、镜像主义、新闻真实主义等戏剧创作模式盛行时，他将诗意美学内涵熔铸到现实主义的真实观之中，构成其诗意真实观。正如契诃夫对真实的期待，"最优秀的作家都是现实主义的，按照生活的本来面目描写生活，不过由于每一行都浸透着汁水似的浸透了目标感，您除了看见目前生活的本来面目以外就还感觉到生活应该是什么样子，这一点就迷住您了"（《文艺理论译丛》1958年第2期，第176页）。

他的人物塑造论，与鲁迅的小说人物塑造有着承转相通之处，都倾心于人性的开掘，灵魂的刻画和精神的追索。对于人，人性的思索始终是曹禺创作的中心，曹禺剧作之所以在今天仍然具有魅力，在很大程度上是由于它创造的那些复杂、丰厚、个性鲜明而又具有高度艺术概括的人物。如果说文学就是人学，戏剧同样是人学。这也真是曹禺戏剧思想最为深刻的地方。

晚年，他更强调对人的认识，认识人性的复杂，认识人的价值、尊严和力量，强调探索人的灵魂的秘密。他通过对莎士比亚、奥尼尔等作家的评论，引导人们对"人"的发现和认识。他说："有史以来，屹立在高峰之上，多少文学巨人们教给人认识自己，开阔人的眼界，丰富人的贫乏生活，使人得到智慧，得到幸福，得到享受，引导人懂得'人'的价值、尊严和力量。"他希望中青年作家从这些文学大师的著作中汲取宝贵的人类智慧。

在他的晚年，特别是经历了对"左"的文艺思潮，以及"文革"极左文艺思潮的洗礼之后，他的戏剧思想有了更高的升华。譬如在二十世纪八十年代戏剧观的大讨论中，在戏剧面临转型的复杂情境里，他始终把批判的锋芒对准多年来一直困扰人们的僵化的概念化公式化的戏剧思维，因此它对于一时峰起的社会问题剧发出警号。而此刻剧坛上则是一味鼓吹形式革新，而淹没了他的真诚的告诫。他多么期望我们文艺涌现不愧于我们这个伟大时代的伟大作品和伟大作家，他希望写出那种关心人、关心人性、关心人类的令人思令人想的作品。他对中国文艺充满期待。

曹禺至今仍然是我们戏剧的灯塔，是我们文艺振兴的白标识。

当我们回顾中国文联六十年的道路时，回顾我们的伟大的先贤留给我们的宝贵的精神遗产，将会对我们现实的文艺发展提供最珍贵的教益和最切实的动能。

2009 年 6 月 24 日

伟大的人文主义戏剧家曹禺
——为纪念曹禺百年诞辰而作

在中国近百年的文学艺术历史上，像曹禺这样始终对于人、人类的命运给予深切的关怀；对于人性给予如此执着的探索和深究；对于人性的美有着独到的发现的作家，是罕见的。随着历史的演进，曹禺剧作中的深刻的人文内涵，不断被发现，被凸显出来，并因此放射着耀眼的人文主义光辉，而这些，在当下的世界愈发展现出它的现代意义。

一

我曾经模仿"说不完的莎士比亚"的说法，也曾经以"说不完的曹禺"为题写过文章。事实证明，曹禺果然是说不完的。

当我惊讶地发现他的作品中人文主义的丰富而深刻的内涵时，似乎又发现了曹禺的"新大陆"。在我面前展开的是一个艺术的哲学的境界，是一个伟大的艺术的哲学家。这个哲学家所展现的哲学，不是那种充满理性的逻辑的思考的哲学，而是在他展开的艺术世界中所蕴含的所感知的人文主义哲学。

在《曹禺剧作论》中，我隐隐感到曹禺对于宇宙和世界有他自己的哲学，但是，我只是作为曹禺创作个性来研究的；却还没有认识到，曹禺自己的哲学不但是一个他观察世界的视界，而且也是他对于这个世界的隐秘的一个伟大的窥视和发现。

《雷雨》对我是一个诱惑，与《雷雨》俱来的情绪，蕴成我对宇宙间许多神秘的事物一种不可言喻的憧憬。《雷雨》可以说是我的"蛮性的遗留"。我如原始的祖先们，对于那些不可理解的现象，睁大了惊奇的眼。我不能断定《雷雨》的推动是由于神鬼，起于命运或源于哪种显明的力量。情感上，《雷雨》所象征的，对我是一种神秘的吸引，一种抓牢我心灵的魔。《雷雨》所显示的，并不是因果，并不是报应，而是我所觉得的天地间的"残忍"。（这种自然的"冷酷"，可以用四凤与周冲的遭遇和他们的死亡来解释，因为他们自己并无过错。）如若读者肯细心体会这番心意，这篇戏虽然有时为几段较紧张的场面或一两个性格吸引了注意，但连绵不断地，若有若无地闪示这一点隐秘——这种宇宙里斗争的"残忍"和"冷酷"。①

这段话，将一个诗人的哲学以及这个的哲学的特点说得很清楚。诗人的哲学不但具有神秘性、情感性和朦胧性，甚至还带有原始性。在他看来，宇宙间充满的是"残忍"和"冷酷"，这个感知，或者说论断，起码在中国的现代的哲学家和文学家中，还是独具的——这就是曹禺的宇宙观和世界观。

在曹禺这样的一个世界观中，蕴涵他对现实世界的哲学沉思，尤其是对于现代资本世界的沉思，使之具有现代性；同时，也蕴涵着中国哲人以及世界文学大师的人文思想的元素。

曹禺作品所写的世界就是一个残酷的世界，尤其是他的前期剧作，他所演绎的是一系列的残酷。

首先是命运残酷，在《雷雨》中命运的巧合恰恰体现着命运的残酷。四凤在重蹈着侍萍三十年前的覆辙，无论是对于年轻的四凤，还是对于侍萍来说，他们的命运是太残酷了。在《日出》中，陈白露、翠喜、小东西、黄省

---

① 《雷雨·序》，《曹禺全集》第1卷，花山文艺出版社1996年版，第2、4页。

三，他们的命运同样是残酷的。

人物的性格内核——他们的精神和灵魂也是残酷的，他说繁漪"她的生命交织着最残酷的爱和最不忍的恨。"而仇虎的精神和灵魂，始终处于精神的炼狱之中；而陈白露从一个纯洁的少女，演变成为一个交际花的过程，就是一个在精神上被侮辱被虐杀的残酷历程。

总之，在曹禺的戏剧中，充满的是命运的残酷、性格的残酷、生的残酷、死的残酷、爱的残酷、恨的残酷、场面的残酷、情节的残酷，正是在这样的一系列的残酷中而蕴蓄它的诗意，它的哲学，它的审美的现代性。

在二十世纪三十年代初，法国戏剧家安托南·阿尔托就提出"残酷戏剧"的理论，应当说，它仅仅是一种戏剧观念；而曹禺的对世界和宇宙的残酷性的感悟，却是一种宇宙观，世界观。这是一种超越戏剧的大胸襟，大视野，大境界。

基于此，他把人类看成是可怜的动物，由此而产生曹禺的大悲悯。

> 我念起人类是怎样可怜的动物，带着踌躇满志的心情，仿佛自己来主宰自己的命运，而时常不能自己来主宰着。受着自己——情感的或者理智的——捉弄，一种不可知的力量的——机遇的，或者环境的——捉弄；生活在狭的笼里而洋洋地骄傲着，以为是徜徉在自由的天地里。称为万物之灵的人物不是做着最愚蠢的事么？我用一种悲悯的心情来写人物的争执。我诚恳地祈望着看戏的人们也以一种悲悯的眼光来俯视这群地上的人们。①

最初，东京的留学生演出《雷雨》时，编导将序幕和尾声删去，曹禺不但为之辩解，甚至有些愤怒了。他声言，他写的是一首诗，而不是一出社会问题剧。的确，一旦删去序幕和尾声，就把一部有着深刻人文主义的哲学内

---

① 《雷雨·序》，《曹禺全集》第1卷，花山文艺出版社1996年版，第2、4页。

涵的戏剧，变成一部对中国的家庭和社会进行抨击的社会剧了。直到今天，人们对《雷雨》的诠释还大半停留在社会剧的层面上。

在序幕和尾声中，在原来的周公馆改造成的医院里，蘩漪疯了，侍萍痴呆了；鲁大海不知去向，只剩下周朴园，在承受着这大悲剧，显然，在曹禺看来，周朴园也是可怜的。在某种意义上说，命运对他也是残酷的。

在中国现代的作家中，鲁迅在他的作品中，不仅揭示人的"生存"的问题，更深刻地揭示人的"存在"问题，这几乎是现当代伟大作家的一个共同的特质。五四之后，承继鲁迅这一伟大传统的首推曹禺。他是中国现代第一个也几乎是少数几个把探索人类的"存在"作为艺术追求的剧作家。热烈激荡的情思同形而上的哲思的交融，构成曹禺剧作的深广厚重的思想特色。

在曹禺的作品中，所渗透的哲学，是他的那种独到的对世界和宇宙的感觉，尤其是那种神秘的感觉。他曾说："那种莫名其妙的神秘，终于使一个无辜的少女做了牺牲，这种原始的心理有时不也有些激动一个文明人的心魂吗？使他觉得自然内更深更不可测的神秘么？"[①]这里，说的是四凤，在第三幕，那个雷雨的夜晚，真是鬼使神差，魅影重重，曹禺把他的神秘感融入其中，可谓惊心动魄。

究其根源，这种神秘感来自对于人的生命，人的命运的紧张的探索和感知。在曹禺中学时代所写的长诗《不久长，不久长》中，就有着对于人生无常的感伤叹息，对于生和死的探知。而这种生命无常无定的感觉，又是同他的宇宙感联系在一起的，"宇宙正像一口残酷的井，落在里面，怎样呼号也难逃这黑暗的坑"[②]，"觉得宇宙似乎缩成一团，压得我喘不出一口气"[③]。

直到晚年，萦绕于心的还是这样一种难以逃脱的命运感和宇宙感，他很

---

① 曹禺：《雷雨的写作》，《曹禺全集》第5卷，花山文艺出版社1996年版，第10页。
② 《雷雨·序》，《曹禺全集》第1卷，花山文艺出版社1996年版，第2、4页。
③ 《日出·跋》，《曹禺全集》第5卷，花山文艺出版社1996年版，第28页。

想写一出孙悟空的悲剧，孙猴子取经归来，无论怎样地变，怎样地跑，都逃不出如来佛的手心。

一个敢于直面生死，执着叩问人生的作家，就有了一种超越世俗，超越存在的大境界。这就是曹禺的剧作具有伟大生命力的原因。

二

曹禺作为一个伟大的人文主义作家，最令人敬佩的是，他的戏剧成为探索人性秘密的试验室，他是人性复杂性的揭秘者和考察者，也是人性的深度和广度的探测者。

我反复思量中国现代文学和现代戏剧的作家，几乎没有人像曹禺这样执着于人性的追索，迷恋于对人的灵魂的窥测。犹如他对宇宙的秘密的探视，似乎他把人的人性、人的灵魂作为一个小宇宙，把它内藏的隐秘揭示出来。

可以说，凡是伟大的作家，必然是一个伟大的人文主义者，他们把写人放到首位，把塑造人的形象、典型作为他们创作的重心。在莎士比亚戏剧里是一个丰富多彩的人的世界；在奥尼尔的笔下也是一个人的灵魂的缤纷世界。曹禺生长在中国的大地上，在人性的开掘上和人的灵魂的揭示上都有着他的杰出之处。

他熟谙戏剧的奥秘，善于把人置于复杂而多变的人物关系，人物矛盾中，聚焦于人物的灵魂深处，从多方来透视人性的秘密。繁漪、陈白露、愫方，这些形象都被置放在聚焦点上。

陈白露只有在方达生的面前，才展现出她有过的少女的纯真的心灵，也才会有她那种充满痛苦的辩解，自然也揭示了深陷牢笼而不能自拔的悲哀；张乔治的出现，让人看到她实际上被人玩弄的地位；更不用说潘月亭了。但是，潘月亭更折射出她即出卖自己的又不得不出卖的痛苦和无奈；小东西最能照出她未曾泯灭的清醒的抗争的灵魂。即使翠喜未曾与陈白露有过直面的交往，却再清楚不过的展现出他们貌似不同，而实际上处于同样的被侮辱被损害的地位上。为作家精心安排的人物关系，也最深刻地看出作家是在怎样地设法打入人物的灵魂深处，又怎样从多个孔道管窥人物的人性隐秘。陈白露的复杂的人性，被曹禺天才地揭示出来。我敢说，就对其人性的揭示来说，它较之小仲马笔下的茶花女，甚至较之托尔斯泰的玛斯洛娃也有着曹禺的独到之处。

曹禺对于人性的复杂性有着十分深刻的把握，他以为人性的复杂性甚至是难以破解的。

而人性的丰富性，也是他所重视的；因此，在他的剧中所展现出来的人物，他们的人性的复杂性和丰富性，在中国剧作家中的是首屈一指的。像周朴园、蘩漪、陈白露、仇虎、金子、愫方、曾皓、文清等，这样的中国人性的画廊，是曹禺所发现所创造的，是我们前所未见的。

在仇虎几乎不可理喻的复仇的心理和行动中，潜藏在他精神的底层，犹如在黑暗的深渊中，积淀着为古老的集体无意识"父仇子报"的幽魂。曹禺，并不只是写仇虎的报复行动，而是深入到他每一次企图报复行为背后的精神磨难，那种煎熬，那种挣扎，那种疯狂，仇虎人性的疯癫性狂躁性被他天才地刻画出来。如果说，奥尼尔的《琼斯皇帝》在琼斯逃入黑森林中在于展示他以及他的前辈所遭受的不公；而仇虎进入大森林，展示的是他在杀害大星后的觉醒，正如曹禺所说，此刻的仇虎才是一个"真人"，一个恢复了他的本性的人，一个摆脱鬼魂缠绕的人。人性在这里得到升华。在幽暗中，在挣扎中，揭示出人性的光芒。①

---

① 参看《原野》："在黑的原野里，我们寻不出他一丝的'丑'，反之，逐渐发现他是美的，值得人的高贵的同情的。他代表一种被重重压迫的真人，在林中重演他所遭受的不公。在序幕中那种狡恶、讥诈的性质逐渐消失，正如花氏在这半夜的折磨里由对仇虎肉体的爱恋而升华为灵性的。"《曹禺全集》第1卷，第533页。

这一段话，在我看来对于理解《原野》的主题，以及仇虎和金子的性格内涵是极为重要的，但却为一些导演和研究者所忽略。

人性是秘密的。人性的悖论性是曹禺对于人性秘密发现。陈白露的悲剧，一直被人们解释为社会悲剧，似乎有潘月亭的破产而导致她的自杀。而在陈白露的灵魂深处有着一个不可解脱的矛盾，她深深厌恶着大饭店的生活，她对那里一切人都厌恶；可是她却摆脱不开它，陷于一种两难的境地——一个习惯的桎梏。恩格斯曾说，卖淫制度"使妇女中间不幸成为受害者的人堕落"[①]。卖淫的生活不但使她们受到迫害，同时也受到毒害，正如鸦片烟一样。就陈白露的本真来说，她是喜欢太阳欢迎太阳出来的，但是，明明知道太阳升起来了，她却要睡了。这是多么深刻的悖论！这样的悲剧，是精神的悲剧，而正是这里，曹禺发现了美，人性在行将毁灭之时，却升起美的光华。

人们常常惊异，曹禺为什么在23岁，就写出如此深刻的作品，写出如此复杂而深刻的人性。这的确是一个值得探究的创作秘密。我在历久的思索中，得出一个结论，这个秘密只有在作家自己身上才能找到。

有人说，剧作家笔下的人物，几乎都有自己的身影。这里说的只是通常的创作经验。而在曹禺那里，也可以说在一切伟大的剧作家那里，在他们的剧作中展现了他的全部精神和灵魂的矛盾性、复杂性和丰富性。我们是否可以这样说，在曹禺的作品中，他几乎没有隐藏任何的精神的秘密。正是基于这样一个推论，他才成功地特异地发现人性的秘密。他首先发现了自己，然后才发现了他人。

在他的人物的苦闷中，宣泄着他自己的苦闷；在他的人物的精神困境中，熔铸着自己的精神困境。曹禺的天才之处，在于他在自己的人物的命运中讲述着自己的命运，在人物心灵的焦灼、苦闷和搏斗中，可以听到曹禺发自灵魂深处的颤音。

在蘩漪的苦苦挣扎中，在陈白露的复杂的心灵中，在仇虎的精神搏斗

---

① 恩格斯：《马克思恩格斯选集》第4卷，人民出版社1964年版，第71页。

中，都有着曹禺的深深的心灵印记。或可能是由于发现了自己的心灵秘密而发现了人物的心底秘密，而从他人的心灵秘密中发现了自己。

曹禺的作品就是这样给我们打开了一个新的灵魂的世界，他令人进入一个具有精神深度的世界里。这在中国现代戏剧中是罕见的。

三

任何伟大的作家，都是美的发现者，美的创造者。曹禺的杰出之处，在于在污秽中发现美的心灵。

对于艺术家来说，首先在于美的发现，我十分惊异于曹禺对于美的发现。它属于王尔德所说的那种"看见"美的作家。

王尔德就说："事物存在是因为我们看见它们，我们看见什么，我们如何看见它，这是依影响我们的艺术而决定的。看一样东西和看见一样东西是非常不同的。人们在看见一事物的美以前是看不见事物的。然后，自己只有在这时候，这事物方始存在。"[①]

问题是，社会摆在我们面前的丑恶是太多太多了；在曹禺生活的年代，一方面是几千年封建社会的遗留，一方面是西方的全面入侵带来的民族灾难；尤其是畸形崛起的现代都市，如曹禺说的在那个"光怪陆离"的社会，到处是"可怖的人事"。美，在曹禺那里就是在这样的污浊、罪恶、血污中被发现的。

于是我们看到，一个令世人厌恶甚至讨伐的乱伦的女人，却深深地打动曹禺的同情，发现她有着一颗"美丽的灵魂"；这就是繁漪的形象。至于陈白露，尽管这类交际花，在三十年代的大饭店里还是为人追逐的对象，但是其

[①] 王尔德：《谎言的衰朽》，赵澧、许可安主编：《唯美主义》，中国人民大学出版社1998年版，第133页。

卖淫的地位，仍为人所不齿；而曹禺却在她屈辱的灵魂里，发现一个不屈于耻辱命运，即使看到太阳即将升起，也不苟活于那个黑暗的世界。最让我们惊骇的是，曹禺竟然在那个三等妓院里，发现了翠喜，发现她有"一颗金子般的心"。单是这点就足以展现曹禺的眼睛，是那么具有独特的穿透力，又是具有那么深刻的洞察力；拨开一切的世俗偏见，扫除一切掩盖在她们身上的污秽，把美展现在人们面前。

在恐怖中发现美，在残酷中发现美，在罪恶中发现美。这点，颇像法国诗人，也是伟大的美学家波德莱尔。

他说什么叫诗？/什么是诗的目的？/就是把善跟美区别开来，发掘恶中之美。/我觉得，从恶中提出美，对我乃是愉快的事情，而且工作越困难，越是愉快。①

《美的颂歌》中所写那样："你的源泉是天国呢，抑或地狱，美啊？你的目光可怕而又神圣，散播罪恶与荣耀，忧伤与福祉，因此人们可以将你比做那醇醪。"连"恐怖"都"熠熠生辉"。曹禺确如波德莱尔所说，一个伟大的诗人，就要"深入渊底，地狱天堂又有何妨，到未知世界的底层发现新奇"。②就是这样一个冒着危险而深入地狱的作家，他终于在人间最污浊的地方，发现新奇，发现美。

如果我们要追索其中的秘密，正如他在告诫他的女儿万方所反复叮咛的：

万万不能失去"童心"。童心是一切好奇，创作的根源。童心使你能经受磨练，一切空虚、寂寞、孤单、精神的饥饿、身体的折磨与魔鬼的诱惑，

---

① 《恶之花》正版序言，转引自《〈恶之花·巴黎的忧郁〉译本序》，人民文学出版社1994年版，第8页。
② 《1846年的沙龙·译本序》，广西师范大学出版社2002年版。

只有"童心"这个喷不尽的火山口,把它们吞噬干净。你会向真纯,庄严,崇高的人生大道一直向前闯,不惧一切。①

童心,意味着真诚,意味着良心,意味着纯洁,意味着仁爱;这是一个崇高的道德境界,一个美的心灵世界。曹禺把崇高的道德追求同对美的发现和创造紧密联系起来。他说:"不断看见,觉察出来,那些崇高的灵魂在文字间怎样闪光的,你必须有一个高尚的灵魂!卑污的灵魂是写不出真正的人会称赞的东西的。"②

这就是曹禺发现美创造美的秘密。

曹禺作为一个伟大的人文主义作家,他给我们留下的精神遗产是极为宝贵的丰富的。尤其在晚年,不断地提示人们,要关心人,研究人;不断地发出肺腑之言,抒发对于人,对于人类命运的关怀;他在他的母校南开中学对着那些中学生说:"我一生都有这样的感觉,人这个东西是非常复杂的,人又是非常宝贵的。人啊,还是极应该搞清楚的。无论做学问,做什么事情,如果把人搞不清楚,也看不明白,这终究是一个很大的遗憾。"他以高度人文主义情怀对当今中国剧作家提出的殷切期望,可以说是他生前最重要的嘱托。

让我们承继着曹禺的伟大的人文主义精神,将我们的创作引向更高的境界!

(原载《中国戏剧》2010 年第 9 期)

---

① 《灵魂的石头》,《倾听雷雨——曹禺纪念集》,上海文艺出版社2000年版,第23、24页。
② 同上。

一个渴望自由的灵魂
——为纪念曹禺百年诞辰而作

一

从1978年,由于一个偶然的原因,我开始闯入曹禺的世界,写出《曹禺剧作论》;到由于曹禺先生的推荐,成为《曹禺传》的撰稿人;再到我整理访问他的笔记录音,编辑出《曹禺访谈录》;最后,受先生的委托,编辑《曹禺全集》,直到1996年曹禺先生逝世,我和先生交往有十八年。在这样一个漫长岁月里,不知有多少次,我坐在他的身旁,倾听他的谈话,有时滔滔不绝,大江大河,有时则是深情缱绻,流水潺潺。让我聆听他灵魂的叹息,内心的煎熬,苦闷的哀号。这样逐渐接触大师的心灵,逐渐地领略大师的风采,回忆那些时刻,我从内心有着对他的感激,感到一种幸福、温暖和力量。

曹禺,这个苦闷的灵魂给我的印象是太深刻了,从童年的孤寂到少年的郁闷,青年的焦虑,直到晚年的痛苦,以致我把访谈录定名为"苦闷的灵魂",也标志我对曹禺先生探索的一个阶段。

几十年来,我不断地走进他的灵魂,苦苦的思索,当我最初把他概括为一个诗化现实主义的作家,以为是一个发现;接着,又终于认定他是一个现代主义的剧作家;直到近年来,我更集中地感受着他是一个伟大的人文主义戏剧家。真是说不完的曹禺。

但是,有一个不断让我思索的问题。他曾经对我说,你要写我的传,就要把我的苦闷写出来。我的确在寻找他苦闷灵魂的种种表现和发展的印迹；而他为什么这样的苦闷？苦闷是现象，还是本质？究竟这个苦闷灵魂的底里又是什么？苦闷的实质又是什么？几十年来，这个问题都让我惴惴不安。

如果，我们试着给出一个答案，或者说答案之一，那就是渴望自由，在曹禺苦闷灵魂的深处，是一个渴望自由的灵魂。一颗伟大的渴望自由的灵魂。

请允许我对这样一个论断加以阐述，自然是我的阐述。

二

曹禺对自由的渴望最突出地表现在他的极为锐敏的抑压感上。这种抑压感，在曹禺的灵魂里，几乎是全方位的：是社会的抑压，是人性的抑压，是生命的抑压，是情感的抑压，甚至是性的抑压。

他说《雷雨》就是"在发泄被抑压的愤懑"。这种抑压感虽然不能说是与生俱来的，确实带有他的生命的本色。也许，生下三天就失去生母，就是一种天生的抑压，是一种生来另类的生命感觉。再也没有曹禺这样强烈的生命感觉。我亲自看到他提起生母，那种伤痛欲绝的样子，老泪纵横，我说不出我的感觉，这是我第一次看到这样一个伟大的作家，这样面对着一个陌生人，来倾诉他的抑压之情。

难得的是这样的生命的抑压感，以及由这种形而下的生命感觉而衍生出来的形而上生命哲学的意味，让曹禺展示出形形色色的具有丰富生命感觉的艺术生命。蘩漪、陈白露、金子、愫方、瑞珏……这些人物，都是曹禺用自己的生命感觉塑造出来的艺术生命。

曹禺说他喜欢蘩漪，尽管她做了所谓"罪大恶极"的事情，但他仍然认定她有着一个美丽的灵魂。曹禺看重她，看重的是在她被抑压的乖戾背后那颗渴望自由的灵魂。蘩漪，与其说是她是蘩漪，不如说她就是曹禺的情感的化身。我们看到，由于一个渴望自由的灵魂，才诞生出另一个渴望自由的美丽的灵魂。

创造，并非杜撰，更不是因袭，也不自己标榜出来的，他靠的是生命的血泪。

三

鲁迅也是满怀着抑压感的，因此，他把造成这抑压的对象比喻为"铁屋子"，于是有所谓"铁屋的呐喊"。而曹禺则把抑压的对象比喻为"黑暗的坑"、"残酷的井"。由此而升华为形而上的宇宙感。他是这样说的：

> 在《雷雨》里，宇宙正像一口残酷的井，落在里面，怎样呼号也难逃这黑暗的坑。

在曹禺的作品里，都有着作者的宇宙感。这就使他的作品具有一个超越的境界，宽阔的视野。

任何一个伟大的作家，都是具有这样的哲学的憧憬和幻想的。王国维就说："《红楼梦》，哲学的也，宇宙的也，文学的也。"(《〈红楼梦〉评论》) 这就是《红楼梦》至今仍居于一个伟大的超越地位的原因之一。我以为，曹禺剧作之所以具有持久的艺术魅力，长演不衰，也在于它是哲学的，宇宙的，文学的。莎士比亚、契诃夫、奥尼尔……这些戏剧大师的剧作，都具有这样的特点。这点，是颇值得深入探究的。

正是从这样的大视界来俯瞰人类，才让他感到人类原来是可怜的动物。当人们将《雷雨》的序幕和尾声拿掉时，他是十分不满的，他们不但在艺术上误读了《雷雨》，而且在哲学意味上，更没有看到曹禺那悲天悯人的人文关怀。曹禺一个惊人的发现：原来人类生活在一个悖论中，一个不可逃脱的悖论中。在他看来，人类在生存本质上是可怜的。

四

人们都奇怪，曹禺为何在二十三岁就写下伟大的作品《雷雨》？思想那么深厚，生命那么活跃，热情那么激越？《雷雨》是他生命的一次燃烧，是他的生命哲学的升华。

当他还是一高中学生时候，他就写了带有郁达夫风格《今宵酒醒何处》，尽管意绪消沉，情调感伤，但是，却内蓄着一种对人生的感兴和生命的觉醒。而他的长诗《不久长》，即使放在五四诗歌的画廊里，也是一个特异的存在，可以说，它就是中国现代诗歌史上的《古诗十九首》，遗憾的是它被中国现代诗歌史家所忽略了。

......
不久长，不久长，
袅袅地，它吹我到沉死的夜邦，
我望安静的灵魂们在
水晶路上走，
我见他们眼神映现出
和蔼的灵光；
我望静默的月儿吻着
不言的鬼，
清澄的光射在
惨白的面庞。
啊，是这样的境界才使我神往啊，
我的来日不久长。

不久长，不久长，
乌黑的深夜隐伏，

> 黑矮的精灵儿恍恍，
> 他忽而追逐在我身后，
> 忽而啾啾在我身旁。
> 啊，爹爹，不久我将冷硬硬地
> 睡在衰草里哟，
> 我的灵儿永在
> 深林间和你歌唱！

这首诗，在生命短促，人生无常的感叹中，具有强烈的审美现代性。鲁迅当年就说过一些青年带着一种世纪末的哀伤，而在这哀愁中却含蓄着对现代的敏感，既有对自由的渴望，也有着对自由难以得到的感伤。内中有着浓郁的人生漂泊感，和人生的无定感。

在这样的一种生命感悟中，他十分顽强地在探索生命的意义和价值。于是他念佛典，读圣经，出入教堂，参观洗礼，聆听教堂音乐，这一切都像着了迷。再有，就是把生命的体验化为身体的运动，他跑马拉松，体味身体极限。但是，当时他最崇拜的人物是解放农奴的林肯，是惠特曼的诗歌。我当面听他背诵林肯的《在葛底斯堡的演说》，从他不假思索脱口而出的背诵中，可以看出他当年对林肯的崇拜，对民主自由的渴望。

那时，他竟然有这样的决绝的思想："时日曷丧，余及汝偕亡！"可见，他的生命中的抑压感，达到了怎样一个程度，那么，同时也可以看到他是多么渴望自由和解放！

他喜欢音乐，喜欢交响乐，喜欢肖邦，喜欢莫扎特，喜欢贝多芬，我以为，与其说他喜欢音乐，毋宁说他喜欢的是自由，是在或舒缓或激荡的自由流畅的音乐中，所能给予他的自由享受。

五

曹禺的独到之处，在于他与鲁迅一样，有着对于现代的锐敏而深刻的感受。尤其在经历着二十世纪三十年代，城市的资本主义兴起的阶段，曹禺十分深刻地感到现代的抑压，"光怪陆离的社会"里的种种可怖的人事，在折磨着他，在拷问着他，逼得他片刻不得宁贴。

他看到这个灯红柳绿、纸醉金迷的社会里所包藏的抑压和威逼。他看到这个社会的污浊，罪恶，但更看到在这些罪恶、污秽掩盖下的美，尤其是这种美的毁灭，让他心痛，让他像一个热病的患者。《日出》，在人物，故事中倾泻出来的就是对自由的渴望。"日出"，就是这种渴望的象征。

在中国话剧作品中，再没有像《日出》这样具有如此突出的审美现代性的了。现代资本社会的罪恶，历历在目。如果说《子夜》更带有社会学的特征，而《日出》所批判的正是资本对人的迫害，对人性的摧残，对人的精神的毒害。而更有别于《子夜》的是，《日出》它写出污浊掩盖下的诗意，罪恶背后的美。

在这点上，曹禺在中国现代文学和戏剧史上的地位，颇像西欧文学史上的波德莱尔，最早地举起审美现代性的旗帜。

在曹禺剧作中，内在的涌流着对自由的渴望。《北京人》，这个大家庭把人们禁锢得喘不过气来。把活生生的人变成死活人、活死人，变成废物。

于是，我们看到对于猿人的礼赞，当时有人说这是一种倒退的看法，而其实质则是一种象征；是对自由渴望的象征，甚至说是自由解放的象征。

可惜的是，曹禺的审美现代性，后来却自觉不自觉，被其本人和时代所抑压。

六

在度过了解放的愉快和欢乐之后，看起来，他高官得做，被捧到一个高位上。似乎满足了他对自由的渴望。仔细品味起来，这似乎是一个历史的错位，或者说是一个历史的错觉。他以为是"明朗的天"的，但是，在灿烂、辉煌下却不断出现污秽，感受的是另一种抑压，甚至是令人胆战心惊的抑压。这是对他渴望自由的灵魂的一种新的抑压，是对他那种极为可贵的渴望自由的灵魂以及那种宝贵的现代性意识的抑压。

直到"文化大革命"，他的灵魂被完全地搅乱了，他几乎要发疯，要自杀。他这个渴望自由的灵魂，竟然以为自己全错了，成为一个罪人。这样一种残酷的灵魂的摧残，让他在打到"四人帮"之后，发出"从大地狱逃出来"的感叹。让他再一次体味到宇宙的残酷。

对于一个伟大作家来说，"文革"之后，本来是一次历史的契机，创造的历史契机；但是，曹禺却发现，他犹如断臂的王佐，一切都明白了，人却残废了。确切地说，是精神残废了。于是，他那种渴望自由，渴望创造的夕阳之火，怎样也燃烧不起来了。不能不写的渴望同不能写出的矛盾，成为他晚年痛苦的源泉。我听到他无可奈何的悲叹！

但是，他的灵魂是顽强的。他的灵魂又回归，甚至是更为超越了。他要写一部孙悟空的戏，写他苦苦挣扎也逃不出如来佛的手心。宇宙呀，还是那么残酷！但是，他无力奋战了。

我相信曹禺先生是带着他的心灵宝贝走了。

七

最后，我提醒戏剧界朋友，很好地再看看他的戏，研读一下他的言论，尤其是新时期的言论，你就知道我们是怎样辜负了他；他是带着一颗清澈澄明的心，以及对我们戏剧的伟大嘱托而走的。

我请大家一定读一读万方写的《灵魂的石头》，在这里，有着他对女儿的遗嘱，也是对我们的遗嘱，那真是掏心窝子的话。他有三个箴言：

第一，他说要做一个伟大的作家，一定要具有崇高的灵魂。

天才是"牛劲",是夜以继日的苦干精神。你要观察,体会身边的一切事物、人物,写出他们,完全无误,写出他们的神态,风趣和生动的语言。不断看见,觉察出来,那些崇高的灵魂在文字是怎样闪光的,你必须有一个高尚的灵魂!卑污的灵魂是写不出真正的人会称赞的东西的。

第二是要有童心。

万万不能失去"童心"。童心是一切好奇,创作的根源。童心使你能经受磨练,一切的空虚、寂寞、孤单、精神的饥饿、身体的折磨与魔鬼的诱惑,只有"童心"这个喷不尽的火山口,把它们吞噬干净。你会向真纯,庄严,崇高的人生大道上一直向前闯,不惧一切。

再有,就是告诫人们要有一个"超然独醒"的人生态度。
他把弘一法师的一首诗,送给万方:

水月不真,惟有虚影,
人亦如是,终莫之领。
为之驱驱,背此真净,
若能悟之,超然独醒。

前四句,是说人就是不懂得水月不真这个道理。后四句意谓,忙乎了一辈子,都把这个干净的世界忘到脑后了;如果你悟透了这个道理,你就可以达到一个超然的境界了。
 一个作家,要有一个超然的态度,如果掉进各种欲望的旋涡,是不可能有真正的美的创造的。

八

　　在1949年之前，有人就把曹禺纳入自由主义作家行列。如果从文化思想史的角度，曹禺称得上是一个伟大的自由主义作家。

　　殷海光先生认为中国的自由主义先天不足，后天失调。真正的自由主义者很少，他只把严复、谭嗣同、梁启超、吴虞和胡适等少数几个人纳入这个范畴之中。

　　我不赞成他这样的主张。但是他对于自由主义的界定，我很赞成。他说："一个真正的自由主义者，至少必须具有独自的批评能力和精神，有不盲从权威的自发见解，以及不依附任何势力的气象。"按照这个原则，新中国成立前的曹禺可以说做到了。第一，他虽然不是思想家，批评家；但是从他早期的杂感，到《雷雨·序》《日出·跋》洋溢着激扬蹈厉、独立不倚的精神，独到精辟的见解，敢于辩诬，勇于抗争，可以说不畏权威。欧阳予倩导演《日出》，将第三幕拿掉，他当面提出意见；第二，在政治上，他绝不向当局低头，即使蒋介石、张道藩的意见，他也敢顶；第三，在他的作品中更是处处响彻着向往自由争取自由的高昂声音。

　　强烈的抑压感与高昂的自由感是相反相成、相伴而生的。在强烈的抑压感下，他的心灵是自由的。一个渴望自由的灵魂，必然具有创作自由的心灵。而创作自由的心灵却是走向大创造的前提和条件。

　　在1949年后，他的自由的心灵被抑压了，一个被抑压的灵魂，是不能有着伟大创造的。

九

　　最后，让我们一起阅读他晚年写的一首诗《自由人》：

　　　　我看见了太阳，

　　　　圆圆的火球从地平线上升起！

我是人，不死的人，

阳光下有世界，

自由的风吹暖我和一切，

我站起来了，

因为我是阳光照着的自由人！

2010 年 8 月 22 日草稿，
8 月 31 日定稿。

（原载《文学与文化》2010 年 11 月 15 日第 4 期）

曹禺和北京人艺

1952年6月12日，北京人民艺术剧院成立，曹禺被任命为院长，直到1996年逝世，在半个世纪中，他始终是北京人民艺术剧院的领导者。

北京人艺之所以成为一个蜚声世界的剧院，能够成为一个独具风格自成一派的剧院，与曹禺先生是分不开的。

曹禺是北京人艺的缔造者、组织者之一，自建院之日起，就把自己的心血倾注在剧院的建设上，直到他生命的最后一息。可以说，他把自己大半生都献给了北京人艺。

曹禺对于北京人艺最重要的贡献是同焦菊隐、赵起扬和欧阳山尊一起制定了北京人艺的建院方针，把北京人艺办成一个有理想有追求在艺术上有严格要求的剧院，一个具有独特风格和理论体系的剧院，一个具有高度艺术水准的世界第一流的剧院，一座像莫斯科艺术剧院那样的剧院。

此后，他始终坚持这样的建院的方针，并不断加以完善。1954年7月3日，曹禺在全院大会并作报告。指出，"我们是北京的艺术剧院，因之我们的责任就更重一些，我们要为中国的话剧事业做出贡献，一定要培养出国际水平的艺术家来。"谈到建立剧院的风格，他强调："一个没有性格的剧院，群众一定不会喜欢。毛主席提出'百花齐放，百家争鸣'，我们剧院也算一枚'花'，一个'家'，我们必须在社会主义的道路上，树立我们剧院这一派，这一'派'是要靠导演、演员、舞美及全院各个方面的具体行动来创造的。在10年里一定要做到这一点。"（《北京人民艺术剧院大事记》）

对于北京人艺,曹禺心中是有规范的。作为一个学者型的剧作家,他的艺术修养,他的识见,使他在把定北京人艺的演出剧目和演艺水准上,都有着他不可降格以求的标准。因此,在建院后他十分重视演出剧目。以他的地位和名望,以他的眼光和识见,邀请最知名的剧作家为北京人艺写戏,使北京人艺演出的剧本保持高标准高品位。也正是由于曹禺先生的身份和热忱,才能请到郭沫若、老舍、夏衍、田汉等为剧院写戏,这是北京人艺得天独厚的地方。像曹禺这样全国知名的剧作家担任院长,他能够为了剧院亲自登门求稿,确实表现出他求贤若渴的风度。正是在演出这些大师的剧作中,不但提高了北京人艺的声誉,也有助于形成了北京人艺的演剧风格。正如莫斯科艺术剧院在演出契诃夫的剧本中,逐渐形成了自己的演剧体系一样,北京人艺也在演出"郭、老、曹"的剧作中形成了焦菊隐—北京人艺演剧学派。

譬如,邀请郭沫若为剧院写剧本,曹禺往往亲自上门拜访。如为了《蔡文姬》,不仅两次到郭沫若家中拜访,更亲自参加剧本的讨论,以及对排练的关心,提出他的意见。对老舍先生,他同样尊重有加。以《茶馆》为例。尽管,当时还是一部没有定名的剧作,他盛情邀请老舍先生到剧院来,同焦菊隐、欧阳山尊、赵起扬、刁光覃、夏淳等人一起听老舍先生读剧本。此剧主线写秦氏一家人的命运,从"戊戌变法"开始,一直写到新中国成立后的第一次普选。其中第一幕第二场的戏是发生在一个茶馆里。曹禺等人听后,一致认为其中茶馆一场写得十分精彩,气魄很大,人物众多,且个个栩栩如生。二十几分钟的戏,生活气息浓郁,情节动人,色彩斑斓,是大手笔的写法。大家建议老舍先生以这场茶馆的戏为主,发展成一部多幕剧,这部戏的名字可以就叫《茶馆》。老舍先生采纳了这个意见,并说:"仨月后,我交剧本。"

曹禺先生的学者胸怀和虚怀若谷的态度,对于领导班子的团结,对于全院的团结,都成为一种凝聚的和吸引的磁石。北京人艺的艺术家,都把曹禺视为尊敬的老师和朋友。有着他和焦菊隐这样学者型的院长,使北京人艺形成一种艺术氛围,一种艺术传统,甚至积淀为一种艺术基因。

曹禺对于焦菊隐和赵起扬的尊重,以及他们之间的相互信赖和支持,是北京人艺成功的保证。曹禺每提到他们，就由衷地称赞。曹禺对于总导演焦菊隐的信赖、尊重和合作，可以说是一个剧院院长同总导演关系的杰出榜样。他对于焦菊隐艺术实践和艺术创造给予最大的支持和鼓励，对焦菊隐在北京人艺的地位和作用历来给予很高的评价。曹禺和焦菊隐的合作，是在艺术上心心相印的合作，是真诚的艺术家的合作，也是学者之间的合作。这里绝没有丝毫的私心和一星一点的嫉妒。他不止一次地在剧院的院务会和党委会上，屡屡提到焦菊隐对剧院的功劳和贡献。

还在建院之初，1952年年度总结大会上，演出《龙须沟》成功之际，曹禺就在一次全院大会上，对焦菊隐的导演给予很高的评价，指出焦菊隐理论和方法对于剧院发展的意义。他说："自建院以来10个月里，我们做了许多事情，但我们剧院还是一个'幼稚园时期的小孩子'，离上轨道还远得很。现在我们在各方面都还不是很健全的，我们不同于丹钦科和斯坦尼，没有一定的体系，没有一定的章法。我们剧院要站得住，就应该有良好的表演艺术传统。《龙须沟》可以说是焦先生初步把我们引导到现实主义道路上，是有功绩的。但他的主要的理论和方法，还没有为我们全体的演员导演所运用。这是应该解决的问题。"他号召全院同志"为一个共同的目标而奋斗——就是为建立中国的剧场艺术，为实行工农兵文艺方针而努力"。"要多'生产'（指艺术创作），在'生产'中逐步建设我们中国的剧场艺术。"（《北京人民艺术剧院大事记》）

当焦菊隐在导演《虎符》时，进行话剧民族化的试验，曹禺作为院长给予充分的肯定。曹禺在观看了焦菊隐导演的《虎符》一至四幕连排后，在座谈会上就指出："感觉是戏，调子舒坦，很有可为。最重要的是试验接受民族传统，这是一条新路子。这种作法是现实主义精神与民族传统相融合。没有不调和的感觉。应有勇气做拓荒者，大量的试，大胆的试，然后删减。"（《北京人民艺术剧院大事记》）

在建院10周年的全院大会上，他再一次赞扬焦菊隐的对北京人的贡献，他说："剧院的导演们、演员们、设计们，大家朝夕相处，不知疲倦地探索钻研。你们的成就，已经赢得了观众的肯定与赞扬。在这里，我们应当特别提到焦菊隐同志。他的辛勤劳动，他的许多创造性的工作，对剧院艺术的发展，对剧院风格的建立，都起了极其重要的作用，影响将是深远的。他的许多成就，对国家话剧艺术的建设，做出了很大的贡献。"

多年后，曹禺称赞焦菊隐说："他在北京人艺尽心致力于中国话剧民族化的创造，奠定了现实主义创作方法的基础。他创造了富有诗情画意、洋溢着中国民族情调的话剧。它是北京人艺风格的探索者，也是创造者。"在这些真诚的称赞中，可以看到曹禺对于焦菊隐的尊重。而这些正是北京人艺在艺术上取得伟大成就的关键。

在对待焦菊隐上，不仅展现着曹禺的艺术胆识，更可以看到他的宽广的艺术胸怀，以及一个伟大艺术家的高尚的道德情操。

如果说，丹钦科和斯坦尼斯拉夫斯基的合作成功地创办了莫斯科艺术剧院，创造出斯坦尼斯拉夫斯基演剧体系；那么，曹禺、焦菊隐和赵起扬的合作，则成功地创办了北京人艺并缔造了北京人艺演剧学派。这在中国话剧史上将是永远值得纪念的。

曹禺十分重视人才的培养，特别重视培养尖子人才，他的目标是造就大批的导表演艺术家。在建院的第二年的纪念大会上，曹禺在讲话中首先肯定了建院两年来所取得的成绩：演出了《春华秋实》、《龙须沟》、《非这样生活不可》、《雷雨》等多幕剧和十多个独幕剧。对这些演出，各方面领导、广大观众、国内国际的朋友都给予了肯定。他说，上海来的朋友曾对他讲："你们的戏是朴实的，是出于生活的。"他指出，这是文艺整风，下厂下乡，政治学习，改造思想，向生活学习所取得的成果。

接着，他大力肯定了组织工作者和行政工作的成绩。他说："一个戏从开始，经过排练到完成，都是组织工作者在进行着组织工作、思想工作，行政工作者在做着各方面的保证。"

曹禺提出："我们要经过努力，逐步积累保留剧目，'一个名符其实的剧院应该有自己的一批保留剧目'，要逐步实现总导演制，'总导演是全院艺术创造的总负责人'。要争取在五年内培养出一批有独立工作能力的导演，一批名符其实的演员，要使一批舞台工作人员成为真正的艺术工作者。"他要求行政干部要熟悉业务，懂得艺术，懂得如何为艺术创作服务，行政人员是管理人员，所以要随时"下车间"，要在五年内建立起科学的管理制度。（《北京人民艺术剧院大事记》）

令人感动的是曹禺先生同剧院艺术家的关系，他从来没有领导的架子，总是把艺术家作为自己的朋友，是十分融洽而充满友谊的。他热爱这些朋友，北京人艺的艺术家也对曹禺充满敬爱之情。曹禺从心中热爱着北京人艺的艺术家们。

可以说，他对剧院是倾注了毕生的心血。从剧院的大政方针，到剧院的一些具体的规章制度，他都给予关心。譬如对于剧院艺术资料的收集和保存，他都有过十分中肯的要求。建院之初，曹禺作为北京人民艺术剧院剧场建设委员会的主任委员，不仅极力主张建起自己的剧场，而且把资料工作也作为剧院艺术建设的一项重要内容，必须设专人认真收集整理和保管。曹禺指出：如演员的日记、体验生活、创造角色的记录、导演的讲话提示等等，都要收集起来。在设专职人员之前，艺术处的领导先负责收集整理起来。《龙须沟》的资料整理出来以后，要交焦先生审阅修改。（《北京人民艺术剧院大事记》）

从表面看来，似乎曹禺这个院长是"虚"的，但是，有曹禺在，北京人艺似乎就像有着艺术神灵在。他的领导作用对于北京人艺来说是"大象无形，大音无声"的。譬如他对于舞台，他对于演出，就有着他绝妙而深刻的理解，他说："舞台是一座蕴藏无限魅惑的地方，它是地狱，是天堂。""一场惊心动魄的成功的演出，是从苦恼到苦恼，经过地狱一般的折磨，才出现的。据说进天堂是美德的报酬。天堂是永远的和谐与宁静。然而戏剧的'天堂'却比传说的天堂更高，更幸福。它永不宁静，它是滔滔的海浪，是熊熊的火焰，是不停地孕育万物的土地，是乱云堆起、变化莫测的天空。只有看见了万相人生的苦和乐的人，才能在舞台上得到千变万化的永生。"（《攻坚集·序》，《曹禺全集》第5集，第355页）这里，就可以懂得他对于北京人艺的感情，对于北京人艺艺术家的感情，懂得他对于北京人艺这个戏剧殿堂的热爱。

曹禺说："我是爱北京人艺的。"一句话，道出了对北京人艺的全部的感情。有人说，曹禺先生是为戏剧而生，他把北京人艺视为自己艺术生命的。

（原载《曹禺》，北京人艺经典文库，中国戏剧出版社 2010 年版）

曹禺晚年悲剧性的探知

大概是1998年,第二届华文戏剧节,郭宝昆先生与我讨论曹禺晚年的问题,他说,为什么曹禺在新中国没有写出好的作品?我们谈了很多。对于这样一个问题,内地的学者也有不少的解读。主要围绕着这样几个相互关联的问题:一是认为他千古文章未尽才,把天才的沦落归结为"社会"、"制度"以及"政治"等等,说是时代"毁灭"了他。的确,曹禺在新中国成立后所写的《明朗的天》、《胆剑篇》和《王昭君》较之他新中国成立前的作品未免有些逊色。但是,如何认识这样一个现象?二是与此相联系的是曹禺晚年的苦闷,他悔恨他一生写得太少太少了。他厌恶他的生活,日复一日地生活在"忙碌"之中,看戏,开会,稿约,外事活动,朋友的以及并非朋友的种种访问和接待;他很想接受他的老朋友巴金的劝告:"把你心灵中的宝贝拿出来!"但是,经过他的种种努力而不能,是想写而写不出的苦闷,是想摆脱厌倦的生活而摆不脱的苦闷;是眼看着创作的生命即将失去而不可追回的痛苦,而这一切又伴随着晚年疾病的困扰。自从1988年因病住院,直到去世,基本上没有离开医院,一住就是八年。这一切对于曹禺来说,就更为痛苦了。

如何看待曹禺的晚年,如何看待他新中国成立后的创作?这确实是一个值得探讨的问题。

但是,我不赞成那种简单的回答,也不赞成那种所谓抱打不平的态度,更不赞成那种带有政治情绪的简单判断。既然是研究问题,那么就应当以事实为根据，以历史为根据，采取实事求是的科学的分析态度。

记得在七十年代末，我在写《曹禺剧作论》的时候，就准备写一个结束语，回答一下为什么他新中国成立前后剧作的落差的问题。我之所以没有写，就感到需要沉静下来，让历史再沉淀一下。在那个时候，我就考虑到这个问题不好写。但是，如果像有的人简单地归结为政治的原因，那就把比较复杂的问题呢简单化了。曹禺的这个现象，不仅是曹禺一个人的现象，也是新中国成立后许多老一辈作家面临的问题，这里有共性的问题，也有曹禺个人的问题。如何看待这个问题，这也有一个研究的方法和思路的问题。假如说，这个问题只是"左"倾统治的结果，那么，我们怎么解释当时苏联的一些作家，在那样的一个情势下，写出一些好的作品来。怎样解释，鲁迅，包括曹禺怎样在旧中国腐朽反动的条件下，写出那样伟大的作品。的确，这其中的确有一些严重的历史教训，但也有更为令人深思的原因。应当说，是比较复杂的。在我写《曹禺传》的时候，实际上我已经在力图回答这个问题了。我之所以诚恳地征求曹禺先生的意见，将黄永玉给他的信写到传记之中，也是想引起大家的思考。今天，我尝试解读曹禺的晚年，对曹禺晚年的悲剧性进行一些探索。

三次创作危机

对于曹禺新中国成立后创作的落差，不应当就事论事，而应当做一些历史地回顾。我认为，曹禺的创作道路并非是一帆风顺，我在《曹禺传》专门有一章谈《两部史剧的夭折》，已经提出他的创作危机问题，这一点并没有引起人们的注意，而有的人，对于我在传记中写到曹禺对于历届政治运动的诚挚的反省，却被他们作为歪曲曹禺，以及借此批评共产党政治的资料，譬如说，利用曹禺小时候参加"圆光"的故事，便说曹禺从小就是一个政治投机者。利用曹禺在"反右"中写过批评朋友的文章，便说曹禺是"反右"的急先锋，这样的文章刊登在香港的刊物上。这次，我要认真谈一下他的创作危机问题，这是在曹禺研究上一个不能回避的问题，但对于曹禺却是一个带有它的特殊意义的问题。我认为在曹禺一生的创作道路上，曾经面临三次危机，确切地说是创作危机，创作思想的危机。

第一次危机

曹禺创作的起点很高，这是大家公认的，二十三岁就写出《雷雨》这样经典性的剧作。从1933年到1943年，十年间，他创作出《雷雨》、《日出》、《原野》、《北京人》、《家》这样多部杰出的剧作，是十分不简单的。虽然，不能说一部比一部更高，但可以说一个剧和一个剧不一样，每一部都有新的创造，新的思路，新的特色。赵浩生说，他的剧在中国话剧史上"树起一道又一道的丰碑"。这些高水准的戏剧杰作，都是具有艺术持久性的艺术经典。

在中国现代文学史上，有一种公认的座次排列，所谓"鲁（迅）、郭（沫若）、茅（盾）、巴（金）、老（舍）、曹（禺）"，据我观察，他们的作品，已经或将随着时间的推移，有所淘汰，有所存留。我看，曹禺的上述的五部剧作，是会越来越展示他的艺术光辉，他的创作数量很少，但是他的存留性显然更高一些，持久性更强一些。这样，我们就可以这样反问：在短短的十年之间，一个人有着怎样的智慧，怎样的储藏，怎样的能量，禁得起这样的创造的消耗。

我认为写到《家》之后，曹禺创作上第一次危机出现了。他再也不能写出他熟悉的"大家庭"题材的作品了。一个作家写某个特定的题材，是与作家对这个题材的思考粘连在一起的。通过这个题材，把他对人生、人类、世界的思考写出来。

《家》之后，显然他难以为继了。于是，他尝试向历史剧转移。当时有两个题材吸引了他，一个是岳飞。《三人行》，写岳飞、宋高宗和秦桧的故事，完全是用诗来写，只写了一幕，就写不下去了。一个就是写杜甫和李白，剧名就是《李白和杜甫》，写天宝之乱。为了写这个戏，他曾经到西北，到河西走廊、西安，到了很多地方，做了很多的考察。曹禺说："幸亏没写，懂得太少。"

向史剧转移，不是一个轻易的决定，表明他库存的现实题材的"枯竭"，但是，两部史剧都夭折了，说明转移题材是相当困难的。这一危机，不是由于技巧，或者其他的原因，而是一次具有深远意涵的危机。是不是可以这样说，他拥有的最宝贵的能量，已经基本释放完了，他的"库存"已经被挖掘完了。

到了1944年，他读到了毛泽东《在延安文艺座谈会上的讲话》，其中"深入生活"似乎又提醒他到生活中汲取题材。曹禺写《日出》的时候，就曾经"深入生活"了，做过类似的社会调查。于是，他就到一个钢厂去调查，写了《桥》。写工程师，写民族资本家。这个剧还是挺新鲜的，而且是中国剧作家从来没有写过的炼钢厂。写了几种类型的知识分子，包括追求进步的知识分子。但是只写了两幕，抗战胜利了，就没有写下去。1946年，他和老舍就去了美国。可以说，他在新中国成立前夕，《家》之后，开始了对题材的又一次寻找，发现和思考。从美国回来之后，他写了个剧本《艳阳天》，他认为法律能够换得真理，实际上，在国民党时期，是不可能的。这个电影出来之后，也没有多大的影响，就解放了。

第一次危机，所暴露的问题是"库存枯竭"的问题。他在寻求新的题材，写出《桥》，并不意味着危机的解决。只是由于时代变化而搁置了。

第二次危机

发生在新中国成立之后。这是一次更为深刻的创作思想的危机。

新中国成立初期，对电影《武训传》的批判，由此发动了文艺界的整风运动，这是新中国成立后第一次知识分子的思想改造运动。在这样一个背景下，1950年10月，曹禺在《文艺报》上发表了《我对今后创作的初步认识》，他要把"自己的作品在工农兵方向的X光线中照一照"，要挖去自己"创作思想的脓疮"。他说："《雷雨》的宿命观点，它模糊了周朴园所代表的阶级的必然毁灭。"在《日出》中，"我忽略我们民族的敌人帝国主义和它的帮凶官僚资本主义，更没有写出长期和它们对抗的人民斗争"。尽管，他的检讨是自愿的，没有人强迫他，也可以说是真诚的，带着"解放"的热情和冲动。但是，这样一个检讨，是用周扬三十年代的《论〈雷雨〉和〈日出〉》中的错误的批评意见,来否定他的创作的,以错误的认识来否定自己创作的独创意识以及所体现的艺术创作规律。

新中国成立前曹禺的戏有很大的名声,被很多剧团演出。但是"左派"的理论家对曹禺的评价并不高。田汉对曹禺的《雷雨》就评价不高,如说"拿中旅最近最卖钱的《雷雨》来说吧。这是一个Bien Faite（引者注：佳构剧）的剧本,情节紧张,组织巧妙,舞台效果不坏。假使经过相当斟酌,去掉其中所含有决定意义的缺点,自是一个可以演的剧本。但我们能给以过当的评价吗？不能。"（《田汉文集》第14卷第508页）而《家》出来之后,何其芳对他的评价也不高,认为不过是写了社会的"牙痛病"。周扬在三十年代写了关于《雷雨》和《日出》的文章,对他有一定的评价,但是指责《雷雨》中的鲁大海写得粗糙,生硬批评《日出》没有写出帝国主义来等等。曹禺根据他的意见做出检讨。

曹禺这样的自我批评是有他的原因的。

新中国成立后,曹禺从一个在生活上比较贫困的作家,成为一个受到共产党礼遇的高层人士,参加和主持种种文化外事活动；从一个平民,成为中央戏剧学院的副院长,北京人艺的院长；从一个清高的,曾经拒绝参加国民党的自由知识分子成为一个共产党员,成为受到共产党格外器重的知名人物。这对于曹禺来说,是一个带有根本性的变化。早在抗战最艰苦的时候,周恩来就对曹禺十分爱护,新中国成立后,共产党对曹禺又是如此信任,而且这一时期共产党,确实作风清廉,执政严明,解放军更是秋毫无犯,所谓"士为知己者死",这就是当时中国知识分子的基本心态。曹禺像大多数知识分子一样,对共产党是心悦诚服的。也许,这些成为他自我检讨的原因。他要进步,他要跟随共产党。但是,他却没有意识到创作思想的危机,就此也就发生了。

他就根据对这次检讨的认识,将《雷雨》和《日出》作了很大的修改,这就是有名的开明书店出版的《曹禺选集》,通称"开明本"。在修改的《雷雨》中,周朴园成为一个"杀人不偿命的强盗",鲁侍萍成为一个具有斗争性格的妇女,鲁大海成为罢工的领导者,周萍完全是一个纨绔子弟,先是同蘩漪私通，继而玩弄四凤，最后同繁漪私奔。结局全部改过，四凤没有自杀，周冲也没有死去，周萍也没有自杀。在《日出》中，竭力展示向敌人斗争的正面力量，增添了几个人物，一是小东西的父亲，是纱厂工人，金八是纱厂经理，后台是日本帝国主义。小东西在罢工中被金八杀害，方达生变成地下工作者，如此等等。这次修改，证明了他的创作思想的混乱，暴露了前所未有的创作思想的危机。在新的时代面前，毫无自信，甚至几乎不知所措了。当时，张光年就指出，这样的修改是不好的。

这次检讨和修改剧本的行为，同他新中国成立前的创作自信成为鲜明的对比。1934年他写出《雷雨》之后，东京的中国留学生演出时，告诉他把序幕和结尾去掉了，他就写信给他们，毫不客气地说他们做法是不对的，他说：我写《雷雨》是在写一首诗，一首叙事诗，决不是写一部社会问题剧。这表现出一个作家的勇敢的抗辩精神。《日出》出来以后，欧阳予倩搬上舞台时把第三幕拿掉了。欧阳予倩先生是他的前辈，曹禺同样毫不客气地说，你这样做，等于把我这个戏的心脏挖掉了。同样，他在捍卫自己的创作，为此进行勇敢的抗辩。对比起来，他先前的勇气和自信消失了。

紧接着，就迎来了《明朗的天》这个剧本的创作。这个戏的创作，实际上是对曹禺创作危机的进一步的紧逼，对他创作思想是一次更严峻的考验。周恩来说这个戏写得不错。而实际上，并非这样。他创作这部剧作是十分艰苦的。几乎是重新开始。当时，记者问他写《明朗的天》有什么经验，他是这样回答的。他说他过去写戏是随性而来的，就如同他在《雷雨·序》中所说的，是一个感性的感情的发酵和孕育的过程。而现在他所介绍的"经验"是，首先要明确创作的思想意图，明确主题是知识分子必须在党的领导下警醒起来，进行思想改造。其次，在人物塑造上，首先要考虑的是这个人物是什么身份，是不是共产党员，是一个什么性格？题材是事先给定的，主题也是事先确定的，人物设计和人物性格也是按照一定的逻辑概念预设的，显然，这就是"主题先行"一套概念化的创作方法。这样的创作方法，是违反创作规律的。记得我写《曹禺传》访问他的时候，问他如何看待《明朗的天》。他说,"连我自己都不知道怎么思想改造,那我怎么写好关于知识分子思想改造呢?"可以想见,他是写得很痛苦的。而他所介绍的"经验"再一次说明了他陷入创作思想的危机之中。

然后就是《胆剑篇》的创作,当时按茅盾先生的统计,写这样一个题材的戏有上百部,他认为《胆剑篇》是写得最好的。显然,也是主题先行。我访问他的合作者于是之先生,于先生说了一个故事。曹禺提出这个戏的结尾应该是这样的:在夫差失败之后,他学着勾践也在卧薪尝胆。这样一个结尾,显然更有意味,可以看到曹禺力图在突破概念化的创作路子,也看到曹禺的才华。但是,他的意见很快被否定了。于是之先生后来感到太可惜了。

显然,《王昭君》也是"遵命文学"。尽管这部作品,还可以看到曹禺的才华,他的前半部的王昭君,特别是孙美人的形象,写得格外光彩照人的。所以,吴祖光有"巧妇能为无米炊"之赞。但是,他也难于冲破"概念"的笼子。

第三次创作危机

发生在新时期。应当说,新的历史时期,思想解放的浪潮和改革开放的历史情势,应该给曹禺带来一个发挥创造力的机遇。但是,他一次又一次陷入更深刻的苦闷和痛苦之中。在某种意义上说是创作的苦闷,是一个伟大的创造生命的痛苦,是更为深刻的创作危机带来的苦痛。一切苦闷的根由,痛苦的根由都是因此而产生的。他这个人确实像他的夫人李玉茹所说的是一个为戏而生而死的人,所以,他的焦虑都是与此紧密相连的。每一次我到他那里,总是能够听到他的对生命的慨叹。

他的确太忙了:是一系列的社会职务,从北京市文联主席,到剧协主席,文联主席;从人大代表到人大常务委员;从中央戏剧学院名誉院长到北京人艺的院长,如此等等的职务,给他带来的是各种各样的会议,种种的接待,种种的活动,以及看戏,讲话和应酬,还有稿约和接受采访等等。他对这些是厌倦的甚至厌烦的,当他的女儿万方说他:"真够忙的。"他说:"就是无聊就是了，没点儿意思。""一天到晚瞎敷衍，说点这个说点那个，就是混蛋呗，没法子。"显然，他完全意识到这是一种生命的浪费。那么，痛苦也是一种意识到的苦痛，意识到的苦痛是更为深刻的痛苦。这是一种想写而写不出的痛苦，是一种摆脱桎梏但却摆脱不了的痛苦。

精神残废的历程

而这一切又是怎样造成的，为什么是这样的？

背后的原因是更深刻的。我的理解是曹禺新中国成立之后的精神是一个不断衰竭的过程，按他自己的话说，就是一个精神残废的过程。新中国成立之后，运动不断，到了批判胡风，反右派运动，种种原因把他推上批判右派的前沿，写文章，批判他的朋友吴祖光、孙家琇，而且似乎批得很厉害。这样的一种批判，显然就不是一种简单的解释可以说明的，有人说他是政治投机，我以为这样一种武断，带有歪曲的性质，不足论之。吴祖光用"听话"批评他，认为他太听话了。我以为，这样只能说明部分问题。曹禺对我说，一次次的运动，批判到别人身上，也痛在他的心上，让他的灵魂感到战栗。中国的批判运动，实质上是中国古老的文字狱的现代形式，从某种意义上说，它对人的精神威慑是令人难以想象的。

他一方面批判别人，一方面却胆战心惊。他对我说："解放后，总是搞运动，从批判《武训传》起，运动未有中断过。虽然，我没有当上右派，但也是把我的心弄得都不敢动了。""做人真是难啊！你知道'王佐断臂'的故事吧！戏曲里是有的。陆文龙好厉害啊，是金兀术的义子，把岳飞弄得都感到头痛。是王佐断臂，跑到金营，找到陆文龙的奶妈，感动了奶妈，把陆文龙的真实遭遇点明白了。王佐说，'你也明白了，我也残废了！'"在这里，说的残废，显然是精神的残废，不断的运动，导致人的精神不断致残。因此，他起来批判朋友，可能带有自我保护的性质；但同时也在内心中形成巨大的不安和内疚，当他说起这些曾经被他批判过的老朋友，他感到无比的歉疚和自责。他说:"我的一些文章很伤害了一些老朋友的心,我对不起他们,虽然当时是不得不写,但是我不可推卸自己的责任。"

同当年那种自信和勇敢比较起来,虽不能说有霄壤之别,但他确实变得胆小,软弱,甚至有些怯懦,虚伪,敷衍了。问题,又在于他不是那种迷失本性的人,在心底深处,他有着他的良知和真诚,于是,才更加痛苦。这才是悲剧性的。

而更为深刻的原因是,新中国成立后,他的地位身份变了。他从文场,走进了官场。中国的文场,也是官场。不论如何,他已经是中国官场上的上层人物。在一个官本位的体制下,会使人的本性也改变的。马克思对于金钱的批判,对金钱制度的批判,完全适用于对中国官场的批判,对官本位制度的批判,这种体制可以改变一个人的性格,气质,感情,甚至人性。黄永玉的信已经接触到他"为势位所误"的问题,黄永玉信中说:

> 你是我的极尊敬的前辈,所以我对你要严!我不喜欢你解放后的戏。一个也不喜欢。你心不在戏里,你失去伟大的灵通宝玉,你为势位所误!从一个海洋萎缩为一条小溪流,你泥溷在不情愿的艺术创作中,像晚上喝了浓茶清醒于混沌之中。命题不巩固,不缜密,演绎、分析得也不透彻。过去数不尽的精妙的休止符、节拍、冷热、快慢的安排,那一箩一筐的隽语都消失了。
>
> 谁也不说不好。总是"高!""好!"这些称颂虽迷惑不了你,但混乱了你,作践了你。写到这里,不禁想起莎翁《马克白》中的一句话,"醒来啊马克白,把沉睡赶走!"(田本相:《曹禺传》第472页)

一句"为势位所误"道出了本质。物质决定意识,王蒙在他的回忆录也说,做官是会上瘾的。曹禺一方面厌恶官场,一方面却离不开官场的诱惑和迷惑,官场意味着一种待遇,也是一种是生活状态,是一种特有的"场"和生活方式。但是,官场成为他的一种桎梏,一个陷阱,一个黑暗的坑,一个残酷的井。据我观察,他是拼尽了力量来摆脱,1986年,他到上海,摆脱北京的事务专门写作,他一心想把《桥》改出来,访问了一些人,也查阅了不少资料,但是最后还是没有写出来。似乎我感到,他已经枯竭了。这种要写而写不出的痛苦,让他感到枯竭,精神的枯竭,这是再痛苦不过了。他实际上是不甘心的。北京人艺的苏民讲过曹禺要写孙悟空的故事。

曹禺十分兴奋地对苏民说,我要写齐天大圣,我要写孙悟空!我要把这个孙猴子搬上话剧的舞台。

曹禺说:孙悟空在花果山水帘洞过的是最自由自在的生活了,孙悟空也可以说是一个最自由最率真的人物;但是,他答应跟随唐僧到西天取经,是有条件的,那就是一旦取回真经,就再回到他的花果山。经历千难万险,经取回来,封了官,观世音也把禁锢咒撤走了,悟空回到他那个自由自在的花果山上。孙悟空以为自己的快乐的日子又回来了。于是他朝着东方一个筋斗翻去,翻了十万八千里,落脚后,迎面是一座高高的山峰,他怎么再翻也翻不过去了;于是朝着西方翻去,依然又是一座高高的山峰,还是翻不过去。于是又朝南翻,朝北翻,结果都没有翻过去。当他终于落到一个空旷的峰谷,忽听从天外传来哈哈大笑的声音!"猴子,你是翻不出去的,你永远也翻不出去!"又一阵笑声。猴子翻不出了,永远也翻不出去了!

曹禺这个戏剧故事,也许并不新鲜。但是,确实有一种它自身精神悲剧的象征性,孙悟空逃不出如来佛的手心,似乎他永远也走不出去了。这是他晚年心境的一个折射。但是,这个故事在哲学意义上同《雷雨》《日出》是何其相似乃尔?任你怎样挣扎也逃不出黑暗的坑。人又是何等的可怜?这个故事是早年的人生感悟的继续、延伸和升华,类似鬼打墙,让人感到格外的悲凉。

晚年悲剧性的意涵

那么,怎样理解曹禺晚年的悲剧性呢?也就是说他的悲剧性在哪里?我们又从曹禺晚年的悲剧性得到怎样的启示呢？

其一，曹禺晚年的悲剧性带有时代悲剧和社会悲剧的性质。

这一点是不可回避的。新中国成立后，一连串的运动，包括思想改造运动，直到"文革"，这不单是个"革"掉人的"命"，更是在制造"精神残废"。在这方面，我们还没有更深入的研究；一是从政治学、社会学和心理学向度科学地研究一下人们是怎样在运动（话语环境）中，导致这些作家的精神致残的。不是简单地义愤，怨恨和仇视。二是研究这样一代人的心灵致残史。从我的感受，我们目前仍然在承受这个蛮性的遗留的毒害，而不自觉。这样的种种致残的手段，依然为人所袭用，在冠冕堂皇之下运用。正如鲁迅说的"老谱将不断袭用"。甚至那些"精神残疾"人仍然在制造"精神"残疾。

精神致残的最致命的一点，是让你失去"人"的尊严，失去"人"的人格。思想改造运动，就是"非人"运动。曹禺就是从失去"人"的尊严开始致残的，不论他最初的《认识》是怎样的动机，怎样的热情，怎样的真诚，但是，他开始了"自我矮化"，甚至"自我丑化"。

"解放"，无论从基本的民主要求和思想启蒙的角度，特别是人民当家做主之后，都应该是对人的价值的肯定的个性的尊重。但是，一解放，就逐步把知识分子，置于"被改造"的地位。知识分子思想改造的理论和做法，应当从理论和实践上得到清理。

如果说最初的思想改造还带有"温柔和善""和风细雨"的面纱，批判胡适，批判《红楼梦》研究，已经是亮出"批判的武器"，反胡风，就同"肃清反革命"联系在一起。血雨腥风。每一个知识分子，头上都悬着一把利剑。反右派，就更不要说了，那就更是一场"人人自危"的运动。

不仅是失去"人"的尊严，而且把"人性"的恶诱发出来，种种人性丑陋都表演出来，搅起人与人之间混战和批判。反右期间，处处是批判的战场，想出各样的名义竖起靶子。在这样的混战中，人的灵魂怎可能不扭曲，人的性格怎能不扭曲，人与人的关系怎不扭曲。当曹禺拿起笔批判胡风特别是批判右派的时候，无论他是怎样的动机和原因，把一个当年充满人道主义广阔胸襟的人，却充当了错误政治运动的"打手"。这不是曹禺的罪过，但是却是曹禺精神致残的重要表现。我想，当时他的内心经历了怎样的精神风暴，才拿起批判的笔来，他首先伤害是自己的心灵，那么才会伤害他人的心灵。

而这一切，使得曹禺在政治上胆战心惊，更谈不到当年的艺术自信了。

其二，曹禺晚年的悲剧性在哪里？

对一个伟大作家来说，最宝贵的是他的社会责任感，人类的良知。我对文学的理解是这样，文学的精神在于批判，在于那种渗透着良知的批判。曹禺的残废过程就是这种批判精神的削弱衰退的过程，所谓"胆子越来越小"就是这样的批判精神锐减的表征。

资本主义之所以能够继续，就是因为他承认自身的文化矛盾，不断批判其自身的问题；批判现实主义，现代主义都扮演了这样批判角色。但是，社会主义更不能掩饰自身的文化矛盾，害怕揭露矛盾。文化上的专制主义，已经带来十年"文革"的灾难。曹禺新中国成立后所遇到的，就是他的那高扬的批判精神同文化专制主义的矛盾。

一方面是不断的运动导致他的精神残废，一方面是官场的腐蚀和诱惑，使他无法战胜自己无法战胜环境，导致他精神的苦闷。恩格斯曾经说到歌德：

> 在他心中经常进行着天才诗人和法兰克福市议员的谨慎儿子、可敬的魏玛的枢密顾问之间的斗争，前者厌恶周围环境的鄙俗气，而后者却不得不对这种鄙俗气妥协，迁就。因此，歌德有时非常伟大，有时极为渺小；有时是叛逆的、爱嘲笑的、鄙视世界的天才，有时则是谨小慎微、事事知足、胸襟狭隘的庸人。连歌德也无力战胜德国的鄙俗气；相反，倒是鄙俗气战胜了他；鄙俗气对最伟大的德国人所取得的这个胜利，充分地证明了"从内部"战胜鄙俗气是根本不可能的。（恩格斯：《十八世纪末至十九世纪上半叶的古典现实主义》，《马克思恩格斯论艺术》（二），人民文学出版社1960年版，第370页）

在我们看来，当我们面对邪恶时，只要你是一个作家，一个人文主义者，你就决不能在精神上萎靡，在精神上屈服、退却。要有鲁迅那种"真的猛士"的精神，立于这天地之间。

对于作家来说，深刻的启示价值在于，只要是一个真正的作家，他就不可回避它的历史的责任，这是文学的艺术的本性所决定的。不论是怎样的时代，怎样的社会，只要你从事文学和艺术的工作，你必须是这个社会，这个时代，甚至是人类的思考者和批评者。

（本文系在北京师范大学文学院讲演，后收入《曹禺剧作论》，广西师范大学出版社 2007 年版）

第二编　剧评

《北京人》观后

夏淳同志、静荣同志：

首先，让我衷心祝贺《北京人》演出成功！

老实说，我是很担心的。用几乎全部是年轻演员来演这么一出难演的戏，能否成功，能否抓住今天的观众，我是担心的。但看过戏，这种疑虑冰消了。不是我，而是观众认可了。事实说明它的成功。

我以为您在尊重原作的基础，又尽量同时代观众靠拢上，是颇费了一番心思的。诚如贝克所说，一切剧作都是写给特定时代的具有这时代的道德和艺术标准的观众看的，今天再演，必然发生一个如何把剧本交给具有今天道德标准艺术标准的观众来看。您强调了"作者看到了新生力量的成长是历史的必然"，强调了静荣同志所说的剧中的年轻人，这就找到了一个共振点。我听到剧场上不时发出的笑声，不是由于噱头引起的，而是在强烈的生活对比中，一是剧中腐朽一代和新生一代的对比，一是剧中生活和今天生活的对比中发出的笑声。这里对此剧喜剧性的把握，既是原作所有的，也是被您的导演艺术所发掘所体现出来的，的确，《北京人》是可能被人演得十分沉重的，而您的导演处理并没有失去这种沉重，而是在笑声中同过去告别，我是赞成这样的理解。当然，导演有权作出各种解释和处理，但毕竟是有上中下之区分，也有各自特色的区分。我认为您的处理是上策，也有特色的。

另外，此剧演出的意义，还在于的确使年轻演员有了一个锻炼的机会，我想再过十年，演这出戏的深远影响就会看出来了。

张瞳同志的表演是很老成的，他演的电视剧就给我很深的印象，他对角色把握是内在的，有深度。王姬的思懿也演出了那种狠劲辣劲儿，我只是觉得她在掌握让观众理解思懿上欠缺一些，思懿的悲剧性，如果把分寸掌握得好些，这个人物就会更成功，但已是难得的了。马星耀的江泰取得很好的戏剧效果，我觉得在"文"上还不够，风度、气感上应稍微再"文"一些。文清是很难演的，让现在的年轻演员来演这个角色，是太困难了，他是作了极大努力的。袁圆和曾霆都比剧中角色显得大了些。

　　《北京人》的影子，观众还没看清楚，袁任敢那一段台词，就使观众摸不着头脑，因为外边有一道门挡着，使"北京人"不能更清晰地呈现出来，特别是坐在两侧的观众更是这样。

　　总之，我认为是成功的。因为剧场的观众沉浸在戏中的情景，就明白地宣告了它的成功。

　　写这封信，表示我诚挚的祝贺之情。
　　　此致
　　敬礼

田本相
1987年6月17日

（原载《戏剧报》1987 年第 8 期）

《原野》的创作

初春的夜，淅淅沥沥的雨。窗外黑漆漆的，间或从监狱里传来一声声惨叫，打破了这静谧的夜的安宁。他在屋里踱着，本来就在苦苦地追索，此刻便更加躁动不安了。

他正在构思《原野》。靳以正在主编《文丛》，又找曹禺索稿了。仍然采取边写边登的方式，每当他进入构思阶段，心情总是那么不得安宁。

南京同样使他不能宁贴，偌大的中国哪里有一片乐土呢？他住在四牌楼，这住所原是马彦祥住过的，斜对面就是国民党的"第一模范监狱"。在这里囚禁着许多革命志士和共产党人。陈独秀也关押在里边。每当夜深人静，或是白天没有喧嚣的时刻，常听到犯人痛苦的惨叫声音，有时还会看到里边的犯人做苦工的惨状。这使他清醒地意识到，南京并不比天津更好些，情势更为险恶。

打开报纸，映入眼帘的大字标题，除了那些刺激性的桃色新闻，就都是一些不祥的消息：剿匪讨赤、兵祸、水灾……都显示着农民问题越来越突出了。而在30年代的小说中，农村题材被空前广泛地引入进来，从谷贱伤农，丰收成灾，农村破产，铤而走险，农民暴动到武装革命……一一收入作家的视野。那时，只要是一个正义的作家，就不能不正视那些动荡的现实，虽然他未曾在农村生活过，但他听到的或看到的也够多了。

段妈给他讲过的故事，一幕幕又展现在眼前了：她公公的死，婆婆的死，丈夫的死，儿子的死，那些惨象，如同他亲眼看见过似的。

宣化,他所看到的拷打农民的悲惨情景又浮现在他脑海之中:那宣化府的大堂,东岳庙阎罗殿的景象,以及打得皮开肉绽的血腥,都涌来了。

还有童年时代,在老龙头车站,望着火车远去的"吐突吐突"的声音,无际的原野,那天边外的地方,是不尽的遐想。高大而神秘的"神树",鬼气森森,童年望着它而引起毛骨悚然的感受,也膨胀起来,化为莽苍苍的原野、沉郁的大地。

种种的印象,在他飞扬的想象中化合着,交融着,铸造着。现实的形象在奇妙的想象中变幻着,最初还是模糊的,逐渐变得清晰起来。情感的精灵伴着形象,凝聚着,重叠着,交错着,逐渐映出最明晰的场景和氛围。曹禺说:

> 《原野》的写作是又一种路子。当时偶然有一个想法,写这么一个艺术形象,一个脸黑的人不一定心"黑"。我曾经见过一个人,脸黑得像煤球一样,但是心地非常之好,他一生辛苦,可死得凄惨。我的思想境界又有了变化,一旦写成仇虎和原来的想法又完全不一样了。(《我的生活和创作道路》)

或许他受过雨果的《巴黎圣母院》的启示,那个敲钟人丑八怪卡西莫多,就是一个长得很丑而心地十分美好的人物。但是,最深刻的创作动因,还是来自现实的激发。他说:

> 我不熟悉农民,但是,我的那个奶妈给我讲了许多农村的故事,公公、婆婆都上吊死了,丈夫死了,儿子死了,只一个女儿也没带出来,很惨啊!这是有原型的。仇、焦、花家,这三家原来是差不多的,很要好的。可能焦家宽裕些,等焦阎王在外做了军阀的什么连长、营长回来,就霸占仇家的土地。我是写这样三种类型:一种是焦阎王变坏了;一种是白傻子,他还能活下去;一种是仇虎他就活不下去了,没有他的路。(曹禺同笔者谈话记录,1981 年 7 月 28 日)

我们不得不佩服作家的超群的想象力，那种惊人的创造的想象力。他不是魔术师，但却具有魔术师那种奇异而诡谲的变幻术。他写了奇异的人物，奇异的背景，织成奇异的冲突，演绎成一个奇异而诱人的故事。十分有趣的，是这出戏的命运，较之《雷雨》、《日出》也多少带有奇异的色彩。自它诞生之后，几十年来一直争论不休。

还是先把曹禺自己的创作企图和阐述作些介绍。他说："写作《原野》时，和《日出》一样，像写章回小说，先有大致的意思脉络，然后就陆陆续续地写，边写边交稿，赶着发稿，有时就整夜整夜地写，从天黑写到晨曦，七八天就写出一幕来，写得非常顺利。南京很热，写累了就外出到街上，夜晚有卖葡萄汁、甘蔗汁的，喝上一杯。《日出》之后，我似乎就觉得没有什么办法了，总得要搞出些新鲜意思，新鲜招数来。我是有这种想法，一个戏要和一个戏不一样。人物、背景、氛围都不能重复过去的东西。《原野》是写你死我活的斗争，仇虎有那么深的仇恨，要复仇。应当说，杨帆对我谈的一些道理对我是有影响的。"（曹禺同笔者谈话记录，1982年3月17日）他对这出戏的背景是这样说明的：

> 这个戏写的是民国初年北洋军阀混乱初期，在农村里发生的一件事情。当时，五四运动和新的思潮还没有开始，共产党还未建立。在农村里，谁有枪，谁就是霸王。农民处在一种万分黑暗痛苦、想反抗而又找不到出路的状况中。（张葆莘：《曹禺同志谈创作》，《文艺报》1957年第2期）

他对《原野》的种种说明，前后不尽相同，是有些差别的。他回答赵浩生的采访时说："《原野》不算成功，原想写农民，写恶霸欺负人。"赵浩生问他："《原野》的主题是什么？是仇恨吗？"回答说："对，是仇恨，恨那个恶霸，想报仇。"但是，稍后又作了修正，他曾对我说："《原野》不是一部以复仇为主题的作品，它是要暴露受尽封建压迫的农民的一生和逐渐觉醒。仇虎有一颗火一样复仇的心。"（《我的生活和创作道路》）如何来概括《原野》的主题，这是可以讨论的，但他要写仇虎的仇恨和复仇却是符合实际的。写农民复仇的故事，可以说是太多了。问题在于曹禺是怎样开掘这个故事的，《原野》的新意在哪里？曹禺曾说：

> 仇虎的复仇观念是很强的很原始的，那个时候共产党没出世，世世代代的农民要想活，要反抗欺压，就要复仇。仇虎要杀焦阎王，但他死了，所谓"父债子还"，就要杀大星。可是他和焦大星小时候是好朋友，下不了手，矛盾极了。杀了之后，精神恍惚了，阴曹地府好像出现在眼前，那个阎王还是焦阎王。最后一幕是写现实，也是象征的，没有出路。有人说，仇虎那么聪明、有力都冲不出去，那是象征没有路。

如果说，《原野》只是写了仇虎的复仇过程，那不过是重复了一个陈旧而又陈旧的故事。曹禺的独创之处，也就是说，他所谓的"又一种路子"，就是把这个复仇过程着重地写成是仇虎的心理，甚至他的潜意识的演变过程。这方面，它把性格发展同心理过程演变交织起来，是相当深入而细腻的。而这些，就深刻地写出仇虎那种很强烈很原始的复仇观念，这就从仇虎的内心冲突、激化、演变中反映出千百年来封建文化，是怎样沉积在一个农民身上的。当然，也有农民的狭隘的意识，是怎样啃啮着他的灵魂。仇虎的强烈仇恨，无疑有着他的现实的根由的。焦阎王把他的父亲活埋了，土地霸占了，心爱的人被夺去了，妹妹被拐进妓院。这被压抑的灵魂，以扭曲的形态出现了。当他最初出现在人们面前，就是一个奇异的人物：

> 这是一种奇异的感觉，人会惊怪造物者怎么会想出这样一个丑陋的人形：头发像乱麻，硕大无比的怪脸，眉毛垂下来，眼烧着仇恨的火。右腿打成瘸跛，背凸起仿佛藏着一个小包袱。筋肉暴突，腿是两根铁柱，身上一件密结纽袢的蓝衣褂，被有刺的铁丝戳些个窟窿，破烂处露出毛茸茸的

前胸。下面围着'腰里硬'——一种既宽且大的黑皮带,——前面有一块很大的铜带扣,贼亮贼亮的。他眼里闪出凶狠、狡恶、讥诈与嫉恨,是个刚从地狱里逃出来的人。

这雕像似的刻画,给人很深的印象。仇虎的奇异的色彩,奇异的性格,奇异的肖像,是他强烈的仇恨和扭曲的灵魂的外化,透视出环境的折磨和压迫,把人变成了"鬼",连那种复仇的强大的力量也是奇异的。如同鲁迅写祥林嫂,他不单是写她如何受苦如何挨饥,而是写她的灵魂被戕害,被挤压一样,曹禺也在写仇虎的精神世界。不过,他不单是像鲁迅那样用白描手法来写,也不像他刻画繁漪、陈白露的心理那样,是一种现实主义的描写。他是用某种程度的夸张、象征,既像是雨果描绘卡西莫多那样具有一种浪漫主义色彩,同时也融合了表现主义、象征主义的手法。

不但仇虎的性格是奇异的,那个瞎老婆子焦母也是一个令人感到既可憎又可怕的人物。"使人猜不透那一对失了眸子的眼里藏匿着什么神秘,她有着失了瞳仁的人的猜疑,性情急躁,敏锐的耳朵四面八方地谛听着。"花金子,也有着诡谲的诱惑力,"眉头藏着泼野,耳上的镀金环子铿铿地乱颤。女人长得很妖冶"。"一对明亮亮的黑眼睛里蓄满着魅惑和强悍。""走起路来,顾盼自得,自来一种风流。"说得不好听,也多少有些淫荡。那个白傻子,也是人们平时在舞台上不多见的稀罕人物,还有一个性格怯弱的焦大星,他害怕老婆又畏惧母亲。他们的性格色彩、心理意识都迥然不同于曹禺笔下的其他人物。

他为这些人物所设计的活动环境、舞台气氛也是奇异而诡谲的,甚至说是恐怖而神秘的。暮秋的原野,黑云密匝匝遮满了天空,低沉沉压着大地。狰狞的云,泛着幽暗的赭红色,在乱峰怪石的黑云堆中点染成万千诡异艳怪的色彩,这是象征性的,又是浪漫的奇异色调。大星的家里,也是阴沉可怖的气氛。焦阎王半身像透露着杀气,供奉的三头六臂的神像,也是狰狞可怖。"在这里,恐惧是一条不显形的花蛇,沿着幻想的边缘,蠕进人的血管,僵凝了里面的流质。"而最后一幕，黑林子里，黑幽幽潜伏着原始的残酷和神秘。粼粼的水光，犹如一个惨白女人的脸，突起的土堆，埋葬着白骨。"这里蟠踞着生命的恐怖，原始人想象的荒唐，于是森林里到处蹲伏着恐惧，无数的矮而胖的灌树似乎在草里潜藏着，像多少无头的饿鬼，风来时，滚来滚去，如一堆一堆黑团团的肉球……"这的确是够人惊异而恐怖的了。奇异的人物就在这奇异的环境里活动着。如果按照《雷雨》、《日出》来衡量它，就觉得它不是原来那种写实的路子。

就是这样一些奇异的人物在这样奇异的环境里展开着种种冲突。人物之间纠葛的色彩也是奇异的。仇虎和焦母，一个要报仇，焦阎王死了，偏偏不杀焦母，而杀她的儿子；一个在那里警惕着恶狠狠地追寻扑打。焦母和金子，婆媳间犹如仇家。

仇虎和金子的关系也是奇异的，强烈的爱伴着强烈的恨：

花金子　立了秋快一个月了，快滚！滚到你那拜把子兄弟找窝去吧，省得冬天来了冻死你这强盗。

仇　虎　找窝？这儿就是我的窝（盯住花氏）。你在哪儿，哪儿就是我的窝。

花金子　（低声地）我要走了呢？

仇　虎　（扔下帽子）跟着你走。

花金子　（狠狠地）死了呢？

仇　虎　（抓着花氏的手）陪着你死！

花金子　（故意呼痛）哟！（预备甩开手。）

仇　虎　你怎么啦？

花金子　（意在言外）你抓得我好紧哪！

仇　虎　（手没有放松）你痛么？

花金子　（闪出魅惑，低声）痛！

仇　虎　（微笑）痛？——你看，我更——（用力握住她的手）

> 花金子　（痛得真大叫起来）你干什么，死鬼！
>
> 仇　虎　（从牙缝里进出）叫你痛，叫你一辈子也忘不了我（更重了些）！
>
> 花金子　（痛得眼泪几乎流出）死鬼，你放开手。仇虎（反而更紧了些，咬着牙，一字一字地）我就这样抓紧了你，你一辈子也跑不了。你魂在哪儿，我也跟你哪儿。
>
> 花金子　（脸都发了青）你放开我，我要死了，丑八怪。（仇虎脸上冒着汗珠，苦痛地望着花氏脸上的筋肉痉挛地抽动，他慢慢地放开手。）

在这里，连爱的表现方式都是奇异的。等到仇虎松开手，问金子："你现在疼我不疼我？"金子一边咬住嘴唇，点点头说，"疼！"一面突然狠狠打了仇虎一记耳光。这是富有诱惑力的。紧接着便是金子逼仇虎捡花的一场戏，她那种一反常态的泼野，就是常五来打门，也非要他捡不可。当仇虎说"我要不起你"时，她那强烈的爱，就火一样燃烧起来。她一边捶击着仇虎的胸膛，一边骂着："你不要我？可你为什么不要我？你这丑八怪，活妖精，一条腿，短命的猴崽子，骂不死的强盗。野地里找不出第二个损鸟，外国鸡……"每一句狠狠的骂，都表现了她那强烈的泼野的爱。这是在一种爱的扭曲的变态心理支配下，演出的一场令人奇异而目眩的戏，你说它真实也罢，不真实也罢，但却抓牢了观众的心灵。作家就是这样波谲云诡地展开他那奇异的想象力，写出一场场奇异变幻的戏。

有人说《原野》在心理描写方面是受了弗洛伊德学说的影响，写出了所谓性的本能和欲望，以及由此产生的心理能量——性力，说仇虎就有"性力"影响。焦母同焦大星、金子三人的关系，就有着所谓"恋母情结"的因素。但是，曹禺总是否认他受过弗洛伊德影响，他说他几乎没有读过弗洛伊德的论著。不过，《原野》的确写了人性的东西，自然也包括性心理在内。在他看来，无论是仇虎、金子，还是焦母、大星的人性，都是一种扭曲变态的人性。特别是仇虎，在复仇之前所经历的精神折磨，以及复仇之后灵魂的痛苦，都深刻地反映出一种强大的统治精神——伦理道德观念、封建迷信观念对人性的摧残，对人的精神吞噬的残酷性，仇虎心灵痛苦的悲剧性和真实性被作家天才地揭示出来。他把人物的情绪、心理都戏剧化了。

最后一幕，也是最能显示《原野》奇异色彩的一幕。写仇虎杀人之后，所出现的种种幻觉，他所安排的黑林子是带有象征性的，同时也是现实的。他突出的是仇虎的恐惧、惊慌、悔恨。"恐怖抓牢他的心灵，他忽而也如他的祖先——那原始的猿人，对夜半的森林震颤着，他的神色显出极端的不安。希望、追忆、恐怖、仇恨连绵不断地袭击他的想象，使他的幻觉突然异乎常态地活动起来。在黑的原野里，我们寻不出他一丝的'丑'，反之，逐渐发现他是美的，值得人的高贵的同情。他代表一种被重重压迫的真人，在林中重演他所遭受的不公。在序幕中那种狡恶、讥诈的性质逐渐消失，正如花氏在这半夜的折磨里由对仇虎肉体的爱恋而升华为灵性的。"这可以看出是作家构思第三幕的企图，也是他所做出的人物的阐述。为什么作家要采取这样一种写法呢？他在《原野·附记》中是这样说的：

> 写第三幕比较麻烦，其中有两个手法，一个是鼓声，一个是有两景用放枪收尾。我采取了奥尼尔氏在《琼斯皇帝》所用的，原来我不觉得，写完了，读两遍，我忽然发现无意中受了他的影响。这两个手法确实是奥尼尔的。我应该在此地声明，如若用得适当，这是奥尼尔的天才，不是我的创造。至于那些人形，我再三申诉，并不是鬼，为着表明这是仇虎的幻想，我利用了第二个人。花氏在他的身旁。除了她在森林里的恐惧，她是一点也未觉出那些幻想的存在的。（《原野·附记》，《文丛》1937年8月号）

这里，最早透露了《原野》所受奥尼尔的戏剧，特别是《琼斯皇帝》一剧的影响。不过，他也特别提到他同奥尼尔的不同。的确，《原野》较之《琼斯皇帝》写得更深刻，也富于独创性。他后来对我说：

《原野》也不是模仿奥尼尔的《琼斯皇帝》。那时，我的确没看过奥尼尔的这个剧本。张彭春看了《原野》的演出后，建议说："奥尼尔的《琼斯皇帝》中的鼓声很有力量，此戏了不起，震动人心。"我接受了他的意见，加入了鼓声。我看了一些奥尼尔的作品：《悲悼》《天边外》、《榆树下的欲》、《安娜·克利斯蒂》，还有《毛猿》。奥尼尔前期的剧本戏剧性很强，刻画人物内心非常紧张。刘绍铭说我是偷《琼斯皇帝》的东西，不合事实。《琼斯皇帝》的故事，我是知道的，写一个黑人玩弄手段压迫土著人。此剧在美国上演时，是由黑人来扮演，这个黑人从来没演过戏，但演出效果很好，很逼真。（曹禺同笔者谈话记录，1983年9月14日）

曹禺这样的辩护，也许有他的道理。几乎每一个伟大的作家都会承受着传统的以及外来文学的影响。模仿和借鉴的不同，在于能否有所新的创造，借鉴是通向创造的必由之路。当《雷雨》发表之后，有人称他是易卜生的信徒；或者说他承袭了欧里庇德斯等希腊悲剧的灵魂时，他就说过："在过去的十几年，固然也读过几本戏，演过几次戏，但尽管我用了力量来思索，我追忆不出哪一点是在故意模仿谁。也许在所谓'潜意识'的下层，我自己欺骗了自己：我是一个忘恩的仆隶，一缕一缕地抽取主人家的金线，织好了自己丑陋的衣服，而否认这些退了色（因为到了我的手里）的金丝也还是主人家的。""我想不出执笔的时候我是追念哪些作品而写下《雷雨》。"（《雷雨·序》）《原野》恐怕也是这样。他看过不少奥尼尔作品，像奥尼尔那种把人与环境的矛盾，渗透在人物性格的自身矛盾，特别是自身心灵矛盾之中的写法；那种通过人物的心灵冲突展现人物的命运的写法，的确是别开生面的。他把人物的心灵、情绪都戏剧化了，从而写出现代人的复杂而深刻的精神矛盾，写出人的内心世界的隐秘。这些，是会对曹禺产生影响的，而这些影响是在"潜意识"中进行的。他融化了奥尼尔的东西，但他更倾心的，还在于写他眼里所看到的中国的现实和人生。他能从一个特定的视角，来揭示农民的沉重的精神负担，深刻显现着农民从反抗到觉醒的曲折和复杂的心灵历程。在这样一个特定视角，他对生活的开掘，确有他的独创性和深刻性，单是这一点，就足够了。

《原野》于1937年4月在广州出版的《文丛》第1卷第2期开始连载，至8月第1卷第5期续完。同年8月，由上海文化生活出版社出版。在此期间，上海业余实验剧团准备把它搬上舞台，由应云卫导演。他们请曹禺到上海来，向全体演职员谈了《原野》的创作情况，以及演出中应注意的问题。那时，他就指出，对一个普通的专业剧团来说，演《雷雨》会获得成功，演《日出》会轰动，演《原野》会失败，因为它太难演了。一是因为角色很难物色，几个角色的戏都很重，尤以焦氏最不易，而每个角色的心理上的展开，每人的长处，是很费思索的。二是灯火、布景也都十分繁重。外景多，又需要很快更换，特别是第三幕，连续五个景。他对应云卫导演这出戏，满怀期望。1937年8月7日到14日，《原野》在上海凡尔登大戏院举行首次公演，演员阵容相当不错，赵曙、魏鹤龄饰仇虎，范莱、吕复饰焦大星，舒绣文、吴茵饰花金子，王萍、章曼萍饰焦母，钱千里、王为一饰白傻子，黄田、顾而已饰常五。当《原野》公演时，曹禺已不在南京，此刻已是"七七"事变爆发，那时，人们已顾不得对它的评论了。所以说，《原野》未免有些"生不逢时"。在当时也未能引起什么反响，就淹没在抗日热潮之中了。

对《原野》的评论是不多的，但是，只是这些不多的评论，却多否定之词，甚至把它看作是一部失败之作。也可以说，《原野》的厄运是与生俱来的。最早的也是较重要的一篇是李南卓的《评曹禺的〈原野〉》。他认为"作者有一个一贯的优点，就是技巧的卓越。他的人物性格、对话，都同剧情一起一点一点地向前推移，进行，开展，直到它的大团圆。"但同时也就是因为作者太爱好技巧了，使得他的作品太像一篇戏剧"。同时，他指出："作者有一个癖好，就是模仿前人的成作。《原野》很明显同奥尼尔的《琼斯皇帝》(The Emperor Jones) 非常相像。"他说，如果说奥尼尔和曹禺都受希腊悲剧影响，都有一种"对庄严的氛围的爱好，——不过这一点在《琼斯皇帝》如果成功了，在《原野》却是失败了"。他还指出，仇虎去谋害焦大星一段，是脱胎于莎士比亚的《马克白斯》,仇虎用故事的形式来暗示他同焦大星的关系,是模仿《八大锤》里的《断臂说书》。在他看来,这些都是不必要的。而《原野》的人物性格"因为过分分析,完全是理智的活动,以致人物却有点机械,成了表解式的东西,没有活跃的个性"。他说,《原野》的思想也"不大清晰","有点杂乱";既有"虚无主义的倾向",又有"集团的意识";"好像是相信命运,又好像是喜欢一种氛围"。总之,他认为这是作者的"一个严重的失败"(《评曹禺的〈原野〉》,《文艺阵地》1958年6月第1卷第5期)。

南卓强调了《原野》因模仿而失败是不公允的。《原野》和《琼斯皇帝》不同,不但在主题、题材不同,即使在写法上,他只是借鉴了奥尼尔。曹禺把心理刻画和外部动作结合起来。后来唐弢指出曹禺的剧作也得力于传统的文学和戏曲,像京剧和古典诗歌。唐弢说:"《原野》用过类似的手法,仇虎凝视阎王照片时,阴沉沉地从牙缝里挤出来的仇恨的申诉,焦母摸着本人的轮廓时喃喃念叨着恶毒的诅咒,都是独白,都是直接描写心理活动的自我剖析。"他说,这种以独白抒写思想感情的传统,不仅在古典戏曲里,在古典诗词中也有,如屈原的《离骚》就是一篇伟大的独白。"不过,《原野》借以塑造人物性格的不仅仅是独白,更主要的是那些反复暗示的引人注目的行动——作家利用外部动作由表及里地刻画人物的内心世界。在中国古典小说和古典戏曲里,运用动作比运用语言更为普遍,《原野》写抓金子的手,金子要仇虎捡花,很容易使人想起京剧折子戏如《拾玉镯》之类的某些场面。"(《我爱〈原野〉》,《文艺报》1983年第1期)仔细体味《原野》同《琼斯皇帝》的神韵、味道是颇不一样的。

杨晦和吕荧对《原野》的批评,也是持否定意见的。杨晦在他的《曹禺论》中说,"《原野》是曹禺最失败的一部作品","由《雷雨》的神秘象征的氛围里,已经摆脱出来,写出《日出》那样现实的社会剧了,却马上转回神秘的旧路"。作家"把那样现实的问题,农民复仇的故事,写得那么玄秘,那么抽象,那么鬼气森森,那么远离现实,那么缺乏人间味。这简直是一种奇怪现象"(《曹禺论》,《青年文艺》1944年新1卷第4期)。吕荧认为《原野》是"一个纯观念的剧",它只是"写人与命运的抗争","所要表现的是人类对于抽象的命运的抗争——一个非科学的纯观念的主题"(《曹禺的道路》,《抗战文艺》1944年9月、12月第9卷3—4期、5—6期)。这些否定的意见,后来大多延续下来,甚至写到教科书里。

但是,历史上也有另外一种见解,却为文学史家忽略了。这是一位名叫司徒珂写的《评〈原野〉》。他说,《日出》体现着曹禺的创作发展到最高峰的路线,但"突然他转变了努力的方向,从最黑暗罪恶虚伪的都市,转向到不曾被人注意的而'值得人的高贵的同情的'《原野》来。这个转变不只曹禺先生作风的转变,可以说中国文艺风格新转变的一个契机"。其中值得重视的见解,以为"如以《日出》来和《原野》比较的话,《原野》该是一部更完美的作品,作者在原野中还表现着一个美丽的Idea,这种Idea颇值得深思回味"。这值得回味的地方,就是仇虎要金子跟他走,要去的那个"金子铺的地,房子都会飞"的地方。还说,《原野》是"代表坦白、善良、真理而向黑暗、不公、罪恶来痛击的"(《评〈原野〉》,《中国文艺》1943年第3期)。

如果说,《雷雨》、《日出》曹禺曾就它们写过自我剖析和自我辩护的文字;那么,面对《原野》的批评他沉默了。

其实一部作品,特别是一部有争议的作品,只要它有着潜在的美学价值,它总是会为人发现出来的。《原野》也许就属于这种情形,它等候着时间的考验、艺术规律的抉择。

《雷雨》演出的新面目

一出"没有鲁大海的《雷雨》",由中国青年艺术剧院推上舞台。年轻的导演王晓鹰,在他的导师徐晓钟指导下,对《雷雨》作了重新阐释,进行了一次大胆而成功的尝试,使《雷雨》演出有了一个新面目。

50多年前,曹禺就期待《雷雨》有个演出的"新面目"。那时,他对中国留学生在日本东京首演《雷雨》因篇幅较长删去序幕和尾声,就坦率地表示了疑义。他给吴天、杜宣的信中说,"我写的是一首诗,一首叙事诗……但决非一个社会问题剧"。他说,序幕和尾声的构思,是想"叫观众如听神话似的,听故事似的,来看我这个剧"。"在尾声内回到一个更古老、更幽静的境界内的。"稍后,在《雷雨·序》中,再一次强调它的作用说:"我不愿这样戛然而止,我要流荡在人们中间还有诗样的情怀。序幕和尾声在这种用意下,仿佛有希腊悲剧chorus一部分功能,导引观众的情绪入于更宽阔的沉思的海。"看来,序幕和尾声的取舍,不仅是篇幅长度问题,而是关涉到作者的一个根本的美学企图,即《雷雨》的诗的、非社会问题剧的美学特性。因此。曹禺说:"这个问题需要一位好的导演用番功夫来解决,也许有一天《雷雨》会有个新面目,经过一次合宜的删改。"

将近60年过去了,《雷雨》经演不衰。但它基本上是作为一部社会问题剧而演出的。直到"文革"前,还没有发现包括序幕和尾声的演出。《雷雨》的演出史,充分说明一部剧作的观众接受和社会接受的制约性。孔庆东的《〈雷雨〉的演出史看〈雷雨〉》(《文学评论》1991年第1期)十分详细地描述和论评了这段历史。1982年丁小平执导的《雷雨》，较早地开始了探索。在现实主义基础上实现原作的表现主义、象征主义色彩，把"雷雨"作为统帅的第9个角色"。借它来显示宇宙里的残忍与冷酷，借它来象征破坏世界的威慑力量"。她设置了序幕和尾声，但未按照原本恢复，而是以雷雨即来的抑郁沉闷的空场作为序幕。以在雷电交加中撤走全部布景作为尾声，形成所谓"欣赏距离"。王晓鹰此次导演《雷雨》，似乎从曹禺那里得到更多的启悟。不但富有创意地恢复了序幕和尾声，更大胆地删去鲁大海，按照"决非一个社会问题剧"的思路，赋予《雷雨》演出以新面目。

从演出来看，导演的重新阐释是成功的，或者说比较成功的。在国外，对经典剧目进行"重新阐释"已蔚然成风；在国内，还处于起步阶段。如林兆华导演的《北京人》、《哈姆雷特》等，在"重新尝试"上做了有益的尝试。但怎样进行导演的"重新阐释"才是成功的，也许应该有一个理论假定的衡度。"重新阐释"的一个前提，是对原作的尊重，它应是对文本原意或作者意图的重新发现和开掘，强调和提炼，领悟和升华。导演或删或加或改，都不应脱离、违背文本的原有之意和应有之意。也就是说，经过导演重新诠释的文本意义陈述同作者的意义陈述之间，应有着心领神会的有机联系，诸如题旨、基调、人物、意境和舞台氛围的有机联系。"重新阐释"不是任意的、轻率的艺术行为，否则，则会导致对原作的歪曲。以此来衡量此次《雷雨》演出，我以为其可贵之处，尽管删去鲁大海，但却是严肃的，经过一番反复考虑的，特别是同原作的意义陈述上有着精神的沟通，在复归作者的美学意图作了开掘。但这并不是一次原作的复原，导演所构筑的《雷雨》的艺术世界，是一个自圆其说，具有导演主体创造意识的意义结构。

导演在"决非一个社会问题剧"的思路上，对《雷雨》的整体结构、意境、氛围的呈现上是颇具有艺术匠心的。它恢复了序幕和尾声，但没有按原本恢复。而是启用了鲁贵，由这个唯一在《雷雨》中不是"在情感的泥坑中打着滚"的人物来回溯那久已逝去的悲剧，并把第一幕中"闹鬼"的情节糅入序幕的"交代"，确实是巧妙而"合宜的删改"。在尾声中，鲁贵饱含沧桑的悲凉小调，反复出现的周冲"海风……白云……帆船"的名词，在悲怆中奏出了对未来、对希望的幻想曲，是颇具创造性的。与此配合，舞台布景一改现实主义风格，倾力创造富有象征的舞台意象。环绕演区所使用的黑色软材料，台前堆集的旧钟、台后凹进的洞窟，好像是一口难以逃脱的井，也像是古老的废墟，形成一种强烈的围合感、崩溃感。这些，都有助于恢复《雷雨》非社会问题剧的诗意结构和氛围。那么，从整个演出所提供出来，就不只是对中国家庭和社会的愤懑和毁谤，而使观众陷入更广阔的联想和沉思。

对人物及其纠集着复杂血缘关系的矛盾冲突，导演同样按照非社会问题剧的思路，淡化或弱化其社会性内涵。删去鲁大海，显然就淡化阶级对立的背景和冲突，对周朴园，则强调了对侍萍爱情的真诚和怀恋。保留着侍萍的昔日习惯，重逢后给侍萍钱，都不再是虚伪，而是出自悔恨，对一生所犯的错误的弥补。当最后悲剧发生时，他对命运的慨叹，也就是必然的了。导演把周朴园作为一个人，作为亲历爱情悲剧的人来对待的，而不再把他作为悲剧的渊薮和元凶。对繁漪则减弱她的阴鸷嫉恨的色彩，她对四凤的威慑减弱了，而对她和周萍的乱伦关系，则增强其令人同情和理解的方面。而周萍对四凤，则不再是一个阔少爷对青春少女的玩弄，而是对真挚爱情的追求，正如他父亲周朴园老年对侍萍一样，是在重演他父亲的故事。当导演把这些人物纠葛的社会性内涵淡化后，似乎这一切也都是自圆其说的，即按照合乎人性人情的逻辑作为处理这些人物及其关系的依据。

有所得也必有所失。删掉鲁大海也带来值得探讨的问题。鲁大海的形象，曾被一些评论家认为写得简单而粗暴，不够成功。但是，这个人物并不是曹禺根据某种理论强加进去的，他在《雷雨》的整体结构中是一个不易松动和拆除的有机部分。特别是他和周朴园、周萍的戏，展示着那种命运巧合中不以人们意志为转移的命运的残酷性和必然性，是包蕴着深刻的社会内涵、人生内涵和人性内涵的。而抛去鲁大海，无疑是削弱了减却了戏的魅力。特别是周朴园，由于没有鲁大海，就使原有戏剧冲突张力消失了，自然也影响了周朴园性格的完整性。在周朴园开除鲁大海这个有力的戏剧动作中，深刻地揭示着周朴园"这一个"典型的丰富性和复杂性，也可以说是人性的丰富性复杂性。人性是文学所醉心探索的对象，但是对人性的探索并不见得同人性的社会性内涵的揭示是矛盾的。倘若全然用所谓纯粹人性去诠释周朴园，剔除其社会性内涵，则有可能导致另外一种人性的简单化的理解。抽掉鲁大海，也使全剧的背景失去某种具体的规定性；而缺乏具体规定性的情景，不但使鲁大海也有可能使其他人物在模糊的环境中失去其戏剧动作的动因。而这些，是值得研究的。

无论如何，此次《雷雨》的演出，在力图突破将近60年现实主义演出模式上跨进了一大步，它使人们看出一部经典著作演出的种种可能性，它的意义超过其自身，而给导演的创造以新的启示。此次演出所提出的学术课题，已经引起戏剧界的探讨兴趣，它的学术价值和学术意义，也将在《雷雨》演出史上留下珍贵的一页。

（原载《中国戏剧》1993年第6期）

非经典非《原野》的解构行动？

为了纪念曹禺先生九十周年诞辰，北京人艺举办了《曹禺经典剧作展》，于8月17日起，陆续演出《原野》(8月17日-9月30日)、《日出》(8月20日-9月10日)、《雷雨》(9月22日-28日)，对于北京人艺来说，是一次盛况空前的演展，是对曹禺先生最好的纪念。

但是，《原野》和《日出》演出之后，在媒体上出现了不同的反应，在专家中也明显地存在不同的意见。我认为，这是很好的现象。我想，在人们对戏剧批评有许多怨言的时候，认为是得了失语症的病态中，那么能够讲出真诚而坦率的意见，就诚然可贵了。

我在北京人艺召开的座谈会上说，一个戏剧作品，当它已经呈现在舞台上，它就是一个客观的存在，起码在这一次演出，它是不可能再有什么大的修改，而让一个导演改变它的想法，那既不可能，也不现实；所谓批评，也自然是一种学术的，不希望人间必须接收，但又不是可有可无，随意可是可非的，无足轻重的行为。诺思罗普·弗莱说："对于确定一首诗的价值，批评家是比诗的创造者更好的法官。"我在某种程度上，赞成这个意见。诗人有诗人的创造，批评家有批评家的任务。我以为不必把他们对立起来。艺术因为有了这样的"对立者"，似乎才热闹，才丰富，才能前进。

我正是基于这样一个认识，对它们提出我的看法。先说《原野》。李六乙同志，也是很熟悉的年轻朋友。以下，我就称六乙，这样，更亲切些。

在公演的前夕，六乙就说他导演的《原野》是一次"新观念"下的实验，并且是对《原野》的一次"发现"。记者访问时，他说："在第三幕里发现了曹禺的现代意识，这里有一个轮回，即仇虎和金子出逃后，他们永远也跑不出那个黑林子，总是回到原地，这一点在过去表现得非常少，主要是那时的戏剧观念还不允许表现，大家也不知如何在舞台上来展现这种空灵和自由。"据此，六乙"特意加强了对人永远也走不出一种怪圈、人永远逃脱不掉的社会压力、命运压力这种轮回的表现"。六乙说："我这次改动看起来是离曹禺很远，背离了曹禺原作的结构方式和解读方法。但是我继承和延续了曹禺原作的精神，我觉得这才是对曹禺的最好的纪念。"以上，可以看作是六乙的宣言了。

称赞六乙的，认为他的《原野》是实验的，创新的。那么，我们看看六乙是怎样实现他的"新观念"，和新发现的。

在对环境的陈述和展现上，是再找不到曹禺笔下的《原野》的景象了。

曹禺先生的原野是：沉郁的，阴森的，灰暗的，可怖的，甚至是神秘的。

展现在观众面前的六乙的原野是：在没有观众的一侧的墙壁上悬挂着八九台彩电，墙的右下方，一把银色的座椅停在幽暗的角落里，似乎它是焦母的座位，周围散落着线装书和飞镖。而在墙的左下方，是一台冰箱，上边放着种种的外国酒，周遭是散落的大大小小的布娃娃，在这娃娃堆中，似乎是焦大星经常停留的地方。舞台的中间部位，左边是一个不断旋转的玻璃桌面，紧靠着它的是一只银灰色的抽水马桶，在这马桶中，却可以掏出可口可乐的饮料来；最显眼的是一张床，一张铺着白色床单的双人床，似乎，这床为金子所专用。那么在床的后面，则是一个用布帘围起来的洗手间，打开来，还是一只银灰色的马桶。马桶附近的一个银灰色的座椅，主要是仇虎坐的。紧靠着洗手间的，是一辆破旧的自行车，我们经常看到大星蹲在洗手间的马桶上，他还不时玩弄着这台破旧的自行车。在床的后边，一个角落里，是常五爷的地界，一把座椅，一个小桌。满地铺着的用塑胶制成的黑草皮。在这黑色的草皮上，还停留着几只白色的鸽子。环绕着观众的，连墙上挂着的，空中悬着的，是十六台大彩电，在那里轮番演着电影《原野》的片段，以及火山喷发，还有外国影片的片段，以及特意拍摄的一只大手不断划过麦浪。……所有这一切，显然是一种准现代伪现代或是准后现代伪后现代的拼贴出来的纷乱斑斓的画面，显然，那张床和那些马桶，又在隐喻着"性"之类的寓意……

六乙的景，解构了曹禺的景——曹禺的戏剧意象，曹禺所精心创造的诗意的，象征的，表现的而不是再现的，但却是一个蕴藉深厚的"好黑的世界"！

六乙的戏剧陈叙，在我看来也是不大高明的叙述——所谓"片断性的、不完整的、是碎片"的叙事，解构了曹禺的非常好看非常耐看的有机的、完整的、耐人寻味的戏剧故事。

仇虎复仇的故事，是透过一个个性格化的人物的行动，化为跌宕起伏的戏剧冲突，那一环紧套一环的戏剧情节，不但演示着故事的逻辑，人物的逻辑，而且在必然地奔向结局的过程中，隐含着曹禺对人对世界的思考，展示着他所发现的历史的心灵的生活的逻辑。

但是，这一切，却为六乙先生解构，甚至可以说摧毁了。犹如一个精美的大厦，被眼看着摧毁了。似乎，连铸成这大厦的砖和瓦都被六乙自己的不大高明的材料所替代。

我指的戏剧语言。我没有读过六乙的剧本，不可能做出精确的统计，在他的本子里，究竟还保留多少曹禺原著的语言。需要知道，对于一部话剧来说，他所有的精华和奥妙都凝结在他的戏剧语言的创造之中。如果，你连他的语言都解构了，都扬弃了，那比给蒙娜丽莎的脸上画上胡子，还要难看，还要残酷！

六乙可能说，他是尊重曹禺的，但是，你把他的原来的语言都不要了，你能下去手，就不能认为是对作者尊重了！

是的，后现代是公然标榜要蔑视经典，解构经典，取消经典的！

问题是李六乙先生说他是"继承和延续了曹禺原作的精神"，"是从作品真正精髓当中寻找到能与我们沟通的点"。那么什么是《原野》中真正的精髓呢？

　　深刻地表现一个背负着传统思想重担，灵魂备受摧残折磨，而甚至失去一个人的本真的人，在经历了复仇之后的觉醒，他又恢复了一个真人的本性。但是，他却逃不出那黢黑的夜，以及那为曹禺所精心设计的黑林子。在刻画人的灵魂的深度上，在人醒了却无路可走的人类悖论上，曹禺所达到的深度和广度，以及为此他创造性地运用表现主义的艺术所达到的境界，对任何导演都提供了广阔的创造天地，以及施展他的才能的可能。至今，我们还没有看到一个尽如人意的演出。倘若，你没有真正走进曹禺的世界，还没有真正的理解曹禺的世界，你就把他毁了，并以为是一种创新，这就是艺术的悲哀了。

　　至于《原野》中所涉及"走出封闭的世界"的问题，其实不能说是六乙的发现，这在一般地研究曹禺的论著中都能看到，它是曹禺剧作中一贯表现着的主题之一，也是他的剧作的现代性的突出表现。在《雷雨·序》中，曹禺就说过，宇宙是一眼枯井，掉进里面，任凭怎样痛苦哀号，都逃不出去。在原作中，仇虎只是寄希望于金子能走到金子铺地的地方去，但金子能不能逃出黑林子，奔到那个地方去呢？戏在这个时候结束，留下了玄机。

　　曹禺先生的《原野》，其戏剧的美学内涵是十分丰富的，在曹禺先生看来，仇虎在复仇意识的驱动下，已经被异化为非人，只是一个复仇工具而已，只有当他复仇之后逃进了原野中的黑林子，才还原成为一个人。因此剧中写到，仇虎只有在林中才"显得和谐"，显得"美"。这是他开始了自我意识的抗争，开始对杀人行径感到惊恐，这是他人性复归的表现。曹禺把人性的复杂性写得多透彻、多深刻啊。如果你随随便便就删除了烘托人性的背景，原剧的意味怎么出得来呢？摧毁一个原本是非常富有美学意味的戏剧，再造一个并不具有多少美学意味的戏剧，这有什么必要呢？

　　任何戏剧演出都是一种对话，也可以说是艺术的对话。既是编、导、演同观众的对话，也是编、导、演之间的对话。既然是对话，那么，首先意味着彼此之间的相互的尊重和理解。特别是对于经典的剧作，它更理应得到更多的尊重和理解。我以为，他们对曹禺先生的原著的这种做法，不管他们是否意识到，都不能说是一种平等的、尊重的、理解的态度。有人说，如果曹禺先生活着，他会对《原野》的演出表示赞同的。且不说，我们不能代替一个死者说话，即使曹禺先生在世，他能宽容你，不等于你是正确的。假如你是编剧，你自己的原著被他人如此地解构，你会有什么感想？！我们都看到那幅希腊名画——蒙娜丽莎被画上胡子的做法，难道那不是对美的玷污和毁坏吗！？特别是在纪念曹禺先生诞辰九十周年之际，这样一种做法，人们会自然地问："难道曹禺先生的剧作就是这样的吗？"没有看过曹禺原著的观众，如果把一部不见曹禺的《原野》误认为是曹禺的剧作，那么，它所带来的失误的艺术信息，又该谁来承担呢？当然这不是追究责任，而是在追问一种艺术的良心，我们究竟是否需要艺术的道德？我们究竟需要怎样的一种艺术道德？是否西方的，我们就一样得照搬和跟随？！这都是值得讨论的。

今年，我们之所以要纪念这位已经去世的戏剧家，这是因为我们要对他的戏剧业绩表示崇敬之情，要弘扬他的经典剧作的艺术魅力。你要认为你有高超的创造能力，你可以另外再造一个剧本，不必打着曹禺先生的旗号。能够成为经典的剧作，它确实具有它自身的合理的经纬脉络，有它不可更改的情节逻辑和情感逻辑。你截去一肢去其一足，可能就会损其神韵，破坏了其整体美。

北京人艺近来演出的曹禺先生的戏剧，让我思考了好些问题。中国只有一个北京人艺，我对它充满了爱戴与希冀，我希望它走上一条艺术大道，而不是钻进一条狭窄的胡同里出不来。

对待经典，其实不应当是能不能改的问题，而是怎样改和改成了什么的问题。换句话说，就是通过对经典的改编，你是深化了原作，还是浅化了、俗化了原作，是把原作本来就有的艺术价值增加了还是减弱了，这应当是个客观标准问题，而不可以以"新的就是好的"这样的说辞去搪塞视听，这对观众不公平。中国的"文化大革命"在当时也被认为是"新"事物，结果怎样呢？是老而又老的封建意识的粉墨登场。

曹禺先生的《原野》开掘了人的精神悲剧的内涵，这种精神悲剧的内涵，通过人与人之间社会关系、伦理关系、情感关系的扭曲和异化，人性中的美好与自我意识、潜意识中的邪恶的纠葛，欲望本能与精神向往的矛盾，极为生动地表现出来。而新的《原野》把剧中人那么激烈、那么复杂的心理冲突，仅仅表现为男人和女人的两性间的冲突，并以马桶和床不断地把这种意念强化出来，我们认为是简单化、弱化了《原野》本来的悲剧内涵。这意识不能说是前卫，表现两性间的冲突，倒是一切通俗和流行的艺术所热衷的东西。

确实，有人认为六乙的《原野》，是属于前卫戏剧，那么，似乎前卫就是好的。这都是近年来流行的一种似是而非的艺术观念。我倒认为六乙的本子对于曹禺的原著来说，它并不是更"前卫"，而是后进于原著。即使退一步说，可以有一种远离原著的导演，也有人说它是改编，而实际上是一种借题发挥的再创作，借他人的酒杯浇自己之块垒的做法。我们对它进行评价，也是看它的艺术呈现是否具有一定的水准。我对《原野》之所以持批评态度，是因为它自身的艺术呈现也是混乱的，不成一格的，缺乏一种艺术的完整性。较之原著无论在思想和艺术上都是一种倒退，它不是更现代了，而是将原著浅俗化了、意念化了。

《日出》和《原野》所存在的问题，有相通的症结。《日出》看来似乎还可以，评论界也似乎比较认可，但我认为它更值得研究。导演说，他是尊重原著的，可是它把一、二、四幕的时代改为2000年，第三幕还保留了原著的三十年代的面貌，这样一个时代的置换和倒错，所带来的问题，对原著来说也几乎是致命性的。导演的意图，是希望这样一种置换，使《日出》更贴近今天的观众，更具有"当代性"和"现实性"。但是，其后果是导演所没有料到的。

第一，它使得一个在特定时代特定的社会阶段发生的一场悲剧，失去了它的依据。

第二，特别是对于陈白露的悲剧来说，她之所以从一个年轻、聪明、美丽的知识女性而堕落成为一个交际花，其悲剧的性质、原因、内涵和意义都成为不好解释的了。因为它失去时代的社会的甚至是精神的依据。为什么有的学者认为它是一部演得水平很低的戏呢？我看主要是导演没有深入地准确地看到《日出》的深刻的思想内涵，他是以通俗的眼光来解释这部剧作，看得过于浮面了些。先不说对人物的解释，就以开场舞蹈来说，就使原著变了味。而全剧的音乐，全盘采用的西方的流行音乐，这使得《日出》失去其中国的悲剧的风格。

我觉得《原野》和《日出》所出的毛病，全在于导演的浅薄的识见，而误读了原著。

曹禺先生在三十年代，写交际花和三等妓女，决不是猎奇，更不是哗众取宠。而是他在这样的题材和人物中，找到了他的情感和思想的喷射口。在这里有着他对人，对社会，对历史的思考。他不仅仅是在抨击那个社会制度，抨击那种卖淫制度和金钱制度，而是十分深刻地揭示出，在《日出》的环境中，人的灵魂和人性是怎样被扭曲的，被损害的。陈白露，一个天真的女孩，是怎样陷于一个不可解脱的精神牢笼和监狱之中。她很痛苦，她很清醒地知道自己卖到了这个地方，她深深地感到她在做着十分耻辱的事情，她对方达生的抗辩，是饱含着痛苦的抗辩。她明明知道自己掉进了火坑，但却出不来了。不是她不能再出卖自己了，而是在精神上她已经不能冲出这精神的牢笼和监狱。所以说，陈白露的悲剧不但是社会悲剧，更是精神悲剧和人性的悲剧。而在这次演出中，这些艺术的内核，却被忽视了。

我在北京人艺举行的座谈会上说过：对于一个国家剧院来说，特别是对于一个具有世界声誉的剧院来说，对于经典剧目的演出应采取十分郑重的态度。它的演出剧目可以变，演出的风格也可以变，但是作为一个大剧院的艺术格局和演出气度是不应当随意改变的。像《日出》和《原野》这样的演出，就显得格调略低了些，气度小了些，这不能认为是一条艺术的大道。

《雷雨》导读

《雷雨》是现代戏剧的经典之作。作者曹禺。

曹禺,原名万家宝,字小石,原籍湖北省潜江县。1910年9月24日出生于天津一个没落的封建官僚家庭。

曹禺的童年是十分苦闷的。母亲生下他三天便因病去世。因此,他一懂事就陷入失去生母的痛苦和孤独之中。

他的家庭虽很阔绰,但他对浓厚的封建专制家庭的令人窒息的空气深感不满。

他从小就喜欢读书,特别是文学的书籍。

三岁,继母就带着他去看戏,看京剧,以及中国各种戏曲和曲艺,于是从小就迷上了戏剧。

在南开中学读书时,1925年参加南开新剧团,即展现了他的演剧的天才。他曾经演出易卜生的名剧《玩偶之家》中的娜拉、《国民公敌》易名《刚愎的医生》中的裴特拉,被人誉为"咱们的家宝"。

他还迷恋诗,迷恋新文学,在中学时代就写了不少诗歌,还写杂感,翻译短剧,写小说等,展露文学才华。

在南开大学读书一年,即转入清华外文系。在这里潜心阅读和钻研古今中外名剧数百部,终于1933年,不过二十三岁,就写下了他的第一部大型多幕剧《雷雨》。

此剧一经问世,便引起剧坛的重视。1935年,中国旅行剧团在上海演出，轰动了大上海，故茅盾先生有"当年海上惊雷雨"之赞。

继《雷雨》之后，他于1935年又创作了《日出》，1936年，写了《原野》。

在抗战爆发后，曹禺以巨大的热情注入抗战剧作之中，他先是同宋之的合作，写了《黑字二十八》，继之又创作了《蜕变》。最能标志曹禺创作高峰的是写于1942年的《北京人》。之后，他又改编了巴金的同名小说《家》。

新中国成立后，他先后创作了《明朗的天》、《胆剑篇》和《王昭君》。

他曾是中央戏剧学院院长、北京人民艺术剧院院长。曾担任中国剧协主席、中国文联主席。当选为数届全国人民代表大会代表、委员会委员和全国政协委员等。

但最能体现他的地位和成就的称号是：中国的现代的戏剧大师。

作者对《雷雨》所反映的时代，没有明确地指出。这是曹禺创作的一个特点，他从来就不特别标明他写的具体的年代。我们根据剧情判定，大约是从1894年到1924年这段历史期间。这三十年正是中国社会急剧变动的时期，其间经历了许多重大的历史事件，经历了从旧民主主义到新民主主义革命的转折。在帝国主义侵略下，中国社会加剧着半封建半殖民地的过程。新兴的官僚资产阶级和资产阶级产生了，它们大都是从封建阶级转化而来，因此带有深刻的封建色彩。新兴的工人阶级也逐渐登上中国的政治舞台。但是，广大的劳动人民依然呻吟在豪绅统治之下，处于不可摆脱的悲剧命运之中。

曾有人提问作者为什么要写《雷雨》，曹禺说："有些人已经替我下了注释，这些注释有的我可以追认——譬如'暴露大家庭的罪恶'。"但是，他说他开始"并没有显明地意识着要匡正讽刺或攻击什么。也许写到末了，隐隐仿佛有一种情感的汹涌的流来推动我，我在发泄着被压抑的愤懑，毁谤着中国的家庭和社会"。

在作者看来，这个世界，这个社会，"正像一口残酷的井，落在里面，怎样呼号也难逃脱这黑暗的坑"。《雷雨》的世界，就是这样一口令人难以逃脱的残酷的井，黑暗的坑。

要理解《雷雨》的主题，首先，要懂得周朴园这个人物。周朴园是一个封建性很强的资产阶级人物。在家中，他要确立的是"最圆满，最有秩序的家庭"。他的发家史带有血腥气，他包修江桥，故意叫江堤出险，一次就淹死二千二百个小工。从每个小工的性命中捞取三百大洋。正如鲁大海揭露的，周朴园"发的是断子绝孙的财"。强迫繁漪喝药的一场，最能暴露他的专横冷酷的面孔。在对待罢工工人上，他决不心善手软。他明明知道鲁大海就是他的儿子，也不会有半点慈悲和宽容。在这里，作者以严峻的现实主义，写出了阶级对立的真实性。在对侍萍的态度上，不能说他对侍萍没有任何的旧情，但是，一旦他看到侍萍就在眼前，就露出一副丑陋的伪善的嘴脸："你来干什么？""好！痛痛快快地说你现在要多少钱吧！"

在周朴园的灵魂中封建性的东西融化了资产阶级的道德文明。因此，他的思想、作风、气质，都是一种杂交的产物。一个可能转化为资产阶级的人物，却扮演了封建的专制暴君的角色。这正是曹禺的杰出之处：透过周朴园这个人物，不在于作者揭露了一个具有封建性的资产阶级，而在于他揭露了中国资产阶级的封建性。这正是《雷雨》的现实主义的深刻的地方。

懂得了周朴园，就懂得繁漪这个美丽的女人，她是多么可怜了。她是受骗而嫁给周朴园的。就在周朴园这样一个专制人物，周家这样一个家庭里，窒息着抑压着她的灵魂。她那阴鸷乖戾的性格，是被那环境扭曲出来的。在这个黑暗的王国中，她呼吸不到一点自由的空气，没有人理解她的不幸。特别是当她背弃了一个母亲的神圣，似乎更为人所难以同情的。但是，只要想想她的遭遇，她的精神所经历的慢性的他杀和自杀，她被折磨到成为一个活死人的地步。她理应得到同情和怜爱。她看到周萍来了，似乎给她带来希望，于是"她抓住周萍不放手，想重拾起一堆破碎的梦而救出自己，但这条路也引到死亡"。

周萍，在这样的一个环境里，他的性格和精神同样也被抑压着扭曲着。在一个畸形的环境中，他同他的继母私通，只能说是这畸形环境中的畸形产物。当他要拼命挣脱这畸形的关系,悔改了他"以往的罪恶"时,他偏偏又"抓住了四凤不放手,想由一个新的灵魂来洗涤自己。但这样不自知地犯了更可怕的罪恶,这条路引到死亡"。

如果说,蘩漪的悲剧折射着封建制度的重压,而侍萍和四凤的悲剧则更为深重,直接在控诉着封建制度的吃人罪恶。

侍萍,曾经是一个纯洁善良的少女,当她被无辜地抛弃后,饱尝了人间的苦难。她的命运的残酷性,特别表现在她的女儿不但在重蹈她的覆辙,而且那种看来十分巧合的兄妹乱伦的罪恶,又无情地落在她的身上。这种巧合性,更深刻地反映了劳苦大众的悲剧必然性。

女儿四凤的命运更为悲惨。四凤的悲剧并非是母亲悲剧的重演,在某种意义上说,她所承受的生活打击较之母亲更为深重,她所遭受的精神痛苦更为剧烈。由于她和周萍的关系,她把自己献给他,已经跌进悲剧的深渊;但是她并不晓得她的爱情追求中潜藏着巨大的危机,她更不知道那罪恶的社会正在张开血盆大口。周萍悔改了"以往的罪恶",却以"更可怕的罪恶"的手把四凤紧紧抓住了。

四凤最担心最害怕的是让母亲知道。但是,她担心的终于发生了。母亲在追问着她,逼着她起誓,看来几乎是太无情太残酷了,这简直是在拷问她的灵魂,鞭笞她的灵魂。在发出霹雳般的炸雷声中,她跪在地上向母亲起誓,不再见周家人时,她所承受的精神压力是太大了。母亲的担心,给四凤施加的精神压力,其根源来自那个罪恶的社会制度。四凤一直怀着恐惧不安,直到她怀着巨大的精神恐惧死去。在这个无辜的少女的巨大的精神恐惧中,揭露着旧社会制度的残酷和罪恶。

要说周冲的死是最无辜的了。他还没有成年,他甚至生活在幻想之中,他太单纯太可爱了。他就是青春和理想的化身,但是,"理想如一串一串的肥皂泡荡漾在他的眼前,一根现实的铁针便轻轻地逐个点破"。的确,周冲好像夏天中的一个春梦,来去匆匆可爱的生命如此短促而痛楚地消逝,他的死,确实说明,"这确实是太残忍了!"

有人说，鲁大海写得未免粗糙了些。但是，如果在《雷雨》中失去这样一个工人形象，《雷雨》就失去它时代的亮色。

鲁贵似乎是一个小丑式的人物，但是，他不但是戏中担负着穿针引线的人物，在《雷雨》的戏剧结构中也是一个不可缺少的人物。单是对他的性格刻画，作者把他的油滑、狡诈的性格写活了。

以上对《雷雨》的人物作一个简略的巡视。我们不妨再看它的艺术特色。

曹禺说，他写《雷雨》是在写一首诗。这确实道出了他的创作特色。他是怀着巨大的热情而创作的。

我是一个不能冷静的人。

《雷雨》对我是个诱惑。与《雷雨》俱来的情绪蕴成我对宇宙间许多神秘的事物一种不可言喻的憧憬。……情感上《雷雨》所象征的对我是一种神秘的吸引，一种抓牢我心灵的魔。

写《雷雨》是一种情感的迫切的需要。

那么，展开在我们面前的《雷雨》是一个寓情于景、情景交融的富于诗意的境界。

他笔下的人物，每一个都循着各自的感情的逻辑涌动着巨大的感情潮汐。作家的热情转化为人物性格的激情。每个人物都在展现着他的情思，使观众直接听到他们的心灵的叹息，深藏的痛苦和愤懑，以及有时撕心裂肺的暴风雨般的激情。他们的台词，是可以作为诗来朗诵的。

诗意的构思化为充满诗意的戏剧意象。作者起名《雷雨》，雷雨正是作者激情和想象构筑的戏剧意象。雷雨既是戏剧的氛围，又是剧情进行的节奏。雷雨既是摧毁旧世界力量的象征，又蕴蓄着作家对宇宙不可知的神秘憧憬和苦闷。曹禺说蘩漪，就是"一个最'雷雨的'性格，她的生命交织着最残酷的爱和最不忍的恨"。

《雷雨》的结构，犹如一曲交响乐。那么，严整堂皇，恢宏壮阔。曲折的情节，传奇般的故事，跌宕起伏，悬念环生，将所有的巧合，周密地网络到一个完整的结构里。尽管作者也说它有的地方"太像戏"了，但是，无疑它仍然是一个绝妙的结构，一个巧夺天工的结构。

《雷雨》的语言，是一大创造，是曹禺创造了具有民族特色和作家独创的戏剧语言。它不但使人物语言的个性化，而且有着可供演员挖掘的内涵。看来，都是普通话，但是，有韵味，有戏剧的魅力。

全本《雷雨》的意义和价值

庆祝梅花奖20周年，演出了全本的《雷雨》，是很有意义的。

1934年，《雷雨》发表，原本就有一个序幕和尾声。

1935年4月，东京的留学生首次演出《雷雨》，删去了序幕和尾声。他们给曹禺来信，报告了演出的情况。曹禺很快给了他们一封回信，十分坦率地谈了他的见解。当年的曹禺同他的晚年是不同的，他充满艺术的自信心，敢于面对一些不同意见做出艺术的辩护。他在信中是这样回答的："我写的是一首诗，一首叙事诗，（原谅我，我决不是套易卜生的话，我决没有这样大胆的希冀，处处来仿效他。）这诗不一定是美丽的，但是必须给读诗的一个不断的新的感觉。这固然有些实际的东西在内（如罢工等），但决非一个社会问题剧。"这段话的意思很明白，断然否认这是一部社会问题剧。也就是说，你们把我的这出戏理解错了，歪曲了。曹禺更明白地宣告："我写的是一首诗。"曹禺破天荒地第一次在中国话剧中提出了他的"戏剧诗"的观念———现代戏剧的观念。我在一些文章里称它为"诗化现实主义"的宣言。所以说，当我们演出这个全本时，意味着在演出一部真正的《雷雨》，一部原汁原味的《雷雨》。

过去掐头去尾的《雷雨》的演出，是社会的接受环境改造了它，是有它的历史必然性的。

1936年《雷雨》出版单行本，曹禺写了一篇序。在《雷雨·序》中，对于为什么要加上一个序幕和尾声进一步做了说明，阐述了它的原因和意义。

第一，他说，《雷雨》的故事是很悲惨的，"我的方法仍不能不把这件事推溯，推，推到非常辽远的时候，叫观众如听神话似的，听故事似的，来看我这个剧"。让观众把它"当一个故事看"。

在戏剧效果上，把观众带到"一个更古老，更幽静的境界"。"使观众的感情又恢复到古井似的平静，但平静是丰富的，如秋日的静野，不吹一丝风的草原……"

第二，曹禺一直有着高度戏剧美学追求：不但要写出叫人感动的戏，更要写出"叫人思叫人想的戏来"。他说："序幕和尾声的用意，简单地说，是想送看戏的人们回家，带着一种哀静的心情。低着头，沉思地，念着这些在情热，在梦想，在计算里煎熬着的人们。荡漾在他们心里应该是水似的悲哀，流不尽的；而不是惶惑的，恐怖的……""导引观众的情绪入于更宽阔的沉思的海！"

以上，虽然说明了加上序幕和尾声的原因。但是，我们还需要追索的是作家究竟要把你引到怎样一个"更宽阔的海"呢？

过去我们对于《雷雨》的主题的理解，基本上是按照一种社会学的含义去解读的，多年来，一些研究者包括我自己也曾经是这样解读的。

1985年，我第一次拜访曹禺，同这样一位伟大的剧作家谈话，他那时对于我们已经创作出来而且是特别受到欢迎的社会问题剧提出了他的思考。他说，我们创作的路子太狭窄了，"所有大作家的作品，不是被一个社会问题限制住，被一个问题箍住的。应该反映得深一些，应该反映真实的生活，但不是这样狭窄的看法，应当把整个社会看过一遍，看得广泛，经过脑子，看了许多体现时代精神的人物再写，——应当叫人纵横自由地、广阔地去想，去思索，去思索整个的社会主义社会，去思索人生，甚至思索人类"。这一席话给我很大的震动和启发。

后来，我再读看《雷雨》时，确实感到曹禺像一切伟大的艺术家一样，他写的绝不只是一些社会问题，也不单是"毁谤着中国的家庭和社会"；而是深深内蕴着他的广阔而浩瀚的哲学沉思，可这些恰恰是为人所忽略的。在《雷雨·序》中有一段十分重要的话："我用一种悲悯的心情来写剧中人物的争执。我诚恳地祈望着看戏的人们也以一种悲悯的眼来俯视这群地上的人们。……来怜悯地俯视着这堆在下面蠕动的生物。他们是怎样盲目地争执着，泥鳅似的在情感的火坑里打着昏迷的滚，用尽心力来拯救自己，而不知千万仞的深渊在眼前张着巨大的口。他们正如一匹跌在沼泽里的羸马，愈挣扎，愈深沉地陷落在死亡的泥沼里。"在这里，曹禺强调他是以"悲悯的心情"来观察《雷雨》中的人和事，也让观众抱着这样的眼光来看。这样，我们就懂得曹禺是以怎样一种博大的心怀，怎样一种对于人类对于人类命运的大悲悯的胸怀来看《雷雨》的故事的。在他看来，人的处境是太残酷了，人为了一点生存的欲望，为了一点美好的爱情的欲望，就酿成残酷的争执，所谓"盲目的争执"，"泥鳅似的在情感的火坑里打着昏迷的滚"，犹如可怜的动物。他说：《雷雨》所显示的，并不是因果，并不是报应，而是我所觉得的天地间的"残忍"。(这种自然的"冷酷"，四凤与周冲的遭际最足以代表。他们的死亡，自己并无过咎。)如若读者肯细心体会这番心意，这出戏虽然有时为几段较紧张的场面或一两个性格吸引了注意，但连绵不断地若有若无地闪示这一点隐秘——这种宇宙里斗争的"残忍"和"冷酷"。

的确，《雷雨》写的是一个残酷的世界，是一系列的残酷：是命运残酷，命运的巧合恰恰体现着命运的残酷。四凤在重蹈着侍萍30年前的覆辙，无论是对于年轻的四凤，还是对于侍萍来说，他们的命运是太残酷了。"这种自然的'冷酷'，四凤与周冲的遭际最足以代表，他们的死亡，自己并无过咎。"人物的性格也是残酷的，他说蘩漪："她的生命交织着最残酷的爱和最不忍的恨。"

总之，是命运的残酷、性格的残酷、生的残酷、死的残酷、爱的残酷、恨的残酷、场面的残酷、情节的残酷，正是在这样的一系列的残酷中而蕴蓄它的诗意，有着曹禺的审美的现代性。

在他看来，周朴园也并非是罪魁祸首，而是这个世界出了毛病。你看在序幕和尾声中，周朴园守着一个疯子和一个痴呆患者，都是他爱过的，他在守候着，他在承受着残酷的结局，这结局对于他是一样的残酷。而这个结局，把人们带到一个对于人类命运的思索的海中。

当我们这样来看全本的《雷雨》的时候，就懂得它绝非是简单地加上一个序幕和尾声，而是给了我们一部"全新"的《雷雨》，一个具有"全新"的主题和体现"全新"的戏剧观念的《雷雨》。

而这些，无论是对于我们当前的戏剧创作还是戏剧观念都有着深刻的启示。这正是经典的艺术的持久性、艺术精神的持久性和艺术魅力持久性之所在，正是需要深思的地方。

（原载《中国文化报》2003 年 4 月 30 日）

《雷雨》的启示

在曹禺先生的《雷雨》发表七十周年之际,北京人艺以新的解读、新的演员阵容,再度排演《雷雨》,观众依然是这样的踊跃,再一次证明《雷雨》经典的艺术魅力。

感谢顾威同志,他敢于起用年轻的演员,以其对于戏剧艺术的严肃用心,推出一台颇有青春朝气的《雷雨》。我特别欣赏《雷雨》的音响效果的创作,特别是雷雨声响:远雷、近雷、闷雷、炸雷……根据剧情所组成的雷雨的音响,构成的《雷雨》的戏剧节奏,渲染出《雷雨》的戏剧氛围,更透视着"雷雨"的象征的丰富的内涵,谱出一曲《雷雨》的交响曲。它可以同《茶馆》的音响效果相媲美。

事实再一次证明:《雷雨》常演常新,是曹禺先生诗化现实主义创作思想的胜利。这是重演《雷雨》给予我们最深刻的启示。

五十年前,当杜宣、吴天等人在日本演出《雷雨》时,曾经写信给曹禺说,他们把《雷雨》的序幕和尾声"删去"。想不到却引起曹禺激烈的抗辩,他说:"我写的是一首诗,一首叙事诗,(原谅我,我决不是套易卜生的话,我决没有这样大胆的希冀,处处来仿效他。)这诗不一定是美丽的,但是必须给读诗的一个不断的新的感觉。这固然有些实际的东西在内(如罢工等),但决非一个社会问题剧。"(《谈〈雷雨〉的写作》)这封信,可以说是曹禺的一次戏剧美学的宣言,我称之为诗化现实主义的宣言,它标志中国产生了一个属于中国话剧的创作的路线。

他强调《雷雨》是在写一首诗,而不是写一部社会问题剧,是用"剧的形式"来写一首诗。显然,他是针对着五四以来胡适那种对易卜生戏剧的误读而发的。胡适只是把易卜生的戏剧作为一种思想和"主义",或者只是提出社会问题的传声筒,这样,就出现一种只要"问题",不要戏剧的倾向。从曹禺的剧作来看,他不只是"写实"或提出问题,也不只是写"社会种种腐败龌龊",而是写出他精神经历中的真实和生活蕴藏着的"伟大"和"美丽"并升华为戏剧的"诗意"。

曹禺是坚决反对从概念出发的,他说他写《雷雨》,是一种"情感的发酵","没有明显地意识着我是要匡正、讽刺或攻击什么",是对于宇宙的"冷酷"和"残忍"的"憧憬"。

可以看到,从曹禺最初的创作中所蕴蓄的戏剧美学思想中,是具有自己的真知灼见的。在纷纭的外国戏剧创作和流派的面前,在中国剧坛多方探索、思潮迭起的情势中,他能脱俗而出,卓然特立,是非同凡响的。把剧本作为诗来写,并非他的发明,但他却是以对中外戏剧的潜心研究和独到的心灵体会而得出的,并运用于创作实践之中,这就显出他勇于开拓的艺术精神和价值。

曹禺是一个熟谙戏剧创作法纲,但又决不是因循法则而去创作的作家。他唯一所遵循的是他自己的对现实的独特的艺术发现和理解,是自己的哲学,自己的感情趋向和感情的驰骋。

但是,新中国成立后,他却一次又一次面临着创作的困惑和痛苦,严格意义上说,《明朗的天》、《胆剑篇》和《王昭君》都带有"命题作文"的味道,他始终无法适应这种创作方法。

80年代初期,一批"社会问题剧",如《报春花》、《就救她》、《谁是强者》等涌现出来,颇受观众欢迎。但是,曹禺却提出了警告,他在1980年《剧本》第5期上发表了《戏剧创作漫谈》一文,指出:"现在有的戏仅仅写出了一个问题,问题便是一切,剧中人物根据问题而产生。……如果我们仅仅写了社会上的问题,而忘了或忽略了写真实的人,真实的生活,那么,我们笔下的就只有问题的代表人物,而没有真实生活的人,没有那种活生生的、一点不造作的人,那种'代表人物'是不会被人们记住的。"他提出戏剧

"注目的是人，人是最重要的"。要写人性，写出复杂的人性。"我们写'人性'写得太不深了，甚至有人至今还不敢碰。每个人物都是有性格的，就看你怎样写，敢不敢写，会不会写好。"在这里，他不但十分锐敏而深刻地抓到了社会问题剧创作中的问题，而且联系到中国当代话剧创作的积弊——公式化、概念化，提出了中国话剧创作究竟应当走怎样一条道路的问题。

紧接着，他在《我的生活和创作道路——和田本相同志的谈话》中意味深长地说："如果我们研究一下文学发展的历史，研究一下新中国成立以来的文学历史，研究一下伟大作家的创作道路，如果就是这样按照社会上有什么问题，就写一个什么问题，有哪些问题就解决哪些问题，只是这样写下去行不行？恐怕这样的文学道路反而变得狭窄了。""文学反映生活，可以更广阔，更深厚的，应该看得广泛，把整个社会看清楚，经过深入的思索，看到许许多多的能够体现时代精神的人物再写。作品是要真正地叫人思，叫人想，但是，它不是叫人顺着作家预先规定的思路去'思'，按照作家已经圈定的道路去'想'。而是叫人纵横自由地、广阔地去思索，去思索你所描写的生活和人物，去思索人生，思索未来，思索整个的社会主义社会，甚至思索人类。我们应该努力要求自己，在创作上不要走一条轻松而容易的路。"可以说，曹禺的批评不仅是对新时期出现的社会问题剧问题的批评，而是对于中国话剧特别是新中国成立以来的话剧创作的痼疾——公式化、概念化、提出的批评，并且指明了一条戏剧创作的道路。但是，他的忠告，被当时的那种热衷形式创新的思潮淹没了。

如果，我们回顾一下近二十年来的戏剧创作，凡是自觉不及自觉地遵循着曹禺先生的创作美学路线作的，就会出现好作品，如《狗儿爷涅槃》就是最典型的代表；而看那些失败的作品，无一不是在概念化的陷阱中失足的。即使那些被带上"创新"桂冠，极尽花样翻新之能事的"大片"，也掩盖不了它内骨子里依然是"概念化"的陈疾。

在纪念曹禺的《雷雨》发表七十周年的时候，我们重温他的教诲，我们应该得到深刻的启示。

喜看台版《原野》谱新曲

一

正如我期待一次又一次的曹禺先生的《原野》的话剧，以及不同剧种的改编演出，但多半给我带来失望和不满足的感受，的确，《原野》的演出是太难了。

但是，我千里迢迢从北京赶来，对于台北京剧团推出的台版《原野》，我的期望更高更甚。我看了，不止一遍地看了，它给我的是一个惊喜，一个出乎意料的惊喜。宝春先生将《原野》演绎成一部感人的"情爱恩仇录"。

和曹禺的原著比较起来，我的直感，那就是傻子不傻，金子可爱，大星更憨，仇虎似海。一个个人物在舞台上活起来。

二

大幕拉开，则别开生面。

霞光满天，在欢天喜地锣鼓中，是焦阎王为儿子大星逼娶金子的热烈场面；但是，喜庆却掩饰不住悲情，揭开盖头，是金子的满腔愤懑；而大星一声"妈"，活生生地画出其怯弱的性格，一场可以感到的悲风泣雨就要到来。

任何一部戏剧经典，犹如一个宝藏，不同的时代，不同的导演，会带来不同的解读和演绎。台版改编的独到之处，就在于宝春先生对于蕴含在原著中的情爱的开掘，在一个曲折的复仇的故事中，强化了爱情的悲剧性，自然，也丰富了复仇的内涵，把一个原本是情爱恩仇的故事，更增添了情爱的芬芳和悔恨。

金子性格是一个成功的创造。我曾这样描绘曹禺笔下的金子，在泼野的性格中不免有些乖戾；在豪爽中有着一股狠劲，扭曲的环境自然给这个本是天真烂漫的姑娘打上扭曲的性格烙印。可是，台版的金子，宝春先生淡化了她的怪异，将原著中金子对仇虎的爱释放出来，在逼嫁、重逢、幽会中，将金子对仇虎的爱情，抒发得淋漓尽致，深情缱绻，爱欲缠绵，让金子有了更多柔情，更多的善良，因此，我说这个金子，性格不怪，更为可爱。

我虽然研究话剧，但是我总觉得话剧有它的局限，单是"说"是不够的。说之不尽则唱之，唱之不尽则"足之蹈之，手之舞之"。在这里，为金子设计的一段段歌唱，使金子的被压抑的内在的爱情得以喷发，这是"说"所不能达到的。特别是京剧的唱腔，它那醉人的曲调，让观众晕进这迷人的爱情之中。黄宇琳将一个纯情的金子，演得光彩照人。她是曹禺的金子，也是宝春的金子，更是"这一个"宇琳的金子。

三

大星的性格在舞台上得到最具深度的展现，这是我看到演得最好的大星。他把大星的怯弱和善良，对母亲的依恋，对金子的深爱，特别是他的憨厚，以及由此而来的内在的矛盾和痛苦，演得深挚感人。发自内心的真情，让我们直接感受角色的痛苦。

在原著中大星是被仇虎杀死的，但是这里却写成自杀。如此写法也有人这样处理过。不过，宝春却更真实地写出他自杀的性格逻辑。自杀并非只是强者的行为，懦弱同样可导致自杀。本来大星就活在母亲和金子的夹缝中，已经招架不住；心地善良，性格懦弱，更让他经受不了突然的变故。他爱金子爱得死去活来的,情愿为之付出一切,他同样是把金子作为自己生命的;但是,他一旦看到心爱的人回到昔日好友的怀抱,对于他犹如天塌地陷一般。金子看到大星持刀向仇虎冲去,她去掩护仇虎,高声对这大星说:"我就喜欢他!"此刻的大星心如刀绞,说:"你这一句话比用刀刺了我还厉害呀!"好友反目,妻子背离,生活的希望全部破灭了,自杀也就成为一个憨厚善良生命的自然归宿。也许这更写出大星的性格的美质,更增加了大星的悲剧性。

四

我所看到舞台上不同的仇虎形象,通常是着重表现仇虎的仇恨,为突显其性格特点,一是显其丑,二是写其狡恶和机诈,甚至有点"匪气"。但是,这个仇虎,在宝春的笔下,却塑造得老到深沉。宝春善于将人物性格写得单纯些,淡化那些所谓复杂怪异的色彩,甚至让观众更感到仇虎也是一个心地善良的人。除了按照原著反复写他对大星下不去手。金子劝阻他不要杀害大星,他也一再对金子表示决不罢休;但是,他依然不能动手。特意设计的牛头马面、仇虎父妹幽魂出现的场面,也意在表现仇虎复仇的矛盾心理,寻找复仇的内心动力。在仇虎的宽阔的胸膛中,汹涌着仇恨的海,激荡着爱情的海,更蒸腾着心狱熬煎的海。

刘明作为一个资深的话剧演员,她演焦母驾轻就熟,显然,她不断找到对戏曲表演的感觉,她的舞台动作和台词,和着锣鼓的节奏,统仇虎、金子的"二人戏",唇枪齿剑,神形毕现。我很喜欢这个白傻子,他有点傻,但却活跃着一个少年的稚气和生命力,招人喜爱。

五

台版《原野》的音乐设计是出色的。

朱绍玉先生是大陆著名的戏曲作曲家，他为《原野》所创作的全部音乐唱腔，颇具创意。他吸取了民间《百鸟朝凤》的曲调同京剧音乐融合起来，构成全剧的悲剧基调。《百鸟朝凤》曲调可喜可悲，这恰恰契合了台版《原野》以喜写悲的特点。朱先生善于在京剧音乐的基础上巧妙地融进民间曲调，来丰富京剧音乐的表现力。对于仇虎的唱腔，他多用二黄，反二黄，来展现仇虎粗犷而深沉的性格和内心世界，而对于金子，结合台版赋予金子更多柔情的特点，在原来京剧唱腔中糅进一些民间小调，使之轻柔婉转，悱恻缠绵。

六

如果说，还要挑剔的话，我以为收尾还缺乏力度。根据曹禺先生原著，在仇虎杀死大星之后，是悔恨交加，从父债子还的古老的观念中醒悟过来，自然是对复仇的否定。在第三幕第一景中，曹禺是这样来描写仇虎的："在黑的原野里，我们寻不出他一丝的'丑'，反之，逐渐发现他是美的，值得人的高贵的同情。他代表一种被重重压迫的真人，在林中重演他所遭受的不公。在序幕中那种狡恶、讥诈的性质逐渐消失，正如花氏在这半夜的折磨里由对仇虎肉体的爱恋而升华为灵性的。"显然，在曹禺看来，当仇虎走出他的心灵地狱之后，产生了人性的复归和人性的升华，跃升到一个美的灵性的境界。在这里，台版还有着提升的空间。

我祝愿台版的《原野》更完美，更动人！

2006 年 5 月 26 日清晨

《原野》琐谈

台北新剧团即将上演根据曹禺先生同名话剧改编的《原野》，恰好今年是曹禺先生逝世十周年，无疑是一个很好的纪念。

当1937年，应云卫先生第一次导演《原野》时，曹禺先生就指出：对于一个普通的剧团来说，演《雷雨》会获得成功，演《日出》会轰动，演《原野》会失败。《原野》的确是一部很难演的戏。

我看过多个版本的话剧《原野》的演出，内地的、香港的、新加坡的，也看过改编的歌剧、京剧、川剧和花鼓戏的演出。几乎话剧的演出，虽然不能说都失败了，但是，确实不能令人满意。他们或用阶级斗争的观点来诠释；或者将它演绎为一个情爱恩仇的故事；或者只着眼第三幕的带有象征性的舞台处理，形成第一二幕是写实的，第三幕则是表现的，不够协调的格局；或者使用所谓后现代的方法将其解构，搞得面目全非。似乎都没有找到一个同《原野》的内涵相契合的艺术处理。

值得研究的是，川剧的《金子》和甘肃京剧团改编演出的《原野》倒比较成功。有一次同怀群会长、宝春先生闲谈，我说《原野》是最适合用中国的戏曲来改编演出的，他们也很赞成我的看法。这是因为《原野》无论从内在和外在的质素来说，都更渗透着中国戏曲的艺术精神和表演元素。因此，我相信宝春先生改编和演出的《原野》，一定会给人们带来惊喜。

曹禺先生的《原野》的命运是曲折的。此剧于1937年4月发表，不久，七七事变发生，而应云卫先生导演的《原野》，于8月7号到14号演出，几乎还没有来得及反映，就淹没在抗战的炮火硝烟之中。在大后方，只有闻一多先生邀请曹禺到昆明导演过《原野》，也没有留下更多的评论。但是，在抗战期间对《原野》批评不断，也很严厉。如当时著名的戏剧评论家李南卓就认为，曹禺模仿奥尼尔《琼斯皇帝》"确实失败了"，在仇虎、金子的性格刻画上也显得"有点机械"，"没有活跃的个性"。学者杨晦在他的《曹禺论》中说"《原野》是曹禺最失败的一部作品"。而吕荧先生则认为《原野》"所要表现的是人类对于抽象命运的抗争——一个非科学的纯观念的主题"。在这些批评面前，曹禺则一改他以往对待批评的直率态度，一言不发，保持沉默。而这些批评，后来一直被作为定评写进文学史中。

那么，《原野》究竟是怎样一出戏？应当说，曹禺先生自己的说法，也前后有矛盾之处。譬如一位著名的记者从美国回到大陆，他去采访曹禺先生问曹禺："《原野》的主题是什么？是仇恨吗？"曹禺回答："对，是仇恨，恨那个恶霸，想报仇。"但是不久他就作了修正。他对我说："《原野》不是一部以复仇为主题的作品，它是要暴露受尽封建压迫的农民的一生和逐渐觉醒。仇虎有一颗火一样复仇的心。"

《原野》作为一部中国话剧的经典性的剧目，并非是一个简单的主题所能局限。无论是它的思想还是思想内涵，都是十分丰富的，它给研究者或是导演表演者都提供了多种阐释的空间和艺术呈现的可能。

根据我的理解，曹禺先生有几点意见是值得导演参考的。

他对我说，"《原野》的写作是又一种路子"。那时他沉迷于奥尼尔的剧作，甚至在他到达重庆时，一片抗日的声浪中，还要把奥尼尔的《悲悼》翻译出来，准备演出，可见它对于奥尼尔的迷恋。他对奥尼尔那种"戏剧性很强，刻画人物内心非常紧张"的写法是极为欣赏的。虽然，他一再声言，他在写《原野》时没有看过《琼斯皇帝》，但可以看到他从奥尼尔那里得到启发。《原野》是在写仇虎的"心狱"。

在曹禺的早期剧作中，具有一种审美的现代性。就在阿尔托于1932年提出他的残酷戏剧的美学主张时，曹禺几乎是同时就在他的剧作探索残酷之美了。曹禺善于写精神悲剧的残酷性，《雷雨》的悲剧是残酷的，《日出》的悲剧也是残酷的，而最能体现这种精神悲剧残酷性的是仇虎的悲剧。在《原野》所展现的世界里，充满着黑暗、仇恨、恐惧和狰狞，让人感到这里"只有人类的仇恨在那里爆炸、沸腾"。千百年来"父仇子报"的因袭的重担，使得已经遭受残酷打击的仇虎的心灵陷入一个黑暗的心灵的地狱，这种古老复仇观念是怎样在啮啮着他的灵魂，折磨着他，熬煎着他。那个黑森林是一个象征，是一个永远挣脱不开的残酷的心狱。曹禺企图将仇虎的紧张的内心搏斗加以外化，或者说舞台化。这大概就是他说的"又一种路子"。如果套用一个名词，就是表现主义的路子吧！

我有这样一个推想，如果不是抗日战争爆发，曹禺的创作在《原野》之后将走向现代主义的路子。

在如何把《原野》搬到舞台上，曹禺先生在晚年时看过一些演出后，觉得不满意，也提出过一些十分中肯的意见。当他听说四川人民艺术剧院准备演出《原野》时，他曾经通过一位编辑，传达了他的想法。

他说，"《原野》是讲人与人极爱和极恨的感情，它是抒发一个青年作者感情的一首诗。……它没有那样多的政治思想"。其中，说到他是在写一首诗，在我看来，这对于解读《原野》是很重要的。

曹禺先生还说："此剧须排练得流畅，紧凑；怎样删改都行。但不可照我的原本硬搬上舞台，以为是忠于原作，导演要有自己的创造，自己的想象，敢于处理。"在这里，他强调导演要敢于大胆的创造。

他特别强调："序幕与第三幕更要大删！……第三幕，有五景，很不好弄，如果没有生动、松快、流畅、浪漫一点的办法，就留下仇虎与金子最后一点，几句话，几个等能动人心的动作，其余完全可以不要。"

以上三点意见，可以说给导演的再创造提供了方向和思路。

2006年4月写于北京

津版《原野》，一台表现主义的演出

在迎接曹禺先生百年诞辰之际，我愿意将天津人民艺术剧院推出，王延松导演的《原野》推荐给台湾的观众。

曹禺先生生前就说，对于一个普通的剧团来说，演《雷雨》会获得成功，演《日出》会轰动，演《原野》会失败。因为它太难演了。

津版《原野》的成功，主要表现在对原作的独到的解读上。

王延松说，他对原作"只删改而不篡改，不加一个字"。将八万八千字的原作，经过他的选取，"删"成一部三万二千字的演出本。这样做，也合乎曹禺先生的意见，曹禺曾说："'序幕'和'第三幕'更要大删！剧本写得热闹，到了舞台，往往单调，叫人着急。""要大胆一些，敢于大改动，不要使人看得想逃出现场，像做噩梦似的。"在津版的删改中，自然透露着导演用心良苦的工夫；但在他精心的选择中，更有着他对剧作的独到的读解，即从人性的角度切入，并以此来理解人物，探索主题，把握其艺术特征。

虽然删去多半的篇幅，现在演出只要两个小时二十分钟；但是，却保留了精华，保留了诱人的故事，精彩的场面，精彩的对话。在"人性"阐释中，将原作的精义突现发挥出来。

导演遵循曹禺先生所说，他写《原野》是走了不同于《雷雨》和《日出》的"又一种路子"，就是着重在表现人的灵魂，将人的灵魂戏剧化、舞台化，也可以说是表现主义的路子，摒弃了传统的现实主义的处理方法。

首先在布景上，大胆地摆脱了原作的写实成分，全部成为象征的。铁纱网构造的具有象征意味的土黄色布景，它犹如一张任凭你如何挣扎也逃不出的网，而在灯光下，显得它更为诡秘，鬼气森森，增添了恐怖的气氛。在这"空的空间"中，更利于表演。"古陶俑"形象的创造是此剧的一大亮点。与剧中人物相对称的六个陶俑，具有多种功能，但主要的作用是找到了《原野》的诗意象征。有了它，让人感受到古老的僵化的氛围，感受到一种沉重的历史感和戏剧的神秘感，同时，它也成为仇虎灵魂的意象。它不是外加的，而是导演以自己的诗意感受所捕捉的与《原野》的诗意相契合的具象。

在音乐上，把大提琴搬到舞台上，显然也是这样的用心。而更重要的是把莫扎特的《安魂曲》运用进来，强化了剧场的诗意氛围，强化了人物的命运。

导演把重心放到演员的表演上。仇虎的被扭曲的性格和灵魂，金子的野性和风骚，大星的软弱窝囊的性格，也都有精彩的展现。导演所设计的两把长凳，显然吸收了戏曲的手段，更有利于表演的诗化。

此剧演出的价值和意义，一方面在于它给观众提供了一台近二十多年来，比较起来最完整最精彩最富于创造性的话剧舞台的《原野》。一方面，他也蕴含着对于二十年来导演艺术的反思，无论是在对待经典剧作的创作态度上，在对待导演的"创造"上，以及导演同演员的共同创造的关系上，都可能给人们带来启示的。

我希望他的演出在台北获得成功！

津版《原野》的价值和意义

最近由天津人民艺术剧院推出，由王延松导演的《原野》，给消沉的话剧剧坛带来冲击，是值得特别关注的。尤其将它放到近些年改编经典和演出经典剧作的浪潮中，更见出其创造性的价值和意义。

曹禺先生生前就说，对于一个普通的剧团来说，演《雷雨》会获得成功，演《日出》会轰动，演《原野》会失败。因为它太难演了。

近二十多年来，我陆续看过内地的，香港的，直到新加坡的《原野》演出。

坦率地说，虽然不能说他们的演出都失败了，但却可以说没有一个演出是令人满意的。我以为关键，在于导演对剧本的阐释和能力上。这些演出，或以阶级斗争的观念来解读剧本；或以三角恋的情仇作为中心；或以单纯的复仇故事来演绎；或用所谓后现代的手法来"狂改滥编"；自然还有其他因素，导致对《原野》的误读、错读，甚至是"不求甚解"地浅读。

而我赞赏的是王延松对于经典剧作的严肃态度，对于大师的敬畏，对于《原野》的精读，对于曹禺研究以及《原野》研究成果的借鉴，从而使他实现了曹禺先生的愿望："导演要有自己的创造。"

任何一个导演的二度创作，应当是具有独创性的。问题是近年来在西方后现代思潮的影响下，把导演的创造，认为是一种任意而作的行为；可以无视原作，可以肆意改编经典，可以拼贴，可以解构，如此等等，都可以作为"创造"，甚至可以被称为大师的手笔。

那么，导演的创造还有没有标准？如果没有标准，那么任何一种肆意篡改经典、践踏经典的演出，都可以自封为炒作的"大手笔"了。其实，这样的"创造"是很容易的；无论是自封或被封，都是徒劳的，终究是没有生命力的。不用多长时间，就自行消灭了，说不定还会成为负面教训的典型，自封的桂冠被人换成小丑的帽盔。

王延松对于曹禺先生以下教诲是做了认真研究和思考的。

当年曹禺先生听说四川人民艺术剧院要演出《原野》后，给正在编辑曹禺剧作选的四川文艺出版社的编辑蒋牧丛同志写了一封信；其中心意见是："此剧需排得流畅、紧凑，怎样删改都行，但不可照我的原本搬上舞台，以为那是忠于原作。导演要有自己的创造，自己的想象，敢于处理，此剧太长，最好能在三个小时或两个小时半演出时间之内。不要把观众'拖'死，留得一点余味，才好。"

我以为王延松导演的《原野》基本上实现了曹禺先生的要求。

津版《原野》的成功，主要表现在对原作的独到的解读上。

王延松说，他对原作"只删改而不篡改，不加一个字"。将八万八千字的原作，经过他的选取，"删"成一部三万二千字的演出本。这样做，也合乎曹禺先生的意见，曹禺曾说："'序幕'和'第三幕'更要大删！剧本写得热闹，到了舞台，往往单调，叫人着急。""要大胆一些，敢于大改动，不要使人看得想逃出现场，像做噩梦似的。"在津版的删改中，自然透露着导演用心良苦的工夫；但在他精心的选择中，更有着他对剧作的独到的读解，即从人性的角度切入，并以此来理解人物，探索主题，把握其艺术特征。(参见他的《〈原野〉导演手记》)

我认为津版的删改是成功的，虽然删去多半的篇幅，现在演出只要两个小时二十分钟；但是，却保留了精华，保留了诱人的故事，精彩的场面，精彩的对话。在"人性"阐释中，将原作的精义突现发挥出来。

导演意识到按照现实主义来处理《原野》是走不通的，认为它的文本是象征主义的。因此需要一套现代的演出语言。这点，也是符合曹禺先生的原意的。

　　曹禺先生曾对我说,他写《原野》是走了不同于《雷雨》和《日出》的"又一种路子",就是着重在表现人的灵魂,将人的灵魂戏剧化、舞台化,也可以说是表现主义的路子。

　　曹禺先生之所以在给蒋牧丛的信中,反复强调导演要展开想象,大胆地处理,是因为,他不满意那种所谓忠实原作的处理,他说在打倒"四人帮"之后,看过两次《原野》的演出,他认为他们把第三幕处理得太实了。"那个第三幕只能留给人想象,一实了,人'拖'死,'累'死,演员与观众都受不了。"

　　曹禺还说过一句十分重要的话：他说《原野》"是抒发一个青年作者情感的一首诗"。而延松的成功之处,在于他以炙热的诗心,领受到《原野》的诗意,从而,在导演上调动一切非写实手段,将所有舞台元素都诗化了。

　　首先在布景上,大胆地摆脱了原作的写实成分,全部成为象征的。铁纱网构造的具有象征意味的土黄色布景,它犹如一张任凭你如何挣扎也逃不出的网,而在灯光下,显得它更为诡秘,鬼气森森,增添了恐怖的气氛。在这"空的空间"中,更利于表演。

　　我很赞赏"古陶俑"形象的创造,据延松说,他是看过一篇评论曹禺的文章提到曹禺的人物是"古陶的子孙",使他联想他看到的一组陶俑的形象,于是便大胆地运用到《原野》之中。延松说它具有多种功能,但是,我看主要的作用是找到了《原野》的诗意象征。有了它,让人感受到古老的僵化的氛围,感受到一种沉重的历史感和戏剧的神秘感,同时,它也成为仇虎灵魂的意象。它不是外加的,而是导演以自己的诗意感受所捕捉的与《原野》的诗意相契合的具象,这才是真正的二度创造。

　　在音乐上,把大提琴搬到舞台上,显然也是这样的用心。而更重要的是把莫扎特的《安魂曲》运用进来,强化了剧场的诗意氛围,强化了人物的命运。曹禺先生,生前十分喜欢莫扎特的交响曲,而他曾经扮演过莫扎特,也是他把《上帝的宠儿》推荐给北京人艺上演的。延松并不了解这些背景,但是，这恰好证明延松同曹禺先生是心有灵犀的。

津版的《原野》的诗化，也表现在对表演的重视上。

多年来，由于对导演中心论的偏颇理解，把自己置于很高的地位上，无视演员是舞台艺术最终的实现者，演员工具论的结果，首先是导演耽误了自身，自然更耽误了演员，十多年来，话剧舞台看不到出彩的话剧"明星"涌现，不能不引起深思。

焦菊隐作为一位导演大师，将中国戏曲艺术及其精神融入话剧之中，而且核心是对于中国戏曲表演的高度重视。戏曲的诗化，最重要的是表演的诗化，唱做念打的全面诗化，演员的唱自然是诗化的体现，动作的程式化同样是诗化的表现，至于舞蹈和武打也是。在焦菊隐看来，中国戏曲表演是其诗化的极致。所以，他说："中国传统表演艺术和西洋演剧的最大区别之一，是在舞台整体中把表演提高到至高无上的地位。"

延松导演《原野》，可以说把重心放到演员的表演上。在这部戏里，几乎没有一个著名的演员，主要人物仇虎还是表演系大四的学生，饰演金子的演员也缺乏足够的舞台经验；但是，你可以看到他们在演出的整体上体现了导演的意图。譬如仇虎的被扭曲的性格和灵魂，在表演中得到体现，尤其是他的粗犷的造型，给人留下比较深刻的印象；金子的野性和风骚，大星的软弱窝囊的性格，也都有精彩的展现。由此，可看到导演在演员表演上所下的功夫。他所设计的两把长凳，显然吸收了戏曲的手段，更有利于表演的诗化。

但是，津版《原野》也因为排练时间的仓促，留下一些值得商讨的地方，问题还在于对《原野》的主题的开掘上，第三幕，虽然作了大胆的删节，尤其是对于仇虎的死，强调他自身的原因，但是，却在演出中缺乏更艺术的处理，使全局收缩显得仓忙了些，从而全剧未能因结局上升到一个更高的境界。

陶俑的运用还值得进一步推敲，怎样将它的作用发挥得更好，更贴切。大提琴手的上场，在目前看来，似乎是可有可无的，演员的表演也还有提升的空间。

最后，我必须强调一下津版《原野》演出的价值和意义，一方面在于它给观众提供了一台近二十多年来，比较起来最完整最精彩最富于创造性的话剧舞台的《原野》。一方面，也是更重要的方面，是其中蕴含着对于二十年来导演艺术的反思，无论是在对待经典剧作的创作态度上，在对待导演的"创造"上，在同演员的共同创造的关系上，还是在怎样发扬八十年代的戏剧探索的精神，同时，又避免一些教训上，都留下他思考的印记。而这些会给人们带来启示的。

我希望他们将这部戏修改得更完整更完美，成为天津人民艺术剧院的一个保留剧目！

（原载《中国戏剧》2006 年第 5 期）

关于《原野》的通信

延松：

拜读了《原野》的导演手记，十分兴奋。

终于看到一个导演在用心地体验《原野》，并且渴望把它具有创意地搬上舞台。

我和你有同样的感觉，在曹禺的剧作中，《原野》是在演出中最不能令人满意的一出戏，可以说，数十年来没有大的突破。原则不说，新时期以来，以我看到的，最早是中戏，其后是青艺演出的《原野》，显然没有摆脱阶级论的影响。后来，看到香港版的《原野》，在走明星商业的路子。新加坡的《原野》似乎也没有一个独到的阐释。我很尊重李六乙的探索，但是，我总觉得他有些离谱，所以我对他的《原野》曾经提出商榷的意见。总之，到现在没有看到一个令人满意的演出。

我对于《原野》也有一个理解的过程，即使现在，我的理解也不一定对。我是同意你的意见的，不能把《原野》作为现实主义的剧作来对待的，否则在艺术上就失去最基本的把握。对于《原野》作为一部表现主义的剧作，学者的意见还是一致的。

我也赞成你的做法，在原著的理解和阐释上下功夫。《原野》是太长了，你说，他的原文足够你用的，显然，你已经寻找到《原野》的精髓，我也有这样的感觉，只要把握到它的灵魂，是可以将戏缩短的。

你抓住《原野》的人性，方向是正确的。

在我多次阅读《原野》后，曹禺在第三幕仇虎出场的人物阐释中，有一段话，引起我的重视：

……恐怖抓牢他的心灵，他忽而也如他的祖先——那原始的猿人，对夜半的森野震颤着，他的神色显出极端的不安。希望、追忆、恐怖、仇恨连续不断地袭击他的想象，使他的幻觉突然异乎常态地活动起来。在黑的原野里，我们寻不出他一丝的"丑"；反之，逐渐发现他是美的，值得人的高贵的同情的。他代表一种重重压迫的真人，在林中重演他所遭受的不公。在序幕中那种狡恶、讥诈的性质逐渐消失，正如花氏在这半夜的折磨里由对仇虎肉体的爱恋而升华为灵性的。

我以为这段话可以看作是一把打开《原野》的钥匙，也是打开仇虎和金子人性和心灵秘密的钥匙。如果抓住这个灵魂，体悟开掘，我以为就可以使《原野》的演出别开生面了。

诚如曹禺所说，《原野》对于导演是一个考验。但是，从你的手记中，我感到希望。诚心地祝愿你导演成功，并愿早日看到演出。

匆此。

新春大吉！

田本相
初四清晨

王延松执导曹禺三部曲的启示

2011年2月24—27日,王延松执导的《雷雨》在国家大剧院演出,受到首都观众的热烈欢迎和专家的热情称赞,至此,由他导演的曹禺三部曲《原野》、《日出》和《雷雨》全部呈现在首都舞台上。在我看来,这三部戏的演出,自然在王延松的导演艺术道路上是一次标志性突破,而更为重要的是他所提供的经验,会给人们带来一些思考和启示。

一

对于王延松的导演艺术如何评估?首先,应该把它置于新时期导演艺术发展的历史背景来看。

新时期的导演艺术,对新时期的话剧艺术无疑有着巨大的贡献,但是,也有它的曲折和盲区。

在新时期的话剧发展史上,导演成了弄潮儿。20世纪80年代的话剧舞台几乎是导演们的众声喧哗,到90年代整个话剧舞台又几乎成为几位导演的天下。好像中国话剧,还有戏曲就由着这几位驰骋了。

话剧不是电影,它绝对不是导演的艺术,看看西方话剧的历史,就知道是剧作家在引领着话剧艺术的发展,这是不争的事实。当导演成为话剧的皇帝,剧作家淡出、退出甚至被挤出话剧阵地,那么,话剧就成为没有灵魂的"走肉",大众看到的只能是"皇帝的新衣"了。

话剧导演一统天下的局面，并非中国制造。西方，尤其是后现代的戏剧导演极尽其能事，玩尽了一切搭积木的把戏，一度也雄霸话剧舞台。人家玩腻了，我们的导演才拾起来，搞点解构的小招数，连港台的人看了都笑话。把他们都玩够的拿来，而且还玩的不大像，自然为人笑话。如果，你真的考察过西方的后现代戏剧轨迹，可以这样说，花样多了，派别也不少，说法多多，但是，你并不能看到真正的经得起时间和舞台考验的剧作，较之现实主义、现代主义，后现代戏剧是不折不扣的丑小鸭。

于是，在这样的一种戏剧情势下，在中国，在新时期，我们看到这样几种类型的导演：一种，的确是矢志话剧艺术的导演艺术家，在话剧的危机中，勤于学习和思考，勇于探索，在艰苦的奋斗中，在艺术上取得好的成就；一种，也是在话剧萧条中，勤于艺术实践，但由于缺乏文化功底，在艺术探索自我反复，难以长进；一种，以先锋姿态闯入剧坛，开始颇有生气，但是，也因玩弄小聪明而又向商业转化而失去艺术追求；一种，在主旋律的道路导引下，热衷获奖，有所得也有所失；在我看来，王延松属于那种始终坚持艺术探索而终于在艺术上有所成就的导演艺术家之一。

二

王延松之所以能够在执导曹禺三部曲上取得突破，就需要进一步看看他所走过的戏剧导演的道路，看看他是怎样执着地探索及其成功的秘密。大体他走过四个阶段。

第一个阶段，即导演《搭错车》、《走出死谷》等所谓音乐歌舞剧阶段，也是他在导演上十分辉煌的阶段；但是，也是他自己所说的一个"探索和困顿"的阶段。

第二个阶段，是沉静、学习观摩和思考的阶段。经历80年代的喧嚣、弄潮、探索之后，延松能够沉静下来，到美国、日本观摩考察戏剧，反思自己，反思中国戏剧。这一段对于他是十分重要的，我认为，这一段让他得以开阔视野，摆脱浮躁，真正思考如何再度肩起导演的担子。

第三个阶段，即导演《无常·女吊》、《押解》、《白门柳》和《望天吼》等剧的阶段。这一段的探索，可以看到他导演作风的沉实，不论是小剧场的戏还是大剧场的戏，在他具有创造性的导演中，消退了前期的张扬、浮躁，更趋于精致的刻画，更追求对剧作主题的深化，对于人物尤其是人物性格与人性的揭示，他在竭力探求话剧艺术同时代、同观众的深切对话和交融，可以看到他的导演风格逐渐显现出来。

第四个阶段，即创作《原野》、《雷雨》和《日出》的阶段。这样三部剧作的导演不但标志着他导演生涯的新的阶段，而且也标志着曹禺戏剧演出历史的新的阶段。我想，他很可能以这三部戏剧的导演而留驻在中国当代导演艺术史上。

三

延松选择曹禺戏剧实现他的审美理想，显然是有着沉实的艺术准备和追求的。但是，当他确定导演《原野》时，可能，他还没有完全意识到它的意义。正是《原野》，让他闯开一条曹禺戏剧演出的新路向。

任何一个导演的二度创作，应当是具有独创性的。问题是近年来在西方后现代思潮的影响下，导演的创造，被认为是一种任意而作的行为；可以无视原作，可以肆意改编经典，可以拼贴，可以解构，如此等等，都可以作为"创造"，甚至可以被误称为大师的手笔。

《原野》的突破的关键在于延松对原著的研究上，对于经典的敬重上。他在借鉴有关学者对曹禺研究的基础上，逐渐形成他自己的"新解读"。

历来，我们都把曹禺理解为一个现实主义作家，其实，在艺术实质上说，他更是一位现代主义的剧作家，而《原野》就是一个现实主义的巨作。正是由于延松抓住《原野》审美现代性的特质，细致地深入到《原野》的底里，由对原著的敬重而转化为真正的舞台展示的创新。

导演以审美现代性的理解来处理《原野》，认为它的文本到处都是象征、表现的因素。因此需要一套现代主义的演出语言。这是符合曹禺先生的原意的。

曹禺先生曾对我说，他写《原野》是走了不同于《雷雨》和《日出》的"又一种路子"，就是着重在表现人的灵魂，将人的灵魂戏剧化、舞台化，也可以说是表现主义的路子。

延松的成功之处，在于他以炙热的诗心，领受到《原野》的诗意，从而，在导演上调动一切非写实手段，将所有舞台元素都诗化了。

首先在布景上，大胆地摆脱了原作的写实成分，全部成为象征的。铁纱网构造的具有象征意味的土黄色布景，它犹如一张任凭你如何挣扎也逃不出的网，而在灯光下，显得它更为诡秘，鬼气森森，增添了恐怖的气氛。在这"空的空间"中，更利于表演。

我很赞赏"古陶俑"形象的创造，据延松说，他是看过一篇日本学者评论曹禺的文章的标题，提到曹禺的人物是"古陶的子孙"，使他联想他看到一组陶俑的形象，于是便大胆地运用到《原野》之中。延松说它具有多种功能，但是，我看主要的作用是找到了《原野》的诗意象征，实现了《原野》的审美现代性。有了它，让人感受到古老的僵化的氛围，感受到一种沉重的历史感和戏剧的神秘感，同时，它也成为仇虎灵魂的意象。它不是外加的，而是导演以自己的诗意感受所捕捉的与《原野》的诗意相契合的具象，这才是真正的二度创造。

在音乐上，把大提琴搬到舞台上，显然也是这样的用心。而更重要的是把莫扎特的《安魂曲》运用进来，强化了剧场的诗意氛围，强化了人物的命运。曹禺先生，生前十分喜欢莫扎特的交响曲，而他曾经扮演过莫扎特，也是他把《上帝的宠儿》推荐给北京人艺上演的。延松并不了解这些背景，但是，这恰好证明延松同曹禺先生是心有灵犀的。

延松导演《原野》，可以说把重心放到演员的表演上。在这部戏里，几乎没有一个著名的演员，主要人物仇虎还是表演系大四的学生，饰演金子的演员也缺乏足够的舞台经验；但是，你可以看到他们在演出的整体上体现了导演的意图。譬如仇虎的被扭曲的性格和灵魂，在表演中得到体现，尤其是他的粗犷的造型，给人留下比较深刻的印象；金子的野性和风骚，大星的软弱窝囊的性格，也都有精彩的展现。由此，可看到导演在演员表演上所下的功夫。他所设计的两把长凳，显然吸收了戏曲的手段，更有利于表演的诗化。

《原野》演出的价值和意义，一方面在于它给观众提供了一台近二十多年来，比较起来最完整最精彩最富于创造性的话剧舞台的《原野》。一方面，也是更重要的方面，是其中蕴含着对于20年来导演艺术的反思，无论是在对待经典剧作的创作态度上，在对待导演的"创造"上，在同演员的共同创造的关系上，还是在怎样发扬80年代的戏剧探索的精神，同时，又避免一些教训上，都留下他思考的印记。而这些会给人们带来启示的。

如果说，《原野》让王延松找到开启曹禺戏剧舞台创新的钥匙，那么，《雷雨》的导演，则使他得以更加深入曹禺戏剧的堂奥。

在这部戏中，延松更好地把握到曹禺戏剧的审美现代性。

首先，它摒弃了社会问题剧的理解，从《雷雨》所包容的哲学的沉思、人性的探索，甚至对人和人类生存状态的追寻和叩问上来呈现《雷雨》的诗意，那种《雷雨》特有的美学的残酷性，为导演捕捉到了。

其次，当导演对于《雷雨》有了自己独到的感悟和解读时，他则在演出上突破多年来的现实主义的演剧形态，也可以说它以现代主义的导演艺术手段来演绎一个现实主义剧作。于是，就使《雷雨》有了一个"新面目"。

在我看来，是王延松对《雷雨》这部被认定是现实主义剧作的现代性内涵有所发现，有所领悟和有所开掘。比如，他重视了曹禺剧作的人性的内涵，重视了人的命运，重视了人物命运的残酷性，甚至感觉到《雷雨》的神秘色彩和宗教意味。他能把曹禺写作《雷雨》时代的思想状态，那种活跃的但却广阔的人文情际联系起来，尤其是他对《雷雨·序》做了反复研读和领会。于是，他从大师那里得到灵感，得到启示，得到教益。这样一种对经典的敬重和学习的精神，使王延松找到成功的道路。

在总体架构上，他恢复了序幕和尾声，改动最大的是第三幕，他删去鲁贵和大海，周冲和四凤几场戏，运用一个飞来的窗，将所有"闹鬼"的情节都集中在这一幕：一是第一幕鲁贵对四凤说闹鬼，此刻在背景上出现繁漪和周萍闹鬼；二是鲁妈逼着四凤起誓；三是周萍到来；四是繁漪关窗；最后是鲁贵出现，看到周萍和四凤，他喊出"真是见了鬼了"，在这里，利用多个时空交错的手段，产生了强烈的戏剧效果。

在舞台空间处理上，有效利用层高，将空间切割为三层，分别是周公馆、过渡层及象征天堂和希望的最高层，给观众带来全新的视觉感受。而唱诗班的运用，更加强了悲剧的氛围。这些，全然是从曹禺序幕和序幕的提示得来的灵感，在这里，导演和曹禺得到了一次神韵的交流和契合，使曹禺的戏剧诗意得以具象化、舞台化。

继成功地导演了曹禺的剧作《原野》和《雷雨》之后，王延松以其对经典的严肃态度导演了先生的另一部剧作《日出》。

在现代，除了鲁迅，很少人像曹禺这样具有现代性的焦虑。他所面对20世纪30年代的中国社会，特别是像天津、上海这样的大城市，一度畸形繁荣的资本主义，造就了浮华喧嚣、灯红酒绿的表象，而其背后是一个极为残酷的禽兽世界。金钱的统治，物欲的横流，一切都被扭曲，一切都被颠倒。曹禺对于此种现实的焦虑所达到的紧张程度，简直像自身患了一场瘟疫，使他陷入"无尽的残酷的失望"之中。他在拷问自己，拷问着生命，这种焦虑本身就是"残酷的"，之所以残酷，就在于他发现这个社会对于人的迫害，不仅是物质的，而且是精神的：一个现代化的城市，并没有给人带来福音，而是精神的沉沦和堕落。曹禺痛切感到这种资本社会的精神癌症。他的感觉绝对是现代的，正是从这里诞生着曹禺戏剧的审美现代性。

王延松的新解读，就在于他从研读剧本中，也从他个人的内心感受中，发现《日出》展示的物欲横流，对于人精神的摧残和迫害。于此，他又发现同当代"现代化的进程不仅没有解决反而更加尖锐化的时代病痛"的相似点。（王延松：《〈日出〉导演手记》）他的"新叙述"、"新样式"，正是从这样的"新解读"

中衍化出来的。

我们很欣赏他在《日出》中所确立的新的叙述方式，那的确显示了导演对剧作的认知能力。自《原野》开始，一路走来，王延松把导演的创作功力，放到对剧本的钻研上，从原作中发现新意，乍看起来这是很笨的方法，但是，却是一条具有创意的演出经典的必由之路。在王延松导演的《日出》中，陈白露不但是事件的亲历者，而且是叙述者、观察者，甚至是思索者。这并非导演所强加的，而是从剧作的意味中引申生发的。

《日出》的审美现代性集中表现在陈白露这一个典型形象上。她作为现代都市的摩登女郎，被曹禺发现。这应该是中国舞台上第一个本土交际花形象，一个具有现代资本象征的人物。曹禺要写的就是一个纯情少女是怎样走向高级卖淫道路，又是怎样走向毁灭的。在陈白露的遭际中，曹禺处处展现的是受到"五四"思潮影响的知识女性走上社会而最后无路可走的精神痛苦和精神悲剧。她是清醒的，她清醒地意识到自己的堕落，深深地懂得自己陷于泥潭而不能自拔。意识到的痛苦，显然是一种残酷的痛苦。正因为她是清醒的，她才能够成为一个叙述者；一个能够自觉到痛苦者，也可能成为生活的观察者和思索者。

叙述方式的变化，在某种角度上看，也是结构上的更新。《日出》原作争论最多的是关于第三幕，有人以为它是一个"孤立的存在"，主要人物陈白露在这一幕不见了。在新版里，王延松表现出对经典的艺术真诚，他采取目前的方式，使陈白露出现在第三幕。虽然她没有直接参加到剧情中来，但是，在时空交错中，她的三次出现，不仅暗示着她同翠喜是一样的命运，一样在出卖着自己，一样的悲惨；也更使她意识到宝和下处和她住的大饭店，同样是"地狱"；而小东西惨死，加剧着她内心的矛盾和人生抉择的果断。这就丰富了陈白露内心世界。

四

　　为什么我这样看重王延松这三部戏的导演，这是因为在这三部的导演中，有着值得重视的意义和内涵。

　　第一，它打破了当代导演的某些时尚神话，以及所谓"先锋"，所谓"大师"的种种迷信，打破了那种把演员当工具，导演自我炫耀，蔑视理论，轻慢剧作和剧作家的风气；让导演恢复其应有的令人尊敬的艺术地位，恢复对剧作和剧作家的尊重，以及对经典的敬畏。

　　我一直认为，一个导演对于他选择什么剧本来导演，以及他的舞台展现，是最能显示着他的思想的高度和深度，审美的水准和能力的。

　　延松说，他要导演他喜欢的剧本。我以为不仅是喜欢，而是发自内心对美对艺术的执着追求。甚至是对于时代，对于戏剧的现实和历史，对社会，对人的深深思索的良知和责任。

　　第二，它真正打破了曹禺戏剧演出的陈旧模式。曹禺戏剧的演出史，起码有六十多年了，经历着中国社会变迁和戏剧的演化；但是，不可否认，即使经典剧作在舞台演出上也会因为"左"倾思潮的浸染和庸俗社会学的影响而僵化。

　　新时期，曹禺戏剧的演出有所改进，如削弱阶级斗争的色彩和社会学的内涵；在人物、情节上都有细微的调整，但没有大的突破。有的大胆些，以后现代的方式来处理，但并不成功。

　　要想在舞台上有真的突破，谈何容易。正是在戏剧界的浮躁喧嚣，导演风气张扬虚夸，曹禺戏剧甚至遭到任意解构糟蹋的时刻，延松终于选择曹禺剧作来作为他导演生涯的一次艺术攀登，显然是需要勇气和沉实的毅力的。他在挑战自己，也在挑战浮躁的导演时尚。

　　第三，它把导演的神圣职责和使命，恢复到对剧本对剧作家的尊重，把导演的创造恢复到对原著的研读和独到艺术的发现中。似乎，这是一个陈言絮语，但是，艺术的规律是颠扑不灭的；再没有恢复到对艺术规律的尊重更为重要的了。艺术的创造，绝不是任人臆造的谎言。远则不说，斯坦尼斯拉夫斯基导演体系的形成，是在执导契诃夫的戏剧中完成的；中国的焦菊隐也是在导演郭沫若、老舍和曹禺的剧作中，形成北京人艺演剧学派的。

　　延松的导演艺术并非没有值得讨论的地方，也并非十全十美的；而他的戏剧演出对于当代导演艺术所提出的挑战却是严肃的。王延松的导演艺术正处于蓬勃发展之中，希望他潜心总结，导演出更多更好的作品。

（原载《中国戏剧》2011 年第 4 期）

《雷雨》的诞生

《纵横》的记者,几次约我就《雷雨》发表八十周年写稿。我已经写了两三篇,实在是无话可说了。同时,她还希望写点故事。她的盛情难却,终于想到我一直没有想出究竟的一个问题,由此带出一些回忆,也许有点故事性。

曹禺,还有他的亲朋,都曾对我讲过有关《雷雨》的一些故实。曹禺是怎样在那些故实中升腾起他的想象,结构起《雷雨》的场景、人物、戏剧冲突的?摆出来,我们一起去寻找他创作《雷雨》的秘密吧。

《雷雨》的故事和谁家有关?

最早我曾听说,《雷雨》写的是天津的周家。我曾问过曹禺先生,他说:"写《雷雨》和周家没有太大的关系。周家我去过,有些印象,小时候是不是听大人说事,也不经意地听了一些,写到剧本中去?!这也很难说,因为我家毕竟同周家来往较多。"

周家,是天津的名门望族。周学熙曾经是民国初期的财政总长,在河北省和天津形成了以他为首的工业财团,如唐山的开滦煤矿,启新水泥厂,耀华玻璃厂以及华新、中天等。曹禺的父亲同周家的人来往较多。曹禺对我说:"周家,大概周叔弢(周学熙的侄子),他的父亲叫周博,可能是这个名字,他就是周七爷,又称周七猴,和我父亲常来往。他骑着驴子赋诗,还骑着驴子上北京看枫叶，这个人很有意思，我能把他的音容笑貌写出来，现在还能写出他来，这个人非常之可爱。周九爷，他对我们家是有功劳的。我父亲死了，是他帮助我们家能够过下去，这个人的心地挺好的。他们是个大家庭，不是周朴园家，周朴园家才四口人。他们家的房子很有味道，矮房子，不是很高。房子的样子像洋房，但又不全是洋的，半洋半中，或者说是半洋半老吧。在天津住这么好房子的人家，也不是很多的。我进去过，像个小公园似的。《雷雨》是照着他家的房子写的。我是用了周家这个姓，我写的并非就是周家的事。"

这里说到的周九爷，周学辉，还有周七爷周学渊。曹禺的父亲与他们不但有诗文往还，并且将钱款存到周家的银行。尤其是周九爷，在曹禺父亲过世后，仍然照顾他家。曹禺对我说："《雷雨》同周家有关，是指周家的摆设、气派、格局，《雷雨》布景的描写，确实有对周家的印象在内。周七猴和我父亲诗文唱和，喝酒，这个人非常之可爱，我没有写过他，但我现在都可以写出他来。他一边骑着驴一边作诗，还骑到北京去，也是一个闲人。"

看来，《雷雨》中的周公馆，同这个周家，是有关系的。

再有，就是曹禺自己的家了。无论是《雷雨》的布景、陈设、气氛以及人物，就关联更多了。尤其是《雷雨》的人物关系同他的家庭，有神似之处，这还给一些研究者带来某些揣测。曹禺的家庭人员构成，父亲、继母，还有一个同父异母的大哥万家修。《雷雨》，周朴园（父亲），后续的妻子蘩漪，长子周萍是周朴园同他恋爱的女子侍萍所生，周冲是蘩漪所生。不过曹禺自己的家里，却没有继母同儿子的乱伦故事。

曹禺就说："我父亲和《雷雨》中周朴园有些相似，色厉内荏。"还说："周朴园有我父亲的影子，在蘩漪身上也可找到我继母的东西，主要是那股脾气。"

曹禺的父亲万德尊，在家中，也会是个专制的人物。他做过黎元洪的秘书，镇守使，是民国的将军。赋闲在家，抽鸦片，动不动发脾气，打骂仆人。曹禺还说，蘩漪性情中，也有他继母的影子。

鲁贵的原型，就是他家的一位类似管家的人物，曹禺说这个人还常常躲在一间收藏室画神像。

让人感受最深的，是曹禺故居的氛围同《雷雨》的那种压抑、沉闷的空气太相似了。我在《曹禺传》中这样写道："一进楼门，里边黑漆漆，阴沉沉的。我似乎感到这里的压抑和郁闷。"曹禺说，他放学回家，家就像坟墓一样，死气沉沉。

《雷雨》的布景的某些格局，也有与他家一楼客厅相似的地方。

蘩漪这个人物来历？

蘩漪，也是有原型的。在《雷雨》中，蘩漪这个人物是最有分量的。曹禺说《雷雨》中的八个人物，"最早想出的，并且也较觉真切的是周蘩漪"。让曹禺塑造这个人物的却是一个现实中女人，在他心灵中点起一把火。这女人，原来是他的同学的嫂子。曹禺在南开中学读书时，有两兄弟陆以洪、陆以循，同他很要好。曹禺说："陆以洪和他的嫂子有爱情关系。我是从陆以洪那里受到影响，才写了蘩漪这个人物。他这位嫂子不像蘩漪，最初的印象是陆以洪给我的，她长得文静、漂亮，并不厉害，但是，却一肚子苦闷，陆家的事和《雷雨》有些关系。她不喜欢她的丈夫。""写蘩漪这个人物，就是他把一个类似蘩漪女人的故事告诉了我，在我的心中放了一把火。"

我曾访问陆以循先生，他说："谈起我的嫂子，他是我的堂哥(同祖父)的爱人。他在黄河水利委员会工作过，比我那位嫂子大十几岁。堂哥这个人不开朗，很老实，长相也很死板。我这个嫂子25岁还没有结婚，那时20岁就该结婚了，总是找不上合适的，因为年岁太大了，就找了我这位堂兄，很是委屈。"

"我这位嫂子会唱昆曲，她家是世代的业余昆曲爱好者。人长得漂亮，人又比较聪明，丈夫那么呆板，不顺心。那时，我们家是个大家庭，都住在一起，陆以京哥三个，我们是哥俩，我亲哥哥是陆以洪，他同曹禺很要好。

堂哥的父亲去世较早,他们哥仨都是我父亲把他们培养成人的。大排行堂哥是老三,我是老五,以洪是老四。我嫂子比较苦闷,堂哥多方面都不能满足她,思想感情不满足,生理上也不能满足她。在老式家庭中,我这位嫂子是比较活泼的,她不算是新式妇女,不是那么稳重的。"

不可忽视的《雷雨》中的教堂氛围

我在写作《曹禺剧作论》时,就注意到曹禺剧作中的《圣经》印记和教堂氛围。在写《曹禺传》时,就向曹禺先生讨教。

田本相:是什么原因使您对《圣经》发生兴趣?据我读到的资料,您并不信奉基督教和天主教。

曹禺:有过这么一段,我教过《圣经》文学,那是在天津河北女子师范学院。《圣经》文学我懂得太少,它的确写得好,有些非常漂亮的文章和故事,我很喜欢。但当时仅仅是喜欢它的文章和故事而已。我读《圣经》是比较早的,具体想不起是什么时候了。

田本相:《雷雨》里似乎有一种教堂的氛围,还用了巴赫的教堂音乐。

曹禺:在序幕和尾声中,不但引进了教堂的环境氛围,而且也用了宗教音乐,其中就有巴赫的《b小调弥撒曲》;人物也有着某种宗教的因素,周朴园悔悟了,有的傻了,有的疯了。对于这样的安排,我当年给在日本演出《雷雨》的杜宣、吴天等人的信中,曾作过解释。我当时就是那么想的,似乎我觉得那么写,就有一种诗意的回味,就有一种诗的意境。我确实是把《雷雨》作为一首诗来写的。

至于,我是不是受到基督教、天主教的影响,我也提供一些我的经历。记得小的时候,有一段接触过教堂。我家住在河东,现在的天津东站的附近。而在海河的对岸,绿牌电车道的尽头,那个地方可能是老西开吧,有一座法国天主教堂。这座教堂,在天津,即使在北京和上海,也是颇有特色的一座教堂。有时，站在我家的凉台上，就可以听到从这座教堂传来的钟声。那时，教堂就对我有一种神秘的诱惑。少年时期，对生活有一种胡思乱想、东撞西撞的味道。接触一下教堂，到里边去看看，似乎是想解决一个人生问题，究竟人到底应该走什么道路，人应该怎么活着，人为什么活着，活着又为什么？总之，是莫名其妙，觉得宗教很有意思。

在清华大学时，有音乐唱片的欣赏，对巴赫的音乐有过接触。我对佛教不感兴趣，太讲出世了，跟父亲念了一段佛经，念不下去。读《圣经》觉得文章漂亮。新教，就是基督教。至于宗教本身，我就是好奇的啊！是好奇心。无论哪个教堂我都想进去看看。俄罗斯的托尔斯泰的《复活》，我读过，我非常想看看复活节是怎么搞的，也想看看大弥撒，参加参加。它为什么叫人入迷？一进教堂，就觉得它里面很高很高，在幽暗中所展示的是一个无边的苍穹，是异常宁静肃穆，圣母像美丽得不得了。人一进入教堂就安静下来了，真好像使人的灵魂得到休息。其实我根本不信教，我现在是个共产党员，我更不相信上帝，但是我很喜欢教堂中那种宁静肃穆的氛围。

看来，似乎是剧作中，一点细节，一些背景，也融入剧情的血肉里。创作，实在是太奇妙了，似乎是不可思议，但是，作家的生活中的经历的人生种种，都可以在激扬的想象中，编织出美丽的画面，谱成美妙的乐曲。但是，这种升腾的创造力，又是来自何方？

《雷雨》的酝酿

曹禺在南开大学读书时，就开始酝酿《雷雨》了。他曾经和他的一个同学杨善荃讲过他的设想。在《雷雨·序》中，他谈得很详细。他说，"《雷雨》是我碰上的。十八九岁时，就开始酝酿《雷雨》，历时5年，费了好大的劲"。1965年夏天，我陪他重访母校清华，在图书馆负责人的陪同下，他径直地走到楼上那间他写作《雷雨》的阅览室去。不要别人引路，他熟悉得很。

一进大厅，他就高兴地说："就是这里，还是当年那个老样子。"他指着一个阅览的长桌说："对，我就坐在这个地方，那时不是这样的桌子。我一来这里，就坐到这个位子上。"曹禺说："不知道废了多少稿子，都塞在床铺下边，我写了不少的人物传记。写累了，我就跑到图书馆外边：躺在草地上，仰望着湛蓝的天空，看着悠悠的白云。"他一边说着就坐下来，找来一张纸，对大家模仿着当年写作《雷雨》的情景。他对一位图书馆负责人说："当年图书馆的一个工作人员，原谅我一时想不起他的名字，待我太好了。他提供给我各种书籍资料，还允许我闭馆之后在这里写作。那些日子，真叫人难忘啊！当时，我就是想写出来，我从未想到要发表，也没有想到过演出。"

在这里，我要提起的，他写作《雷雨》时，正在同郑秀热恋。1933年的暑假，她陪着他，写完了《雷雨》。曹禺那种浪漫的个性，那种"热来时热得蒸笼坐"的激情，显然成为《雷雨》的催生素，而其中周冲，以及周冲对四凤的爱的追求和幻想，都熔铸着他们热恋的情愫。

《雷雨》的发表

这些年，关于《雷雨》的发表有各种说法，甚至争论。但是，不可否认过的基本事实是，巴金对《雷雨》的发表起了决定性的作用，也因此使他们结成终生的友谊。

当年，我同他提起《雷雨》的发表，就开始了愉快而幸福的回忆："我的《雷雨》写出来给了靳以，当时靳以编《文学季刊》。靳以把《雷雨》放在抽屉里压了一年之久。巴金也是编委，他从上海来了，他看到了《雷雨》。靳以倒不是对我有什么意见，主要是因为我们太熟悉了。我那时还是大学生，我记得靳以为编务事去找郑振铎（主编），我和陆孝曾跟去了，到了郑振铎那里，他不让我们进去，在外边等。靳以不在乎这些事。巴金看了《雷雨》才发表了。他死命推荐，后来我就同巴金熟了。我们三个人经常到广和楼去听戏，从清华出来骑驴，或者坐车，从下午1点一直听到下午6点。广和楼前边都是摆摊的、卖羊杂碎、烧饼,看完戏,就一人买一碗羊杂碎,用羊肉汤泡烧饼,那真好吃啊!"曹禺和靳以是南开中学的老同学,真是太熟了。靳以写《将军》就住在曹禺清华的宿舍里,他们不分彼此,《日出》中的方达生就有靳以的影子。显然,靳以是支持《雷雨》发表的。曹禺在回顾他的创作历程说:"如果《雷雨》一直躺在抽屉里,我将是怎样一个发展,那就很难说了。人的命运,往往就决定在这样的偶然的事物、偶然的人物之中。那时,我和巴金还没有认识,完全凭着他无私的识见,把《雷雨》从被遗忘的角落里发现出来。"还说:"由于巴金,按照现在时髦的说法,使我第一次感到了自身的价值,才下定决心去搞剧本创作。我很感谢巴金,也感谢一切曾经帮助过我的朋友。还有杜宣在东京第一次演出《雷雨》,也是让我深深感动的,我没有想到我的剧本这么快就被上演,而且是在日本。"

我曾问曹禺先生,《雷雨》的手稿是否还在。他只说:"《雷雨·序》手稿,巴金把它交给北京图书馆了。将来此事可找丁志刚,这是50年前唯一保存下来的一份手稿了。丁志刚是北京图书馆馆长。"《雷雨》1934年在《文学季刊》上发表后,曹禺还记得:"王文显在上海,还特意给我写了一封信来,从上海寄到南京,大概那时他已经到圣约翰大学教书去了。"曹禺在清华的外文读书,王文显是系主任,因为他热爱戏剧,又是剧作家,因此清华图书馆的中外戏剧的藏书很丰富,这也是曹禺所一再称道的。他还特别向我提起姚克,他说:"当时有一份杂志《天下》,这是孙科支持办的英文杂志。姚克把《雷雨》翻译成英文发表在这个刊物上。姚克还写了一个序,他在那个序上把我称为一颗闪亮的'彗星'。"

曹禺最推崇的《雷雨》演出

《雷雨》发表后,在国内最早有记录演出的是天津的孤松剧团,曾任中国青年艺术剧院的副院长,也是著名演员石羽回忆说:"1935年,我们看了《雷雨》的剧本,剧团就准备组织演出《雷雨》,这可能是国内最早的《雷雨》演出了。万先生来看过，并且作了指导。"

另外，中国留日学生在东京演出的《雷雨》，曹禺并不满意，尤其是他们将序幕和尾声删去，甚为不满。他认为掐头去尾的《雷雨》不过是一出社会问题剧，他说他写的是一首诗。

曹禺最满意的是中旅演出的《雷雨》，他说："1935年，中国旅行剧团，也是中国第一个职业剧团，在天津演出《雷雨》，成为它的支柱的剧目。《雷雨》轰动的道理，是没完没了地演。唐槐秋演周朴园，戴涯演周萍，章曼萍演四凤，她才14岁。陶金也演周萍，戴涯也演周朴园。赵慧深演繁漪，她很会演戏，诗写得好，词填得也好，她在中旅演戏的时候，给他哥哥赵景深写的信，在一个杂志上发表了，写得有气派，不像个女孩子。好像是唐若青演侍萍，她演陈白露演得不错，但是演侍萍就不行了。演鲁贵的，现在香港，写了《演鲁贵几十年》。"

他还说："小市民，老爷太太们都喜欢看这个戏；我不大相信有什么教育作用，而剧场演出非常之安静，有的看几遍还看。我去剧院看过，中旅在天津演《雷雨》可以说把观众征服了。"

尤其是《雷雨》在上海的演出，轰动上海，茅盾先生有"当年海上惊雷雨"之赞。中旅在凡尔登大剧院演出《雷雨》，最初的协议是"三七分成"，剧院七，剧团三。而续订协议时，则是倒三七了。续演达三个月之久，场场爆满。因此，曹聚仁先生说1935年是"《雷雨》年"。

曹禺是位天才的演员

曹禺在南开新剧团，就表现了他的表演的天才，得到他的老师张彭春的赏识。他从一个演员成就为一个伟大的剧作家。这点同莫里哀、莎士比亚一样。凡是看过他的演出的人的，无不交口称赞。

石羽回忆说，他虽然不是南开中学的学生，但是，一听说有曹禺的演出，就想尽办法去看："我到南开中学看过《新村正》、《财狂》，给我印象最深的是万先生演的村长，新来的村长，穿着长袍马褂，戴着头套。《财狂》我是在楼上看的，那时，我就想看看万先生的表演，看万先生是怎样抓住观众，是怎样表演的。看过之后，给我们很大的鼓舞，使我下决心当一个演员。也可以说是万先生把我引向戏剧之路的。"

我曾经拜访过《李双双小传》导演鲁韧，他也是南开新剧团的团员，当时叫吴博，他对我说："我是上初中时看到曹禺演《压迫》的，演得不错，但多少还有些业余的味道。后来看到曹禺演的《娜拉》，男人演女角，演得那么好，确实让我惊呆了。我对戏剧也很喜欢，哪有戏，我都去看，但没有像曹禺的演出，这样给我以震撼的。张平群演海拉茂，他演娜拉，在我脑子里是不可磨灭的，这个戏对我影响很大。那时，我在新剧团跑龙套，从旁边看得更清楚。我敢这样说，现在也演不出他们那么高的水平。"我说，"您看过他的表演，对他当时的表演究竟应该怎样评价。都说他演得好，这只是一种描述，但还不是准确的评价。"他说："我总觉得曹禺的天才在于是个演员，其次才是剧作家。我这个结论，你们是下不出来的，别人没看过他演戏，也下不出来，只有像我这样看过的，才能得出这种毫不夸张的结论。到现在，这样好的艺术效果，这样的艺术境界是很难找到的。曹禺把夫妻间的感情，甚至那种微妙的感情的分寸，都很细腻地、精湛地表演出来，就不能不令人倾倒。像伉乃如、张平群都是大学教授，那么高度文化修养的演员，现在哪里去找。张平群是德国留学生，娶了德国老婆，但这个德国老婆走了，正是在那个时候，他是有那种感情经验的，也有那种生活的。曹禺也是有着很好的文化修养的。"还说："曹禺表演实在是好，他演韩伯康真好。他做导演不行，他缺乏总体设计，但对角色却分析体验得细致入微。他在文华导演《艳阳天》没有成功，他拿不稳四柱，只考虑细节不行。万家宝演戏是用全部身心来演的，他不是职业化演员，他不会那套形式，但凭全身心来演。现在，也很难找到这样一种全身心投入的表演了。"

曹禺先生自己演过周朴园。那是在南京国立剧专任教的时候。当时他的同事马彦祥回忆："戴涯先组织了第一个演出，就是演《雷雨》，曹禺扮演周朴园。我看过不下十几个周朴园，但曹禺演得最好，这可能因为他懂得自己的人物的缘故。他是个好演员，他懂得生活，不是那种空中楼阁，我觉得演周朴园，没有比过他的。我演鲁贵。这出戏一演就打响了，很上座，经济收入可观。第二个戏就排《日出》。"

以上，我将曹禺先生的有关《雷雨》的回忆，以及亲朋的回忆集合起来。这些现象的东西，当然是不完备的，也不会是完备的资料，也许可以诱发我们对于创作的思考。曹禺先生说，现实主义，是现实的，但不完全是现实的。这里，说明一个道理，仅仅是现实，是不足以构成戏剧大厦的；但是，离开现实进行真正的创造也是不可能的。但是这里有一个重要的环节，一个伟大的作家，是怎样从现实的基础上提炼、升腾，想象，化合成他呢？是不是这些"现象"，也能给人一点点启发呢？但愿是这样的。

2014 年 10 月 21 日

回归到《雷雨》的原点再出发

——为纪念《雷雨》发表八十周年而作

今年是《雷雨》发表八十周年。

八十年来,《雷雨》在中国所有的话剧作品中,是演出场次最多的,久演不衰,直到今天仍屹立在舞台上。而《雷雨》也是中国话剧中翻译和演出的国家和地区最多的。另外,它被改编为电影、戏曲、舞剧等艺术形式,可见其影响之深广。《雷雨》不愧为中国话剧的典范。

八十年来,《雷雨》的演出,绝大多数的演出,是将序幕和尾声删去的演出,形成它的演出模式,即使有些变化,也是局部的"改良"。也有全本的演出,似乎也没有演出《雷雨》的诗意和深刻的人文内涵。

79年前,在日本的中国留学生以中华话剧同好会的名义,在东京神田一桥讲堂公演了《雷雨》。他们将《雷雨》的序幕和尾声删去。想不到这竟然引起曹禺的不满,甚至愤怒。他声辩说:"我写的是一首诗,一首叙事诗,(原谅我,我决不是套易卜生的话,我决没有这样大胆的希冀,处处来仿效他。)这诗不一定是美丽的,但是必须给读诗的一个不断的新的感觉。这固然有些实际的东西在内(如罢工等),但决非一个社会问题剧。"(《〈雷雨〉的写作》,《质文》月刊1935年第2号)

这可谓是一篇石破天惊的戏剧的宣言,但也是为后人所忽略的箴言。

掐头去尾的《雷雨》演出,显然是对《雷雨》的误读,对《雷雨》诗意的抹杀,对《雷雨》创新的无视。可以说,掐头去尾的《雷雨》和全本的《雷雨》是截然不同的。由于,时代的需求,前者,却断断续续演到现在。

因此，在《雷雨》发表八十周年的时候，我希望回归到《雷雨》的原点。

那么，《雷雨》的诗的发现，诗的内涵究竟在哪里？在《雷雨·序》中，曹禺极为深刻地揭示了他的创作的秘密，他是怎样发现戏剧的诗，又是怎样创造戏剧的诗的。不懂得这篇序言，就不懂得《雷雨》。我看许多导演和演员对这篇序言，都缺少研究的功夫。

在《雷雨》中，曹禺最独到最伟大的诗意发现，正如他说的，"《雷雨》所显示的，并不是因果，并不是报应，而是我觉得的天地之间的'残忍'。（这种自然的'冷酷'，四凤和周冲的遭际最足以代表，他们的死亡，自己并无过咎。）如若读者肯细心体会这番心意，这篇戏虽然有时为几段较紧张的场面或一两个性格吸引了注意，但连绵不断地若有若无地闪示这一点隐秘——这种宇宙里斗争的'残忍'和'冷酷'。"（《雷雨·序》，《曹禺全集》第1卷，第5—15页）

这里所强调的"残忍"和"冷酷"，是曹禺自己的哲学，自己对世界的沉思和发现。当然，它就是《雷雨》创作的原点和爆发点，也是作家构思的焦点，更是点燃作家激情的热点。《雷雨》的确是一首诗，是一首残酷的诗。

于是我们在《雷雨》中看到了一种前所未有的残酷之境，一种残酷之美，一种残酷的哲学。

曹禺发现这个世界是太残酷了。《雷雨》的世界所展现的一切都浸透着"残酷"。

《雷雨》主要人物的命运都是残酷的。自然四凤、周冲的遭际是残酷的；侍萍的命运也是残酷的；而繁漪，"她的生命交织着最残酷的爱和最不忍的恨"；周萍又何尝不是悲剧的；即使周朴园，在曹禺看来也是可怜的。所有，《雷雨》中的人物，都挣扎在不可逃脱"残酷的井"，都表现了那种令人战栗的命运的残酷性。

正是在人物命运的巧合中，更深刻反映了这人世的"残忍"和"冷酷"。又正是在这种命运的巧合中，透露着作家对现实生活中某种具有必然性的东西的苦苦探寻。在那些看来是为神秘命运捉弄的地方，都惊人地反映某种必然性的社会的历史的人性的内涵。

当法国的阿尔托在20世纪30年代提出"残酷戏剧"的理论时，它仅仅是一个戏剧的观念；而曹禺却是对世界和宇宙的残酷性的感悟，可以说，它是一种宇宙观、世界观。这是超越戏剧的大胸襟、大视野、大境界。

而对于人的发现，尤其是对人的复杂人性的发现，是《雷雨》最杰出的发现。曹禺往往在人们司空见惯，甚至为人厌恶的人物身上，发现他人所未能看到的东西，尤其是看到他潜在的美。

蘩漪，是曹禺首先发现的。这个看来阴鸷、乖戾的女人，这个乱伦的女人；在传统的社会，即使在现在，都会为人不齿的女人。但是，曹禺却发现她"是个最动人怜悯的女人"，一个有着"美丽的心灵"的女人，"是一个最'雷雨的'"的性格。（参看《雷雨·序》）就这样一个在当时看来"不规矩"的女人，却在曹禺的心灵中放起一把火，燃烧起他的感情和想象，使他发现这样"不规矩"的女人，却有着一颗渴望自由的"美丽的心灵"，看到"她的勇敢"，看到她的"热情原是一片浇不熄的火"。也使他异常敏锐地感受到，蘩漪们"因为不正常的发展和环境的窒息，她们变为乖戾，成为人们所不能了解的，受人的嫉恶、社会的压抑，这样抑郁终身，呼吸不着一口自由空气的女人，在我们这个社会里不知有多少吧"（《雷雨·序》）。

蘩漪的命运，就是一首诗。她的生命如雷的爆炸，如电的闪光。"她的生命烧到电火一样地白热，也有它一样地短促。情感、郁热、境遇，激成一朵艳丽的火花，当着火星也消灭时，她的生机也顿时化为乌有。"（《雷雨·序》）作者把蘩漪美丽的心灵但却是包容着巨大的痛苦的心灵也诗化了。而在蘩漪的悲剧中所隐含的诗意，也就是作者所强调的，越是盲目的争执，越是挣扎，便越是要深深地"落在死亡的泥沼里"。

在《雷雨》里，宇宙"正像一口残酷的井，落在里面，怎样呼号也难逃这黑暗的坑"（《雷雨·序》）。这便是作者在感情的蒸腾和哲学的追索中所构造出来的意象世界。难以逃脱的天罗地网，难以避免的死亡的恐惧，还有不可探测的神秘，都融入这意象世界之中。如果我们给以现代的阐释，那"难以逃脱的天罗地网",正是象征着那个黑暗的社会和社会制度;那"难以避免的死亡"正是在那黑暗的社会制度下奴隶们的悲惨命运。在作家所构造的《雷雨》的世界中,他把他对这残酷的宇宙的愤懑,对背后主宰这宇宙的思索和困惑以及由此而引起的渺茫不可知的"神秘"感都戏剧化了。

另一位最能显示作者的锐敏而深刻的人文思想触角的,是周朴园。在这个按照时俗看来的所谓"社会上的好人物",曹禺却发现他是一个"魔鬼",是一个浸透着令人寒栗的暴君。在他身上体现着天地间的"冷酷"和"残忍"。他对侍萍,对蘩漪,对鲁大海都表现了他的冷酷和专制。在他的心目中,蘩漪是有病的。他根本没有察觉和懂得她的被抑压的反常的情态,她的苦闷是同他有关,并且是由他一手造成的。这已经说明着他的非人道的态度。而他一旦认为她是有病的,他为她治病本是一种关怀,但是他要治的是"病",他要除去她的病,便成为他的意志,把他的意志强加到蘩漪身上,强制她看大夫,强制她喝药,终于爆发逼药的场面。他的精神威慑和精神虐杀,在他看来是自然的,但却令人感到"恐惧的寒栗"。他的行为把周萍、周冲都震昏了,更何况蘩漪。而对待侍萍,他的态度似乎是真诚的,他一直在"忏悔","内疚",纪念着"死者"甚至把侍萍的照片放在桌案上,保留着她过去的生活习惯,这一切都并非故作虚伪。当侍萍又真的出现在他的面前,他的确似乎唤起他们昔日的恋情,一切犹如梦中。但是,突然又变了一副面孔:"你来干什么?""好!痛痛快快地说你现在要多少钱吧?"他可以在虚幻中真诚地怀念,得到一种心理的补偿平衡,因为他以为侍萍死了,一旦她又出现在面前,他的虚幻就为严酷的现实所打破,他感到侍萍是对他现实地位、名誉的威胁,于是立即变脸。作者正是在这些地方,不简单地并且是十分真实地刻画出他的复杂的人性和真实的灵魂。他对鲁大海也是这样,如果说,他全然不念记这个儿子也是不真实的,但是,当他向侍萍问起大海并得知正是自己的儿子领着罢工反对他时,他就毫不客气地开除了他。正是在这些地方,作家那时虽然不懂得什么是阶级什么是阶级斗争的理论,但是,他却把剥削阶级的人情和人性的虚伪极为深刻地揭示出来,这种人情和人性确实是冷酷的残忍的。这种冷酷和残忍是连周朴园都感觉不到的，甚至是自然的、正当的、真诚的，也才表现出这种残忍冷酷的必然性质。这也正是作者忠于生活的真实的地方。似乎作者也让周朴园尝到这种残酷的报复，不管他是真的或假的爱过的或不爱的，以及他的儿子都落到一个悲惨的结局，他也落到这命运的鬼使神差之中。这些，都内蕴着作者对命运的必然性的一种朦胧而神秘的憧憬。而它的客观意义，就不只是对周朴园一个人罪恶的谴责，而引领人们去追索更深刻更广阔的东西。

在周朴园的性格塑造中，显示着作者的锐敏而深刻的现实主义洞察力。其卓越之处，不仅在于他揭露了一个具有封建性的资产阶级，而在于他揭示了中国资产阶级的封建性。周朴园的形象展示出，封建的制度、思想是怎样一种可怕的力量，它禁绝着一切正常的见解和行为，它扼杀着一切富有生气的和活的生机，阻碍一个人的一切合理的正当的要求，而对人的灵魂的扼杀吞噬成为作者倾力所暴露所控诉的重点。在这点上，曹禺的现实主义同鲁迅的现实主义有着一脉相传的特色，如果说鲁迅的小说极力表现封建制度封建礼教对人的精神人的灵魂的戕害和压迫，那么，曹禺也正是沿着这样一条路子进行创造的。

如果曹禺，仅仅写了周朴园的冷酷，自然也是深刻的；而曹禺在他身上，却发现他是《雷雨》中一个最可怜的人物。

在序幕和尾声中，四凤身亡，周冲触电，周萍自杀，侍萍傻了，蘩漪疯了，鲁大海走无音讯，只有周朴园还活着。最早，李健吾先生就指出："从一个哲学观点来看，活着的人并不是快乐的人；越清醒，越痛苦，倒是死了的人，疯了的人，比较无忧无愁，了却此生债务。"（《雷雨——曹禺先生作》，《咀华集》）在周朴园这个形象上，最生动地体现出曹禺那种悲天悯人的情怀。曹禺在《雷雨·序》中，一再地说："写《雷雨》是一种情感的迫切的需要。我念起人类是怎样可怜的动物，带着踌躇满志的心情，仿佛自己来主宰自己的，运命，而时常不是自己来主宰着。"在曹禺看来，周朴园也是可怜的，是他在承受着一切，甚至他自己都不知道，这惨烈的悲剧究竟是怎样发生，以及它的悲剧的真相。

正是在周朴园的遭际中，曹禺写出他对于人，对于人类的形而上的思考。在他那种对于人的悲天悯人的伟大关怀中，引发观众的思考。曹禺说，一部好的戏不但应当令人感动，还应当写令人思令人想的戏。可见，他为什么那样反对删去序幕和尾声了。

王国维在《〈红楼梦〉评论》中对《红楼梦》有这样的评价："《红楼梦》，哲学的也，宇宙的也，文学的也。"《雷雨》，也应该说是这样的杰作。

最后，我们是否可以这样说：是不是我们需要回归到《雷雨》的原点，没有对序幕和尾声的正确的领悟，没有对于《雷雨》诗性的探知，是不可能深刻地领悟《雷雨》境界的。我以为，由这原点再出发，也许《雷雨》可以在舞台上，演绎出更加多姿多彩的"新面目"。

论《雷雨》的典范性

——为纪念《雷雨》发表八十周年而作

一

《雷雨》诞生八十周年了,关于《雷雨》的评论和专著可谓汗牛充栋。本文要讨论的就是一个问题:《雷雨》在中国话剧上的历史地位。

我在三十年前写的《曹禺剧作论》,是这样说的:"《雷雨》是标志着中国话剧走向成熟阶段而飞出的第一只燕子;他的现实主义成就为中国话剧的现实主义的传统奠定了一块有力的基石,而他的民族化群众化的尝试,显示着中国话剧民族化群众化的最初实绩。"(《曹禺剧作论》,广西师范大学出版社2010年版,第56页)

翻开中国的中国话剧史和中国现代文学史,关于《雷雨》的评估,在"文革"前,尽管人们也认为它轰动一时,长演不衰,甚至有人将1936年说成是《雷雨》年,后来茅盾也有"当年海上惊雷雨"的赞诗,周扬对它也作过很好的评价;但是,对于《雷雨》的诞生及其地位和意义,却未能给予客观而深入的回答。

而逗起我思考《雷雨》的历史地位问题,是近年来,关于《雷雨》发表所涉及人事的讨论,这里有着关于史实的回顾与辨识,也有争论。于此,反而引发我对《雷雨》的诞生及其戏剧史的背景问题的思考。发表的史实自然应该弄清楚,但是更重要的问题是,《雷雨》究竟是怎样诞生的,也就是说,为什么是曹禺而不是其他的剧作家写出具有这样里程碑意义的《雷雨》,为什么《雷雨》

成为标志中国话剧成熟飞出的第一只燕子？也就是说，曹禺是在怎样一个戏剧文化的背景下将它创造出来的，它的历史地位和价值究竟在哪里？

二

任何历史的发展的节点，都会有标志性的事件、人物、作品诞生；反过来说，这些标志性的人物和作品就成为历史的里程碑。

曹禺的《雷雨》在中国话剧史上的地位，如果简明的加以概括，就是它的典范性。

何谓典范性？我是根据库恩的"范式"论衍化而来的。不过，我将它的意涵归纳为三点。一是它的革新性，也可以说是革命性；在思想理论观念、创作方法，技术手法上都具有创新，解决了发展史上为他人所未能解决的关键课题。二是它的经典性，对一部作品来说，无论在思想和艺术上，都可以同历史出现的经典作品相媲美，它不但是历史上之集大成者，更具有艺术的持久性。三是它的示范性，由于它而开启了新的戏剧创作的门径，新的戏剧观念，新的创作方法。从而引领了新的创作的潮流，甚至缔造了艺术的传统。

《雷雨》就具有这样的典范性，是其他的剧作家的剧作所未能达到的，也是曹禺的其他剧作所没有全部具备的。

我们没有必要对曹禺的五部经典《雷雨》《日出》《原野》《北京人》和《家》作高低之分，但是随着历史的推移，研究的深入，《雷雨》的潜质和潜能以及它的影响逐渐被揭示出来，那么它的历史的意义和价值，也日益清晰而鲜明。《雷雨》开辟了曹禺自己的戏剧道路，也开拓了中国的话剧艺术的道路。

我有这样一个看法，《雷雨》和《雷雨·序》是一个整体，是曹禺创作美学和创作实践的完美的统一。在中国话剧史上，《雷雨》犹如中国现代文学史的《狂人日记》，《雷雨·序》犹如雨果的《克伦威尔·序》，这两者构成曹禺的戏剧宣言书。宣告着中国话剧有了自己的路向,自己的原则。这两者一并展现了它的典范性。这种典范性表现在以下四个方面。

其一,曹禺提出一个崭新的戏剧观念,戏剧诗的观念。

1934年,杜宣、吴天在东京演出《雷雨》时曾致函曹禺说:"为着太长的缘故,把序幕和尾声不得已删去了,真是不得已的事情。"而曹禺在回信中,明确提出:"我写的是一首诗,一首叙事诗,(原谅我,我决不是套易卜生的话,我决没有这样大胆的希冀,处处来仿效他。)这诗不一定是美丽的,但是必须给读诗的一个不断的新的感觉。这固然有些实际的东西在内(如罢工等),但决非一个社会问题剧。"(曹禺:《〈雷雨〉的写作》,《质文》1935年第2号)

为什么曹禺强调《雷雨》是在写一首诗,而不是写一部社会问题剧?远则不说,在五四文化运动期间,胡适为倡导新剧而提出易卜生主义,并发表了《终身大事》,于是新剧创作中的问题剧逐渐蔚然成风。诸如人生问题、家庭问题、妇女问题、婚姻恋爱问题、军阀混战和政权腐败问题、阶级对立和阶级压迫问题等,都写入剧中。这些问题剧都贯穿着反帝反封建的时代精神,它以对现实课题的提出和关注为特色,以教训和惊醒世人为目的。其缺点是在不同程度上忽略了戏剧形象的塑造,对生活缺乏艺术提炼,主题过于直露。因此,当曹禺提出戏剧诗的观念时,正是对于这种流行颇久的问题剧的突破。他强调写《雷雨》不是在写社会问题剧,也是对写滥了的问题剧的一种反拨。

同时,也说明曹禺对易卜生戏剧的理解较之"五四"时期是更为全面而深化了。胡适对易卜生戏剧的倡导是有进步意义的。他说,"易卜生的文学,易卜生的人生观,只是一个写实主义。"还说:"易卜生的长处,只在他肯说老实话,只在他能把社会种种腐败龌龊的实在情形写出来叫大家仔细看。"(胡适:《易卜生主义》,《新青年》第4卷第6号,1918年6月)易卜生之所以被接受并形成仿效的热潮,如鲁迅所说:"也还因为Ibsen敢于攻社会,敢于独战多数。"(《集外集·〈奔流〉编校后记三》)但是,不可忽略的,易卜生的社会问题剧,不仅是只提出问题,不仅是写了社会问题剧,而且他强调把剧本作为诗来写,强调戏剧创作是诗人的任务。他在一篇题名为《诗人的任务》中说:"做一个诗人是什么意思呢？我费了很长时间才意识到，做一个诗人实质上是观察，但是请注意，他的观众要达到这样一种程度：观众现在所看到，所了解到的，全都是诗人早就观察到的。……我近十年来所写过的东西，我在精神上都经历过。"他不但强调这种"精神"上的"经历"，而且强调这种"经历"中受过鼓舞的东西，他说，"鼓舞我的，有的只是在偶然的，最顺利的时刻活跃在我的心间，那是一种伟大的，美丽的东西。"他就是要在他的剧作中写出这种"诗意"（《诗人的任务》，《外国剧作家论剧作》，中国社会科学出版社1982年版，第8页）。从他的剧作来看，他不只是"写实"或提出问题，也不只是写"社会种种腐败龌龊"，而是写出精神经历中的真实和生活蕴藏着的"伟大"和"美丽"并升华为戏剧的"诗意"。这些，可以说是易卜生戏剧的精华所在。而胡适的理解是有偏颇的。曹禺以一个艺术家的心灵感受和艺术胆识，深刻地把握到易卜生戏剧的艺术精神和艺术内涵，并形成了他的戏剧诗的戏剧美学观念。

他声言，他写的是一首诗，而不是社会问题剧。显然，这是他针对五四以来，尤其是胡适的易卜生主义及其代表作《终身大事》所引发的所谓问题剧的潮流而发的。

其二，《雷雨》所蕴含的深刻而广阔的人文主义关怀，对人生，对人，对人性的深刻的思考和对人类命运的关怀，以及他对宇宙的憧憬，他有着他的哲学的思考，这是其他剧作所未能达到的。

他曾说：

《雷雨》所显示的，并不是因果，并不是报应，而是我所觉得的天地间的"残忍"。(这种自然的"冷酷"，可以用四凤与周冲的遭遇和他们的死亡来解释，因为他们自己并无过咎。)如若读者肯细心体会这番心意，这篇戏虽然有时为几段较紧张的场面或一两个性格吸引了注意，但连绵不断地，若有若无地闪示这一点隐秘——这种宇宙里斗争的"残忍"和"冷酷"。

这段话，将一个诗人的哲学以及这个的哲学的特点说得很清楚。诗人的哲学不但具有神秘性、情感性和朦胧性，甚至还带有原始性。在他看来，宇宙间充满的是"残忍"和"冷酷"，这个感知，或者说论断，起码在中国的现代的哲学家和文学家中，还是独具的——这就是曹禺的宇宙观和世界观。

在曹禺这样的一个世界观中，蕴涵他对现实世界的哲学沉思，尤其是对于现代世界的沉思，使之具有现代性；同时，也蕴涵着中国哲人以及世界文学大师的人文思想的元素。

曹禺作品所写的世界就是一个残酷的世界，尤其是他的前期剧作，他所演绎的是一系列的残酷。

首先是命运残酷，在《雷雨》中命运的巧合恰恰体现着命运的残酷。四凤在重蹈着侍萍三十年前的覆辙，无论是对于年轻的四凤，还是对侍萍来说，他们的命运是太残酷了。

蘩漪的性格内核，以及她的精神和灵魂也是残酷的。曹禺说："她的生命交织着最残酷的爱和最不忍的恨。"

总之，在《雷雨》中，充满的是命运的残酷、性格的残酷、生的残酷、死的残酷、爱的残酷、恨的残酷、场面的残酷、情节的残酷，正是在这样的一系列的残酷中而蕴蓄它的诗意，它的哲学，它的审美的现代性。

在二十世纪三十年代初，法国戏剧家安托南·阿尔托就提出"残酷戏剧"的理论，应当说，它仅仅是一种戏剧观念；而曹禺的对世界和宇宙的残酷性的感悟，却是一种宇宙观，世界观。这是一种超越戏剧的大胸襟，大视野，大境界。

基于此，他把人类看成是可怜的动物，由此而产生曹禺的大悲悯。

正如王国维评价《红楼梦》所说的："红楼梦，哲学的也，宇宙的也，文学的也。"《雷雨》也具有这样的典范的特质。当我们仅仅把《雷雨》演绎成一部社会学的悲剧的时候，也未尝不对；但是，沉浸在《雷雨》中人物、情境、情节中的是他对人生，对人，对人类的哲学的沉思。

其三，由《雷雨》树立起一个新话剧艺术的典范，可以说是诗化现实主义的典范。

这是一个以塑造性格为核心，创造诗意真实，讲究说故事，讲究穿插，讲究场面，既可读又可演的为中国人所情愿接受的话剧范式。他走的是一条诗与现实结合的创作道路。如夏衍，就在曹禺剧作的"示范"的影响下，创造出《上海屋檐下》这样的杰作，以至于在中国形成了诗化现实主义的宝贵的传统。

诗与现实的融合所呈现出来的突出特色之一，即以诗人般的热情拥抱现实。

从特定意义上说，任何杰出的作品都不是用笔墨写成的，而是作家用他全部的生命、高尚的灵魂以及对人生的领悟和激情而铸就的。在《雷雨》中，他把对时代的感受和对现实的激情同自然界的雷雨形象交织起来，使雷雨般的热情和雷雨的形象浑然一致，形成一个情景交融的境界。雷雨既是整个戏剧的氛围，又是剧情开展的节奏。雷雨既是摧毁旧世界的象征，又是激荡人物心灵的力量。他把巨大的热情，化为诗的氛围，化为性格的感情冲突，化为人物心灵的诗。艺术从来就是对现实生活中一种带有感情的形象反映。对先进的革命的事物的崇敬赞美，对丑恶的反动的事物的愤怒仇恨，对被压迫奴隶的同情热爱，是艺术创作的推动力。缺乏真情实感，不可能产生动人的艺术；缺乏真情实感，也不可能发现和切入现实的底里，从而写出真实的艺术品。对于曹禺来说，他的巨大热情，带有更特殊的地方，他往往是靠着那种"情感的汹涌的流"来推动着孕育着他的剧作的。

诗的发现，是对现实敏感的表现，是通向创造的第一步。但是诗的发现，或是艺术的敏感，是激扬的感情同现实撞击的结果，是诗人的一颗充满崇高情感的心灵拥抱现实的产物。像《雷雨》中，周朴园逼繁漪喝药的一场戏，那是在封建大家庭中司空见惯的事；但是，在曹禺的笔下却化为一场惊心动魄的戏。正是在人们习以为常的生活中，他以被抑制的情感，敏锐地感受到周朴园的令人颤栗的精神镇压力量。在曹禺所描绘的现实中，都是为鲜明爱憎所熔铸过提炼过的。别林斯基曾说："戏剧就其本质来说，最是充满热情的。"(《别林斯基论文学》，第54页)而曹禺正是一个对现实怀着巨大热情的剧作家，他用巨大的热情融入现实并建构了他的戏剧大厦。

诗与现实的融合所带来的另一特色，是曹禺总带着理想的情愫去观察现实和描写现实；因此，我们把他的现实主义的真实性称之为诗意真实。诗意真实，是他的现实主义美学风格的突出特点。

在《雷雨》中，他对现实关系的描绘的真实性，往往带有严峻而冷酷的特点，无情地暴露了现实生活的丑恶，揭示了人物命运的严酷，如《雷雨》中所描绘的，是种种的污秽和种种的罪恶。但是，他却在污秽中看到一颗渴望自由的美丽的心灵，在罪恶中看到新生的力量。可贵的是他不止于暴露，而是在暴露中透视出那堂皇的社会大厦必然倾覆的结局。一个剧作家的理想，决不是对现实的虚饰和伪造，而是对现实中蕴藏着的诗意发现，以及从现实中提炼出美的精醇。曹禺正是从现实中发现着探求着这种诗意真实的。已故的文学理论家何其芳曾这样说："那些最激动人心的作品常常不仅描写了残酷的现实，而且同时也放射着诗的光辉。这些诗的光辉或者表现在作品中的正面人物的行为上，或者是同某些人物的行为结合在一起的作者的理想的闪耀，或者来自平凡而卑微的生活深处发现了崇高的事物，或者就是从对于消极的否定的现象的深刻而热情的揭露中也可以折射出来……总之，这是生活中本来存在的东西。这也是文学艺术里面不可缺少的因素，这并不是虚伪地美化生活，而是有理想的作家，在心里燃烧着火一样的爱和憎，必然会在生活中发现、感到，并且非把它们表现出来不可的东西。所以，我们说一个作品没有诗，几乎就是没有深刻的内容的同义语。"（《论〈红楼梦〉》，第127页）这番话用之于评价衡量曹禺的剧作也是适用的。理想，永远是剧作家从生活中发现和提炼诗意真实的心灵的源泉。

曹禺的诗化现实主义的艺术重心，在于倾力塑造典型形象，特别是把探索人的灵魂，刻画人的灵魂放在最重要的地位上，写出人物心灵的诗。

在《雷雨》中，蘩漪、周朴园，这些典型是曹禺自己的艺术发现，正如答尔丢夫之属于莫里哀，哈姆雷特、罗密欧之属于莎士比亚……蘩漪，也许被习俗视为最不规矩的女人，是为旧道德所不容的。但是，他却发现"她是一个最'雷雨'……性格"。他不能掩饰对她的"怜悯"和"欢喜"。他更发现了她"有着美丽的心灵","她有火炽的热情,一颗强悍的心,她敢冲破一切的桎梏,做一次困兽的斗"。周朴园,也是他的发现,在这个人物身上他揭示出中国民族资产阶级的封建性,同时也发现他作为一个"人"的可怜。从侍萍、四凤的悲剧命运中,则发出被侮辱被迫害的奴隶的渴求解放的正义呼声,他们都有着种种美好的心灵和道德,而透过她们的命运对封建制度发出血泪的控诉。正如高尔基所说:每个艺术家总是"发现自己、发现自己的对生活、对人们、对特定的事实的主观态度,并把这种态度用自己的形式和自己的语言表达出来"(转引自《现代文艺理论译丛》1958年第2期,第176页)。曹禺正是以自己独到的发现写出了自己的人物,自己的典型。在中国现代戏剧史上,第一个写出这么令人难忘的属于作家自己的艺术典型来。

其四,曹禺作为一个伟大的人文主义作家,最令人敬佩的是,他的戏剧成为探索人性秘密的试验室,在《雷雨》中,他是人性复杂性的揭秘者和考察者,也是人性的深度和广度的探测者。

《雷雨》之前,还没有一个现代戏剧的作家,像曹禺这样执着于人性的追索,迷恋于对人的灵魂的窥测。犹如他对宇宙的秘密的探视,似乎他把人的人性、人的灵魂作为一个小宇宙,把它内藏的隐秘揭示出来。

蘩漪,这个被困在黑暗王国中的幽灵般的人物,不知她内心深处积淀着多少苦闷和仇恨,不知压抑着多少对情爱的渴望和对自由的追求,她的乖戾和阴鸷,是她的人性扭曲的表现。你怎样去理解这样一个乱伦的女人,怎样理解她对四凤的压迫,又怎样理解她对周萍那种不可理喻的种种表现。曹禺是懂得这个女人的,他可以原谅她的"罪大恶极",他可以激起他的怜悯和尊敬,以至于认为她"有着美丽的心灵"。

曹禺熟谙戏剧的奥秘,善于把人置于复杂而多变的人物关系、人物矛盾中,聚焦于人物的灵魂深处,从多方来透视人性的秘密。蘩漪,就是安置在周朴园、侍萍、四凤、周冲、鲁贵,尤其是周萍的复杂的人物关系中,揭示她复杂的人性的。

其五，从文明戏，五四新剧以来，一直困扰中国戏剧人士的核心问题之一，即如何对待这个西方的舶来品。

我们已经有了成百次的实验，但却经历着一次又一次的失败。《雷雨》的示范性，在于它提供了最佳的范例和最佳的经验，那就是以他人的金线制成自己的衣裳。当那些以比较文学的尺子来观察《雷雨》，所举证的种种"影响"和"抄袭"的例证，今天看来，都一一展示曹禺的高度的摄取力和消化力，在这部戏剧中，从希腊悲剧，莎士比亚、易卜生、奥尼尔，甚至情节剧，都融化在《雷雨》的熔炉中，它是曹禺用了五年之久的酝酿，长久的构思和打磨，谱出的一部"雷雨"的交响乐曲。

1934年，在中国的剧坛上已经有了像田汉、洪深、欧阳予倩、熊佛西，这些后来被认定是中国话剧奠基的人物，其时，虽然不能说他们在剧坛上叱咤风云，也都名噪一时了。还有郭沫若、丁西林等一批剧作家。但是，他们却未能写出像《雷雨》这样划时代意义的剧作。就以具有最好的条件的田汉来说，他已经创作了大批的剧作，而且创造了他的辉煌的南国社时代。《名优之死》《获虎之夜》，以及一批具有感伤浪漫基调的剧作，所呈现的诗化的倾向，似乎他应是最早走向成熟，创作出具有里程碑式的剧作的人物。可惜，他却没有达到。田汉作为一个才子，可谓才华横溢，倚马可待，是一位捷才。而且其激情洋溢，洋洋洒洒。但是他的弱点，是缺乏哲学的沉思，缺乏更广阔的人文关怀，缺乏对现实更深刻的叩问。《雷雨》问世后，似乎由于田汉的个性和成就，眼看着曹禺的"明星"的光辉而不认同，对《雷雨》写了并非恳切的批评文章。

洪深、熊佛西、欧阳予倩均有他们的戏剧的贡献，但是，鉴于他们的才能倾向和创作的功力也未能写出《雷雨》这样的剧作。

三

任何事物的发展，都有一个从量变到质变的进程。

从创始阶段的文明戏，到五四新剧，截至《雷雨》问世，还不到三十年。如果作为一个新兴的剧种，在这么短的时间内，其成绩相当可观了。但是，就对话剧艺术的本体来说，应当说中国人那时还没有尽得其妙，知其精髓；对当时话剧发展的核心课题还处于摸索阶段。究竟是哪些问题影响中国话剧的发展？

其一，是对话剧的艺术本体的认识还缺乏很好的理解，尤其对话剧创作的艺术基本上还处于模仿的阶段；

其二，在话剧的观念上，从胡适、欧阳予倩到洪深，都将话剧作为传播思想、主义的工具；

其三，在演出上还处于爱美剧的阶段，没有专业的剧团，更没有职业的剧团，更没有足以养活剧团的剧目；

其四，缺乏艺术创新的意识，一是艺术个性的创新，一是民族的创新。

以上就是《雷雨》诞生的戏剧文化的背景，也是中国话剧发展迫切需要解决的核心课题。

那么，是什么使曹禺走向话剧发展的历史制高点上，是什么支撑曹禺走向《雷雨》？我以为他有四个支柱。

其一，曹禺是带着深厚的中国文化艺术的传统，带着精深的戏剧文化传统接触西方的戏剧的；从小就得天独厚地受到中国戏曲文化的熏陶。

其二，对于西方戏剧史的了解，尤其是他对从古希腊悲剧到易卜生、契诃夫，再到当代的奥尼尔的研究，不但使他成为西方戏剧史的教授，而更重要的他与那些戏剧大师进行了心灵的对话，可以说是神交。他从他们那里得到的是思想的启示，是灵感的点燃，是灵魂的感悟。

其三，他是带着经历了文明戏和五四新剧的种种事变和教训而接触话剧的，使他对这段戏剧史有着深切的观察，以及对核心课题的思考。加之他的恩师张彭春，给了他最好的戏剧教育，发现了他的演剧的才华，启迪了他的戏剧智慧，不但使他成为一个名噪一时的天才的演员，像莎士比亚、莫里哀一样有着亲历的舞台经验；而且带着他改编外国名剧，引领他跨进戏剧创作的道路。

其四，他有着独到人生的体验，他自己的特有人生遭际，生活在那个"黑暗王国"一样的家庭，尤其是他那个爱着他又被他看成是"暴君"的父亲，以及有关的家族和家庭的人和事，都让他顿悟了人生。他在一个看来的狭小的家庭里，却感受到人生的大悲苦，人性的大世界。

以上，自然不能全部概括。但是，这四个支柱，是一个有机的整体。我看，在戏剧界无论是他的长辈，还是同辈，都难以同他相伯仲。田汉，缺的就是曹禺那种对人生对人性的刻骨铭心的体验，他绕不开与他的婚恋纠缠不休的苦闷和感伤，而不能产生大悲苦；他没有演戏的经验，就难以更深刻把握舞台；他有诗的激情，却没有曹禺那样的诗的发现。洪深虽然在美国受到很好的戏剧教育，在导演上开拓了他的事业；但是他的现实主义的创作，大体上还是一个"写实"者，难以升华为诗的。显然，他也不是雕塑性格的能手。他和欧阳予倩，在戏剧观念上，拘泥于将戏剧作为传输思想的载体，限制了他们的想象和蒸腾。

看来，《雷雨》的成功是偶然的，但是，它却是为时代所孕育，为历史所积累的结晶。尤其，是曹禺那种十年磨一剑的创造的精神，让他登上中国话剧历史的一个峰巅。

我想，《雷雨》的典范性，在当前也会给我们以深刻的启示，让我们懂得怎样在既有的历史条件下，抓住历史的症结加以大胆的突破。敢于面对前人所未曾解决的问题，善于发现现实生活中的诗意，从而写出无愧于时代的佳作。我们纪念《雷雨》的诞生，就是希望像曹禺那样创造出我们时代的《雷雨》。

让我们呼唤我们时代的《雷雨》到来吧！

第三编　研讨

曹禺是谁，你们知道吗？

　　霍彬先生约我写一组文章来介绍曹禺，那么，开篇应当写个什么题目，颇费踌躇。一天,随便翻阅美籍华人学者李欧梵的《狐狸洞话语》,其中一篇《鲁迅是谁，你们知道吗？》，对我颇有启发。他说他在加州大学洛杉矶分校教学时，在一个十五个人的中文班作了一次实验，问他们是否知道沈从文、三毛、白先勇、鲁迅，这些来自台湾的学生，知道鲁迅的名字的只有两三个人。李欧梵颇有感慨地说："他们回答得那么天真，似乎觉得这些都是天经地义的事。鲁迅是谁，和洛杉矶的阳光海水又复何关？谈起来颇有点荒诞之感。不过我还是硬着头皮，用说教的语气训他们：'不懂鲁迅，就是文盲'……"这里，我也不妨大胆地问一下："曹禺是谁，你们知道吗？"不知道现在天津人有多少人知道曹禺，也不知道又有多少人知道曹禺是做什么的？

　　我想，现在的天津人知道小彩舞，知道马三立，知道关牧村……是不成问题的；但不一定知道天津还出过这样一位全国闻名、蜚声世界的戏剧大师。

　　我看到的一些名人词典，还有文学史或者戏剧史，都写着："曹禺，湖北潜江人"。曹禺自己把籍贯也写成是"湖北潜江人"。这其中的原因，我以后再说。于是，我们看到在湖北潜江市不但有曹禺著作陈列馆，还有曹禺的墓地。似乎是很尊重这位大师的。

　　但是，曹禺是地地道道的天津人，千真万确，铁板钉钉。

　　1910年9月24日生于天津小白楼万公馆。这是曹禺先生亲口对我说的。他说,"那个时候小白楼还没有起士林,更没有一座楼房,万家就住在一个大院里。后来,我父亲才买了现在的民主道23号的楼房。"如果你现在去参观,那里还可找出一个标明是"曹禺故居"的牌子。这是我能看到的天津所给予这位文化名人的最高待遇了。

记得1985年,我陪着曹禺去看他的故居,一个两层小楼,居然住着四五家人,楼道里挤满了各种杂物,烟熏火燎,不堪入目。我不知道曹禺是怎么想的,但是,我已经感到格外的凄凉和悲哀了。也许就是那次,见过文化局或者是天津剧协的领导,有些学者提了意见,才有了后来"曹禺故居"的牌子。

我想,天津人对于这位老乡,是不该怠慢的,应该有着大尊敬。有人说,曹禺在天津是排不上名次的。但这也看怎么个排法和看法。如果从五四算起,大概在天津的文学家中还没有一个人能够超越他了;即使写天津文学史,曹禺也应是最让天津感到自豪的文人。如果作为一剧作家,他不但在天津排名第一,在全国也是首席,现在可能没有争议了。其实,早在五十年代日本学者佐藤一郎早就说:"在中国近代戏剧史上,若要推出一位代表作家,当首推曹禺。"

曹禺确实是值得天津人骄傲的,也是这个城市的骄傲。

中国的话剧是从西方引进的,但是只有到了曹禺手里,才把它琢磨透了,玩出自己的东西来。按照学者的说法,曹禺的剧作《雷雨》、《日出》、《原野》是中国话剧走向成熟的标志。他的戏一代接着一代地演,一代接着一代看,可谓百演不衰,百看不厌。不但在中国演,而且演到了国外。这是没有哪一个中国的剧作家能比得上的。所以说他也是一个走向世界的戏剧家,数十国家和地区上演过曹禺剧作,他的主要剧作被翻译为数十种文字。

他的戏经得起时间的考验和观众的考验,它确实具有一种经典才具有的艺术持久力,具有一种永恒性的内涵。因此,它被改编成电影,电视剧,改编成戏曲如京剧、花鼓戏、川剧等,还有芭蕾舞剧,歌剧,音乐剧,它像莎士比亚的戏剧一样成为一个开掘不完的戏剧宝藏。

曹禺在南开中学读书时,他演戏名噪一时,被南开的师生昵称为"我家宝玉",今天也可以说"曹禺是天津的通灵宝玉!"

苦闷的种子

当年，曹禺先生推荐我为之写传，他对我说，"你要写好我的传，就应该把我的苦闷写出来。"要了解曹禺的性情、曹禺的剧作、曹禺创作的秘密，确实要了解他的苦闷。

曹禺似乎生来就是一粒苦闷的种子。十几岁，他的父亲万德尊就对他说："添甲（曹禺的小名），你小小的年纪，哪里来这么多苦闷？"譬如他写过一首诗：《不久长》，就叹息着"来日不久长"，向往着："我不久将冷硬硬地/睡在衰草里，/我的灵儿永在/深林间同你歌唱！"

但是要懂得曹禺的苦闷，就要了解他的父亲，了解他的身世和家庭。

看来曹禺的家庭是相当阔绰的，家里有两座小洋楼，用人六七个。他似乎不该有什么苦闷可言的。曹禺说："我也不知道我会有那么多苦闷，可那时我的确是苦闷的啊！"

其实，他父亲万德尊就是一个苦闷膺胸的人。万家祖祖辈辈都是穷教书先生。万德尊于清朝末年到日本留学，读的是军官学校。回国后，在天津做过直隶府的标统（相当一个团长）。民国成立，他成为黎元洪的秘书，还在河北宣化做过镇守使。但是，军阀混战，黎元洪下台，他也随之赋闲，在天津做起寓公来。他原本希望光宗耀祖的，飞黄腾达的，结果却败下阵来。于是怀才不遇，牢骚满腹，脾气极坏。曹禺对我说："我家的气氛十分沉闷，很别扭。我很怕我的父亲。哥哥抽鸦片，他对我哥哥很凶很凶，他们父子仇恨很深很深。至于打仆人，骂厨子，更是司空见惯。从早到晚，我父亲和母亲在一起抽鸦片。下午四点放学回家，他们还在睡觉。整座楼房没有一点动静。整个家沉静得像坟墓，十分可怕。真是个沉闷的家庭啊！"他说，他父亲性格，"后来影响我在《北京人》里所写的几个人物，譬如曾皓、曾文清和江泰。"《雷雨》中周朴园也有着他父亲的影子。

　　这个父亲，这个家庭不能不让曹禺苦闷。而曹禺的忧郁和孤独，还缘于他生下三天，他的母亲就患产褥热死去。当他年近古稀，对我讲起生母早逝，眼里还含着泪花，是说不出的悲哀和悔恨："我从小失去了自己的母亲，心灵上是十分孤单而寂寞的。"那时，曹禺五六岁的时候，家里的一个女佣人，对继母心怀不满，就对曹禺说："添甲，你知道吗，你的亲生母亲生你三天就去世了，她不是你的亲妈！"这个消息，对于曹禺犹如晴天霹雳，深深地伤害了他的幼小的心灵。随着年龄的增长，这种失去生母的孤独感和寂寞感不但未曾减少，反而成为苦闷的酵素，蔓延着，扩展着，渗透到心灵的深处。

　　在他的童年时代，碰上了华北大水灾。大街上到处都是四乡逃到天津的难民，他目睹了那种凄惨的景象，留下了深刻的烙印。这时，一个逃荒的段妈来到他的家里。每天都是段妈伴着他睡觉，每天他都能听段妈讲农村的故事，讲她自家的故事。她的遭遇是太凄惨了。她自己的父母都是活活饿死的。出嫁后，丈夫是个老实的庄稼人，因为交不起地主的租子，活活被打死。她的公公眼看着儿子死去，也逼得走投无路而自杀，婆婆跟着就悬梁自尽。还有一个儿子，被地主打伤，无钱医治，全身长满了脓疮，上面爬满了蛆，活活疼死了。这是小小的添甲知道了在他家小楼外边还有着一个苦难的世界，无疑，这又添加了他心灵中的苦闷。

　　大约六七岁的时候，他随着父亲到宣化。在镇守使的衙门大院里，只有他一个小孩。没有人同他玩耍。他就跑到后山上去，高大的"神树"，枝桠伸展开去，阴森森地，似乎到处都有神秘的眼睛在窥视着，充满了诡秘和恐惧。在这里咀嚼着孤独和寂寞，玩味着诡秘和恐怖，而这些构成了《原野》中的鬼气森森的意象。他觉得在这个世界上没有自己的亲人，没有人体贴到一个伤痛的心灵。曹禺对我说:"那时我是非常敏感的。在黄昏的暮色中,乌鸦在躁鸣着,远处传来士兵归营的军号声。我喜欢一个人,坐在城墙上,听那单调却又十分凄凉的号声。偌大一个宣化府,我一个小小孩子,又没有了自己的母亲,是十分孤独而寂寞的。"这样的一种感受,也融进《北京人》的戏剧意境之中。

但是真正让他领略着这人生苦闷的,是他父亲的去世。他父亲在世时虽然不能说是高朋满座,但也是宾客盈门。曹禺看着这些人在父亲面前是怎样地卑躬屈膝,怎样地阿谀奉承。曹禺说:"我父亲死,亲朋离散,那时,我才十九岁。他是因为债务生气,一着急便死了。是我去报丧,都是由我跑的。所有的人对我报丧都不起劲,除了李仲可,别的人都不来过问了。家庭一败,立即脸就变了,就像鲁迅说的那样:'有谁从小康人家堕入困顿的吗?'我以为这条路中,大概可以看到世人的真面目。真像鲁迅经历的那样,家庭一败就完了,找谁谁都不管,真是可怕的啊!这种体验是平时不可能得到的,这种人生体验对我来说是太深刻了!"

曹禺二十三岁能够写出《雷雨》这样深刻的作品,不是偶然的。他早早地就体味着人生,他那苦闷的种子,终于结出了硕果。

曹禺的表演艺术天才

曹禺，可以说是一个表演艺术的天才。

他小的时候看戏，也同小朋友一起扮演戏中角色，甚至自己编故事。

曹禺曾经对我讲了一个他小时候表演的故事。

民国以来，军阀混战。他的父亲是黎元洪的秘书，段祺瑞倒黎，风雨欲来，情势紧急。黎元洪的幕僚们，急得如热锅上的蚂蚁，突然乞求迷信，于是就把一个女孩和添甲叫来"圆光"。所谓"圆光"，类乎巫术，必须是童男童女参加方可灵验。"圆光"时，"圆光"者，手持点燃的蜡烛，在白纸上照着，大概是由于墙壁凹凸不平，在烛光的照射下，墙上就出现一些影像。"圆光"者就问这些童男童女看见了什么，并加以解释。

当问到添甲时，添甲就绘声绘色地说，他看到了千军万马，看到黎元洪大总统带领着千军万马来了。他说，从那军帽上就看出是黎元洪，黎元洪的军队打了大胜仗。

这使所有在场的人都震惊了，看添甲的表情话语的真实性，他们不能不信不得不信。"圆光"之后，万德尊问添甲："添甲，你是怎么回事情？"添甲对着父亲笑了笑，跑掉了。曹禺对我说："我当时是顺嘴溜出来的，我讲得那么神气，我从来还没有像在这次'圆光'事件中占据着主导地位，使我成为一个中心人物。"实际上，他是在无意中作了一次即兴的表演。

南开中学的演剧活动在全国都是首开风气的，每年校庆必有演出，成为学校庆典的组成部分。曹禺十五岁，初中三年级就参加南开新剧团，开始并没有引起人们的重视。但是，他却十分投入，第一次演的戏是洪深改编的《少奶奶的扇子》。他的戏不多，也不是主要角色，但是他硬是把整个剧本都背得滚瓜烂熟，把剧本都翻烂了。可见他对戏剧的痴情和迷恋。

但是，发现曹禺演剧天才的是他的导师张彭春先生。

张彭春是校长张伯苓的弟弟，他从哥伦比亚大学留学归来，在南开中学任教导主任，并且成为南开新剧团的指导老师。他在美国留学时就注意考察欧美的戏剧，并且写过剧本。他到南开中学后，倡导学生应当过"艺术的生活"。他把西方的现代导演制度和导演艺术带回中国来。如果说在南方是洪深首先建立戏剧导演制，那么在北方就是张彭春了。

在排演丁西林的《压迫》中，张彭春，发现了曹禺。曹禺个子长得不高，平时沉默寡言，不为人所注意。但是，一到台上，一进入角色，则像是换了一个人，他总是能准确地体现出导演的意图，对角色有着很好的把握，他一双分外明亮的眼睛，流盼之间透露着诱人的力量，而举手投足，一颦一笑，浑身是戏。他的嗓音宽厚甜润，台词读来颇有韵味。于是在张彭春排演第一出大戏，易卜生的《国民公敌》时，决定由曹禺扮演女主角裴特拉。

正在排演中，突然传来校方的紧急指示："此剧禁演"。这个消息如晴天霹雳，使每个演员都惊呆了。曹禺说："原来是天津的军阀褚玉璞，他以为是一个姓'易'（他把易卜生当作中国人了）的青年写了《国民公敌》骂他，骂他是'革命'的敌人，于是派了督办公署的爪牙到学校勒令停演。"这次事件，使曹禺感到社会的黑暗，以及戏剧的作用。这出戏，在1928年校庆时演出，为了躲避军阀的视线，改名为《刚愎的医生》。演出后，师生反应热烈。报道说："连演两天，每次皆系满座；实地排演时，会场秩序甚佳，演员表演至绝妙处，博得全场掌声不少。"

随着时间的推移，张彭春对曹禺更加喜欢了。当他排演易卜生的另一出名剧《娜拉》时，就决定由曹禺扮演女主角娜拉。这出戏并不好演，它既没有特别诱人的故事，更缺少火爆的场面，演员不多，很容易冷场。挪威的戏剧评论家艾尔瑟·赫斯特说："这出戏的效果是通过主人公娜拉产生的；成败与否全在于她的表演。支撑全剧的是一种情感，它集中于一个人，并且单独从她那里迸发出来。基于这个原因，娜拉·海拉茂在欧洲的保留节目中成为一个传统的角色；不断有世界上最优秀的演员在这个角色身上检验他们的才能。"此时，曹禺不过刚刚涉足戏剧表演，就担此重任，可见，张彭春先生对于曹禺的信赖了。

在南开中学的瑞廷礼堂，观众挤得满满的。当曹禺以俊俏的扮相出现在舞台上时，一个光彩照人的娜拉形象赢得了观众。她对角色的体会是深刻的，他的扮相举止展现了一个"女性"的美丽，特别是他那双明亮的眼睛，令人着迷。他的台词，更是让观众叫绝。演出后校刊是这样报道的："新剧团公演易卜生的名剧《娜拉》，观客极众，几无插足之地。""此剧意义极深，演员颇能称职，最佳者是两位主角万家宝和张平群先生，大得观众之好评。"曹禺的同学，著名的《李双双小传》的导演，鲁韧先生对我说："曹禺演的娜拉，在我的脑子里是不可磨灭的。我敢这样说，现在也演不出他们那么高的水平。我总觉得曹禺的天才首先在于他是个演员，其次才是剧作家。"曹禺的表演才华，在中学时代就得到充分的展示，而南开中学恰恰成为这个表演天才诞生的沃土。

有人说，没有张彭春就没有曹禺。曹禺也始终感谢着他的恩师。我们看到在曹禺的第一部剧作《雷雨》问世时，他就在《序》中写道："我将这本戏献给我的导师张彭春先生，他是第一个启发我接近戏剧的人。"

曹禺·《玄背》·郁达夫

记得1982年第一次同曹禺先生见面，他就谈到他在南开中学读书时，还写过一篇小说，名曰：《今宵酒醒何处》，刊登在天津《庸报》的文学副刊《玄背》上。

稍后，我就到天津图书馆和南开大学图书馆去查找，但是这两家图书馆竟然没有《庸报》。最后还是在北京图书馆查到这篇连载的小说，但是却缺了一期。又为了查到这一期，到处托朋友在上海、广州、武汉等地图书馆去查找，始终没有查到，至今不知此期《玄背》何处有？

中学时代，曹禺就迷恋新文学，凡是当时著名的文学刊物，诸如《创造》、《语丝》、《小说月报》等，他都看。曹禺是在五四新文学运动的影响下成长起来的一代作家。他说，看外国的文学作品，读易卜生，读近代的小说，如《老残游记》、《孽海花》等，都没有像读新文学作品那样给他以强烈的震撼。他说，他十三岁就读鲁迅的《呐喊》了，他很爱读鲁迅的作品，《狂人日记》没有完全读懂，可是《故乡》、《社戏》、《祝福》等给了我以深深的感染。读鲁迅作品让我同情劳动人民。

但是他更热衷创造社的作品，他说读了《女神》，"我被震撼了。《凤凰涅槃》仿佛把我从迷蒙中唤醒一般。我强烈地感觉到，活着要进步，要更新，要奋力，要打倒四周的黑暗。"

他更崇拜的是郁达夫，不只他，还有他的文学伙伴都崇拜郁达夫。《沉沦》的出版，在当时文坛上激起强烈的反响，特别是对于青年，可以说是一次情感的征服。郭沫若就说过"他（郁达夫）的清新的笔调，在中国的枯槁的社会里面好像吹来了一股春风，立刻吹醒了当时的无数青年的心"。他对我说："说也奇怪，我还受过郁达夫的影响，在天津《庸报》的副刊《玄背》上有我一篇小说，就受了郁达夫的影响，叫《今宵酒醒何处》，写一个人爱上一个护士。这篇小说中有《沉沦》的影子。"

这篇小说，刊登在1926年9月出版的第6期到第10期上。这是我们看到曹禺第一次用曹禺这个笔名发表作品。

小说的确具有郁达夫那种浪漫感伤的情调。说的是一个名叫夏震的青年同梅璇小姐恋爱了。但是，一个日本贵族青年野村三郎看上了梅璇，他依仗着权势，要把梅璇搞到手。他向梅璇的叔父施加压力，于是梅璇的叔父便从中作梗，帮着野村把梅璇从夏震那里夺过来。梅璇假意应付叔父同野村周旋着。但是痴心的夏震却以为梅璇变心了，于是他就到妓院去厮混，酗酒纵乐，颓废伤感，痛不欲生，陷于极度苦闷之中。在朋友文伟的暗中帮助和安排下，当他乘船返回B地时，梅璇也突然在船上出现了，他们得以相逢。他们终于解除了误会，互相倾诉背离之情。按说这本该是以美满的团圆而结束了。但是，夏震不但不能使受伤的心灵因此得到慰藉，反而心境更加寂然凄凉，于是便吟出柳永的词句："多情自古伤别离，更那堪、冷落清秋节。今宵酒醒何处？……"

他同我说起这篇小说的创作和发表的经过，依然十分兴奋。他说，"《玄背》是我们自己办的一个刊物，当时，大家都要写稿。我自然也不例外。那时也不知是哪里来的劲头，说写就写。我记得是在一次乘船时，看见一个十分漂亮的女护士，那时又看了不少郁达夫的小说，于是，就生发出这样一个故事来。写这篇小说时，我才十六岁，大概是高中一年级吧。也许是初生的牛犊不怕虎吧，记得我们几个爱好文学同学凑在一起，大家说要办个杂志。是王希仁同学和《庸报》的编辑姜公伟很熟悉，一联系，便同意给我们开辟一个园地，随着报纸出周刊，就这样说办就办起来了。"

大家议论给副刊起个名字。有人建议，把字典找来，随手翻来两个字，就是刊名了。翻出的第一个字是"玄",第二个字是"背",于是就起名为《玄背》了。曹禺说:"先翻到一个'玄',就要它了,'玄而又玄'。又翻到一个'背',这就叫'背道而驰'。可见,那时的思想情绪是很苦闷的。"

《玄背》出版后,他们即把刊物寄给郁达夫,并且写信给他,希望得到他的支持和指导。正在广州的郁达夫,很快就复信了。曹禺说他们收到郁达夫的信,欣喜若狂,受到极大的鼓舞。

郁达夫的信,《玄背》立即刊登出来。郁达夫在信中说:"记得今年的四五月里,你们忽而寄来了几本刊物,题名《玄背》。我当时读了,就感到一阵清新的感觉。""使我感到清新的一个最大原因。以后我还希望你们能够持续这一种正大的态度,对恶势力,应该加以十足的攻击,而对于不甚十分重要的个人私事,或与己辈虽有歧异而志趣相同的同志,断不可痛诋恶骂。致染中国'文人相轻'的恶习。"这些忠告,对于曹禺是颇有影响的。曹禺曾说:"后来,我写过一些杂感式的文字,郁达夫的这些十分中肯的见地,对我很有指导作用。"

1927年,曹禺担任《南中周刊》"杂俎"栏的编辑,他不但编稿,而且亲自撰稿,连续写了《杂感》、《偶像孔子》、《听着,中国人!》等,或批判迷信偶像,或评说是非,或针砭时弊。文笔犀利,却如郁达夫所希望的,对恶势力的攻击,具有"正大的态度",批评"光明磊落,不失分寸"。

震撼平津的《财狂》

1933年，曹禺在清华大学外国文学系毕业之后，曾到保定教中学，因为水土不服得病回到北京。病愈后，在清华研究院读研究生。虽然他酷爱读书，可是却无心死守书斋。1934年暑假，在老同学杨善荃的大力推荐下，到天津河北女子师范学院外文系任教授。这样，他又回到天津，得以同家人、老朋友在一起。最难得的是又能和赏识他的老师张彭春先生合作了。

此时，曹禺的处女作《雷雨》已经发表出来，在日本东京首演了。而国内首演《雷雨》是天津市立师范的学生剧团——孤松剧团。曹禺曾对我说："我刚刚回到天津，天津师范的同学就来找我，他们要排《雷雨》，请我去指导。我觉得他们热情很高，盛情难却。我记得几乎每天都去，帮助他们理解人物，特别是掌握人物性格的分寸。"1934年8月17日—18日，在天津师范学院的礼堂正式公演。当时的天津的《大公报》，接连发表评论，对这次演出给予肯定。不过，并未引起更多的重视。

而真正使天津人看重《雷雨》是1935年中国旅行剧团在天津的演出，由于中旅的高超的表演艺术，把一个《雷雨》的故事演得令人感动不已。

《雷雨》十分叫座，当时就在中国大戏院演出。几个主要演员和团长唐槐秋都住在惠中饭店，劝业场正在兴建。曹禺第一次看到自己的戏是这样的迷人，这样的上座，他说："看到自己的剧本在舞台演出，是那么吸引人，那种心情是很难形容的。我自己也像着了迷似的，几乎天天去看，还自愿地躲在舞台后面，给演员提词。戏散了便到惠中饭店去！"唐槐秋对曹禺说："万先生,《雷雨》这个戏真叫座,我们演过不少的新戏,再没有你的《雷雨》这样咬住观众的。老实说,有这样的戏,才能把剧团维持下去。"中旅是中国第一个职业剧团,也就是说以演话剧谋生的。他们最能体验《雷雨》对于他们的价值。中旅在平津演出《雷雨》的成功,使他们敢于带着《雷雨》去占领上海的码头。《雷雨》在上海轰动了。曹聚仁说,1935年"从戏剧史上看,应当说进入《雷雨》的时代"。茅盾先生也有"当年海上惊雷雨"的诗句。

而最为轰动的是,1935年他和张彭春先生合作编导演出的《财狂》,在当时中国的剧坛上,可以说震撼平津,尽领风骚。

张彭春先生的演剧计划,是不断地把一些外国的名剧搬上中国的舞台。而《财狂》就是根据法国著名的剧作家莫里哀的《悭吝人》改编的。此前,张彭春先生已经把自己的剧本《新村正》请曹禺改写过,他对于曹禺的创作才能已经十分信赖了。而这次,就放心大胆地叫曹禺来改编,他来审定。他们把这个外国剧中国化了。所有人名、地点以及一些场景和情节也都中国化了。导演仍然是张彭春先生,由曹禺扮演主人公韩伯康(即阿巴公),鹿笃桐扮演韩绮丽,布景设计由林徽因女士担任。

我很不容易地找到鹿笃桐女士,她对这次演出记忆犹新:"张先生对曹禺非常欣赏,曹禺确有独到之处,他排戏十分认真。我们都乱起哄,他是真上劲儿。他装疯卖傻的。曹禺的戏很重,他是下了功夫的。张彭春导演比较细致,眼睛什么样,动作什么样,台词怎么说,音乐怎样展开,都有交代,对曹禺的要求就更加细致。曹禺演得好了,他便拥抱曹禺,他是特别喜欢曹禺。我们都开玩笑说曹禺是'一朵花',曹禺一进来,我们就喊:'一朵花来了!'他正是张彭春的'一朵花'。"

据说,公演时观众把瑞廷礼堂挤得满满的。郑振铎、靳以,这些老朋友都从北京赶来看戏。曹禺扮演的韩伯康获得了巨大的成功。说明他不但善于表演悲剧和正剧的角色,而且也具有喜剧表演的巨大才能。

演出结束,郑振铎特意到后台,对曹禺说:"家宝,在舞台上,你的眼睛真亮,好像闪着光,真是神了!"对曹禺表演的称赞之声滚滚而来。1935年12

月7日《大公报》的《艺术周刊》,以《财狂公演特刊》的形式,对这次演出给予很高的评价,特别是对曹禺表演的天才可以说夸到了一个极致。

一个干瘪的老头,手拿着鸡毛掸,在台上狂叫着:"我的钱!""我的钱!"把一个吝啬鬼演得活灵活现。

其中尤以萧乾的评论最为精彩:

这一出性格戏,……全剧的成败大事由这主角支撑着。这里,我们不能遏止对万家宝先生表演的称许。许多人把演剧本事置诸口才、动作、神情上,但万君所显示的却不是任何局部的努力,他运用的是想象。他简直把整个自我投入了韩伯康的灵魂中。灯光一明,我们看到的一个为悭吝附了体的人,一声低浊的嘘喘,一个尖锐的哼,一阵格格的骷髅笑,这一切都来得那么和谐,谁还能剖析地观察局部呵。他的声音不再为pitch所管辖。当他睁大眼睛说:"拉咱们的马车"时,落在我们心中的却只是一种骄矜,一种鄙陋的情绪。在他初见木兰小姐,搜索枯肠地想说几句情话,而为女人冷落时,他那种传达狼狈心情的繁复表演,在喜剧角色中,远了使我们想到贾波林(即卓别林),近了应是花果山上的郝振基,那么慷慨地把每条神经纤维都交托给所饰的角色。失财以后那段著名"有贼呀"的独白,已为万君血肉活灵的表演,将那悲喜交集的情绪都传染给我们整个感官了。

《财狂》是曹禺演剧的高峰。

后来,除了抗战时期还在《安魂曲》中扮演过一次莫扎特外,一生再没有演戏了。曹禺虽然没有成就为一个伟大的表演艺术家,但是,他的表演的天才却有力地造就了一个伟大的剧作家!

艺术的发现

——《雷雨》的创作

《雷雨》问世后,对于它的人物和故事,有不少的猜测。

有人说,它来自天津著名的周家。我曾向周骥良先生请教,他也有这种说法。的确曹禺的父亲和继母同周家来往甚为密切。万德尊不但把积蓄的钱存在周家的银号里,而且同周七爷、周九爷过从甚密。周七爷又叫周七猴,周七爷、周九爷是曾经做过天津市副市长周叔弢的叔叔。曹禺小时候常跟着父亲到周家去玩。

但也有人猜测,《雷雨》的故事原型就来自曹禺自己的家中。你看,曹禺的家,有他父亲、继母、哥哥,而《雷雨》中人物则有周朴园(父亲)、繁漪(继母)、周萍(哥哥)、周冲(弟弟),这个人物关系很像曹禺的家。

我曾经就这些猜测和说法请教过曹禺先生,他说,"我小时候去过周家,《雷雨》中布景,那个大客厅,就有周家的影子,也有周家的气氛。我的父亲和周七爷常有往还,我家的钱就存在周家的银号里。父亲过世后,继母同周家也有来往。不过《雷雨》的故事同周家无关。""说到我的家庭,我已经同你谈了许多许多,我的家是十分复杂的啊!也许,我会把一些事情讲给我的亲人。"曹禺逝世后,我曾经又就此问过他的夫人李玉茹女士。她十分认真地回答我,她对于曹禺的家世再没有更多可说的。

但是一个伟大的作品,绝对不是对现实的故事的模写和照搬,必须是具有原创性的,即使是写实主义的作品也必然是一个艺术想象产儿。

曹禺说，蘩漪是有原型的，是他的一位同学的嫂嫂。这位嫂嫂长得很漂亮，也很聪明，甚至很贤惠，会唱昆曲，不能说是一个新式的女人。而她的丈夫，年岁比她大得多，人很老实，但比较呆板。这样，她是十分苦闷的。后来就同曹禺的同学发生了爱情关系。像这样一个女人，在那个社会是被人瞧不起的，也是不会被人同情的，甚至会遭到舆论的谴责，直到严酷的摧残和打击。就是在当前的社会环境中，人们也不一定会同情这样一个"偷情的女人"。但是曹禺却对这个嫂嫂有着非同一般的"发现"，一个伟大的艺术家的艺术"发现"。他发现"这类的女人许多有着美丽的心灵"。他不但同情她们，而且发现着她们心灵的美。曹禺说，"是不正常的发展和环境的窒息，她们变为乖戾，成为人所不能了解的、受着人的嫉恶、社会的压制，这样抑郁终身，呼吸不着一口自由的空气的女人"。曹禺说，正是这位嫂嫂在他的心灵中放了一把火，于是升华出一个蘩漪的形象来。

这些年来，很流行的一个词叫"原创"。把玩弄一些小把戏，小花招，也称为"原创"。真正的原创，必须有着真正的生活的发现，艺术的发现。而这些，决非单纯的艺术技巧所能导致的。譬如，《雷雨》中周朴园逼蘩漪喝药的一场戏，这在旧社会的封建家庭中，甚至一般的家庭中，都是不难见到的。大男子主义，封建家长制的权威，是处处可见的。但是，曹禺却在人们司空见惯、习以为常的事件中，"发现"了封建的秩序是怎样残酷地在镇压人们的心灵，是怎样地窒息人们的自由呼吸，又是一种怎样地非人的心灵奴役！于是他演绎了一场石破天惊、震撼人们灵魂的戏。

看过《雷雨》的人，也许会感受到其中多少有一些宗教的气氛。特别是很少被演出的《雷雨》原著中，还有序幕和尾声。就在这个序幕和尾声中，宗教的气氛更为浓厚。周家公馆已经成为一个教堂附设的医院，依然是周家的客厅，但是，则是呈现出一种衰败的景色。开幕时，外面远处有钟声，教堂内合唱颂主歌同大风琴声，奏着巴赫的《b小调弥撒曲》。而看护则是寺院尼姑，她的打扮就和天主教堂常见的修女一样，胸前悬着十字架，穿着深蓝的粗布袍子。而周朴园则皈依天主教，在忏悔着他的罪过，来看望成为"疯子"的蘩漪和侍萍。

曹禺先生说，这样的情节也多半同天津的生活有关。他说，"记得小时候，有一段接触过教堂。我家住在河东，现在的东站附近。而在海河的对岸，绿牌电车道的尽头，那个地方可能叫老西开吧，有一座法国天主教堂。这座教堂，在天津，即使在北京和上海，也是颇有特色的一座教堂。有时，站在我家凉台上，就可以听到从这座教堂传来的钟声。那时，教堂就对我有一种神秘的诱惑。少年时期，对生活有一种胡思乱想、东撞西撞的味道。接触一下教堂，到里边看看，似乎是想解决一个人生问题，人究竟应该走什么道路，人应该怎样活着，人为什么活着？总之，是莫名其妙，觉得宗教很有意思。在清华大学时，有音乐唱片的欣赏，对巴赫的音乐有所接触。我倒不是信教，而是喜欢教堂里那种宁静的氛围。似乎，人一走进教堂，灵魂就安静下来了。教堂的合唱和音乐也是让人肃静和肃穆的。我在《雷雨》里写一些场景，就有这些感觉。"他还告诉我，周朴园后来忏悔了，信了天主教，也是有现实根据的。"在五四运动中，被骂成卖国贼的外交官陆宗舆，这个人后来跑到瑞士去做神父了。人越是到了晚年，或是发财致富，或是杀人越货，或是做了高官之后，往往就行些善事，或修桥补路，或施舍救济，或皈依宗教……周朴园也是这样。"

曹禺常说，人是很复杂很复杂的。他自身的苦闷，让他更懂得人，更理解人，更知道去探索人的灵魂的秘密，去发现人的灵魂世界！

《日出》·萧乾·《大公报》

在1936年和1937年之交，在天津的报坛上发生一件震动津门也轰动中国文坛的事件。《大公报》以三个整版的篇幅，接续三天在文艺副刊上发表了中国著名的文艺家对曹禺《日出》的笔谈。对一个作家的作品如此集中地给予评论，这无论对报纸，还是剧坛和文坛都是破天荒的，绝对是空前的。

请看参加笔谈的作者，有茅盾、叶圣陶、巴金、朱光潜（朱孟实）、沈从文、黎烈文、靳以、李广田、荒煤、李蕤、杨刚，还有燕京大学外文系主任美籍教授谢迪克。这个名单，按照现在的说法，几乎当时所有的文坛"大腕"都请到了，那叫气魄！那叫震撼！而笔谈的"导演"，就是接手编辑《大公报》文艺副刊不久的萧乾先生。

其实，那时萧乾和曹禺并非亲密的朋友，全然出于对一个作品的胆识和热诚。曹禺说，"我也没有想到萧乾如此热心，那时他也是年轻气盛，非要在文艺批评上作出一点样子来，他不但是一个作家，而且是一个颇有识见的大编辑。"而萧乾回顾起来却很客观："关于《日出》的讨论，这个剧本问世后，我想通过它把评论搞得'立体化'一些。我长时间感到一部作品——尤其一部重要作品，由专业书评家来评论是必要的，由作者自剖一下，也有助于深入理解，但应不应该也让读者发表一下意见？要不要请文艺界同行来议论它一下？我用三个整版做了一次试验。头两次是'集体批评'，也即是请文艺界新老作家对它各抒己见，最后一期是作者的自我剖析。当时除了为加深读者对剧本的理解之外，我还有一个意图，想用这种方式提倡一下'超捧场、超攻讦'，'不阿谀，不中伤'，心平气和，与人为善的批评。讨论是热烈的，评者与作者的态度是诚恳的。"这是集体批评，全然是平等的、自由的、各抒己见的，而且是高水准的。这在中国现代文学批评史上都是可圈可点、大书特书的盛举。

无论是一个编辑，还是一位作家，对于一个新进的作者的作品是这样的器重，这样大胆的批评，一方面在于胆识，一方面也见出编辑的"公心"。这同现时的"炒作"是不可同日而语的。而曹禺的《怎样写〈日出〉》，不但是一篇绝妙的自我剖析，而且是一篇具有艺术家胆识的真诚答辩。

我们还是先看看文艺家是怎样给《日出》以高度评价的。茅盾指出："这是半殖民地金融资本的缩影。将这样的社会题材搬上舞台，以我所见，《日出》是第一回。"如果说茅盾以社会学批评给予肯定，那么叶圣陶则最早看出《日出》的诗意，他说："它的体裁虽是戏剧，而其实也是诗。"沈从文特别称赞曹禺在人物性格塑造上的"大手笔，如一个精明拳师，出手不凡，而且恰到好处"。巴金此时已是曹禺的挚友，他说，《日出》和《雷雨》不同，"它表现的是我们的整个社会。单单是暴露这社会的黑暗面是不够的，它还隐约地指示了一个光明的希望。"他认为《日出》"是一本杰作，而且我想，它和《阿Q正传》、《子夜》一样是中国新文学运动的最好的收获"。

还有一些带有世界眼光的评论，给后人的启示更为深刻。譬如黎烈文先生从法国留学归来，他说："说到《雷雨》，我还该当告白，亏了它，我才相信中国确乎有了'近代剧'，可以放到巴黎最漂亮的舞台上演出的'近代剧'。"而"《日出》的确是一杰作，无论从思想方面说，或从技巧方面说，《日出》都是《雷雨》作者百尺竿头更进一步的作品"。

美国教授谢迪克的见解十分深刻独到。关于他这里要多说几句。萧乾之所以特别邀请这样一位异邦人士发表意见，是因为此公"异于许多西洋人，他不用一点皮毛知识对本国人自诩权威，他是想凭直接阅读认识'第一手'的文艺中国"。谢迪克开篇就说："《日出》在我所见到的现代中国戏剧中是最有力的一部。它可以毫无羞愧地与易卜生、高尔斯华绥的社会剧的杰作并肩而立。"这个论断对我启示很大。当我最初研究曹禺的剧作时，看到海外的刘绍铭先生的《曹禺论》，他用比较文学的研究方法，几乎把曹禺的剧作都否定了，百般比较的结论是，曹禺不过是个文抄公罢了。正是黎烈文先生和谢迪克教授的意见，启示了我花了些工夫把曹禺的剧作同外国戏剧大师的作品进行了比较研究，才使我看准了曹禺剧作在中国话剧史乃至世界戏剧史上的地位和意义，并且以这样一个基本观点写出了《曹禺剧作论》。

曹禺写了《我怎样写〈日出〉》（即《日出·跋》）来回答朋友们的批评。此文文采飞扬，直抒胸臆，有锐气，敢辩论，见真情。对于他认为不能苟同的意见，也敢于反批评。譬如针对欧阳予倩导演的《日出》删去第三幕的做法，以及有人说他"为了把一篇独幕戏的材料凑成一个多幕剧，于是不得不插进一个本非必要的第三幕"的说法，曹禺答辩道："《日出》不演则已，演了，第三幕无论如何应该有。挖了它，等于挖去《日出》的心脏。"对于朱光潜先生批评《日出》"用了若干'打鼓骂曹'式的义气"时，曹禺没有顾及朱光潜是一位他所尊敬的学者，回答说："在一个诗人甚至于小说家这种善恶赏罚的问题还不关轻重，一个写戏的人便不能不有所斟酌。诗人的诗，一时不得人的了解，可以藏诸名山，俟诸来世，过了几十年或者几百年，说不定掘发出来，逐渐得着大家的崇拜。一个弄戏的人，无论是演员、导演或者写戏的人，便欲立即获有观众，并且是普通的观众。只有他们才是'剧场的生命'。"像这样的一些出自肺腑的言论，在当时也是掷地有声的至理名言。但是，现在的一些戏剧艺术家，一些所谓的先锋艺术家，是专门以制造让观众看不懂的东西为荣为能的，其实不过是以其昏昏使人昭昭的把戏而已。

曹禺先生曾对我说："我写《雷雨·序》和《日出·跋》是很有一些锐气的。我把我写戏时的艺术感觉，那种直感，都直率地写出来。不管是谁的意见，只要觉得与我的感觉不同，我都敢于直陈己见。像欧阳予倩，我当面就说第三幕不能删去。朱光潜先生，我是受到他的距离说的影响的，譬如《雷雨》的序幕和尾声。但是，我不同意他的意见，我依然敢于辩论。后来，我逐渐地失去这样的勇气。周总理六十年代曾经批评我没有勇气了，我从心里接受。艺术的勇气对于作家和艺术家是太重要了。这也是我人生和艺术道路上的深刻教训啊!"

我和曹禺

霍斌先生约我写曹禺和天津的文章，拉拉杂杂地写了十篇，该到了刹车的时候。原来就想到这最后一篇的题目，谈谈我和曹禺。

一说到我和曹禺，我就不可避免地产生一种人生奇妙的感慨，而且越来越感到人的命运真是风云际会、阴错阳差啊！

我本来是跟着李何林先生研究鲁迅的，打倒"四人帮"之后，一个偶然的机会，让我不可控制地、不由自主地同曹禺研究、同曹禺先生结下了不解之缘。

大约是1977年，我的同窗罗宗强同志正在主持编辑《南开大学学报》，他写信来，要我就刚刚再版的《曹禺选集》写篇文章。那时，我正在为写一部关于论鲁迅《阿Q正传》的专著进行紧张的准备工作。但是，我是不好回绝他的。他的想法很对，希望改变一下"文革"时期只能研究鲁迅的偏颇。

于是我暂时放下鲁迅，一头扎进这些在大学里读过、当研究生时又读过的《雷雨》、《日出》、《原野》、《北京人》和《家》里，我被曹禺的剧作迷住了，我确实被震撼了，我终于体验到刘少奇称赞《雷雨》"深刻，深刻，深刻"的三个深刻的评价内涵了。在刚刚经历了"文革"灾难之后，再读这些剧作，确有一种异常深刻的感受和发现。当我再去阅读过去的有关曹禺及其剧作的研究文章，我就觉得很不满足了，甚至觉得它们中一些研究怠慢了这位伟大的戏剧家。特别是一些理论权威的评论，那种"左的"机械唯物论的评论，更让我感到历史对曹禺是并不公平的。我很快写了一篇《论〈雷雨〉〈日出〉的艺术风格》寄给了宗强,很快地发表出来。据说反映不错。宗强写信给我说,你干脆放下鲁迅研究曹禺吧。我对他的建议是有些动心了,但是,放弃多年关于鲁迅研究的学术积累,转向曹禺研究,一时还真是舍不得。

但是,我的直觉告诉我,我会在曹禺研究上说出一点前人没有说出的话。那时,宁宗一先生,还有我的同窗黄克也一再鼓励我"转向"。于是,就开始正式地走进了曹禺的世界。大约用了一年的时间,完成了《曹禺剧作论》的专著的写作。好心的出版社编辑坚持要将稿子送给曹禺先生审阅,没有想到曹禺先生,看过很快就写信给我。信中说:"您的分析和评论是很确切,也是深刻的。您的研究工作使我敬佩,有时间,应该和你长谈。"他说:"我即赴美,约五月中旬返京,当约一谈。"曹禺先生如此谦虚,又如此鼓励,的确给我很大的鼓舞。记得是他在美国访问归来,1980年5月23日约我见面的,我们谈了整整一个下午。他第一次见面就给我讲了齐桓公和晋文公的故事,他把《曹禺剧作论》引为"知心"之作,这更让我这样一个年轻学子深为感动。由此,我同曹禺先生成为忘年之交。

当我准备再回到鲁迅研究时,几乎是不可能了。随着《曹禺剧作论》的出版,人们已经把我作为一个戏剧研究者了,约稿者接踵而至,应接不暇了。当北京十月文艺出版社,同曹禺先生商量由谁来写《曹禺传》时,曹禺先生推荐了我。他是这样地相信我,再一次使我感到曹禺先生对我的真诚和爱护。这样,就进一步把我同曹禺先生连接在一起了。而随着传记资料的收集,同曹禺先生有过多次的长谈,这是一次又一次的人生交底的谈话,是一回又一回倾诉心灵的絮语。对我来说,这样聆听着大师的心灵历程,以及他探索戏剧艺术的秘密,确是我的人生的幸福机遇。无疑,我逐渐地走进了大师的艺术世界,接近了大师的伟大的心灵。

当我把《曹禺传》写完时,我突然发现我和曹禺先生是有缘的。

我同样出生在一个类似曹禺的官僚家庭里,我的曾祖父、祖父像曹禺的父亲一样,也在民国初年的军阀部队做过师长、团长的官,也是由于军阀混战失败了,便带着家眷和财产回到家乡做起寓公来。不过,他们选择的不是像天津这样的大城市,而是到海河边上的一个小镇子安定下来。也是那样雇着一帮佣人,挥霍着,而且几乎全家人都卷入"黑雾"之中,坐吃山空,不久,就败了家。这个家里,自然也有着"闹鬼"的故事,也有着形形色色的人物。所以,我读曹禺的剧作时,以及听他讲他的家事时,确有似曾相识之感。我就亲自看到像文清似的人物,经历着家庭从富有到衰败的人生世相。

说来更巧的是,我和曹禺先生也是校友了。曹禺是南开的,我也是南开的,我在南大读书八年。而更为巧合的是,我的爱人,在南开中学任教过,一度我们就住在曹禺先生演戏的瑞廷礼堂的后楼上,所以,曹禺一讲起南开来,我虽然不能说对南开的事情十分熟悉,但是,一切听来都是亲切的,也能够体会细微之处。譬如,南开对曹禺先生是很好的,但是,他在大学二年级时坚决要离开南开去考清华的插班生。当时南开校方明确表示,考不上决不允许再回来。就是这样严酷的条件,曹禺硬着头皮还是离开了。曹禺对我说,他不喜欢南开,更喜欢清华。显然,在那时清华是更自由些更开放些的。像这些地方,我都能够体会到曹禺的微妙心理。这样,写起传来,都自然更顺手些。

十多年同先生交往,使我受益匪浅,终生难忘。先生走了多年了,我十分怀念他。

他是海河的儿子,他是天津的骄傲,他是天津的特有的文化财富和资源!天津人应该永远爱护着他,应该永远纪念着他。我希望在海河两岸的公园里,看到在茵绿的草坪上耸立着曹禺的雕像;我希望他的故居应当保留起来并加以修缮,成为一个文化的景点;我希望天津人民艺术剧院,应当把演出曹禺的戏剧作为自己的保留剧目,甚至我建议它应当该改名为曹禺剧院,犹如英国的莎士比亚剧团一样。这不但可以使一代又一代天津人能够看到曹禺的戏,而且使国内外客人,都因为天津是曹禺的故乡,能够在他的家乡看到曹禺的戏慕名而来……

说不尽的曹禺

——在南开大学曹禺研究国际学术讨论会上的开幕词

女士们、先生们、朋友们：

首先，请允许我宣布"曹禺研究国际学术讨论会"现在正式开幕！

让我代表大会组委会向前来与会的各位尊敬的来宾、各位尊敬的国内外学者表示最热烈的欢迎和最亲切的问候！

经过一年多的紧张筹备，我们终于聚会在天津海河之滨。我们在曹禺的故乡，在曹禺的母校召开这样一次国际学术讨论会，将是值得我们永远怀念的。为此，我们对这次会议召开给予全力支持的东道主南开大学外事处和中文系的领导和朋友们表示我们最诚挚的谢意。同时，也向天津市的有关单位、天津剧协、天津文联、天津市文化局表示我们最衷心的感谢！

半个多世纪之前，曹禺就是从这里带着他深刻的家庭的社会的苦闷，带着梦一般的理想，诗一般的感情投入戏剧世界中去的。从这里走向全国，走向世界。

从曹禺23岁写出了他的第一部多幕剧《雷雨》之后，他的一部又一部的杰作，犹如一道道丰碑，屹立在中国现代文学史和中国现代戏剧史上。这些优秀剧作，不仅奠定了他在中国话剧艺术中的历史地位，而且成为中国话剧走向成熟的标志。他不愧是中国的一位杰出的现代的戏剧诗人，也是蜚声世界的戏剧家。

他的一生都在探索人，探索人的灵魂秘密。他说："我喜欢写人，我爱人，我写出我认为英雄的可喜的人物，我也恨人，我写过卑微、琐碎的小人。我感到人是多么需要理解又是多么难以理解。没有一个文学家敢讲这句话：'我把人说清楚了。'"正是在对人的灵魂的紧张探索中，他寻求着同世界戏剧大师莎士比亚、易卜生、契诃夫、奥尼尔的心灵的交流与沟通，并以其对人的灵魂开掘和塑造，奉献给中国话剧艺术以最宝贵的财富的同时，也融入世界戏剧文化的宝库之中。他的戏剧艺术已经引起了越来越多的国内外专家学者的研究兴趣，他的戏剧艺术的内涵和价值，也将在这种研究中得到开掘和深化。

165年前，歌德曾经提出，"说不尽的莎士比亚"。对曹禺来说，起码目前还是没有说尽的，还需要人们说下去。这次会议，正是为国内外学者提供一个难得的交流述说的机会。我们祝愿各位学者把您的研究成果和经验尽情地发表出来，让我们共同努力，把这次会开成一个具有高度学术水平的会，也会开成一次学者们的团结友谊的会。

1991 年 8 月 16 日

（原载《中外学者论曹禺》，南开大学出版社 1992 年版）

曹禺的地位和意义

——在河北师范大学曹禺学术研讨会上的开幕词

曹禺先生离开我们整整一年了，我们以这样一个朴素的学术会议来纪念他。

在这里，我首先感谢东道主河北师范大学，感谢河北文化厅、中国文联理论研究室、河北剧协，感谢河北新闻出版局和花山文艺出版社给予我们的大力支持。

同时，我也感谢各位领导、各位嘉宾和各位国内外的专家和代表的光临。

曹禺先生仙逝，是中国戏剧界、文艺界的一大损失。

我不止一次说，曹禺先生的仙逝，使中国的戏剧界失去灵魂的支柱。

我相信，他带走的比他留下的还要多。

他是一位难得的伟大的戏剧天才。最初，他被他的导师张彭春发现的，是他的表演天才。看过他的表演的人，都为之倾倒。郑振铎、萧乾、马彦祥等都称赞过他的表演。他也执导过戏，当然写戏是最能展现他的戏剧才华的。

他一生写得很少，总共九台大戏。但可列为中国话剧，甚至是中国现代文学乃至世界戏剧经典作品的，起码就有四部：《雷雨》、《日出》、《原野》和《北京人》。我想，随着时间的推移，曹禺的剧作的经典性会越来越加突出，换句话说，他的剧作的文化价值和艺术价值会越来越放出璀璨的光辉。

我以为曹禺的意义，不仅在于他写出几部杰出的剧作，而更在于他是在中国文化面临重大变革的时代的弄潮儿。

古老的中国，在上一个世纪，不论是主动或是被动，它的制度和文化都遇到了全方位的挑战，至今，我们仍然处于这个严峻的历史挑战之中。

百年来，在文化上，我们遇到的一个课题，即如何对待外来文化，也可以说如何对待西方文化的课题。这不仅是个理论问题，而是迫切的实践课题。

我们不能封闭自己，当然要开放；但也不能任人践踏自己，以致失去民族个性。

曹禺是直接在五四文化运动的历史氛围中成长的，他不但直接承受着五四文化的熏陶，更直接思考着五四文化运动的经验教训。我以为，他的戏剧才能，是在对五四新剧，也包括文明戏的发展经验教训进行认真思考的基础上发挥出来的。

他在戏剧创造上是一位集大成者，他虽然是在南开、清华这样的具有更多西方文化背景的大学中接受教育并接触研究了西方话剧；但，他是带着深厚的中国文化传统，特别是中国的戏曲传统来接受西方话剧的。他从小就看中国戏曲，他是在中国戏曲的熏陶中成长起来的。这个基础是太重要了，但又往往被人所忽略。

他在逝世前曾针对那些盲目照搬西方戏剧的做法说：如果我，还有田汉、夏衍、吴祖光这些人，没有一个深厚的中国文化传统的修养，没有深厚的中国戏曲的根基，是消化不了西方话剧这个洋玩意儿的。

这番话，是值得我们认真咀嚼的。

同时，他对西方话剧，是经过一番系统而深刻的阅读和钻研的，他是西方戏剧史的教授。他对从希腊、罗马时代到20世纪30年代出现的西方现代派戏剧，都了如指掌。在中学时演剧，他就演过未来派的戏，对奥尼尔的戏就更深有研究。也就是说，他的话剧创作是建立在对西方话剧的深刻的了解和研究的基础之上的。

我觉得，他对文明戏以来，中国人接受西方话剧的经验教训，是有其独立思考的。他没有模仿当时的最走红的"问题剧"，也没有去学浪漫主义，那种席勒号筒式的做法；更没有去照搬西方现代派。正因为他站得高，视野广，才能真正把西方戏剧的精髓吸收过来，并创造出具有民族特色和鲜明个性的作品。

所以，我认为他在对待西方文化上，包括西方话剧所取得的经验，是十分珍贵的精神财富，对今天的戏剧艺术的发展仍然有着强烈的现实意义。

难道不是这样吗？新时期话剧发展的最大的成就来自开放，从而打破了数十年一贯的僵化模式；而最大的失误，也由于突然开放，缺乏对西方戏剧思潮，特别是现代主义思潮的准备，仓忙应对，所以东施效颦者有之，张冠李戴者有之，所谓"伪现代派"就出现了。这是不可避免的，但也是值得反思的。

曹禺作为一个戏剧大师，他以学贯中西的功底，加之以沉实的眼光，真正汲取了西方戏剧的菁华，并化解为中国人接受和欢迎的杰作。

我们继承曹禺先生的戏剧遗产，首先要继承他所提供的历史经验和艺术精神。

这些年来，我们不断唱着戏剧危机的调子。的确，我们为电视和其他的流行艺术追逼到一个角落里。但这些仅是危机的表层现象。最根本的危机，我看是我们的戏剧创造的精神萎缩了，蜕化了。如果按照客观条件来看，同诞生曹禺剧作的时代比起来，我们的条件不知要好多少倍。如果我们以此作为反思的基础，那么，从曹禺先生那里所吸收的东西就太多了。

以前，我在撰写关于曹禺的文章时，也曾套用过"说不完的曹禺"这样的题目。但，我们今天面对着作古的曹禺，就不是说完说不完的问题。的确，我们该面对着亡灵，来掂问自己，我们应当为我们这个伟大的时代贡献些什么？我们应当继承什么？

曹禺，当然还有其他剧作家所缔造的中国戏剧的诗化现实主义传统，在我看来是最值得发扬的。

这种现实主义，是饱含着中国作家的高度责任感和使命感的，是融汇着浪漫主义、现代主义的有益成分的；而且它蕴蓄着理想的情愫和浸透着目标感；它敢于直面人生，敢于批判黑暗，但又不同于旧的批判现实主义；它所熔铸的激情，是来源于中国艺术的诗性抒情传统。

我以为我们把西方的各种主义都搬到中国来了，尤其是近二十年。但唯独对曹禺以及老一辈剧作家所创造的适应中国需要的诗化现实主义却不能给予重视。因此，我希望在曹禺先生仙逝之后，我们应该把他们的诗化现实主义高扬起来。

曹禺，所提供的榜样，就是现在人们常喊的"精品意识"。

曹禺一生作品较少，他为此常常悔恨不已。但是，应该看到曹禺的创作起点是很高的。的确是这样，这犹如百米赛跑，如果第一次就打破世界纪录，那么，以后跑起来就太难了。但是，他后来一部又一部地推出杰作，这不仅说明他的天才，更说明他在创作上是一个绝不苟且的人，一个在艺术上十分严肃的人，一个对人民对艺术高度负责的人。

他曾对我说："我写得太少了，我这一辈子写得太少了。可是，你知道，如果我写的戏，连我自己都通不过，我何必去写，我何必去发表呢？！"我想，埋葬在他心中的腹稿不知有多少。起码，他为自己立的标杆是不断地超越自己，这点是很清楚的。他是那种宁缺毋滥的作家。他这种精心创造的艺术精神，是符合艺术创造规律的，也是值得我们永远铭记的。

我没有做过调查，在当今活着的老一辈作家中，大概他是清贫者之一。在新中国成立前，他的剧演遍全国，但这没有使他成富翁。据他说，在抗战期间，他曾饿饭。有时不得不到巴金那里去饱餐一顿。不能说，清贫是创造精品的结果或前提，但耐得清贫绝对是创造精品的精神境界。清贫，对于作家来说，决不是一个物质短缺的含义，而意味着一种投入创造的精神状态和意境操守。如果作家有了物质的贪欲，他可能写了不少，但往往是同杰作无缘的。这不是规律，但确是从许多大作家传记中可看到的事实。而曹禺先生所昭示的也正是这样的精神。

曹禺先生给我们留下的精神遗产是我这样一篇短文所难以概括的，但我们悼念先生的唯一的做法，是把他的精神遗产继承下来并发扬光大。

（原载《曹禺研究论集：纪念曹禺逝世周年学术研讨会论文集》，花山文艺出版社1998年版）

把曹禺的研究再提升一步

——在潜江曹禺国际学术研讨会上的开幕词

在北京人艺戏剧博物馆、中国传媒大学和中共潜江市委的大力支持下，曹禺学术研讨会顺利召开。在这里，让我代表曹禺研究学会（筹）和与会代表，向他们致以谢意。

这次会议，确切地说，应当是第五次曹禺学术研讨会，1989年第一次曹禺国际研讨会在南开大学举办，第二次1992年在武汉大学举办，第三次2000年在河北师范大学举办，第四次2002年在潜江举办。

这次会议，是为纪念曹禺先生逝世十周年而特意举办的。

这次会议的主题是：回顾曹禺近年来研究的状况，探讨如何深化曹禺的研究。我们希望将曹禺的研究坚持下去，深入下去，促进具有更新的研究成果的出现。

这些年，由于我一直在做一些话剧史的项目，对于曹禺的研究现状缺乏系统地了解，但是，可以看到一些新的研究成果出来，一些新的研究课题出来。我以为有两个可喜的现象。一是对于曹禺戏剧的现代性的研究；过去，我们一直把曹禺作为一个现实主义作家，作为中国现实主义戏剧的杰出代表来看的，这已经成为大家的定论。过去，我在研究中，已经感到单是以现实主义，已经不足以概括和阐释曹禺戏剧。可以说，曹禺先生也是一位伟大的现代主义戏剧家。我以为，在中国现代文学中，曹禺的现代主义戏剧文学成就仅次于鲁迅。我还认为，在未来的岁月中，大浪淘沙，对曹禺剧作的评价会越来越高，这是因为它的戏剧更具有未来性和艺术的持久性。我高兴地看到，一些研究者正在从这样的研究向度来开掘曹禺戏剧的矿藏，而且已经出现了一些研究的成果。二是在曹禺戏剧的演出上，一些导演开始注意曹禺研究的成果，并把这些成果通过他们曹禺文本的具有创意的研究，实现曹禺戏剧舞台的再创造。在某种意义上说，也是在对曹禺戏剧的现代性研究的向度下实现舞台创新的，如天津人民艺术剧院推出王延松导演的《原野》，在这方面就做出一些新的尝试。

但是，我们也看到曹禺研究中一些值得注意的现象，甚至是必须唾弃的倾向。一是对曹禺进行恶意的中伤，不是将一些问题放到一些历史环境中进行实事求是地分析，而是危言耸听，无限上纲；我惊讶的是一些刊物，也成为这样一些"垃圾"的容器。二是，对曹禺的生平事迹造假，学风恶劣。三是在根据并不充分的条件下，"制作"一些似是而非的论说。

在当前的环境中，如果希望把曹禺研究提升一步，首先就必须坚持和发扬马克思主义的优良学风，发扬中国现代学术研究中的优良的治学传统。坚决抵制学术造假的风气。我建议一些年轻的学者，读点马列的经典著作，看多了一些时尚的理论，也不妨再读读马列，在对照中，我想必然有所感慨，有所感悟。这或许使我们的研究再提升一步。

我的开场白到此结束，不对的地方请大家批评。

谢谢！

曹禺的当代性

——在潜江曹禺国际研讨会上的开幕词

在纪念曹禺先生百年诞辰之际，湖北潜江举办如此盛大的活动，体现出家乡人民对曹禺的热爱。在这里让我代表中国话剧理论与历史研究会和与会代表，对潜江市委和市政府，对市委宣传部、潜江市文化局、潜江曹禺研究学会和潜江市曹禺纪念馆表示深挚的谢意。

这次曹禺国际研讨会，已经是由学会举办的第六次国际研讨会了。在这里我特别感谢来自日本和中国港澳台的学者朋友，也感谢内地各位代表。

在我们回顾曹禺百年的时候，我们不能忘记他的伟大成就。我把它概括为五点：第一，是他创作了世界一流的经典剧作；第二，是他的诗化现实主义的戏剧美学思想也是中国戏剧的宝贵遗产；第三，是他几乎用他后半生的精力，创建了具有世界一流水准的北京人民艺术剧院；第四，是他对于中国戏剧教育的贡献；第五，是他在担任中国剧协以及中国文联等领导职务中，对中国文艺事业所做的历史贡献。

今天，我们纪念曹禺先生，意义重大而深远，而且更具有当代性。曹禺的当代意义有以下几个方面。

首先在于他的剧作不但是经演不衰的经典，更在于这些剧作所蕴蓄的艺术经验和艺术精神。

在他的剧作中，深藏的伟大的人文主义，与莎士比亚的戏剧精神系息息相通。在中国现代作家中，除了鲁迅，还没有人像他那样始终地对于人、人类的命运给予如此深切的关怀；对于人性给予如此执着的探索与深究；对于人性的美有着独到的发现。最为难得的是，在他的剧作中所渗透的批判精神。

其次，曹禺的当代意义，还在于他在中国文化面临西潮的强大冲击产生重大变革的时代，成为一个弄潮儿。他既没有抱残守缺，也没有全盘西化，西方的话剧，这个舶来品，在他手里化为中国的民族的大众的。

曹禺之所以成为一位集大成者，一个西方话剧的接受者、改造者和伟大的创造者，一方面，是他对西方的文化艺术，如鲁迅所说的，采取了拿来主义，不但放手来拿，而且以我为主体地来拿；而更重要的一个方面是，他是带着深厚的中国文化的传统，中国的文艺精神和中国的戏曲的精髓，来接收西方话剧的。这点是十分重要的，是否具有这个基础这样的条件，决定着对西方文化接受的性质和程度。曹禺曾经对我说："如果我，还有田汉、夏衍、吴祖光这些人，没有一个深厚的中国文化的传统，没有深厚的中国戏曲的根底，是消化不了西方话剧这个洋玩意儿的。"这是在全球化的语境中，在激烈的文化冲突中，极为重要的历史经验。

其三，曹禺的当代意义，在于他的高尚的艺术人格，以及他对艺术的忠诚，他对社会和人类的使命感。他曾经这样说："灵魂的石头就是为人摸，为时间磨而埋下去的。"曹禺就是一块伟大的"灵魂的石头"。

他曾经对他的女儿万方说，作为一个作家，"你必须有一个高尚的灵魂！卑污的灵魂是写不出真正的人会称赞的东西的。"可见，他对于作家艺术人格规范的高度重视。

他还强调一个作家必须"要有童心"，他说："万万不能失去'童心'，童心是一切好奇、创作的源泉。童心使你能经受磨炼，一切空虚、寂寞、孤单、精神的饥饿、身体的折磨与魔鬼的诱惑，只有'童心'这个喷不尽的火山口，把它们吞噬干净。你会向真纯、庄严、崇高的人生大道上一直向前闯，不惧一切。"

以上这些话，可谓艺术箴言，虽然是对他的女儿万方讲的，也可以看作他对我们的遗嘱。在这样的一个浮躁的社会氛围中，在这样的一个物欲横流的环境里，曹禺的艺术人格和他的艺术经验，他的这些话，对于我们戏剧工作者是显得极为重要了。一个作家，如果掉进各种欲望的旋涡，是不能有美的创造的。

预祝会议成功！

谢谢大家！

第四编　怀念

曹禺同志生平[①]

中国共产党优秀党员，中国新文化运动的开拓者之一，著名戏剧大师，中国话剧奠基人之一，戏剧教育家，中国文学艺术联合会执行主席，中国戏剧家协会主席，中央戏剧学院名誉院长，北京人民艺术剧院院长曹禺同志因病医治无效，于1996年12月13日凌晨3时55分在北京不幸逝世，终年86岁。

曹禺原名万家宝，字小石。祖籍湖北潜江县，1910年9月24日生于天津。幼年在家塾读书，1923年考入南开中学，1925年加入南开新剧团，开始了他的戏剧生涯。在导师张彭春指导下，于易卜生喜剧《娜拉》、《国民公敌》中扮演娜拉等角色而展露表演才华，闻名平津。1926年发表处女作短篇小说《今宵酒醒何处》，并笔试杂感、诗歌和翻译、改译外国小说和剧作。并和同学创办了《玄背》（《庸报》文学副刊）。

1928年中学毕业后保送南开大学政治系。1930年秋转入清华大学西洋文学系，1933年大学毕业进清华研究院。1934年，巴金慧眼识《雷雨》，亲自编辑并发表于《文学季刊》。同年9月回天津河北女子师范学院外文系任教。1935年再度与老师合作，将莫里哀的《悭吝人》改编为《财狂》并扮演主角

[①] 曹禺先生逝世，文化部委托我草拟曹禺先生的生平。为慎重起见，我写成初稿后，即请刘厚生同志审阅，同时又请徐晓钟同志审阅，他特地组织学院的教授讨论，提出一些宝贵的意见，最后将修改稿交给文化部，他们作了最后的修订。

韩伯康，轰动津门。1936年《日出》发表。同年，应邀赴南京国立戏剧学校任教。1937年，发表《原野》。

《雷雨》《日出》和《原野》三部曲，以其深邃的思想、雷雨般的激情和精湛的艺术，批判旧的世界，呼唤新的社会。不但奠定了他在中国现代文学和中国话剧史上的地位，而且标志着中国话剧的成熟。

抗战爆发后，曹禺满怀热情投入全民奋起的抗战的激流，随剧校迁到四川，并担任教务主任。1938年10月，与宋之的合作，创作了演绎着抗战激情的剧作《全民总动员》。冬，应周恩来邀请到重庆曾家岩八路军办事处做客，由此不断得到党和周恩来的关怀和爱护。在艰苦的环境下，他连续创作了《蜕变》(1939)，被誉为十大抗战剧作之一；《北京人》(1940)，被认为是其创作的高峰；《家》(1942)，被认为是改编剧作的典范。1945年9月，毛泽东在重庆会见社会人士时，赠言曹禺说"足下春秋鼎盛，好自为之"。1946年3月，与老舍应美国国务院邀请赴美讲学，1947年初回国。在上海文华影业公司任编导，编导了电影《艳阳天》。1949年2月，在中国共产党的安排下，秘密转道香港抵达北平，参加新政治协商会议筹备会。

新中国成立后，曹禺全心全意投入建设社会主义的伟大事业之中，勤勤恳恳，任劳任怨，担负起繁重的社会活动和社会职务，历任中国文联常务委员、主席，中国剧协的常务理事、副主席、主席，中国作协理事，北京文联主席等。历任中央戏剧学院副院长、院长、名誉院长，北京人民艺术剧院院长。他多次作为中国文艺界和知识界的使者访问苏联、日本、印度、美、英、法、瑞士等国。1956年7月加入中国共产党之后，忠诚于党的事业，自觉维护党的利益。公正无私，严于责己，谦虚谨慎，宽厚待人，在文艺界享有崇高威望。在十年"文革"浩劫中，惨遭迫害，身心备受摧残，但终于以对党和祖国的坚定信念，迎来了胜利，并坚决投入揭批"四人帮"的斗争。同时他不顾年迈多病，忘我工作，鞠躬尽瘁，即使在医院中，仍然关心文艺事业。

新中国成立后，在繁忙的公务中，先后创作了多幕剧《明朗的天》(1954)，获第一届全国话剧观摩演出创作一等奖；《胆剑篇》(1961，曹禺执笔，梅阡、于是之)；

《王昭君》(1979)是奉献给新中国三十周年大庆的压卷之作。1996年，出版《曹禺全集》(七卷)。他的剧作已经被翻译为俄、日、英、越南、朝鲜、蒙古、新加坡、马来西亚等国文字，并在这些国家和地区演出。他的剧本被广泛地改编为电影、京剧、粤剧、川剧、花鼓戏以及音乐剧和芭蕾舞剧等。

　　曹禺同志作为中国文艺界的领导人，一贯忠实地执行党的文艺方针，坚定地贯彻文艺为社会主义、为人民服务的方针和百花齐放百家争鸣的方针，对我国的文学艺术事业做出杰出的贡献。特别是在推动中国话剧事业的发展上，他的卓越贡献更是多方面的：作为剧作家，他的代表剧作已经成为中国近百年来的文学艺术的经典，他既是中国现代话剧的奠基人之一，又是二十世纪世界话剧发展在中国的一个杰出代表；作为一个戏剧教育家，为中央戏剧学院的创建，为培养戏剧影视人才，做出了特殊贡献；作为北京人民艺术剧院的创建者之一，他和其他领导一起，经过四十多年的奋斗，将北京人艺建成一个具有中国演剧体系和风格的文明世界的剧院；作为一个天才演员，他所创造的一些角色，也给人留下难忘的印象；总之，他在戏剧上的成就，激动着一代又一代的观众，培育了一代又一代的戏剧艺术家，对中国现代戏剧文学、导演和表演产生巨大而深远的影响，他把毕生的经历和智慧都贡献给了中国人民，为推动中国的文学艺术视野和戏剧事业立下巨大的功勋，他的业绩将永垂青史，他的名字万古长青！

悼曹禺

一

一九三六年，姚克（莘农）在他主编的英文《天下》月刊上，不但把《雷雨》翻译为英文发表，而且在他写的社论中对曹禺及其《雷雨》给予高度评价。他说："《雷雨》是我们的文艺复兴涌现的第一批果实中的一个，它被人称为是现代中国舞台上的一个晴天霹雳。人们感到吃惊，犹如一颗穿过太空的彗星，放射出比其他星体更灿烂的光芒。它是新剧运动以来，最成功最受欢迎的剧目。"

正好是六十年，一九九六年十二月十三日三时五十五分，这个为中国人民所敬仰的巨星陨落了！

他走得十分安详，他的夫人李玉茹告诉我，十二日上午，她把做好的西装取回来，请曹禺试穿，这是为参加第六次文代会准备的。她发现先生发烧，经检查，是肺炎。但打过点滴就退烧了。十三日清晨二时四十五分，护士查房看先生睡得很好。三时三四十分，看护小白还给他喝了水。三时四十五分，护士长来查房，发现先生呼吸过缓，她赶快请医生来，抢救了十分钟，三时五十五分，心脏停止了跳动。人们都说先生是睡过去的，他的死也是福气的。

记得画家黄永玉根据先生的书法的"气势雄强，间架缜密"判定他"是个长寿的老头"。先生是既有福又长寿的。

二

这些日子，我精神恍惚，沉浸在悲痛之中，每当清晨，想起近二十年来，同先生交往的一幕幕情景，我泪流不止。一九七八年，我写《曹禺剧作论》，完全是偶然的原因，也并没有想拿给先生看。但出版社考虑它是第一本系统研究曹禺的戏剧专著，还是请他审阅为好。想不到，他不但很快看过，还亲自写信给我，约我在他访美归来后长谈。更想不到，第一次见到他，他就把我的著作引为"知心"之作。他的鼓励，使我深为感动。从此，我同先生开始了一种使我永生难忘的特别情谊。他是我的长辈，我的老师，同时，我又是他的研究者和传记作者。先生的信赖和提携，改变了我的学术命运。我本来专注鲁迅研究，是先生的鼓励，特别把撰写《曹禺传》的任务交给我，让我转上戏剧研究的道路。

在写传过程中，我们有几十次的长谈。谈他的身世和家庭，谈他生下三天便死生母的终生痛苦，谈南开，谈清华，谈他的恋爱和婚姻，谈创作，谈朋友，谈剧坛轶事，谈他对人生、对人类、对宇宙的遐想和沉思……我得以走进他的人生，走进他的内心，走进一个伟人的灵魂世界。我不能说，我是最了解他的，我可以说，他是一个天才，一个伟大的天才。当我同他交往已年近古稀了。但他那奔涌的灵感，神来的见解，精辟的妙语，令我倾倒，让我沉思。能够同这样一个伟大的灵魂交流，是我人生的幸运。

三

他是一个十分宽和的人，他的内心像海洋那么广阔激荡，但他永远是平静的。他拥有睿智，但永远是那么谦虚。他对我这样的晚辈，从来是平等的，从来没有教训，总是一种探讨和商量的态度。我每次去看望他，无论是在家里，在医院，他总是在临告别时，把我送到电梯前，我真是于心不安。他的宽和还表现在，只要是有人来求他，他是每求必应的。正因此，我更不忍心劳烦他。特别是近两年，我回绝了一切要我向先生求字、求文、求留影的要求。晚年，他把所有的精力都放到戏剧事业上，关心戏剧创作，戏剧教育，关心中青年剧作家的成长。

先生对同港台进行戏剧交流也是十分关心的。他从来都给予热情的支持。他对我说，"港澳台的戏剧工作者都是我们的骨肉同胞，一定要多交流。要谦虚，多向他们学习。"这倒不是他的客套话，他认为香港是国际大都市，同外界联系广泛，视野开阔，见多识广，不可轻视。一九九二年，我从香港回来，同他谈起香港戏剧的兴旺。他说，"看来只要经济繁荣了，戏剧也会兴旺。现在内地戏剧危机是一时的。"当我向他说起"文革"中，香港还曾举办过"曹禺戏剧节"时，似乎他听人说过，但没有我说得这么详细。我把李援华托我送给先生的著作《曹禺与中国》交给他，他感动极了。他说："在那个时候演我的戏，是不简单的。不是我的戏如何，而是香港戏剧界对'文革'的抗议。"我说，李援华为了写《曹禺与中国》，还遭到攻击和误解。他说："你一定代我问候李先生，等我身体好些，我一定写信给他。"一九九三年岁末，麦秋来京，他们要演出《原野》，请我陪他去见先生。他们也没有料到先生是这么痛快地答应了。在我看来，无论是谁，找到他，请他允许演他的戏，甚至当面说明要如何改编他的戏，他一般都会点头的。他确实是十分宽容大度。他说，"只要别人演我的戏，都是对我的爱戴，无论演好演坏，改好改坏，对人家都是一种锻炼，也可提供经验教训。"在我看来，他的宽容大度并非在艺术上完全认同你的演法和改法。当我向他汇报《原野》在香港演出的情况时，他同我谈了他的意见。我写了《香港归来访曹禺》，他鼓励各种实验。最近，麦秋的学生岑伟宗通过我希望演《雷雨》。曹禺说，"这些穷学生演出是很不容易的。我还不是学生时代受戏剧熏陶而热爱戏剧的吗？让他们演好了。"最让他兴奋的是香港演艺学院授予他院士称号。钟景辉院长找我，请我代他们向先生说明原委和他们的盛情。先生满口应允并说："他们这是对祖国的敬意和热爱。我是代表戏剧界接受这份荣誉的。一定代我向钟先生致意，向卢景文院长致意。"他一再为不能亲自参加授衔仪式而感到遗憾。

先生对同台湾戏剧界的交流格外关注。记得一九九四年大陆戏剧代表团访问台湾。我到病院看望先生，他说一定代他问候李行和贡敏。他说，"李行先生找我，在台湾演《雷雨》，他是第一个，这是不简单的。他们要求在演出时，对《雷雨》要有所改动。《雷雨》本来就很长，不改动是没法演出的。我满口答应了。贡敏后来还到医院看过我。这个人很讲情谊，也很谦虚。"我说："台湾也请您去，您身体不好不能去了，能不能写幅字送给中华戏剧学会？"先生说，那太好了。他立即让小白准备笔墨："增强戏剧交流，繁荣中华戏剧"。这代表了他的心愿。当我从台湾归来，贡敏特意让我带钱送给先生买补品时，贡敏告诉我还在台湾戒严期间，他就偷偷地读了曹禺的剧作，给他以深刻的感染，心仪先生已久。虽从未见面，但先生成为他心中的长者，始终怀着对先生的尊重。这也使我深为感动。在台湾访问期间，深感台湾戏剧界的朋友对先生的敬重和爱戴。我向先生汇报了这一切，他是十分高兴的。他说，多年隔绝了，一定要多交流，采取各种形式交流，都是骨肉同胞啊。正是由于他的鼓励和支持，我才敢于挑起承办"九六中国戏剧交流暨学术研讨会"的重担。他对我说："本相，你不要有任何的顾虑，你大胆去做。这是大好事，事情总要有人去做。"我说："由您担任组委会的主席我就有了靠山了。"他说："我当名誉主席吧。"从我到话剧所工作，先生给了我许多支持。从举办"北京人艺演剧学派国际研讨会"，到"九三小剧场戏剧展暨国际学术研讨会"，只要我去请求他担任主席或出席开幕式讲话，他都慨然应允，我是十分感谢先生的支持的。我想，不只是我，所有的人，都会感到，失去他，中国的文艺界，特别是戏剧艺术界就失去了灵魂，失去了精神支柱。

四

曹禺先生带着巨大的艺术声誉走了，同时，他也带着巨大的悔恨走了。

经过"文革"的灾难岁月，他对自己，对人生，对社会都有了更冷静更深刻的反思。当他对我谈起他的生活和创作的道路时，他不但没有半点沉醉，而总是带着悔恨和悲哀。他不止一次对我说："本相，我这一辈子写得太少了！我好悔恨啊！"开始，我以为是先生的谦虚，但他一次又一次地说，我委实感到他内心的沉重和苦闷。有一度，他对自己无法摆脱的困境是相当苦恼的。"什么事都找到我身上，什么戏都请我看，什么会都要我去开，我推不开啊，我抹不开情面啊！我真苦恼极了！"

他在悄悄地使劲，特别是他感到老之已至，就更有一种迫切感，或者说急躁的心情。他躲到上海去，就准备把在抗战末期只写了两幕的《桥》重新写过。为此，他作了许多采访，查阅了不少历史资料。但终究未能写出。有一次，他同我很伤感地讲了"王佐断臂"的故事："做人真是难啊！你知道王佐断臂的故事罢，戏曲里是有的。陆文龙好厉害啊！是金兀术的义子，把岳飞都弄得头痛。是王佐断臂，跑到金营，找到陆文龙的奶妈，感动了奶妈，把陆文龙的真实遭遇讲明白了，这样才使陆文龙认清金兀术，他终于明白了。王佐说：'你也明白了，我也残废了。'这个故事还是挺耐人寻思的。明白了，人也残废了，大好光阴也浪费了。让人明白是很难很难的啊！明白了，你却残废了，这也是悲剧。我们付出的代价太多太大了。"从先生的谈话中，我感到，意识到的悲剧是更痛苦的。他已流露出无奈之情，再也无法挽回过去和无力把握现在了。

再没有他把画家黄永玉的信读给美国剧作家阿瑟·米勒听，更能表现他的坦诚、决心和悔恨了。黄永玉是先生的好朋友，曾满怀期望写信给曹禺，希望他再写出像《雷雨》、《日出》的杰作来。信中写道："你是我极尊敬的前辈，所以我对你要严！我不喜欢你解放后的戏。一个也不喜欢。你心不在戏里，你失去伟大的灵通宝玉，你为势位所误！从一个海洋萎缩为一条小溪流，你泥涸在不情愿的艺术创作中，像晚上喝了浓茶清醒于混沌之中。"爱之弥深，批之弥严。其中不无偏颇之处。先生把这样批评的信读给阿瑟·米勒，连阿瑟·米勒都为之迷惑震惊；但这的确反映了先生的坦诚，还有重新奋起之决心，同时也有一种悲壮。毕竟他年老多病，不能随心所至了。即使在住进北京医院的八年中，他都没有放弃他的努力，他构思过两部独幕剧，有一个叫《老呆瓜》，写一个呆傻老人的故事，还拉出提纲，可惜都没有完成。医院只写了十几首小诗……他确实带着遗憾和悔恨走了。

五

十一月二十六日刚刚开过"《曹禺全集》出版座谈会"。虽然他没有亲自出席，但委托夫人李玉茹在会议上致答词，可以看出他的心情是格外高兴的。记得，一九九四年岁末，他约我到医院，就河北省花山文艺出版社打算出版全集的事，征求我的意见，并委托我编辑全集。我是诚惶诚恐，既深感荣幸，又觉得担子很重。先生的信赖和期待，使我不敢稍息。当我听到这部经过先生亲自审定的七卷三百万字的全集出版后，先生深感慰藉和满意，我的一颗心才落到地上。我在座谈会上说：

> 曹禺先生对中国戏剧的贡献是历史性的，他的代表作如《雷雨》、《日出》、《原野》、《北京人》和《家》等，已经成为中国现代文学和现代戏剧的经典，这些剧作不仅标志着中国话剧文学的成熟，而且显示着他是二十世纪世界话剧发展潮流在中国的一个最杰出的代表。他不但属于中国，也属于世界。这部全集，还展现着他的生活和创作道路，在某种意义上说，它体现着中国话剧发展史的一个重要侧面。而其中关于戏剧的论述，则凝结着宝贵的创作经验以及对戏剧的哲学的美学的深思和体悟。曹禺先生对中国的戏剧教育的贡献也是巨大的，任教于国立剧专，创办中央戏剧学院，培育了一代又一代的戏剧英才。他所创建并一直领导的北京人民艺术剧院，实现了当年他和张骏祥、黄佐临的梦想，即在中国建立一个具有世界影响和声誉的、像莫斯科剧院那样的大剧院。他不愧是中国的戏剧大师。

我没有想到，我这些祝词却成为他的悼词。他的戏将一代又一代的演下去，他的戏将万古流传，永垂不朽！

一九九六年十二月三十日于北京

曹禺和戏曲

——悼曹禺先生

曹禺先生仙逝,使戏剧界失去一个伟大的灵魂,一个精神支柱。

在中国,他不但是一位伟大的剧作家,而且是一位戏剧大师,他对中外戏剧都具有渊博而深厚的修养,特别是对中国戏曲,可以说,在他的潜意识中都积淀着她的种子。

还在三岁时,爱好中国戏曲的继母,就抱着他去戏院看戏;稍大些,又站在凳子上看;再大些,就同小朋友一起去看,回来还要一起扮演学唱。在继母的熏陶下,他成为一个小戏迷。

20世纪初,天津荟萃了不少著名的戏曲和曲艺演员,像谭鑫培、刘鸿声、龚云甫、陈德霖、杨小楼等,这些艺术家的戏,他都看过,他格外喜欢余叔岩的戏。在南开中学读书时,他除参加南开新剧团表演新剧外,还有时和同学演京剧。据他的同学回忆,他演《南天门》和《打渔杀家》,扮演曹福和萧恩,他唱得颇有余派味道。曹禺少年时代迷戏到了痴醉的程度,家里的《戏考》,里面印的折子戏,他反复看,唱词反复背诵,整段整段的唱词都能倒背如流,也能唱出来,就这样,硬是把一本一本的《戏考》都翻烂了。即使上了大学,他仍然沉迷于戏曲,经常和靳以,有时还有巴金到北京广和楼看戏。他说他在童年看戏,就使他悟出:"戏原来是这样一个美妙迷人的东西!"

以我的观察,曹禺之所以走上戏剧创作的道路,其原因是综合的,但不可否认的是中国戏曲的熏陶起到最深刻的启蒙作用,而他的话剧作品之所以达到那么精湛深邃的艺术境界，我认为也是因为他有着深厚的中国戏曲根底的缘故。中国戏曲给予他的影响，不仅是知识，而是对中国戏曲中所蕴蓄的民族艺术的审美精神和艺术特性，特别是对于一个具有创作天才的艺术家来说，他从中获得的是民族的诗性智慧，所激发的是民族艺术的灵感妙悟。他曾对我这样说过："中国戏曲对我的影响是太大了，人们总是说我如何接受西方戏剧的影响，这是事实。话剧就是外国的嘛，不学人家怎么行呢？但你说，我是照搬外国人的东西，我就不能同意了。我年轻时对这样的批评，总是给予批驳，那时年轻气盛嘛！只要冷静想一想，一个中国人，特别是一个从小就在自己民族文化艺术的培育和熏陶下成长起来的作家，他血管里流的都是炎黄子孙的血液，生长的都是民族的艺术细胞，他怎么可能像一个外国人那样思维和创作呢？！我从小看戏，那是入了迷的。我看了那么多戏，可以说已烂熟于心了。这种潜移默化的戏曲熏陶，是我后来读外国剧本所不可及的。我还是那句话，中国戏曲肯定在我的创作中渗透着弥漫着，祖宗的东西就在里面。但叫我说哪一点是，我说不出来。我想，如果能具体说出来，那肯定说明你在模仿了。影响是有的，但就是说不出来，这才化了。"我觉得他讲得太深刻了。比如，一位已故的日本学者佐藤一郎就曾指出，曹禺的戏剧具有一种非凡的造型力，他认为这种"造型能量的源泉来自中国文学的传统"，"正是中国传统内部的造型意识从而获得近代睿智，这个睿智的名字，就叫曹禺的现实主义"。显然，中国戏曲的性格造型力是包括其中的。曹禺对我说："中国戏曲是最具有形象的造型力的，这不仅指它的程式，程式对中国戏曲是了不起的创造，我说的是人物性格的塑造力，中国戏曲是最善于刻画人物的"，"从旧戏里能学到写性格的本领，每个人物的性格都是异常鲜明的"。他对我列举了众多的京剧艺术家是多么惟妙惟肖地演活了各种的人物。他说："三国戏的人物性格，都刻画得十分出色，什么诸葛亮的智慧喽，周瑜的气量狭小喽，曹操欺诈喽，旧戏刻画人物，有许多值得借鉴的东西。"

还有，他讲焦菊隐，说："这个人厉害，他才是大导演。具体的东西我不说了，他厉害，就在于他对中国戏曲有着深厚的修养，因此，他才能把斯坦尼体系消化了，才闯出他自己的路子。人艺没有他，是不会有今天的。说得更明白些，无论是写戏、演戏还是导戏，要使自己出好东西，全在于艺术修养，应当说是广阔的修养。就搞话剧的来说，既要懂外国戏，更要懂中国戏，这是一个重点，一个灵魂。现在的导演，就没有焦菊隐那样的修养，这也是我最忧虑的。"

先生晚年多病，但对戏曲事业是十分关心的。据我所知，只要求上门来，他再忙，也不会拒绝。有一次，我去他家里，刚刚送走请他去看戏的京剧界的朋友，他对我说："我现在是身不由己，你说人家那么诚恳地邀请，我如不去，于心不安；我去了，又往往要我即席讲话，对戏发表意见，我耳朵又聋，不是都能听清楚的，这是最苦恼的。其实我是最喜欢看戏的，如果时间从容些，大家一起讨论讨论，我也很愿意发表意见，但如果又成为什么指示的官方的一套，我就害怕得很。"即使这样，他仍然写了不少关于戏曲的文章，像对京剧《徐九经升官记》、对秦腔《西安事变》、对川剧《田姐与庄周》，对山西蒲州梆子的关怀，对中华梨园学研究的支持，对振兴京剧和川剧等，他都付出了心血。他甚至带病出席梅兰芳诞辰百年的纪念活动。大家可以看看他写的《回忆蒲州梆子》，他所表现出对蒲州梆子的热爱，对这个古老艺术的称赞，是既感人又十分精辟的。他的《在中华梨园学研究会成立大会上的讲话》所表现出对唐代梨园的知识和见解，对加强整个盛唐文艺的研究的意见，都反映了对弘扬中国戏曲文化的精神，以及他的远见卓识。

还有，他支持夫人李玉茹创作京剧《青丝恨》，也可以说是一段佳话。一个是戏剧大师，一个是京剧表演艺术家，李玉茹为培育京剧新人，亲自编写剧本，曹禺先生与她讨论，终于由上海京剧院演出。曹禺先生亲自撰文，鼓励李玉茹和青年演员的大胆实验，他认为《青丝恨》无论从剧本到演员，都"独辟蹊径"，是"可喜的尝试"。

先生走了，这确是中国戏剧界的一大损失。但先生所留下的艺术精神，将万古长青，鼓励着人们前进！

（原载《中国京剧》1997 年第 1 期）

曹禺的意义
——悼念曹禺先生

曹禺先生仙逝，是中国戏剧界、文艺界的一大损失。

我不止一次说，曹禺先生的仙逝，使中国的戏剧界失去灵魂的支柱。

我相信，他带走的比他留下的还要多。

他是一位难得的戏剧天才。最初，他被他的导师张彭春发现的是他的表演天才，看过他的表演的人，都为之倾倒。郑振铎、萧乾、马彦祥等都称赞过他的表演。他也执导过戏，当然写戏是最能展现其戏剧才华的。

他一生写得很少，总共九台大戏。但可列为中国话剧，甚至是中国现代文学经典的作品，起码就有四部：《雷雨》、《日出》、《原野》、《北京人》。我想，随着时间的推移，曹禺剧作的经典性会越来越突出，换句话说，他的剧作的艺术价值会放射出越来越明亮的光辉。

我以为曹禺的意义，不仅在于他写出几部杰出的剧作，而更在于他是在中国文化面临大变革时代的弄潮儿。

古老的中国，在上一个世纪，不论是主动或被动，她的制度和文化都遇到了全方位的挑战，至今，我们仍然处于这个严峻的历史挑战之中。

百年来，在文化上，我们遇到一个课题，即如何对待外来文化，也可以说如何对待西方文化的课题。这不仅是个理论问题，而且是迫切的实践课题。

我们不能封闭自己，当然要开放；但也不能任人践踏自己，以致失去民族个性。

曹禺是直接在"五四"文化运动的历史氛围中成长的,他不但直接承受着"五四"文化的熏陶,更直接思考着"五四"文化运动的经验教训。我以为,他的戏剧才能,是在对"五四"新剧,也包括文明戏的发展经验教训进行认真思考的基础上发挥出来的。

他在戏剧创造上是一位集大成者,他虽然是在南开、清华这样具有更多西方文化背景的大学中接受教育并接触西方话剧的,但他是带着中国文化传统,特别是中国的戏曲传统来接受西方话剧的。他从小就看中国戏曲,他是在中国戏曲中熏陶出来的。这个基础是太重要了,但又往往被人所忽略。

他在逝世前曾针对那些盲目照搬西方戏剧的做法说:如果我,还有田汉、夏衍、吴祖光这些人,没有深厚的中国文化传统的修养,没有深厚的中国戏曲的根基,是消化不了西方话剧这个洋玩意儿的。

这番话,是值得我们认真咀嚼的。

同时,他对西方话剧是经过一番系统而深刻的阅读和钻研的,他是西方戏剧的教授学者。他对从希腊、罗马时代到20世纪30年代出现的西方现代派戏剧,都了如指掌。在中学演剧,就演过未来派的戏,对奥尼尔的戏更深有研究。也就是说,他的话剧创作是建立在对西方话剧的深刻了解的基础之上的。

我觉得,他对文明戏以来,中国人接受西方话剧的经验教训,是进行过独立思考的。他没有模仿当时最走红的"问题剧",也没有去学浪漫主义,那种席勒号筒式的做法,更没有去照搬西方现代派。因为他站得高,视野广,才能真正把西方戏剧的精髓吸收过来,并创造出具有民族特色和鲜明个性的作品。

所以,我认为他在对待西方文化,包括西方话剧所取得的经验,是十分珍贵的精神财富,对今天的戏剧仍然有着强烈的现实意义。

难道不是这样吗?新时期话剧发展最大的成就来自开放,从而打破了数十年一贯的僵化模式;而最大的失误,是由于突然开放,缺乏对西方戏剧思想和物质准备，匆忙应对一拥而来的西方戏剧思潮，所以东施效颦者有之，张冠李戴者有之，所谓"伪现代派"就出现了。

曹禺作为一个戏剧大师，他以学贯中西的功底，加之以沉实的眼光，真正汲取了西方戏剧的菁华，并化解为中国人接受和欢迎的杰作。

我们继承曹禺先生的戏剧遗产，不仅是因为他提供给我们几部杰作，更应从他剧作的背后，看到他所提供的历史经验和艺术精神。

这些年来，我们不断唱着戏剧危机的调子。的确，我们被电视和其他的流行艺术迫到一个角落里。但这些仅是危机的表层现象。最根本的危机，是我们的戏剧创造精神萎缩了，蜕化了。如果按照客观条件来看，同诞生曹禺剧作的时代比起来，不知要好多少倍。如果我们以此作为反思的基础，那么，从曹禺先生那里所吸收的东西就太多了。

以前，我在撰写关于曹禺的文章时，也曾套用过"说不完的曹禺"这样的题目。但，我们今天面对着作古的曹禺，就不是说完说不完的问题。的确，我们该面对着亡灵，来捶问自己，我们应当为我们这个伟大的时代贡献些什么？我们应当继承些什么？

曹禺，当然还有其他剧作家所缔造的中国戏剧的诗化现实主义传统，在我看来是最值得发扬的。

这种现实主义，是饱含着中国作家的高度责任感和使命感的，是融汇着浪漫主义、现代主义的有益成分的。因此它蕴蓄着理想的情愫和浸透着目标感。它敢于直面人生，敢于批判黑暗，但又不同于老批判现实主义；它所熔铸的激情，是来源于中国艺术的诗性抒情传统。

我以为我们把西方的各种主义都搬到中国来了，尤其是近二十年，但唯独对曹禺以及老一辈剧作家所创造的适应中国需要的诗化现实主义却不能给予重视。因此，我希望在曹禺先生仙逝之后，我们应该把他们的诗化现实主义高扬起来。

曹禺所提供的榜样，就是现在人们常喊的"精品意识"。

曹禺一生作品较少，他为此常常悔恨不已。不过，我觉得他不是不能多产的作家。唐弢先生在世时说,曹禺的创作起点高。的确是这样,这犹如百米赛跑,如果第一次就打破世界纪录,那么,以后跑起来就太难了。但是,他后来一部又一部地推出杰作,这不仅说明他是天才,更说明他在创作上是一个绝不苟且的人,一个在艺术上十分严肃的人,一个绝对对人民对艺术忠诚的人。

他曾对我说:"我写得太少了,我这一辈子写得太少了。可是,本相你知道,如果我写的戏,连我自己都通不过,我何必去写,我何必去发表呢?!"我懂得他,他一辈子的创作,真是一部一座丰碑。他怎能把次品拿出去!?

我想,埋葬在他心中的腹稿不知有多少。起码,他为自己立的标杆是不断地超越自己,这点是很清楚的。他是那种宁缺毋滥的作家。他这种精心创造的艺术精神,是符合艺术创造规律的。

这是最可宝贵的,也是我们最欠缺的,也正是我们最需要学习的。

我没有做过调查,在当今活着的老一辈作家中,大概他是清贫者之一。在新中国成立前,他的剧演遍全国,但这没有使他成为富翁。据他说,在抗战期间,他曾饿饭。有时不得不到巴金那里去饱餐一顿。不能说,清贫是创造精品的结果或前提,但耐得住清贫绝对是创造精品的精神境界。如果作家有了物质的贪欲,他可能写得不少,但往往是同杰作无缘的。这不是规律,确是从许多大作家传记中可看到的事实。而曹禺先生所昭示的也正是这样的精神。

曹禺先生给我们留下的精神遗产是我这样一篇短文难以概括的,我们悼念先生的唯一的做法,是把他的精神遗产继承下来并发扬光大。

(原载《戏剧文学》1997 年第 6 期)

深情的纪念 无尽的追思

——纪念曹禺逝世一周年

曹禺先生离开我们整整一年了,我们以这样一个朴素的学术会议来纪念他。

曹禺先生仙逝,是中国戏剧界、文艺界的一大损失。

我不止一次说,曹禺先生的仙逝,使中国的戏剧界失去灵魂的支柱。

我相信,他带走的比他留下的还要多。

他是一位难得的伟大的戏剧天才。最初,他被他的导师张彭春发现的是他的表演天才。看过他的表演的人,都为之倾倒。郑振铎、萧乾、马彦祥等都称赞过他的表演。他也执导过戏,当然写戏是最能展现他的戏剧才华的。

他一生写得很少,总共九台大戏。但可列为中国话剧,甚至是中国现代文学乃至世界戏剧经典作品的,起码就有四部:《雷雨》、《日出》、《原野》和《北京人》。我想,随着时间的推移,曹禺的剧作的经典性会越来越突出,换句话说,他的剧作的文化价值和艺术价值会越来越放出璀璨的光辉。

我以为曹禺的意义,不仅在于他写出几部杰出的剧作,而更在于他是在中国文化面临重大变革的时代的弄潮儿。

古老的中国,在上一个世纪,不论是主动或是被动,她的制度和文化都遇到了全方位的挑战,至今,我们仍然处于这个严峻的历史挑战之中。

百年来,在文化上,我们遇到的一个课题,即如何对待外来文化,也可以说如何对待西方文化的课题。这不仅是个理论问题,而是迫切的实践课题。

我们不能封闭自己,当然要开放;但也不能任人践踏,以致失去民族个性。

曹禺是直接在五四文化运动的历史氛围中成长的,他不但直接承受着五四文化的熏陶,更直接思考着五四文化运动的经验教训。我以为,他的戏剧才能,是在对五四新剧,也包括文明戏的发展经验教训进行认真思考的基础上发挥出来的。

他在戏剧创造上是一位集大成者,他虽然是在南开、清华这样的具有更多西方文化背景的大学中接受教育并接触研究了西方话剧;但,他是带着深厚的中国文化传统,特别是中国的戏曲传统来接受西方话剧的。他从小,就看中国戏曲,他是在中国戏曲的熏陶中成长起来的。这个基础是太重要了,但又往往被人所忽略。

他在逝世前曾针对那些盲目照搬西方戏剧的做法说:如果我,还有田汉、夏衍、吴祖光这些人,没有一个深厚的中国文化传统的修养,没有深厚的中国戏曲的根基,是消化不了西方话剧这个洋玩意儿的。

这番话,是值得我们认真咀嚼的。

同时,他对西方话剧,是经过一番系统而深刻的阅读和钻研的,他是西方戏剧史的教授。他对从希腊、罗马时代到20世纪30年代出现的西方现代派戏剧,都了如指掌。在中学时演剧,他就演过未来派的戏,对奥尼尔的戏就更深有研究。也就是说,他的话剧创作是建立在对西方话剧的深刻的了解和研究的基础之上的。

我觉得,他对文明戏以来,中国人接受西方话剧的经验教训,是有其独立思考的。他没有模仿当时的最走红的"问题剧",也没有去学浪漫主义,那种席勒号筒式的做法;更没有去照搬西方现代派。正因为他站得高,视野广,才能真正把西方戏剧的精髓吸收过来,并创造出具有民族特色和鲜明个性的作品。

所以,我认为他视西方文化,包括西方话剧所取得的经验,为十分珍贵的精神财富，对今天的戏剧艺术的发展仍然有着强烈的现实意义。

难道不是这样吗？新时期话剧发展的最大的成就来自开放，从而打破了数十年一贯的僵化模式；而最大的失误，也由于突然开放，缺乏对西方戏剧思潮，特别是现代主义思潮的准备，仓促应对，所以东施效颦者有之，张冠李戴者有之，所谓"伪现代派"就出现了。这是不可避免的，但也是值得反思的。

曹禺作为一个戏剧大师，他以学贯中西的功底，加之以沉实的眼光，真正汲取了西方戏剧的菁华，并化解为中国人接受和欢迎的杰作。

我们继承曹禺先生的戏剧遗产，首先要继承他所提供的历史经验和艺术精神。

这些年来，我们不断唱着戏剧危机的调子。的确，我们为电视和其他的流行艺术追逼到一个角落里。但这些仅是危机的表层现象。最根本的危机，我看是我们的戏剧创造的精神萎缩了，蜕化了。如果按照客观条件来看，同诞生曹禺剧作的时代比起来，我们的条件不知要好多少倍。如果我们以此作为反思的基础，那么，从曹禺先生那里所吸收的东西就太多了。

以前，我在撰写关于曹禺的文章时，也曾套用过"说不完的曹禺"这样的题目。但，我们今天面对着作古的曹禺，就不是说完说不完的问题。的确，我们该面对着亡灵，来摔问自己，我们应当为我们这个伟大的时代贡献些什么？我们应当继承什么？

曹禺，当然还有其他剧作家所缔造的中国戏剧的诗化现实主义传统，在我看来是最值得发扬的。

这种现实主义，是饱含着中国作家的高度责任感和使命感的，是融汇着浪漫主义、现代主义的有益成分的；而且它蕴蓄着理想的情愫和浸透着目标感；它敢于直面人生，敢于批判黑暗，但又不同于旧的批判现实主义；它所熔铸的激情，是来源于中国艺术的诗性抒情传统。

我以为我们把西方的各种主义都搬到中国来了，尤其是近20年。但唯独对曹禺以及老一辈剧作家所创造的适应中国需要的诗化现实主义却不能给予重视。因此,我希望在曹禺先生仙逝之后,我们应该把他们的诗化现实主义高扬起来。

曹禺,所提供的榜样,就是现在人们常喊的"精品意识"。

曹禺一生作品较少,他为此常常悔恨不已。但是,应该看到曹禺的创作起点是很高的。的确是这样,这犹如百米赛跑,如果第一次就打破世界纪录,那么,以后跑起来就太难了。但是,他后来一部又一部地推出杰作,这不仅说明他的天才,更说明他在创作上是一个绝不苟且的人,一个在艺术上十分严肃的人,一个对人民对艺术高度负责的人。

他曾对我说:"我写得太少了,我这一辈子写得太少了。可是,你知道,如果我写的戏,连我自己都通不过,我何必去写,我何必去发表呢?!"我想,埋葬在他心中的腹稿不知有多少。起码,他为自己立的标杆是不断地超越自己,这点是很清楚的。他是那种宁缺毋滥的作家。他这种精心创造的艺术精神,是符合艺术创造规律的,也是值得我们永远铭记的。

我没有作过调查,在当今活着的老一辈作家中,大概他是清贫者之一。在新中国成立前,他的剧演遍全国,但这没有使他成富翁。据他说,在抗战期间,他曾饿饭。有时不得不到巴金那里去饱餐一顿。不能说,清贫是创造精品的结果或前提,但耐得清贫绝对是创造精品的精神境界。清贫,对于作家来说,决不是一个物质短缺的含义,而意味着一种投入创造的精神状态和意境操守。如果作家有了物质的贪欲,他可能写了不少,但往往是同杰作无缘的。这不是规律,但确是从许多大作家传记中可看到的事实。而曹禺先生所昭示的也正是这样的精神。

曹禺先生给我们留下的精神遗产是我这样一篇短文所难以概括的,但我们悼念先生的唯一的做法,是把他的精神遗产继承下来并发扬光大。

(原载《大舞台》1998年第2期)

怀念曹禺先生

一

我早就应该写下我的深深的难以忘却的怀念，不但为了我，更为了景仰曹禺先生的人们。

也许我的怀念文字并不重要，但对我来说却是一段十分珍贵的感情经历……

我是在一个十分偶然的机会去拜会曹禺先生的。1979年的5月，我把《曹禺剧作论》交给中国戏剧出版社的杨景辉同志，是他觉得有必要将稿子请先生过目。而我那时一个想法，曹禺先生是我所尊敬的，所以不愿打扰他；作为一个研究者，还是沉默些为好。

我竟然没有料到曹禺写信来了，我十分激动地读了他的信（原信）：

> 田本相同志：十分感谢，您寄来您的著作。我因即将赴美，许多事情急待解决，只能十分粗略地拜读您的文章。您的分析与评论是很确切，也是深刻的。您的研究工作使我敬佩，有时间，应该和您长谈，但目前许多事要料理。是否待我回国后，咱们再约一个时间谈一下。
>
> 我的作品确不值得用这么多力气，你费了大量时间去研究，使我很惭愧。

我即赴美，约五月中即返京，当约请一谈。祝好！

曹禺
1980年3月8日

　　曹禺先生这封信，使我的心情久久不能平静。这是我从事研究以来，第一次得到这样的鼓励，而且是这样一位大师的鼓励！

　　也可以说，是这封信，导致了我的学术命运的改变。其实，我是学中国现代文学，并在我的导师，著名的鲁迅研究专家李何林先生指导下从事鲁迅研究。打倒"四人帮"之后，拼命地用功，希望把"文革"中消耗的时光"夺"回来。那时，我已经收集了大量的关于《阿Q正传》的资料，准备写一部关于它的专著。是一个偶然的机会，我写了一篇读《曹禺选集》的论文，反响不错。于是几个老同学就鼓动我研究曹禺。我确实有些话要说，但开始还是不大情愿，舍不得丢弃鲁迅研究。后来终于写了，想不到这部书，得到先生这样的重视，当然也得到了学术界的重视，加之这封信，于是，命运就驱动着我转向曹禺研究。于是，人们也误会我是一位戏剧研究者了。直到后来我当上了话剧研究所的所长。我回想起来，连自己都不可思议。无疑，先生的信给了我"转向"的勇气和信心。由此，我自然也把先生看成是我的老师。

二

　　他从美国回来，很快就约我见面。

　　还记得是1980年5月23日，第一次同先生会面的时候，他为了我不至于过于紧张，把准备好的香烟亲自递给我，还仔细问起我的经历。当他知道我也是南开大学的学生时，他说我们是校友嘛！

　　最出乎我的意料的是，正式谈话一开始，他就把《曹禺剧作论》引为知

心之作,他讲得那么亲切而严肃。他是这样说的(引录音):

> 本相同志,你真是下了功夫的,这点我非常感谢你。你想到的是我没想到的,我没想到的你想到了,可见批评家的好处。我曾经和你说过《孟子》上的一段故事。孟子见齐宣王说,每个人都有恻隐之心。啊,孙犁同志说,没有人道主义就没有文学,孙犁是很大胆的,很敢说话的,不怕有人反对。他敢说,我很佩服他。孟子非常会说话,有一次齐宣王让孟子讲讲齐桓公、晋文公称霸的事迹。孟子就说,齐桓公、晋文公都是用道德的力量来统一天下的,你齐宣公也是能使百姓生活安定并能统一天下的。齐宣公说,你怎么知道我能够呢?孟子说,我听人说过这样一件事,有一次有人牵着牛从你殿下走过,牛快被宰杀了,牛有预感,直打哆嗦,害怕,掉眼泪。你就说,把它放了吧!看它哆嗦可怜的样子,它毫无罪过,我实在于心不忍啊!孟子说,就凭你这种好心肠,我觉得你可以统一天下了。孟子还说,君子对于禽兽,是只能见其生,不忍见其死;闻其声就不忍食其肉,因此,君子远庖厨也。孟子还向齐宣公解释,所谓"不忍之心",就是"仁术",也就是仁爱之道。齐宣王听了很高兴,便说:"诗云:'他人之心,予忖度之。'夫子之谓也。"齐宣王借用《诗经》中"巧言篇"里的两句诗表达了他的心情,意思是说,我心里想的说不出来的,你这么一解释我就明白了。从这个故事,也可以说,作家有心,批评家能"忖度"它。

我并不认为我的《曹禺剧作论》有什么高明的见解,它不过是在解放思想的浪潮中,对曹禺和他的剧作,以及他在中国现代文学史和中国话剧史上的地位给予重新评估罢了。现在看,已是平常之论。在他的谈话中,给我的教诲是在另外的方面:他是那么谦虚,那么平等待人;没有任何俯视或者教训的口吻,但我又觉得他像一位学者,在同我讨论文学批评以及评论家同作家的关系,他的见解是非常具有启发性。一个下午,他侃侃而谈,从他的身世、创作,到中国戏剧界的现状,还有对一些著名的外国戏剧大师的看法,使我直接感受到先生大师的睿智和风度。一个下午，没有谈得尽兴，又应我的请求，再谈。这就是后来经我整理并经他亲自修改的《我的生活和创作的道路——同田本相同志的谈话》，这些谈话成为人们研究曹禺的重要文献。

三

有人说，他是不爱谈话喜欢沉默的人。但给我的印象，谈起戏剧、文学，他却是滔滔不绝，口若悬河。那时，他已是七十高龄的老人了，但他的思想却那么敏捷，那么富于联想，那么深刻！给我印象尤深的是谈对当时一批社会问题剧的看法，可以说是振聋发聩，独具胆识。是他最早也最深刻提出这个问题的。现在，我不妨把原话发表出来（录音记录）：

现在，我感觉有个极大的问题，无论是写戏，写小说，写什么东西，要有思想性。思想性我是不反对的，应该有的。但是，这里有个问题：现在一个戏，有个官僚主义者，另外有一批人物是坚决执行法制的，于是乎按两种思想成了两种人物，必然有一些挫折，有一些故事，有一些道理，无论如何是逃脱不了这么一个套子。一方代表真理，是正面的；一方代表谬误，是反面的。正的压服了邪的，成了这样一部戏。这种戏需要不需要呢？当然很需要，这就是现在的社会问题剧。针对当前社会的许多缺点毛病，针对社会上的许多问题现象，写出来了，如《报春花》、《救救她》、《未来在召唤》等等。我看了当时是非常感动，激动得不得了，觉得非常有道理，确实说出了我的心里话。但是，有一个问题，如果党也觉得这样好，看到是指责社会上的缺点，哪些是好的，哪些是坏的，哪种思想是符合时代的，符合四个现代化的，是值得提倡的；哪些是不符合时代要求的，不符合四个现代化的，是需要铲除的。从前如果是反面人物，牵掣到生产队长还可以，牵掣到生产大队长有些问题，牵掣到公社领导就成问题了，牵掣到省委就更不得了。我们已有了进步，许可作家批评，许可批评社会上的错误，批评政府机关干部的错误，干部的堕落，甚至是老干部。这比"十七年"，是个极大的进步。海默就只是写了很小很小的事情，就查到迫害致死。现在可以批评了，这些，表现了一定的民主，拆除了一定的禁区。但是，这里有一个值得思考的问题，这是一条很狭窄的路，如果把戏剧仅仅看作是表现政治的，政治需要什么就表现什么。解决什么问题，也不怕你说，不怕你讲，我们就写这些问题，也许群众要看，也许能解决问题，这就不敢讲了。譬如《权与法》，一部戏即使全国都上演了，是不是它就有那么大的影响作用，使有特权的人都不敢搞特权了，这很难说呢？文艺有益于四化，帮助四化，这我们不怀疑。但可能我们有误解，批评家有误解，于是把所有问题拿出来似乎有问题就拿出来写，好像很解决问题，写了后，大家就欢迎，好像很解气了，我总觉得这样一种写法，路子还是窄了。我希望是这样的一个情境：好像赶着一群羊，走啊，走啊，走到开口处，山谷豁然大开，是一片一望无际的旷野，是一片碧绿碧绿的草原，有牛有羊，这样的路子较好。不是被一个问题箍住，应该反映得深一些。应该把整个的社会看一遍，看得广泛，经过思考，写出使人思，使人想的好作品。不是按照作家规定的思路去想，顺着作家画好的道道去思，而是让人纵横自由，广阔地去想，去思索整个的社会，去思索人生，甚至思索人类。《红楼梦》、《战争与和平》、《约翰·克利斯朵夫》这些伟大的作品，就是这样的。

七十年代末、八十年代初，话剧涌现出一批社会问题剧，在当时影响很大。我也看过其中一些剧作，但没有想到先生这样高瞻远瞩，这样具有胆识，在充分肯定这些剧作的基础上，提出了他的见解。这确实是一个令人深思，给人启悟，并具有引导性的意见。即使今天来重读这些意见，仍然具有现实意义，仍然是我们话剧创作中值得解决的问题。同时，也深切地感到作为一位长者对话剧界的期待，曹禺是希望话剧多出一些优秀的剧作，而不是应时的赝品。

四

北京出版社准备出版一套现代文学传记丛书,《曹禺传》的写作任务落到我的身上,这是曹禺先生推荐的。一次,我到北京医院看望先生。正在谈话中,北京出版社的总编田耕同志和李志强同志从我家里赶到医院,他们早就同先生商定,由我来写《曹禺传》,这样,当着先生的面,我就万难推却了。

至今,我仍然感到这是先生对我的信赖。似乎,从我认识了先生,我们之间就有了一种默契,一种精神的联系。我确是把他作为我的老师,但同时我又是他的研究者;他始终对我十分关心,像一个长辈,而他始终把我作为一个年轻的朋友,作为一个研究者来对待。我们是忘年之交,也是君子之交。每次去看望他,他总是那么客气,总是送我到电梯门口,这使我格外感动。他对人的尊重,是真诚的。自然,也使我对他分外尊敬。

对我来说,这种信赖是一个鞭策,是一个充满期待的契约,我必须把它写好。但是,为先生写传谈何容易,且他又是这样一位戏剧大师。

似乎曹禺先生很善解人意,懂得我的困难,在写作之前或写作过程中,给了我许多有益的启示和帮助。他多次谈到如何写传,以及如何写他的传的问题。

最初,我曾问他:您自己的传由您自己来写不是更好吗?很多作家都自己动手。他说:"我这个人是最不愿意谈起自己的,我最不愿意写信,除了给巴金,我也不是因为懒,而是不想写。当然,我也从未考虑自己写传。如果我自己写,困难是很多的,不能单靠记忆,也要收集资料,甚至我过去待过的地方,还需要故地重游一番,以唤起回忆。有的老朋友,有必要在一起忆旧……"

"写传是很难很难的啊,写小说可以天马行空;写传,不能说事事有根据,但它必须是信史。自古以来,传就是纳入史的范畴。不真实的传记,是没有价值的。我很佩服罗曼·罗兰写的传,虽然简短,但却传神,颇有精神、感情的震撼力。莫洛亚的传记如《巴尔扎克传》、《雨果传》等就写得十分迷人,他写出传主的性格、丰采和为人种种,娓娓动听,浩浩荡荡。你要多看看,加以比较琢磨。"

记得在我答应为他写传后不久,他打电话约我去他家里。他说,你要写我的传,除了我们谈,你必须尽可能去采访我的一些亲戚朋友。就是这次给我开出了一个几十人的名单。据我采访之后的印象:这个名单开得十分客观,其中有些人是因为一些事而对他有过误会和意见的。他当时就说:"你采访中,要全面地去了解,各种意见都要了解,这样你才能够客观,保持一个平静的心态。对于写传的人来说,应当有这样一个心态。否则,很容易把人写偏了。可能你是好心,但经不起历史的检验。要写经得起历史检验的东西。"

他谈起他小的时候有很多苦闷时说:"我父亲很奇怪,问着我说:小小的年纪哪里来的这么多苦闷?你写我,就要把我的苦闷写出来。"是他这句话,点亮了我。我在同他的谈话中,所追索的就是他童年、少年直到青年时代的苦闷的心路历程。在我的《曹禺传》中,我几乎用了将近三分之一的篇幅写他的这段历史,而侧重点,就是写出他的苦闷,直到《雷雨》,是他的积淤于心中的苦闷的喷发。后来,我想,他同我谈经历,不是谈事迹,而是知心之谈,谈出他内心的秘密。当然,也是对我的指点。

不记得我们有过多少次会心的谈话,有过多少次关于戏剧、文学、历史和现实人物的讨论。开始是为了写传,每次去,都带着笔记簿,随手记下来,回去加以整理。有时,也带上录音机,曾经录下十几盘录音带。有时,去了,谈了,当时没记,回来追记。先生过世,我请我的老伴刘一军,也是我的曹禺研究的合作者,把它整理输入电脑。我再次回顾这些访谈的记录,他的音容历历如在眼前,我想,他这些谈话是十分珍贵的。我想以《曹禺访谈录》的形式发表出来,来纪念先生。

五

有一段,先生对中国戏剧出版社有些意见,不愿意把自己的书由他们出版。

我知道，景辉是很想编辑出版《曹禺文集》的，这是一件大事。我是很乐意促成的。后来，才知道一些原委，事情便放下了。

王正出任中国戏剧出版社总编，景辉任副总编。他们是很想有所作为的，把出版《曹禺文集》列为第一出版计划。我又出面同先生商量。其实，先生是通情达理的，他说："我是剧协主席，我自然应当支持戏剧出版社。但是，我也是作者嘛！也应当尊重我作为一个作者的意见嘛！"

当我们商量编辑的方针时，先生是很谨慎的。先生的意见是以四川出版的单本剧集为准来编辑，这是经过他再次修改过的。当时，我的意见是认为应当有所区别，应当以文化生活出版社的版本作为底本。其他剧本，也是尽量以最初的版本为好。这样做，起码，我认为更有学术价值，更有收藏价值。先生考虑再三，采纳了这个建议。但是，当第一卷的校样出来后，先生突然又改变了主意。他亲自打电话给我，说还是按照四川本作基础，口气似乎也没有多少商量的余地。我们只好照先生的指示去做。那时，正是在反精神污染。也许，还有别的原因，我始终没有问过。但我感到先生的确是十分的谨慎的，我总觉得他有着某种摆脱不掉的"余悸"。

我记得我是这样说服先生又改变主意的。在一次鲁迅研讨会上，日本朋友对我们一些作家的文集上有某某篇"存目"的做法很不理解，为什么不能收入而偏偏"存目"呢？我把日本朋友的意见告诉他，他终于同意按照原来的意见编辑《曹禺文集》。

六

我觉得先生是一位宽容通达的人。比如对待自己的作品，他就是这样，可以说，任人改编，不加阻拦。特别是年轻人，他更宽容。

一次，我到医院去看望他，他问我是否知道王晓鹰在准备导演《雷雨》，说他将所有鲁大海的戏都砍掉了。我说，我看过报道。他问我是如何看的？

我说:"既然您都同意他们改编了,我还有什么可讲呢?"先生说:"是王晓鹰的导师徐晓钟带他来说的,讲了许多道理。我不能给他们泼冷水,可以实验吗?我也吃不准把鲁大海拿掉,这个戏会成为什么样子?"我听出来,他是有疑问的。我说:"《雷雨》这出戏,难得写了这么一个形象,他也许有这样那样的缺点;但如果没有他,这个戏的典型环境就大为失色了,那么就会削弱这出戏的整体的结构和整体的艺术力量。不过,还是等看过戏,再谈观感更好。"先生说:"我也赞成你的看法,把鲁大海去掉,是有些问题。不过,我总是这样一个态度,实验么,还是允许的。"

以我的观察,他这种态度是一贯的。香港、台湾的一些戏剧团体演出曹禺的戏,有时通过我找先生,不论是职业剧团,还是业余剧团,他都慨然应允。

一次,在医院,正好日本的内山鹑先生将他导演的《日出》录像带寄来。曹禺看过剧照,十分激动,他说:"本相,你看扮演陈白露的这位演员,多么年轻,多么漂亮!这些年来,我们演陈白露的女演员,年龄都偏大些。演陈白露的,就必须年轻漂亮。这是角色所要求的。谢芳演的陈白露,风度、气质都好,演得不错,但是年龄还是显得大了!"从此,我感到他对他的戏的演出,要求还是很高的。

他多次同我谈到电影《原野》。其实,他对这部电影的改编是相当满意的。由于当时在国内禁演,起初,他说得相当谨慎。他总是问我,为什么国内不准上映呢?后来,他逐渐放开了,他对《原野》的改编,给予很高的评价。他说:"我不赞成依样画葫芦的改编,看起来对原著很忠实,而对改编来说却是不成功的。《原野》,也许有人以原著要求它,无论是基调、色彩和篇幅,都同原著不同。但是,它自身却很谐和统一,改编后形成一个新的机体,也可以说电影的机体。杨在葆和刘晓庆都演得不错,都捕捉到人物的个性和气质,刘晓庆把金子的泼野演出来了,特别是金子对仇虎内在的深情,她理解得很准确。如果这个人物缺乏这些东西,无论把她演得多么'性感',都是对人物的歪曲。"似乎由于电影《原野》的问世,他对话剧《原野》也打破了将近四十年的沉默,开始发表他对话剧《原野》的看法。的确,四十年来,评论界对《原野》的曲解、批评是太多了。而对《原野》的重新评价,对他也是一个安慰!

我还有许多事可回忆,还有许多心中话要说。限于篇幅,就先写到这里。我将逐渐把我的思念和对先生的回忆写成访谈录发表出来,献上我对先生的敬意!

1998年5月17日—6月10日清晨

(原载《倾听雷雨——曹禺纪念集》,上海文艺出版社2000年版)

最是曹禺鼎盛时
——曹禺在重庆

曹禺是带着他的《雷雨》《日出》和《原野》创作的辉煌走进伟大的抗战时代的。也可以说，抗战使他的戏剧创作走向鼎盛的时期。

他作为南京国立剧校的教务长，带着师生从长沙出发，入洞庭，走长江，辗转到达重庆。一路风雨，一路宣传，抗战热情高涨的曹禺带领高涨热情的学生，每到一地，他就敲锣，招呼着同学集合到街上讲演，演戏，给学生留下深刻的印象。

1938年，象征着戏剧界大团结的第一届戏剧节，在重庆举行。压轴戏《全民总动员》就是由曹禺和宋之的共同创作的。他还是导演团成员，并且扮演一个富商侯凤元。此剧演出，明星如云，赵丹、张瑞芳、魏鹤龄、顾而已、白杨、舒绣文等，亮相大后方的舞台，场场爆满，轰动山城。

足以展现曹禺抗战热忱的是他抱病创作的《蜕变》。正在写作中，他的胃病犯了，有时疼得难以忍受，便按住胃部，继续写作。他一边写着，张骏祥一边领着学生排演着。看着曹禺的病痛，他的学生季紫钊专为他制作了一个可以倚在躺椅上写作的"写字台"。为了不耽误演出，他索性把季紫钊请来，与他同住。他一边说，季紫钊一边记录整理，一边就刻写油印。此剧一经演出，就演遍大后方，甚至轰动上海"孤岛"。《蜕变》被洪深列为抗战戏剧十大名剧之一。

抗战进入相持阶段。尽管，远离重庆的江安生活比较艰苦，但却没有敌机的袭扰。曹禺在这样的环境中,依然能够潜心于创作。据说,他常常坐在茶馆里,观察生活观察人物。一次,他尾随着一个他要细心观察的人物,有人说就是江泰的原型,竟然把这个人吓得不知所措。他终于在十分艰难的环境里,写出《北京人》这样的杰作。一般文学史家,都把它看作是曹禺创作的高峰。在重庆演出时,也有人提出批评,以为在抗战中写这样一没落的大家庭的故事,似乎是没有意义的。但是,周恩来看过后,却给予肯定,他指示《新华日报》发表评论,随即张颖同志就遵照周恩来的意见写出很好的文章。

对于巴金《家》的改编,是曹禺和巴金友谊的纪念碑。

在曹禺的一生中,他最爱戴最尊重的朋友就是巴金了。他的第一部剧作,就是巴金发现的,亲自编辑发表的。而后来的他的每一部剧作,可以说都经过巴金的手,文化生活出版社出版着曹禺的一部又一部剧作。

1940年的冬天,与曹禺分别了几年的巴金,特地从上海到江安来看望曹禺。他们都难以忘记一起相聚的六天的时光,"每夜在一间楼房里我们隔着一张写字台对面坐着,望着一盏清油灯的摇晃的微光,谈到九、十点钟,我们谈了许多事情,我们也从《雷雨》谈到《蜕变》……"巴金特地将吴天改变的《家》带来,曹禺看过,向巴金表示,他要亲自改编《家》,这自然是让巴金感到最为快慰的。

曹禺对于巴金的友谊是忠诚的。在他离开江安到重庆之后,在生活十分困难的日子里,他首先要做的就是改编《家》。他躲在唐家砣停泊的一艘客轮上,开始了《家》的创作。可能这是曹禺又一段浪漫的日子。此时,他已经和方瑞结合。《北京人》中的愫方已经有着方瑞的影子,而《家》中的瑞珏,虽然不能说是方瑞的化身,但显然有着方瑞的印记。而且由于他和"所爱的朋友"方瑞的结合,以及同郑秀难以弥合的感情,使他把《家》的改编的侧重点都放在觉新、瑞珏以及梅表姐的爱情和婚姻上。他一再向巴金说,他没有忠实原著,但是巴金却认同这个《家》。在这部戏里所洋溢的青春的气息和芬芳的爱情,让人联想到莎士比亚的《罗密欧和朱丽叶》,他也想像莎翁一样把一部悲剧写得如此具有乐观的情调。那开篇决心和瑞珏得失的对话，堪称爱情的小夜曲。

曹禺每写一段，就把稿子寄给方瑞，由她抄好再寄回来。方瑞写得一手清秀的毛笔字，在一页一页的抄稿上，洒满着爱的芬芳。《家》，给艰苦抗战的人们带来温暖。

还有值得一提的，曹禺在重庆最后一次的登台演出。曹禺是个表演的天才，他的许多朋友都说，曹禺首先应该成为一个表演艺术家。在南开新剧团，他因为表演得到他的老师张彭春的赏识，曾经在舞台上创造过娜拉、裴特拉等形象，特别是他在《财狂》中演出的韩伯康（即莫里哀《悭吝人》中的阿巴公），轰动平津。而在南京演出周朴园，更是为后人所不可企及。这次，他应张骏祥的邀请，在《安魂曲》中扮演莫扎特。和他同台演出的张瑞芳说曹禺演得十分精彩。戏剧评论家则著文称赞说："曹禺不仅表现了一个音乐家莫扎特的形象，而且表现了一个受难者的灵魂。"教育家陶行知被这出戏所感动，便连夜带着他的学生们，从距离重庆百里的草甸子赶来观看最后一场演出。

在重庆，令曹禺难忘的，是他一直得到周恩来的关怀。周恩来不但作为学长关怀着他，而且作为一个领导者细心地呵护着他。曹禺还记得在那些艰苦的日子，周恩来将一件延安制造的毛毯送给他。当1945年8月，毛泽东应蒋介石邀请到重庆会谈建国大计时，毛泽东特意会见文化界的朋友。在这次会见中，毛泽东紧紧握着曹禺的手，特别勉励曹禺多为人民写出好的剧本并且语重心长地对曹禺说："足下春秋鼎盛，好自为之。"直到晚年，他依然铭记着这难忘时刻。

第五编　序跋

《〈北京人〉导演计划》序

一

蔡骧同志走了,静悄悄地,带着一身的仙风道骨飘然地走了!

他一生都在默默地耕耘,他从来都不会张扬;但是,他确是一位开拓者,一位卓有成就的开拓者。他学的是戏剧,在戏剧导演所做出的贡献上,是自然的。可是,他对于中国电视剧的贡献,对于中国电视文化理论的贡献、对于中国儿童电视剧的推进和研究,也都是不折不扣的开拓者。

他是一个勤于思考,善于思考,从不保守的人。

我从内心中对他有着深深地敬重,这不但因为我看过他导演的《北京人》,并且亲自听到曹禺先生对他导演的《北京人》的赞扬,更因为在一些学术会议上,常常听到他提出一些颇具胆识的高见。

我和蔡骧同志只是在一起开过会,不但没有通过信,而且也没有打过一次电话。但是,我对他是十分敬重的。

二

蔡骧同志走了,使我感到愧赧不安。

去年,他突然打电话给我,他说他正在编辑《〈北京人〉导演计划》一书，并请我作序。这让我感到突然，诚惶诚恐，委实不敢接受。他较我年长，是我所尊敬的学者，我再三推辞。但是他很诚恳地说：我不是给你出难题，我是想好了的，这个序一定由你来写最合适。

不久，他就把软盘寄来。我很快地拜读了。本来，我应该很快将序写好的；可能因为蔡骧说过，你不必赶，等我找好了出版社再写都不迟的。谁能料到，这一放，就成为天大的遗憾。从听到他去世，我的心里就十分不安，我不断地自责：为什么不早些写出来！为什么不把我的读后感告诉他！我真对不起这个对我如此信赖的朋友！

三

蔡骧是一个重感情的人，可以说他具有诗人的气质。

在《〈北京人〉导演计划》一书中，你处处可以感受到他的深情，他对于恩师曹禺的深情，他对周恩来同志的深情，他对于《北京人》的深情。

在某种意义上说，他之所以十分执拗地导演《北京人》，其最初的动因，是出自对于恩师曹禺的情谊。

1941年，他刚刚从国立剧专毕业，才十九岁，他刚刚做导演，就收到恩师寄来的刚刚出版的《北京人》，那扉页上由曹禺先生亲自题写的"骧弟留念：家宝"，让他感念不已。

他一口气读完了《北京人》，他觉得他很熟悉剧中的人物，也熟悉剧中的生活。但是伴随说不出的喜爱的，是说不出的"迷惘"，他觉得自己"抓不住它"。就是在这样的复杂的心情中，他暗暗地下定决心："一定排演它！"

这部书跟随着他十几年，他一遍又一遍地读它，体味着它，感受着它，理解着它，他并没有因为中国的变迁，他个人的生活变迁而改变他的初衷；相反，《北京人》却像一瓶美酒，在蔡骧用心的"埋藏"中，更精醇了，更升华了。

1956年，他在中央广播剧团终于赢得了一个可以演出舞台剧的机会。于是，他去找曹禺先生，他说他要排演《北京人》。可是，曹禺却劝阻他，要他排另外一出戏。先生说：这是一出"关门戏"，很容易演砸了。但是，他就是不听，他是那么的固执！在这里恰恰反映了他在艺术上的自信心。显然，他已经胸有成竹了。

记得曹禺先生同我谈起过蔡骧同志。他说：蔡骧同志排的《北京人》是最好的了。当初，他准备排演时，我还给他泼过冷水。那时，我担心的是这出戏同五十年代的气氛不合拍，也许会遇到麻烦；二是担心他们一个新成立的剧团，要排演《北京人》，难度太大了，担心能否拿下来。恩师的忧虑不是没有道理的。但是，蔡骧确实有着一股艺术上的朝气，他不但排演了，而且取得巨大的成功。至今，它所导演的《北京人》仍然还是没有人超越的舞台范本。

四

曹禺的担心不是多余的。

任何一个剧目的上演，不但是剧作家同观众的交流，而且更是导演同观众的对话，也是同时代的对话。对于一个经典剧目的上演，特别需要寻求同新的时代观众对话的契合点。

蔡骧对于《北京人》主题的读解，是具有创意的。他一反某些评论家的观点：以为曹禺"在《北京人》他唱出了他的挽歌"，表现的是"无计留春住"的无可奈何的"悲哀的心情"。他提出了：

> 腐朽的封建制度必然崩溃，反封建束缚争取自由的斗争必然胜利！
> 眼睛朝前看！这是曹禺的一贯作风，因此他的戏剧尽管以暴露题材居多，却永远不会老，不会失去演出的青春，为此，我们规定的最高任务是突破腐朽势力的包围，积极追求自有幸福的生活！
> 这出戏的正反两面的贯串动作是：

"认识这个家庭，判决它，寻找自己的出路。"

"不顾一切地施行自己的腐朽统治，保住或稳住自己的统治地位。"

这些，正是蔡骧站在新的时代的高度上，呼吸着新的时代的潮汐，从剧本的潜流中，寻找到同新的观众的契合点，也是《北京人》的主题诗意。这个诗意的发现，就确定了《北京人》导演的基调，一个独具识见的基调。

五

蔡骧对于《北京人》的艺术感受是锐敏而深刻的，他是以一颗诗人的心去拥抱《北京人》的诗意和诗魂的。他说：

整出戏通篇笼罩在诗一样的意境中，《北京人》则是作者的最高的成就，整出戏像诗！"诗""戏"交融、浑然一体。《北京人》是"诗"又是"戏"。

可以说，此前还没有一个评论家对于《北京人》有过这样的艺术评价。一个导演能够这样捕捉到《北京人》的诗意和诗境，那么，他就准确并具有创意地把握到了《北京人》的剧魂。

当蔡骧同志进一步把愫方作为全剧的诗魂时，他就找到了他导演此剧的支点。他说：

愫方是曹禺历来创造的最成功、最优美的典型。没有愫方，《北京人》将失去光彩。如果说《北京人》是诗，那么这首诗的灵魂是愫方。

蔡骧这样理解愫方，也是独居慧眼的，这是他对剧本的诗意的发现。正因此，他才着意在舞台上揭示愫方的美丽的灵魂，塑造着的愫方的形象，而且他帮助演员塑造了一个光彩照人的愫方形象。一个至今尚无人超越的形象！

六

蔡骧把自己的导演的全部激情都放在人物的塑造上,他把他的诗情消融到每一个人物性格上,形成了人物的鲜明的色彩和形象。

在他看来,愫方、瑞贞、袁家父女等都是有生命的,是一个个活生生的人物:

> 袁任敢是一棵大树,而且是枫树,有火红的叶子。
>
> 袁园是杜鹃花,他的野性,他的颜色,都像杜鹃。
>
> 愫方像兰草,她开的花不是红色的但是自有品格,自有幽香。
>
> 曾霆是一棵幼苗,一棵还没有长成的、种在庭院里的小白杨树,他长的还不高,还不大,但他并非盆景,会长大的。
>
> 再有一些人是缺乏生命力的人,文清就是那只失去飞翔能力的鸽子,是只病鸽,苍白孱弱。
>
> 江泰类似某种寄生植物,在黑夜里,它身上往往发出幽暗的光,但是没有热。

而在他看来,曾皓、思懿却是一些窒息人的生命的人:

> 曾皓犹如千年古藤,牢牢地缠绕在有生命的花草树木上,把它沉重的身体压在上边,思懿则像蜘蛛,按她自己的意志和逻辑求生存,正是它在那根千年古藤身上织成了网。

蔡骧同志不但捕捉到人物系列的生命诗意,而且深入到每一个人物的灵魂之中,开掘出人物性格的诗意。因此,他突出了那些具有生命的色调,突出了那些具有青春的气息的脉动。于是我们看到,在黑暗中渗透着光明,在腐朽的气息却跃动着新生的力量。

七

《北京人》轰动了1956年的北京舞台！

在这部书里，记录着周恩来总理的两次观看《北京人》，并称赞演出的动人的历史情景。

在这部书里，详细地记录着曹禺在观看《北京人》的赞美和批评。

在这部书里，还收入了当时一些评论家如冯亦代、钟惦斐、侯金镜、孙维世、凤子等人的真挚的批评文字。

在这部书里，留下了导演的导演阐述、导演心得以及演出本。

这里，字字句句，都凝聚着作者的心血，它将成为中国现代戏剧史珍贵的财富。

最受到大家称赞的是扮演愫方的李晓兰同志，她表演成功了一个性格最复杂，最具有典型性，也最难演的角色。看看以下的一段对话：

> 凤子说：晓兰在人艺是被挤压的青年演员之一，没演过多少戏。她一排戏就发晕，不但发抖，声音也瘪了。身体不好是一个原因，另外和艺术创作上的合作情况恐怕也有关系。她这次演愫方，曾经和我谈过，表示没有信心，现在成绩却很好，大概是创作思想解放的结果。（向蔡骧）你们大概培养了他的自信！
>
> 蔡骧：她一直不敢演这个角色，排演中途还提出来"我演不好愫方，让我演瑞贞吧"，大家鼓励了她。

今天看来这段对话十分平淡，但是，据我了解，蔡骧同志在塑造愫方的舞台形象上，倾注了一个导演的极端的热忱和全部的心血，为此，他默默地工作着。我想，导演也是无名的英雄。如果一个导演，总想自己出风头，即使不像今天某些导演只把演员当工具，那也是无法取得舞台演出的成功的。因为，任何舞台的演出，都是靠演员去呈现的。因此，我想最愚蠢的导演才不把演员放到心上。

  蔡骧同志是最懂得舞台艺术的大家。

  可惜,历史再没有给他导戏的机会。

八

  蔡骧同志走了!

  他走得潇洒,走得磊落!

  他带走的是两袖清风,

  而他留下的是精神的丰碑

  单是这部《〈北京人〉导演计划》

  就足以名垂中国现代戏剧导演史上!

2002 年 8 月 15 日

《曹禺戏剧的剧场性研究》序

八九年前,家思写信给我,提出要研究曹禺戏剧的剧场性,要我谈点意见。以我当时的感觉,以为这是一个对于曹禺研究甚至是对于现当代戏剧研究都可能有所突破和拓展的问题,在曹禺研究中,还没有引起人们重视,是很有研究价值的。于是,把我的意见告诉他,作为参考。将近十年之后,当我看到他的研究成果,洋洋数十万言,的确是下了功夫的,能够感受到他的良工苦心。

曹禺研究至今七十多年,一直是中国现代文学研究中的一个热点,成果很丰硕,要有新的突破是比较困难的,必须沉下心来,下大功夫才会有所前进。家思一直在做曹禺研究,他的第一本专著《苦闷者的理想与期待——曹禺戏剧形态学研究》,虽有所开拓,仍然有着初始阶段的某些弱点,而这部《曹禺戏剧的剧场性研究》,以一个崭新的视角,系统而深入地对曹禺戏剧进行了研究,是曹禺研究领域一个新的收获和突破。以往,对于曹禺戏剧的研究,主要是从文学的角度展开的,对其剧场性缺乏足够的重视,虽然有的学者在研究中提到过这个问题,但并没有脱离文学性的视角,只能说对这样的一个课题有所触及。而家思这部专著不仅目标明确,更以五六十万字的篇幅,分五编二十章(含引论),对其加以系统的论述,全方位地展示了曹禺戏剧的剧场性的魅力,以及曹禺戏剧文体剧场性的意义和价值,对曹禺所建立的可读可演的戏剧文体范式给予理论的概括,填补了曹禺研究中的一个空白。

《曹禺戏剧的剧场性研究》序

在作者看来，曹禺是20世纪30年代对剧场性表述得最透彻、最充分，对剧场性与文学性的关系具有自觉认识的戏剧家。突出剧场性在戏剧文学创作中的地位和意义，是曹禺戏剧创作的一个重要的原则，也是他深谙戏剧艺术创作规律的体现。这成为曹禺戏剧创作成功的一个重要法宝。作者对曹禺戏剧营造剧场性的不同形态进行比较周密的考察，从整体上论述了曹禺戏剧的剧场性的特征，揭示了曹禺戏剧在文体上的创造性价值。

第一编论述曹禺戏剧情境的剧场性。情境是戏剧中的重要问题，以往的曹禺研究者很少专门关注曹禺预设情境的艺术匠心，家思不仅从象征性环境、紧急事件以及错综的人物关系等三个方面进行系统探讨，而且论述了郁热窒闷、紧张尖锐和情景交融的特征，阐析了曹禺戏剧情境的剧场性张力，给人以新的启示。

第二编论述曹禺戏剧模式的剧场性。就个体而言，模式是一种认知和把握事物的方式，是个体经验与个性的结晶，但它融会着人类共同的心智因素，因此模式具有共感性和可承继性，但以往的研究没有重视曹禺的戏剧模式及其剧场性价值。作者论述了曹禺戏剧的传奇而现代的故事模式、激发兴趣与期待的锁闭的或开放的结构模式、生命扭结与对抗的冲突模式、二律悖逆与复调交响的主题模式以及自足性与活力性交互的话语模式，剖析了曹禺戏剧模式所具有的情绪控制力和情感冲击力，由此开掘出曹禺戏剧的剧场性的内涵。作者发表了一系列独到的学术见解，对于深入把握曹禺戏剧很有意义。

第三编论述曹禺戏剧人物的剧场性。在七十多年的曹禺研究中，人物一直是学术界关注的热点，研究的成果很多。作者侧重论述戏剧人物与剧场性的内在关联性以及曹禺为营造剧场性所呈现的独特性。他从人物配置和人物塑造等多视角进行了比较深入的探讨，揭示了人物的性格张力和命运魔力的剧场效果，提出了声像造势和镜像互补所具有的强劲的剧场意味。这种新颖的视角与见解，深化了对曹禺戏剧人物艺术的认识。

第四编论述曹禺戏剧技巧的剧场性。家思集中论述了曹禺戏剧中对于悬念、发现、对比、反复、夸张、闹剧、穿插、科诨等技巧的运用,揭示了曹禺在运用技巧时紧扣受众的心绪、把握其内在节奏、突出戏剧的场势、构筑接受心灵空间的特点,认识深刻,富于新意。

第五编论述曹禺戏剧的剧场性的特征及其文体意义。家思从整体和宏观上进一步探讨曹禺戏剧的文体价值,深入分析了曹禺戏剧的剧场性的具体特征,揭示了曹禺戏剧在中国现代话剧发展中所树立的诗化戏剧的艺术范式,富于创见,这对于认知中国戏剧的民族审美图式,探索和选择戏剧发展路向,具有很强的现实意义。

当前,学术腐败弥漫学界,学术研究空前衰落。在这种语境中,作者能够潜心学术研究,是值得赞赏的。我相信,这个研究课题会引起大家的讨论兴趣,或可能由这样一个新的向度,将曹禺研究引向深入。

剧场性,既是一个戏剧理论的概念,又是一个具有实践品格的概念。作者对剧场性理论进行了比较深入的探讨,认为剧场性是戏剧对受众所拥有的现实审美裹挟力和剧场审美感知度的规定性,是一种支配受众的艺术强度。不仅存在于剧场表演中,更存在于戏剧文本之中。他指出,剧场性是戏剧文学的本质属性,是戏剧文学区别于其他类型文学的界限。戏剧文学创作的轴心就是剧场性。而文本的剧场性是剧场表演的剧场性的源头,优秀导演和演员往往能够展其所长,补其所短,强力彰显其效应。以往,人们习惯于将剧场性限定在表演阶段,存在认识上的褊狭。作者的这种理论思考突破了习见。这正是作者在曹禺研究中取得突破的理论基础。这种新的观念,对于促进中国戏剧理论的建构和戏剧创作的发展很有价值。最后,他提出了走向文本创作与剧场演出的双向繁荣的学术观点,具有很强的现实针对性。

当然,任何戏剧文本的剧场性,都是由剧场的实践而展现,而验证,而丰富的。因此,曹禺戏剧的剧场性,还可以从演出实践中,从其演出的历史中加以考察。在这方面,作者已经有了一些探讨,但是,还值得作者在今后的研究中进一步加以深化。我希望他能承担起这个新课题。

在纪念曹禺先生百年诞辰之际，家思这部专著是对先生最好的纪念和最好的献礼！

（刘家思:《曹禺戏剧的剧场性研究》，中国社会科学出版社2010年版）

一颗诗心铸《原野》

——王延松《我要把〈原野〉变一个演法》序

延松的《我要把〈原野〉变一个演法》(以下简称《演法》)即将发表，他邀我为之写点什么。

我知道这是他导演曹禺三部曲的导演总结的一部分，全部原稿我曾看过。他确实是一个钟情戏剧的有心人，也是一个肯用功的人。现在有多少导演还做这样的功课，挣钱还来不及呢？！而他却在导演之前和之后，兢兢业业的严肃的思考，认真的总结。由此，让我看到话剧的希望。

我曾说，延松导演的曹禺三部曲，将曹禺剧作的演出推向一个新的阶段。这是因为在这三部的导演中，有着值得重视的意义和内涵。

第一，它打破了当代导演的某些时尚神话，以及所谓"先锋"，所谓"大师"的种种迷信，打破了那种把演员当工具，导演自我炫耀，蔑视理论，轻慢剧作和剧作家的风气；让导演恢复其应有的令人尊敬的艺术地位，恢复对剧作和剧作家的尊重，以及对经典的敬畏。

我一直认为，一个导演对于他选择什么剧本来导演，以及他在舞台展现，是最能显示着他的思想的高度和深度，审美的水准和能力的。

延松说，他要导演他喜欢的剧本，我以为不仅是喜欢，而是发自内心对美对艺术的执着的追求。甚至是对于时代，对于戏剧的现实和历史，对社会，对人的深深思索的良知和责任。

第二，它真正打破了曹禺戏剧演出的陈旧的模式。曹禺戏剧的演出史，起码有六七十年了，经历着中国社会变迁和戏剧的演化；但是，不可否认，即使经典剧作在舞台演出上也会因为左的思潮的浸染和庸俗社会学影响而僵化。

新时期，曹禺戏剧的演出有所改进，如削弱阶级斗争的色彩和社会学的内涵；在人物、情节上都有细微的调整，但没有大的突破。有的大胆些，以后现代的方式来处理，但并不成功。

要想在舞台上有真的突破，谈何容易。正是在戏剧界的浮躁喧嚣，导演风气张扬虚夸，曹禺戏剧甚至遭到任意结构糟蹋的时刻，延松终于选择曹禺剧作来作为他导演生涯的一次艺术攀登，显然是需要勇气和沉实的毅力的。他在挑战自己，也在挑战浮躁的导演时尚。

而他的突破是由《原野》开始的，让他闯开一条曹禺戏剧演出的新路向，确切地说是开拓了曹禺剧作的审美现代性的舞台展示的新路向。

在《演法》中，他十分详细地记录了这样一个突破创新的思想历程。看似一些场面的、手法的、台词的细节处理，但处处都是思想的闪光。艺术的突破，首先是艺术思想的突破，归根结底是思想的突破。只有敢于思考，勤于思考，善于思考的人，才有可能走向真正的创造。

曹禺先生生前就说，对于一个普通的剧团来说，演《雷雨》会获得成功，演《日出》会轰动，演《原野》会失败。

近二十多年来，我陆续看过中国的，中国香港的，中国台湾的，直到新加坡的《原野》演出，坦率地说，虽然不能说他们的演出都失败了，但却可以说没有一个演出是令人满意的。我以为关键，在于导演对剧本的阐释和能力上。这些演出，或以阶级斗争的观念来解读剧本；或以三角恋的情仇作为中心；或以单纯的复仇故事来演绎；或用所谓后现代的手法来"狂改滥编"；自然还有其他因素，导致对《原野》的误读、错读，甚至是"不求甚解"地浅读。

而王延松的成功，在于他对于经典剧作的严肃态度，对于大师的敬畏，对于《原野》的精读，对于曹禺研究以及《原野》研究成果的借鉴，从而使他们实现了曹禺先生的愿望："导演要有自己的创造。"

任何一个导演的二度创作，应当是具有独创的。问题是近年来在西方后现代思潮的影响下，把导演的创造，认为是一种任意而作的行为；可以无视原作，可以肆意改编经典，可以拼贴，可以解构，如此等等，都可以作为"创造"，甚至可以被称为大师的手笔。

那么，导演的创造还有没有标准？如果没有标准，那么任何一种肆意篡改经典、践踏经典的演出，都可以自封为炒作的"大手笔"了。其实，这样的"创造"是很容易的；无论是自封或被封，都是徒劳的，终究是没有生命力的。不用多长时间，就自行消灭了，说不定还会成为负面教训的典型，自封的桂冠被人换成小丑的帽盔。

《原野》的突破的关键在于延松对原著的研究上，他在借鉴学者对曹禺研究的基础上，逐渐形成他自己的解读。

历来，我们都把曹禺理解为一个现实主义作家，其实，在艺术实质上说，他更是一位现代主义的剧作家，而《原野》就是一部表现主义的巨作。正是由于延松抓住《原野》审美现代性的特质，细致地深入到《原野》的底里。由此对曹禺的敬重，对原著的敬重而转化为真正的舞台展示的创新。

延松对于曹禺先生以下教诲是做了认真研究和思考的。

曹禺先生听说四川人民艺术剧院要演出《原野》后，给当时正在编辑曹禺剧作的四川文艺出版社的编辑蒋牧丛同志写了一封信；其中心意见是："此剧需排得流畅、紧凑，怎样删改都行，但不可照我的原本搬上舞台，以为那是忠于原作。导演要有自己的创造，自己的想象，敢于处理，此剧太长，最好能在三个小时或两个小时半演出时间之内。不要把观众'拖'死，留得一点余味，才好。"

我以为王延松导演的《原野》基本上实现了曹禺先生的要求。

《原野》的成功，主要表现在对原作的独到的解读上。

王延松说，他对原作"只删改而不篡改，不加一个字"。将八万八千字的原作，经过他的选取，"删"成一部三万二千字的演出本。这样做，也合乎曹禺先生的意见，曹禺曾说："'序幕'和'第三幕'更要大删！剧本写得热闹，到了舞台，往往单调，叫人着急。""要大胆一些，敢于大改动，不要使人看得想逃出现场，像做噩梦似的。"在删改中，自然透露着导演用心良苦的工夫；但在他精心的选择中，更有着他对剧作的独到的读解，即从人性的角度切入，并以此来理解人物，探索主题，把握其艺术特征。这在他的《演法》有着详细的而精彩的阐述。

我认为删改是成功的，虽然删去多半的篇幅，现在演出只要两个小时二十分钟；但是，却保留了精华，保留了诱人的故事，精彩的场面，精彩的对话。在"人性"阐释中，将原作的精义突现发挥出来。

导演审美现代性的理解来处理《原野》，认为它的文本到处都是象征、表现的因素。因此需要一套现代主义的演出语言。这是符合曹禺先生的原意的。

曹禺先生曾对我说，他写《原野》是走了不同于《雷雨》和《日出》的"又一种路子"，就是着重在表现人的灵魂，将人的灵魂戏剧化、舞台化，也可以说是表现主义的路子。

曹禺先生之所以在给蒋牧丛的信中，反复强调导演要展开想象，大胆地处理，是因为，他不满意那种所谓忠实原作的处理，他说在打倒"四人帮"之后，看过两次《原野》的演出，他认为他们把第三幕处理得太实了。"那个第三幕只能留给人想象，一实了，人'拖'死，'累'死，演员与观众都受不了。"

曹禺还说过一句十分重要的话：他说《原野》"是抒发一个青年作者情感的一首诗"。而延松的成功之处，在于他以炙热的诗心，领受到《原野》的诗意，从而，在导演上调动一切非写实手段，将所有舞台元素都诗化了。

首先在布景上，大胆地摆脱了原作的写实成分，全部成为象征的。铁纱网构造的具有象征意味的土黄色布景，它犹如一张任凭你如何挣扎也逃不出的网，而在灯光下，显得它更为诡秘，鬼气森森，增添了恐怖的气氛。在这"空的空间"中，更利于表演。

我很赞赏"古陶俑"形象的创造。据延松说，他在阅读《曹禺传》时，其中提到日本的佐藤一郎先生一篇文章《古陶和黄土的子孙》，只是这个标题，就点燃了他的想象，让他捕捉到一个新的演法的舞台意象。不仅是打破原有的舞台的布景的约束，而是更好地体现出《原野》戏剧意涵。

一组陶俑的形象活跃在舞台上，这就是一个具有创意的升华。延松说它具有多种功能，但是，我看主要的作用是找到了《原野》的诗意象征，实现了《原野》的审美现代性。有了它，让人感受到古老的僵化的氛围，感受到一种沉重的历史感和戏剧的神秘感，同时，它也成为仇虎灵魂的意象。它不是外加的，而是导演以自己的诗意感受所捕捉的与《原野》的诗意相契合的具象，这才是真正的二度创造。

在音乐上，把大提琴搬到舞台上，显然也是这样的用心。而更重要的是把莫扎特的《安魂曲》运用进来，强化了剧场的诗意氛围，强化了人物的命运。曹禺先生，生前十分喜欢莫扎特的交响曲，而他曾经扮演过莫扎特，也是他把《上帝的宠儿》推荐给北京人艺上演的。延松并不了解这些背景，但是，这恰好证明延松同曹禺先生是心有灵犀的。

《原野》的诗化，更表现在对表演的重视上。

多年来，由于对导演中心论的偏颇理解，把自己置于高蹈的地位上，无视演员是舞台艺术最终的实现者。演员工具论的结果，首先是导演耽误了自身，自然更耽误了演员。十多年来，话剧舞台看不到出彩的话剧"明星"涌现，不能不引起深思。

焦菊隐作为一位导演大师，将中国戏曲艺术及其精神融入话剧之中，而其核心是对于中国戏曲表演的高度重视。戏曲的诗化，最重要的是表演的诗化，唱做念打的全面诗化，演员的唱自然是诗化的体现，动作的程式化同样是诗化的表现，至于舞蹈和武打也是。在焦菊隐看来，中国戏曲表演是其诗化的极致。所以，他说："中国传统表演艺术和西洋演剧的最大区别之一，是在舞台整体中把表演提高到至高无上的地位。"

延松导演《原野》，可以说把重心放到演员的表演上。这在他的书里说得最详细，也最有味道。在这部戏里，几乎没有一个著名的演员，主要人物仇虎还是表演系大四的学生，饰演金子的演员也缺乏足够的舞台经验；但是，你可以看到他们在演出的整体上体现了导演的意图。譬如仇虎的被扭曲的性格和灵魂，在表演中得到体现，尤其是他的粗犷的造型，给人留下比较深刻的印象；金子的野性和风骚，大星的软弱窝囊的性格，也都有精彩的展现。由此，可看到导演在演员表演上所下的功夫。他所设计的两把长凳，显然吸收了戏曲的精神和手段，在表演中更深刻地展现人物的灵魂，自然更有利于表演的诗化。

延松的《演法》的价值和意义，一方面在于它给人们提供了一台近二十多年来，比较起来最完整最精彩最富于创造性的话剧舞台的《原野》的创作的过程；一方面，也是更重要的方面，是其中蕴含着对于二十年来导演艺术的反思，无论是在对待经典剧作的创作态度上，在对待导演的"创造"上，在同演员的共同创造的关系上，还是在怎样发扬八十年代的戏剧探索的精神上，都留下他思考的印记。

我想，延松的《演法》，对初学者是一本很好的教材，对正在做导演的人带来启发，也会给戏剧学术研究者带来思考。

《戏剧解读与心灵图像》序

一

读过王延松的《戏剧解读与心灵图像》文稿之后，久久不能下笔。

我为一个导演的文集写序还是第一次。不能说我对导演丝毫无知，但是毕竟缺乏研究，要谈也只能是"门外戏谈"了。

我之所以答应下来，是因为我看过延松早期导演的《搭错车》《走出死谷》等，在我担任话剧所所长时，还曾经为这些剧目举办过研讨会。他复出后导演的大多数戏，都看过，尤其是它所执导的曹禺的三部曲《原野》《雷雨》和《日出》，不但看过，几乎在前期我们都有所讨论，也写过评论。所以，可以说，我几乎看到延松走过的戏剧探索历程，看到他是怎样由"探索和困顿"走向成熟的。显然，他所走过的道路，代表着新时期一些导演艺术家心路历程，在他上身上也折射着新时期戏剧导演艺术发展历史的侧影，凝聚着可贵的经验。

二

在新时期的话剧发展史上，导演成为弄潮儿。二十世纪的八十年代的话剧舞台几乎是导演们的众声喧哗，到九十年代整个话剧舞台又几乎成为是几位导演的天下。好像中国话剧，还有戏曲就由着这几位驰骋了。没有真正艺术上的竞争，只听到个别先锋的叫喊。

话剧不是电影，它绝对不是导演的艺术，看看西方话剧的历史，就知道是剧作家在引领着话剧艺术的发展，这是不争的事实。当导演成为话剧的皇帝，剧作家退出、淡出甚至被挤出话剧阵地，那么，话剧就成为没有灵魂的"走肉"，大众看到的只能是"皇帝的新衣"了。

话剧的导演一统天下的局面，并非中国制造。西方，尤其是后现代的戏剧导演极尽其能事，玩尽了一切搭积木的把戏，一度也雄霸话剧舞台。人家玩腻了，我们的导演才拾起来，搞点解构的小招数，连港台的人看了都笑话。把他们都玩够的拿来，而且还玩的不大像，自然为人笑话。如果，你真的考察过西方的后现代戏剧轨迹，可以这样说，花样足够了，派别也不少，说法多多，但是，你并不能看到真正的经得起时间和舞台考验的剧作，较之现实主义，现代主义，后现代戏剧是不折不扣的丑小鸭。

于是，在这样的一种戏剧情势下，在中国，在新时期，我们看到这样几种类型的导演：

一种，的确是矢志话剧艺术的导演艺术家，在话剧的危机中，勤于学习和思考，勇于探索，在艰苦的奋斗中，在艺术上取得很好的成就；

一种，也是在话剧萧条中，勤于艺术实践，但由于缺乏文化功底，在艺术探索自我反复，难以长进；

一种，以先锋姿态闯入剧坛，开始颇有生气，但是，也因玩弄小聪明而又向商业转化而失去艺术追求；

一种，在主旋律的道义导引下，热衷获奖，有所得也有所失。

在我看来，延松属于那种始终坚持艺术探索而终于在艺术上有所成就的导演艺术家。

三

从延松的文稿可以看出,他的戏剧导演的道路,大体可分为三个阶段。

第一个阶段,即导演《搭错车》、《走出死谷》等所谓音乐歌舞剧阶段,也是他在导演上十分辉煌的阶段;但是,也是他自己所说的一个"探索和困顿"的阶段。

第二个阶段,是沉静、学习观摩和思考的阶段;经历八十年代的喧嚣、弄潮、探索之后,延松能够沉静下来,到美国、日本观摩考察戏剧,反思自己,反思中国戏剧;这一段对于他是十分重要的。我认为,这一段让他得以摆脱浮躁,真正思考如何再度肩起导演的担子。

第三个阶段,即导演《押解》、《白门柳》和《望天吼》等剧的阶段,这一段的探索,可以看到他的导演作风的沉实,不论是小剧场的戏和大剧场的戏,在他的具有创造性导演中,消退了前期的张扬、浮躁,而是更趋于精致的刻画,更追求对剧作的主题的深化,对于人物尤其是人物的人性的性格的揭示,竭力在探求话剧的艺术同时代,也即同观众的深切的对话和交融。在这里,已经显示了一种倾向,我称之为审美现代性的舞台展示,于此,可以看到他的导演风格逐渐显现出来。

第四阶段,即创作《原野》、《雷雨》和《日出》的阶段。我把它单列出来,在我看来,这样三部剧作的导演不但标志着是他的导演生涯的新的阶段,而且也标志着曹禺戏剧演出历史的新的阶段。我想,延松很可能以这三部戏剧的导演而留驻在中国当代的导演艺术史上。

因此,我这篇序言,着重谈也是他的这三部戏。

四

为什么,我这样看重这三部戏的导演,这是因为在这三部的导演中,有着值得重视的意义和内涵。

第一，它打破了当代导演的某些时尚神话，以及所谓"先锋"，所谓"大师"的种种迷信，打破了那种把演员当工具，导演自我炫耀，蔑视理论，轻慢剧作和剧作家的风气；让导演恢复其应有的令人尊敬的艺术地位，恢复对剧作和剧作家的尊重，以及对经典的敬畏。

我一直认为，一个导演对于他选择什么剧本来导演，以及他在舞台展现，是最能显示着他的思想的高度和深度，审美的水准和能力的。

延松说，他要导演他喜欢的剧本，我以为不仅是喜欢，而是发自内心对美对艺术的执着的追求。甚至是对于时代，对于戏剧的现实和历史，对社会，对人的深深思索的良知和责任。

第二，它真正打破了曹禺戏剧演出的陈旧的模式。曹禺戏剧的演出史，起码有六十多年了，经历着中国社会变迁和戏剧的演化；但是，不可否认，即使经典剧作在舞台演出上也会因为左的思潮的浸染和庸俗社会学影响而僵化。

新时期，曹禺戏剧的演出有所改进，如削弱阶级斗争的色彩和社会学的内涵；在人物、情节上都有细微的调整，但没有大的突破。有的大胆些，以后现代的方式来处理，但并不成功。

要想在舞台上有真的突破，谈何容易。正是在戏剧界的浮躁喧嚣，导演风气张扬虚夸，曹禺戏剧甚至遭到任意结构糟蹋的时刻，延松终于选择曹禺剧作来作为他导演生涯的一次艺术攀登，显然是需要勇气和沉实的毅力的。他在挑战自己，也在挑战浮躁的导演时尚。

五

当延松确定导演《原野》时，可能，他还没有意识到它的意义。正是《原野》，让他闯开一条曹禺戏剧演出的新路向。

延松导演的《原野》，标志着曹禺演剧史上一个新的阶段，我把他声称是曹禺剧作的审美现代性的舞台展示的新阶段。

曹禺先生生前就说，对于一个普通的剧团来说，演《雷雨》会获得成功，演《日出》会轰动，演《原野》会失败。因为它太难演了。但天津人艺知难而上，获得成功。在国内演出，获得观众和专家的好评。

近二十多年来，我陆续看过中国的，中国香港的，直到新加坡的《原野》演出，坦率地说，虽然不能说他们的演出都失败了，但却可以说没有一个演出是令人满意的。我以为关键，在于导演对剧本的阐释和能力上。这些演出，或以阶级斗争的观念来解读剧本；或以三角恋的情仇作为中心；或以单纯的复仇故事来演绎，或用所谓后现代的手法来"狂改滥编"；自然还有其他因素，导致对《原野》的误读、错读，甚至是"不求甚解"地浅读。

而我赞赏天津人民艺术剧院，还有导演王延松对于经典剧作的严肃态度，对于大师的敬畏，对于《原野》的精读，对于曹禺研究以及《原野》研究成果的借鉴，从而使他们实现了曹禺先生的愿望："导演要有自己的创造。"

任何一个导演的二度创作，应当是具有独创的。问题是近年来在西方后现代思潮的影响下，把导演的创造，认为是一种任意而作的行为；可以无视原作，可以肆意改编经典，可以拼贴，可以解构，如此等等，都可以作为"创造"，甚至可以被称为大师的手笔。

那么，导演的创造还有没有标准？如果没有标准，那么任何一种肆意篡改经典、践踏经典的演出，都可以自封为炒作的"大手笔"了。其实，这样的"创造"是很容易的；无论是自封或被封，都是徒劳的，终究是没有生命力的。不用多长时间，就自行消灭了，说不定还会成为负面教训的典型，自封的桂冠被人换成小丑的帽盔。

《原野》的突破的关键在于延松对原著的研究上，他在借鉴学者对曹禺研究的基础上，逐渐形成他自己的解读。

原来，我们都把曹禺理解为一个现实主义作家，其实，在艺术实质上说，他更是一位现代主义的剧作家，而《原野》就是一部表现主义的巨作。

正是由于延松抓住《原野》审美现代性的特质，细致地深入到《原野》的底里。由此对曹禺的敬重，对原著的敬重而转化为真正的舞台展示的创新。

延松对于曹禺先生以下教诲是做了认真研究和思考的。

曹禺先生听说四川人民艺术剧院要演出《原野》后，给当时正在编辑曹禺剧作的四川文艺出版社的编辑蒋牧丛同志写了一封信；其中心意见是："此剧需排得流畅、紧凑，怎样删改都行，但不可照我的原本搬上舞台，以为那是忠于原作。导演要有自己的创造，自己的想象，敢于处理，此剧太长，最好能在三个小时或两个小时半演出时间之内。不要把观众'拖'死，留得一点余味，才好。"（此信我的《曹禺传》中第一次披露。）

我以为王延松导演的《原野》基本上实现了曹禺先生的要求。

《原野》的成功，主要表现在对原作的独到的解读上。

王延松说，他对原作"只删改而不篡改，不加一个字"。将八万八千字的原作，经过他的选取，"删"成一部三万二千字的演出本。这样做，也合乎曹禺先生的意见，曹禺曾说："'序幕'和'第三幕'更要大删！剧本写得热闹，到了舞台，往往单调，叫人着急。""要大胆一些，敢于大改动，不要使人看得想逃出现场，像做噩梦似的。"在津版的删改中，自然透露着导演用心良苦的工夫；但在他精心的选择中，更有着他对剧作的独到的读解，即从人性的角度切入，并以此来理解人物，探索主题，把握其艺术特征。（参见他的《〈原野〉导演手记》）

我认为津版的删改是成功的，虽然删去多半的篇幅，现在演出只要两个小时二十分钟；但是，却保留了精华，保留了诱人的故事，精彩的场面，精彩的对话。在"人性"阐释中，将原作的精义突显发挥出来。

导演审美现代性的理解来处理《原野》，认为它的文本到处都是象征、表现的因素。因此需要一套现代主义的演出语言。这是符合曹禺先生的原意的。

曹禺先生曾对我说，他写《原野》是走了不同于《雷雨》和《日出》的"又一种路子"，就是着重在表现人的灵魂，将人的灵魂戏剧化、舞台化，也可以说是表现主义的路子。

　　曹禺先生之所以在给蒋牧丛的信中，反复强调导演要展开想象，大胆地处理，是因为，他不满意那种所谓忠实原作的处理，他说在打倒"四人帮"之后，看过两次《原野》的演出，他认为他们把第三幕处理得太实了。"那个第三幕只能留给人想象，一实了，人'拖'死，'累'死，演员与观众都受不了。"

　　曹禺还说过一句十分重要的话：他说《原野》"是抒发一个青年作者情感的一首诗"。而延松的成功之处，在于他以炙热的诗心，领受到《原野》的诗意，从而，在导演上调动一切非写实手段，将所有舞台元素都诗化了。

　　首先在布景上，大胆地摆脱了原作的写实成分，全部成为象征的。铁纱网构造的具有象征意味的土黄色布景，它犹如一张任凭你如何挣扎也逃不出的网，而在灯光下，显得它更为诡秘，鬼气森森，增添了恐怖的气氛。在这"空的空间"中，更利于表演。

　　我很赞赏"古陶俑"形象的创造，据延松说，他是看到《曹禺传》中提到日本学者佐藤一郎的一篇评论曹禺的文章，题名《古陶和黄土的子孙》。延松是相当聪明的，"古陶"，使他联想他看到一组陶俑的形象，于是便大胆地运用到《原野》之中。延松说它具有多种功能，但是，我看主要的作用是找到了《原野》的诗意象征，实现了《原野》的审美现代性。有了它，让人感受到古老的僵化的氛围，感受到一种沉重的历史感和戏剧的神秘感，同时，它也成为仇虎灵魂的意象。它不是外加的，而是导演以自己的诗意感受所捕捉的与《原野》的诗意相契合的具象，这才是真正的二度创造。

　　在音乐上，把大提琴搬到舞台上，显然也是这样的用心。而更重要的是把莫扎特的《安魂曲》运用进来，强化了剧场的诗意氛围，强化了人物的命运。曹禺先生，生前十分喜欢莫扎特的交响曲，而他曾经扮演过莫扎特，也是他把《上帝的宠儿》推荐给北京人艺上演的。延松并不了解这些背景，但是，这恰好证明延松同曹禺先生是心有灵犀的。

　　《原野》的诗化，也表现在对表演的重视上。

多年来，由于对导演中心论的偏颇理解，把自己置于高蹈的地位上，无视演员是舞台艺术最终的实现者。演员工具论的结果，首先是导演耽误了自身，自然更耽误了演员，十多年来，话剧舞台看不到出彩的话剧"明星"涌现，不能不引起深思。

焦菊隐作为一位导演大师，将中国戏曲艺术及其精神融入话剧之中，而且核心是对于中国戏曲表演的高度重视。戏曲的诗化，最重要的是表演的诗化，唱做念打的全面诗化，演员的唱自然是诗化的体现，动作的程式化同样是诗化的表现，至于舞蹈和武打也是。在焦菊隐看来，中国戏曲表演是其诗化的极致。所以，他说："中国传统表演艺术和西洋演剧的最大区别之一，是在舞台整体中把表演提高到至高无上的地位。"

延松导演《原野》，可以说把重心放到演员的表演上。在这部戏里，几乎没有一个著名的演员，主要人物仇虎还是表演系大四的学生，饰演金子的演员也缺乏足够的舞台经验；但是，你可以看到他们在演出的整体上体现了导演的意图。譬如仇虎的被扭曲的性格和灵魂，在表演中得到体现，尤其是他的粗犷的造型，给人留下比较深刻的印象；金子的野性和风骚，大星的软弱窝囊的性格，也都有精彩的展现。由此，可看到导演在演员表演上所下的功夫。他所设计的两把长凳，显然吸收了戏曲的手段，更有利于表演的诗化。

《原野》演出的价值和意义，一方面在于它给观众提供了一台近二十多年来，比较起来最完整最精彩最富于创造性的话剧舞台的《原野》。一方面，也是更重要的方面，是其中蕴含着对于二十年来导演艺术的反思，无论是在对待经典剧作的创作态度上，在对待导演的"创造"上，在同演员的共同创造的关系上，还是在怎样发扬八十年代的戏剧探索的精神，同时，又避免一些教训上，都留下他思考的印记。而这些会给人们带来启示的。

六

如果说，《原野》让他找到开启曹禺戏剧舞台创新的钥匙，那么，《雷雨》

的导演，则使他得以更加深入堂奥。

七十年前，中国旅行剧团在上海演出《雷雨》，轰动沪江，后来茅盾先生有"当年海上惊雷雨"之赞，曹聚仁先生也说"1936年是《雷雨》年"。

七十年后，延松导演的全新版《雷雨》，以其对《雷雨》的新的解读和现代的导演手段，再次震惊上海。可谓"今朝上海《雷雨》惊"了。

在这部戏中，延松更好地把握到它的审美现代性。

首先，它摒弃了社会问题剧的理解，从《雷雨》的所包容的哲学的沉思、人性的探索，甚至对人和人类的生存状态的追寻和叩问上来呈现《雷雨》的诗意，那种《雷雨》特有的美学的残酷性，为导演捕捉到了。

其次，当导演对于《雷雨》有了自己独到的感悟和解读时，他则在演出上突破多年来的现实主义的演剧形态，也可以说它以现代主义的导演艺术手段来演绎一个现实主义剧作。于是，就使《雷雨》有了一个"新面目"。

取得突破的关键是王延松对《雷雨》的删改。他将一部八万字的剧本删改为三万四千字，将演出时间缩短到两小时十分钟。由此可见他在剧本上所下的功夫。而更为主要的是，它不仅仅只是缩短了篇幅，而在于他对剧本的深入钻研的基础上，摸索到一个如何将曹禺的经典之作"现代化"的路子。

在我看来，是他对《雷雨》这部被认定是现实主义的剧作的现代性的内涵有所发现，有所领悟和有所开掘。比如，他重视了曹禺剧作的人性的内涵，重视了人的命运，重视了人物命运的残酷性，甚至感觉到《雷雨》的神秘色彩和宗教意味。他能把曹禺写作《雷雨》时代的思想状态，那种活跃的但却广阔的人文情怀联系起来，尤其是他对《雷雨·序》作了反复的研读和领会。于是，他从大师那里得到灵感，得到启示，得到教益。这样一种对经典的敬重和学习的精神，使王延松找到成功的道路。

在总体架构上，他恢复了序幕和尾声，所改动最大的是第三幕，他删去鲁贵和大海，周冲和四凤几场戏，他运用一个飞来的窗，将所有"闹鬼"的情节都集中在这一幕：一是第一幕鲁贵对四凤说闹鬼，此刻在背景上出现蘩漪和周萍闹鬼；二是鲁妈逼着四凤起誓；三是周萍到来；四是蘩漪关窗；最后是鲁贵出现，看到周萍和四凤，他喊出"真是见了鬼了！"在这里，利用多个时空交错的手段，产生了强烈的喜剧效果。

七

继成功地导演了曹禺先生的剧作《原野》和《雷雨》之后，王延松以其对经典的严肃态度导演了先生的另一部剧作《日出》。该剧由解放军总政话剧团出品，在落成不久的国家大剧院首演，受到观众和专家的热烈欢迎和称赞，人们认为只有这样的演出才可以和这么气派的剧院相匹配。自此，作为导演王延松也完成了自己的宏愿，即透过现代的审美视角，在重新解读、诠释的基础上，将曹禺先生早期创作的三部经典剧作全部搬上了舞台。

《日出》的演出本，在王延松的重新解读中，对原剧的篇幅做了压缩，突出了陈白露走不出黑暗现实和精神地狱的悲剧。在"损不足以奉有余"的旧中国，戏剧透过陈白露个体生命的毁灭，反映了旧的社会机体彻底腐烂的肌理。由于曹禺对现实的揭示是如此深刻，我们以往习惯性地将其视为现实主义剧作家，可当我们深入解剖其剧作的精神内涵时，又不得不承认，曹禺是难能可贵的具有现代意识的现代主义剧作家。正因如此，他的剧作才会常演常新，显现出不竭的艺术魅力。王延松导演对《日出》的"新解读、新样式、新叙述"，的确有着他不可抹杀的再创造，而这一切都来自对于曹禺原作的审美现代性的发掘及舞台展示。

在现代，除了鲁迅，很少人像曹禺这样具有现代性的焦虑。他所面对二十世纪三十年代的中国社会，特别是像天津、上海这样的大城市，一度的畸形繁荣的资本主义，造就了浮华喧嚣、灯红酒绿的表象，而其背后是一个极为残酷的禽兽世界。金钱的统治，物欲的横流，一切都被扭曲，一些都被颠倒。曹禺对于此种现实的焦虑所达到的紧张程度，简直像自身患了一场瘟疫，使他陷入"无尽的残酷的失望"之中。"一件件不公平的血腥的事实，利刃似的刺进了我的心，逼成我按捺不下愤怒。有时我也想，为哪一个呢？是哪一群人叫我这样呢？这些失眠的夜晚，困兽似的在一间笼子大的屋子里踱过来，拖过去，睁着一双布满了红丝的眼睛绝望地愣着神，看看低压在头上黑的屋顶，窗外昏黑的天空，四周漆黑的世界，一切都似乎埋进了坟墓，没有一丝动静。……我绝望地嘶嘎着，那时候我愿意一切都毁灭了吧，……我觉得宇宙似乎缩成昏黑的一团，压得我喘不出一口气，湿漉漉的，粘腻腻的，是我紧紧抓着一把泥土的黑手。我划起洋火，我惊愕地看见了血。污黑的拇指被那瓷像的碎片割成一道沟，血，一滴一滴快意的血，缓缓地流出来。"（曹禺：《日出·跋》，《曹禺全集》第1卷，第381—382页。）他在拷问自己，拷问着生命，这种焦虑本身就是"残酷的"，之所以残酷，就在于他发现这个社会对于人的迫害，不仅是物质的，而且是精神的：一个现代化的城市，并没有给人带来福音，而是精神的沉沦和堕落。曹禺痛切感到这种资本社会的精神癌症。他的感觉绝对是现代的，正是从这里诞生着曹禺戏剧的审美现代性。

王延松的新解读，就在于他从研读剧本中，也从他个人的内心感受中，发现《日出》展示的物欲横流中，对于人的精神的摧残和迫害。于此，他又发现同当代"现代化的进程不仅没有解决反而更加尖锐化的时代病痛"的相似点。（王延松：《〈日出〉导演手记》）他的新叙述、新样式，正是从这样的"新解读"中衍化出来的。

我们很欣赏他在《日出》中所确立的新的叙述方式，那的确显示了导演对剧作的认知能力。自《原野》开始，一路走来，王延松把导演的创作功力，放到对剧本的钻研上，从原作中发现新意，乍看起来这是很笨的方法，但是，却是一条具有创意地演出经典的必由之路。在王延松导演的《日出》中，陈白露不但是事件的亲历者，而且是叙述者、观察者，甚至是思索者。这并非导演所强加的，而是从剧作的意味中引申生发的。

《日出》的审美现代性集中表现在陈白露这一个典型形象上。她作为现代都市的摩登女郎，被曹禺发现。这应该是中国舞台上第一个本土交际花形象，一个具有现代资本象征的人物。曹禺要写的就是一个纯情少女是怎样走向高级卖淫道路的，又是怎样走向毁灭的。在陈白露的遭际中，曹禺处处展现的是受到五四思潮影响的知识女性走上社会而最后无路可走的精神痛苦和精神悲剧。她是清醒的，她清醒地意识到自己的堕落，深深地懂得自己陷于泥潭而不能自拔。意识到的痛苦，显然是一种残酷的痛苦。正因为她是清醒的，她才能够成为一个叙述者；一个能够自觉到痛苦者，也可能成为生活的观察者和思索者。

高级的卖淫生活，对陈白露说来既是套在头上的枷锁，又是腐蚀她灵魂的鸦片。她既身受这种卖淫生活的侮辱迫害，使她饱尝被出卖的痛苦，同时，她又受到卖淫生活的毒害，陷入腐朽生活的桎梏。被侮辱和被腐蚀的灵魂都是来自一个罪恶的根源，即那个罪恶的卖淫制度。

"太阳升起来了，黑暗留在后面，但太阳不是我们的，我们要睡了。"这是陈白露喜欢的诗，也是曹禺对于现代性悲剧的发现。那个罪恶的金钱社会是怎样在精神上逼迫她，使她陷入极度的痛苦，又是怎样腐蚀着她，使她陷入不可解决的精神矛盾之中，最终导致她精神崩溃而绝望地自杀。恩格斯曾说，卖淫制度"使妇女中间不幸成为受害者的人堕落"。在这里，不幸的妇女处于既是受害者又是被腐蚀的堕落者的双重的矛盾地位。正是这种双重的属性，在很大程度上造成了陈白露复杂而深刻的精神矛盾。它展现了现代都市文明的精神"吞噬之力"，一种可怕的残酷的杀人的力量：它禁绝人们的希望，摧残人们的灵魂，腐蚀人们的意志，把人的美好的心灵杀死，这是最残忍的了。

当陈白露作为一个叙述者，自然使这个原来残酷的悲剧产生间离的效果，引发观众的思考，从而缩短了这部二十世纪三十年代的戏同当下的时间距离，把它同观众拉近了，从而让观众去思索当代的种种现象：现代化，所带来并非都是欢乐和幸福。

如果说《日出》的原作，饱含着曹禺激越的情感和那种"时日曷丧，予及汝偕亡"的决绝，决定着《日出》的风格是激情迸发的；而由于王延松版《日出》叙述方式的改变，使得全剧的演出风格转化为一种凝重沉静的格调。与其说是陈白露把你带进《日出》的世界，不如说是导演将观众引进一个深思的境界。这倒是曹禺先生在创作《日出》时最初所追求的艺术境界。

叙述方式的变化，在某种角度上看，也是结构上的更新。《日出》原作争论最多的是关于第三幕，有人以为它是一个"孤立的存在"，主要人物陈白露在这一幕不见了。当年欧阳予倩先生导演《日出》，将第三幕割舍了，曹禺竭力为之辩护。他以为不演这一幕就等于把"日出"的心脏挖去。但是，主要人物没有贯穿下来，毕竟带来遗憾。在新版里，王延松表现出对经典的艺术真诚，他采取目前的方式，使陈白露出现在第三幕。虽然她没有直接参加到剧情中来，但是，在时空交错中，她的三次出现，不仅暗示着她同翠喜是一样的命运，一样在出卖着自己，一样的悲惨；也更使她意识到宝和下处和她住的大饭店，同样是"地狱"；而小东西惨死，加剧着她内心的矛盾和人生抉择的果断。这就丰富了陈白露内心世界。

最为难得的是，压缩后的《日出》演出相当完整。在这里每个演员都完成了自己的角色任务，尤其是演惯了军旅戏剧的演员，在舞台上演绎着另外的人生世相，能够达到这样的程度，只有对之大加称赞了。

陈白露是一个十分难演的角色，但是我们非常欣喜地发现陈数这个年轻的演员所展示的魅力，这是多年来我们看到的最好的陈白露的舞台形象。曹禺先生曾让田本相看过日本的内山鹑导演的《日出》中陈白露的舞台照片，他说，陈白露就应当这么年轻，这么漂亮，而我们的演陈白露的演员都显得年龄过大了。陈数是这么年轻，在舞台上是这么漂亮；而最为难得的是她对于陈白露复杂而深刻的心理矛盾把握得相当准确，特别是她的舞台动作分寸感，拿捏得十分到位。陈白露性格的复杂性，很容易在表演上产生破裂：如果过多展现其腐烂生活的一面，可能就演得风尘味十足，轻浮庸俗；相反，如果没有演出她"卖"过的生活印记，那就看不出她的被腐蚀被损害的极度痛苦。在陈数的表演中，显然内蓄着她对艺术的刻苦追求；而这些却是当前女性演员最最难得的。我们期待她有广阔的艺术发展，我们的舞台需要真正的女性表演艺术家。就像当年的张瑞芳、白杨、舒绣文那样。

《日出》看来是很写实的，但是《日出》的诗意渗透在血迹斑斑和金钱污秽的现实之中，却使它有了审美的现代性。曹禺在这里探索的是一个罪恶的世界，甚至是禁域。无论是陈白露的豪华的客厅，还是翠喜的宝和下处，都成为他精神冒险的地方。他像波德莱尔一样，在污秽中发现"一颗金子般的心"，在"华丽的首饰中，恐怖熠熠生辉"。而更发现了"太阳升起来了，黑暗留在后面，但是太阳不是我们的，我们要睡了"。这是一个生命的悖论，一个社会的悖论，也是一个现代性的悖论。单是这样的一个诗意的发现，即非现实主义所能概括了的，也足以使曹禺的戏剧诗胜过那些巨幅的写实画面。

八

延松的导演艺术仍处于发展之中，我希望它能够不断完善对曹禺三部曲的舞台创造，并且希望它能够将《北京人》推上舞台。届时，则可以在理论上作一次总结。我想，它对于延松的导演艺术的进一步深化和发展，以及对中国的导演艺术建设，都将是有益的。

（原载王延松：《戏剧解读与心灵图像》，上海人民出版社 2010 年版）

… 第六编　剧作 …

《弥留之际》

出场人物

曹禺

薛夫人，曹禺的生母

郑秀，曹禺第一任妻子

方瑞，曹禺第二任妻子

李玉茹，曹禺第三任妻子

巴金

女儿（曹禺有四个女儿、万黛、万昭、万方、万欢）

仇　虎

周　冲

四　凤

方达生

陈白露

觉　新

瑞　珏

文　清

愫　方

在空旷的舞台上，台的左边的一角是高干病房：一张病床，床边是一供打吊针使用的钢架。高大而明亮的窗子，窗台上摆着一盆鲜花。靠窗的是一个写字台，上面堆着书，笔筒。一个瓷观音，安详地摆在桌上。墙角的一个三角桌上是一台电视机。一个茶几，两个普通的沙发。床边的衣架上挂着一身崭新的"红都"牌西服。窗外是高高的白杨树，在寒风中，积雪的枝桠轻微地摇曳着。

紧贴裸墙的是一道屏幕，自然也是人物出入隐现之处，它显得幽深、神秘。如果导演有兴趣，也可以作为多媒体的屏幕，配合剧情，拍一些记录的影像。

自始至终，场区都比较幽暗，显得空气凝重。

自始至终，都间或有音乐在剧场中荡漾，或者是莫扎特的《安魂曲》，或是肖邦的《夜曲》，这是曹禺最喜欢听的乐曲；或者是其他可以衬托戏剧氛围的乐曲。希望音乐成为这出戏的生命和灵魂。

每一场，无论是象征性的还是写实的布景，都能够成为一个造型的音乐。

序

北京医院高干病房，只有地灯闪烁着，病床上的曹禺，不时发出一阵憋闷的呻吟，护士查看，又悄然离去。灯光更暗。

曹禺，中国现代最杰出的戏剧家。二十三岁创作了《雷雨》，继之，又连续创作了《日出》和《原野》，话剧史家称这三部曲是中国话剧成熟的标志。抗战时期，创作了《蜕变》、《北京人》和《家》等，达到了他创作的高峰。新中国成立后，成为中国戏剧界和文艺界的领导人士，曾任中国剧协主席，直到中国文联主席。行政职务是曾任中央戏剧学院院长、北京人民艺术剧院院长，同时，还一直是全国人大代表、人大常委会委员、政协委员等等。新中国成立后的主要剧作有《明朗的天》、《胆剑篇》、《王昭君》。

《弥留之际》

  李玉茹　1988年10月18日，先生由于发高烧住进北京医院，经医生检查，发现肾功能出了毛病，血色素只有5克（一般人是12克），只有靠输血救治。他还得过胆结石，鞘膜积水，都做过手术。除了1993年，曾经一度出院，直到1996年，八年时间都是在医院里度过的。

  这是1996年12月12日下午，我到北京有名的红都西装店取衣服，这是为先生参加中国文联第六次全国代表大会专门定做的。先生仍然继续担任文联主席，他不但要出席开幕式，而且还要讲话。当我回到医院，就发现先生的脸涨得很红，呼吸也很粗，就赶紧请医生来看，最后确诊是得了肺炎。服药，打吊针，到下午五六点，烧才退下来。我看先生的病情基本上控制住了，大约是在晚上八点，就回家了。九点，曹禺夫人给护工小白打电话，小白说，先生说他心里很烦很烦，还起来看过报，接着又看了一会儿电视才睡。13日子夜一点，先生要起来，护士不同意，给他吃了安眠药，又睡下了。大概，两点钟吧，实际上，先生那时已经处于昏迷状态，处于弥留之中了。

  曹禺：(好像是《原野》中，仇虎进入黑林子的感觉)我太累了，我实在是走不动了，这里太郁闷了，我快憋死了。我在这里转啊转啊，真像鬼打墙，就是走不出去，我好闷啊！(同时，仇虎或隐或现地游离在暗夜里)

  曹禺：(对着仇虎的身影)怎么，是你，我怎么和你一样。

  仇虎：(发出笑声)，曹老爷子，你看你那个苦闷的样子，就是你，是你心灵的煎熬，才把我塑造出来，可今天，轮到你自己，你也转不出去了！

  曹禺：你说得对，不知道是怎么回事，还是孩子的时候，我就感到孤独，苦闷，年轻时，我的心灵就是一座监狱，我就生活在心灵的炼狱的境遇里，痛苦极了！

  仇虎：你到老都是这个样子，你看把自己弄得这般痛苦，你还是把自己结束了吧，免得受罪！看，是谁来了？

  曹禺：怎么又回来了呢，我真的走不动了，我真的走不出去了吗？(忽然听到从远处传来呼喊他的小名"添甲"的声音)

曹禺的生母薛夫人从舞台深处走出，喊着曹禺的小名："添甲，添甲，你在哪里？"

女儿：(大屏幕上也出现薛夫人的照片)这是我的祖母，薛夫人，她是我父亲的生母。不幸，生下父亲只有三天，就得产褥热死去。父亲一生因为失去生母而感到孤独、悲哀。直到晚年，一旦提起生母，他都十分难过，有时则老泪纵横。在他一生中有着深深的恋母情结。你看我的祖母是多么端庄，漂亮，尽管我们只能看到她的背影，她的风度依然是迷人的。

曹禺的身影，从床边向着母亲呼喊的声音走近，他倾听着，声音是那么陌生，那么遥远，而似乎又那么亲近！

薛夫人：添甲，不要怕，我是妈妈！我是你亲妈妈啊！

曹禺：(渴望见到母亲而不及)妈妈，真的是您？您在哪里？您在哪里？让我看看您，看看您，我好想您啊！我一辈子都在想您！我想得好苦啊！

您去世之后，您的妹妹，就做了我的继母，她待我很好很好；可是，我总是想着您。您留下的瓷观音，我一直珍藏着，我一看到它，就止不住流泪。我常想，这个世界对我太不公平了。为什么让我从小就承受着这个人生的不幸，您知道吗，没有母亲的人，是多么孤独啊！

薛夫人：添甲，妈对不起你，不是妈妈的心狠，妈也舍不得你啊？妈妈想你也是想得好苦啊！

曹禺：记得六岁时候，爸爸的勤务兵刘门君的妻子，成为我们家的管家婆，不知因为什么事情，继母把她得罪了。她就偷偷地告诉我，说您生下我三天就去世了。从此，我的心，黑漆漆的，空洞洞的，我孤独极了。其实，继母，她很疼我。可是，我心中，老是想着妈妈，妈妈，你不会说我没有出息吧！

薛夫人：妈妈懂！妈妈懂得！

曹禺：您不知道，我跟父亲在宣化的时候。镇守史的大衙门院子里，就我一个小孩，没有人跟我玩耍，没有人倾听我的心声。我一个人就跑到后山上，守着一棵高大的神树发呆！日落的时候，我坐在石阶上，乌鸦在小树林子上空盘旋噪鸣，从城墙那边传来军号的声音，我的心中好凄凉啊！可是，一想着您，我内心的深处又是很幸福很甜蜜的呀（风声，凄凉的军号声）。

愫方：不说罢（忽然扬头，望着外面）你听，这远远吹的是什么？

瑞贞：（看出她不肯再谈下去）城墙边上吹的号。

愫方：（谛听）凄凉得很哪！

瑞贞：（点头）嗯，天黑了，过去我一个人坐在屋里就怕听这个，听着就好像活着总是会惨惨的。

愫方：（眼里涌出了泪光）是啊，听着是凄凉啊！（猛然抓着瑞贞的手，低声）可瑞贞，我现在突然觉得真快乐呀！（抚摸着自己的胸）这心好暖哪！真好像春天来了一样。（兴奋地）活着不就是这个调子么？我们活着就是这么一大段又凄凉又甜蜜的日子啊！（感动地流下泪）叫你想想忍不住要哭，想想又忍不住要笑啊！

瑞贞：（拿手帕替她擦泪，连连低声喊）愫姨，你怎么真的又哭了？愫姨，你——

愫方：（倾听远远的号声）不要管我，你让我哭哭吧！（泪光中又强自温静地笑出来）可，我是在笑啊！瑞贞，——（瑞贞不由得凄然低下头，用手帕抵住鼻端。愫方又笑着想扶起瑞贞的头）——瑞贞，你不要为我哭啊！（温柔地）这心里虽然是酸酸的，我的眼泪明明是因为我太高兴啦！——（瑞贞抬头望她一下，忍不住更抽咽起来。愫方抚摸瑞贞的手，又像是快乐，又像是伤心地那样低低地安慰着，申诉着）——别哭了，瑞贞，多少年我没说过这么多话料，今天我的心好像忽然大开了，好像叫太阳照暖和了似的。瑞贞，你真好！不是你，我不会这么快活；不是你，我不会谈起了他，谈得这么多，又谈得这么好！（忽然更兴奋地）瑞贞，只要你觉得外边快活，你就出去吧，出去吧！我在这儿也是一样快活的。别哭了，瑞贞，你说这是牢吗？这不是呀，这不是呀！

瑞贞：（抽咽着）不，不，愫姨，我真替你难过！我怕呀！你不要这么高兴，你的脸又在发烧，我怕——

愫方：（恳求似的）瑞贞，不要管吧！我第一次这么高兴哪！（走近瑞贞放着小箱子的桌旁）瑞贞，这一箱小孩儿的衣服你还是带出去。（哀悯地）在外面还是尽量帮助人吧!把好的送给人家,坏的留给自己。什么可怜的人我们都要帮助,我们不是单靠吃米活着的啊!(打开那箱子)这些小衣服你用不着,就送给那些没有衣服的小孩子们穿吧。(忽然由里面抖出一件雪白的小毛线斗篷)你看这件斗篷好看吧?

……

曹禺:(对着憬方,薛夫人)妈妈,您就像憬方,我一想起您,就好像观音菩萨守候在我的身旁,呵护着我,激励着我,我觉得在这个世界上,您是最最伟大的。

薛夫人:添甲,妈知道,你心地善良,妈看你太辛苦了!你看你在医院都住了八年了。该休息了,跟妈走吧。

曹禺:我真的感到累极了。您看,我拖着一个病身子,还要我继续做中国文联的主席,明天还要到大会上讲话,我真的好累好累!我实在不愿意去,我何必还要当这个文联的主席!可是,我不能不去啊!我还得打起精神去参加!我还有很多话要说,很多事要做!

(他似乎快要走近了妈妈,但是却亲近不了)

薛夫人:你该休息了,妈妈再不忍心看到你这样受累,这样痛苦,跟妈妈走吧!

曹禺:可是,我舍不得走。妈妈,您知道,我这一辈子写的太少了,太少了。我耽误的时间太多了太多了,我还要写,我一定要写,一定要写出好的剧本来。我还惦记着黛黛、昭昭、方子、欢子,还有一些朋友!

薛夫人:添甲,你的命就这样苦,一辈子写啊写啊,还要这么写,我的好孩子,妈妈心痛……

(看着妈妈逐渐远去的身影)妈妈,您别走!您听我说!

第一场

(大屏幕)好像是二十世纪三十年代的水木清华,布满了爬山虎的图书馆,体育馆前是一片绿油油的草坪。从远处望去,一对恋人在草坪上嬉戏。

《弥留之际》

女儿：这是我的母亲郑秀，她出身于名门望族家庭，我的外公是国民政府的高级法官，我的舅爷是黄花岗七十二烈士之一。母亲在北京贝满女中毕业后，考入清华大学法律系。她是清华的校花，眉清目秀、高雅端庄，穿着旗袍，更显出她的清纯的魅力。我的母亲有一种高贵的气质，和蔼，健谈，爽朗。在清华读书时，我父亲热烈地追求着她。他们曾经有过海天云帆的热恋，有过浪漫的蜜月。但是，他们也有过不和，有过争吵，终究因为性格不合而离婚。我的母亲，从心底深处一直爱着父亲。在母亲病危的时候，她很希望同父亲曹禺再见一面，但这个最后的愿望却未能实现。

（此刻出场的郑秀，还是清华时代的打扮，风采依然。曹禺向郑秀走来！）

郑秀：你终于来了！我以为永远再见不到你了。

曹禺：秀，我早就该来看望你的，看望你和孩子；在我一生中最对不起的就是你了。你让史叔叔带的话，他带到了。你病得那么重，无论如何，我都应该去看看你的。但是，千不该，万不该，在你走的时候，最需要我的时候，我却没有去看看，去送送你。不是我心狠，不是我不想去，是我真的没有脸去见你，我怕啊，我没有勇气面对你。我还怕我们的会面，让你更加伤心，更加重了你的病情；我也担心我自己的身体承受不了。你能原谅我吗？

郑秀：家宝，我让史叔叔带话，希望在我临死之前，能见你一面。你却没有来，我确实是带着深深的遗憾走的。我是有话要对你说啊！

曹禺：秀，对不起，对不起！

郑秀：你是知道的，尽管我们分手了，但是，在我心中再没有第二个男人，家宝，你该懂得你在我心目中的位置。你爱的，你所珍惜的，在我的心里也还一样地爱着，珍惜着；你的每一消息，每一部剧作，每一篇文章，我都关心着，为了我们曾经的爱恋，你的一切我都呵护着，亲近着。这些年来，如果没有黛黛和昭昭伴着我，我真不知怎样活下去。

曹禺：我知道，我知道。"文革"中，我被红卫兵抓走了。家里全乱了。方子还小，欢欢还上幼儿园，方瑞拖着一个病身子，还有她的一个老母亲，她们干着急，叫天天不应，叫地地不灵。正是最最困难的时候，是你让昭昭到处找人，到处上访，来家里照顾着她们。我知道，在那个苦难的岁月，只有亲人才会这样不怕风险。我知道是你让孩子们过来，照顾我们，你还亲手做菜带来。我心中对你有着无限的感激。

郑秀：家宝，你知道吗，听到你被红卫兵抓走，我天天揪着心。开大会批斗你时，我就站在远处看着你，我真的为你心痛。这些，不必提了。我也有对不起你的地方。我所收藏的朋友们给你的信，还有你写给我的信，尤其是周恩来总理给你的信，那么珍贵，都让我在"文革"中烧掉了。那时，我真是怕极了，动不动，红卫兵就闯进来，动不动就抄家，特别是你被抓走之后，我更害怕这些信再给你惹来祸害。

曹禺：我懂得，能够从那个大地狱中，活过来，逃出来，就算万幸了。那真不是人过的日子。方瑞就没有逃出来，她死得很惨，床上撒满了安眠药片，我心中始终留着一个结，难道她真的不堪忍受那些非人的生活，加上病而自杀了吗？

郑秀：她也是很可怜的。

曹禺：人啊，人啊！人这一辈子，有的时候是非常非常的糊涂的，真是鬼迷心窍，鬼使神差。人的每一天都是最新的一天，但也是不可重复的最后一天；秀，今生今世，我所欠下的债，让我来世再报答吧！

郑秀：你啊，你这个人，就是热来时热得蒸笼里坐。你看，在清华读书的日子，你就像个疯子，一宿一宿地守在我们女生宿舍新南园的楼前，死追啊！你想，我还没有怎么认识你，你就这样追。追得我都害怕了，同学们都劝我，快看看他去吧。都怕你出点什么毛病。可是，冷的时候，又像是冰天雪地，周天寒彻了。说什么，你都不听，你就用沉默来对付，我害怕你的沉默，简直是冰山一样的冷漠。可是，我一直都没有想到同你离婚的啊！我根本就没有这个想法。

曹禺：糊涂啊！糊涂啊！我还记得我们恋爱的那些日子。我得感谢你，没有你，《雷雨》是写不出来的。你还记得吧，1933年的那个暑假，你放了假也没有回家，陪着我。我们整天钻到图书馆里，我写《雷雨》，你就在一边读书。我们一从图书馆出来，就跑到草坪上。我好幸福啊！秀，你知道，《雷雨》，我就是写给你的，写给你看的。你还记得吧，我把《雷雨》写完的那一天，我们在草坪上躺着，望着湛蓝的天空，似乎整个世界，都属于我们的。(大屏幕出现，清华图书馆前的草坪)

郑秀：你那个时候，你多么像周冲啊！那么单纯，那么热情，你真是我夏天中一个春梦。

鲁四凤：二少爷，我现在已经不是周家的用人了。

周冲：然而我们永远不可以算是顶好的朋友么？

鲁四凤：我预备跟我妈回济南去。

周冲：不，你先不要走。早晚你同你父亲还可以回去的。我们搬了新房子，我的父亲也许回到矿上去，那时你就回来，那时我该多么高兴！

鲁四凤：你的心真好。

周冲：四凤你不要为这一点小事忧愁。世界大的很。你应当读书，你就知道世界上有过许多人跟我们一样地忍受着痛苦，慢慢地苦干，以后又得到快乐。

鲁四凤：唉，女人究竟是女人！(忽然)你听，(蛙鸣)蛤蟆怎么不睡觉，半夜三更的还叫呢？

周冲：不，你不是个平常的女人，你有力量，你能吃苦。我们都还年轻，我们将来一定在这世界为着人类谋幸福。我恨这不平等的社会，我恨只讲强权的人，我讨厌我的父亲，我们都是被压迫的人，我们是一样。——

鲁四凤：二少爷，您渴了吧，我跟您倒一杯茶。(站起倒茶)

周冲：不，不要。

鲁四凤：不，让我再侍候侍候您。

周冲：你不要这样说话，现在的世界是不该存在的。我从来没有把你当成我的底下人，你是我的凤姐姐，你是我的引路的人，我们的世界不在这儿。

鲁四凤：哦，你真会说话。

周冲：有时我就忘了现在，(梦幻地)忘了家，忘了你，忘了母亲，并且忘了我自己。我想，我像是在一个冬天的早晨，非常明亮的天空……在无边的海上……哦，有一条轻的像海燕似的小帆船，在海风吹得紧，海上的空气闻得出有点腥，有点咸的时候，白色的帆张得满满地，像一只鹰的翅膀贴在海面上飞，飞，向着天边飞。那时天边上只淡淡地浮着两三片白云，我们坐在船头，望着前面，前面就是我们的世界。

鲁四凤：我们？

周冲：对了，我同你，我们可以飞，飞到一个真真干净、快乐的地方，那里没有争执，没有虚伪，没有不平等的，没有……（头微仰，好像眼前就是那么一个所在，忽然）你说好么？

郑秀：家宝，你那个时候真的像周冲那么纯真，热情，富于幻想。自从我们分手，到现在也有几十年不在一起了吧，我真的不懂得你了，你为什么那么喜欢参加政治活动，喜欢热闹，喜欢官场？你看，你这些年来，就没有写出怎么像样的作品，你再看看老巴，他的《随想录》，他真是敢说真话啊！临死前，我要见到你，就是要告诉你千万千万不要丢下手中的笔啊！！你看，你这些年，你都荒废了，我听说你一天天忙忙碌碌，你要抓紧啊？听老巴的话，把你心灵中的宝贝拿出来！

曹禺：你骂得好，骂得对。和老巴比起来，我真是太惭愧了，太惭愧了！你说得对，我变了，我真的变了，甚至变得连我自己都讨厌自己，都不认识自己了！秀，我要写的，歌德、托尔斯泰、雨果，他们都是到了耄耋之年，还在写作，我要写，我会写的。

郑秀：现在还不晚，还来得及？（郑秀看着他那种惭愧无地自容的样子，看着他悄悄地隐去）

曹禺：也许，我已经跌在那逃不出的坑里，已经陷在泥潭里。（看着郑秀要走，急着）秀，今天，我来找你，就是要问问你，你说我明天该不该去讲话，该不该再当这个文联主席。

郑秀：我要见你，就是要告诉你，不要再荒废你的岁月了。

曹禺：你批评得对，可是，我不甘心啊，我有要说的话，有我要表达的意见,再不说,就晚了。你看看,这些年来的戏剧创作,我真的不满意,你看看那一个又一个的社会问题剧,硬是叫一个问题把剧情紧紧箍住,太让我失望了。

郑秀:是啊,那你为什么不讲,不批评,你的勇气哪里去了。我还记得,当年,那些日本留学生在日本上演《雷雨》,把序幕和尾声删去。我看你气的那个样子,人家来看望你,你当面就不客气地抗辩,你说:"你们知道,我写得不是一个社会问题剧,我写的是诗,写的是一首诗。"

曹禺:提起《雷雨》,从它的首演,就被误会了。后来,我不怪了,毕竟那个时代需要那样热烈地呐喊,可是今天,人们还是不能理解《雷雨》。《雷雨》,我写的是人,是复杂的人性,是人啊!人,是多么可怜的动物,那个世界,是一个黑暗的坑,任凭你怎样地挣扎都逃不出来。人的生存的处境太残酷了,我在《雷雨》里展现的是"宇宙里斗争的'残忍'和'冷酷',那里有我对宇宙的憧憬"。

郑秀:那你为什么不告诉他们,你是不是也变得狡猾了!他们不懂啊!他们把周朴园当成元凶,当成罪人。其实,他也是十分可怜的。

(《弥撒曲》)

姑乙:嘘,你看,鲁妈她出来了。

姑甲:周先生就来看她,你招呼照护照护她。我要出去。

姑乙:好的,你等等,外头怕要下雪,你要把这把伞拿着。

曹禺:十年了,不论刮风下雨,周朴园都回来的,他觉得愧对这两个女人,他有着深深的忏悔,他已经皈依天主教,把周公馆做了医院。

姑乙:到这边来,(指着鲁妈的背影)她在这儿。

周朴园:哦!(半晌)她现在怎么样?

姑乙:(轻叹,还是那样!)

周朴园:吃饭还好吗?

姑乙:不多。

周朴园：(指头) 她这儿？

姑乙：(摇头) 不，还是不认识人。

(半响)

姑乙：楼上您的太太，看见了？

周朴园：(呆滞地) 嗯。

姑乙：(鼓励地) 这两人，她 (指着鲁妈) 倒好。

老人：是的。这些天没有人来看她吗？

姑乙：您说她的儿子，是吗？

周朴园：嗯，一个姓鲁叫大海的。

姑乙：(同情地) 没有。可怜，他就是想着儿子；每到节期总在窗前望一晚上。

周朴园：(叹气，绝望地，自语) 我怕，我怕他是死了。

姑乙：不会吧？

周朴园：(摇头) 我找了十年了，——没有一个影子。

姑乙：唉，我想她的儿子回家，她一定会明白的。

周朴园：(走到侍萍跟前，低头) 侍萍！

(侍萍回头，呆呆望着他，若不认识，无一丝表情。一时，又走去)

周朴园：侍萍！侍——

(沉默) 外头又下雪了！

曹禺：周朴园，我曾为你迷惑过，是我看错了你，还是别人看错你，也看错了我。几十年过去了，人们砍去了序幕和尾声，也砍去你的痛苦的心灵，也砍去我对你，对人的理解。人啊人，世界上最最难懂就是人！人，是可怜的啊！

郑秀 (自语)：我明白了，他是欲罢不能啊！看他那个痛苦的样子，他的心没有变！(悄悄隐去)

(曹禺依依不舍)

第二场

　　江水急流的声音，以及不时传来的杜鹃的啼声；显得病室格外的宁静。曹禺在伏案写作，方瑞走进来，悄悄地站在后面，欣赏他那写作的姿态。曹禺，有时停下来，在摸着他的灵感包。

　　方瑞，曹禺的第二任妻子，原名邓译生，出身于一个有名望的家庭。她是安徽著名的书法家邓石如先生的重孙女，能写一手好字，能画山水画。她很文静。

　　在曹禺塑造的愫方和瑞珏的性格中，都有着方瑞的因素，她不但有着中国传统妇女的温厚柔顺的性格，自从她爱上曹禺，嫁给曹禺，她就忠实地守候着他。

　　在曹禺弥留之际，他深深地留恋着他们热恋的时刻。

　　方瑞：（在翻看着《家》的手稿，不经意地读出声来，一边称赞着），写得太好了，太美妙了，也亏你想象得出来！

　　曹禺：你说的是哪一段？

　　方瑞：洞房之夜，多么神奇的洞房之夜！先生，你把一个女孩子的美妙的心灵，绝妙地展现出来。（情不自禁地读出来，好像他就是瑞珏，进入洞房之夜的情境）我真的不懂，你怎么会比我们女人更懂得女人？

　　曹禺：我也不懂，真的不懂；但是，生活，还有莎士比亚、曹雪芹，那些大作家，都告诉我，女人，是上帝恩赐给人间的宝贝，我的母亲，我的继母，我的姐姐，还有我爱过的亲近过的女人，都告诉我，他们的心地是怎样地善良，怎样地温厚，即使我在宝和下处看到的翠喜，她们都有一颗金子般的心灵，瑞珏更是这样的啊！

　　（杜鹃的啼声）

　　好静啊！

哭了多少天，可怜的妈，
把你的孩子送到
这么一个陌生的地方，
这就是女儿的家。
这些人，女儿都不认识啊。
一脸的酒肉，
净说些难入耳的话。
妈说那一个人好。
他就在眼前了，妈！
妈要女儿爱，顺从，
吃苦，受难，
永远为着他。
我知道，我也肯，
可我也要看，
值得值不得？
女儿不是
妈辛辛苦苦
养到大？
妈说过，
做女人惨，
要生儿育女，
受尽千辛万苦，
多少磨难
才到了老。
是啊，女儿懂，
女儿能甘心，
只要他真，真是好！

《弥留之际》

女儿会交给他

整个的人，

一点都不留下。

哦，这真像押着宝啊

不知他是美，是丑，

是浇薄，是温厚；

也不管日后是苦，是甜，

是快乐，是辛酸，

就再也不许悔改，

就从今天，

这一晚！

方瑞：先生，这是瑞珏的诗。真的，这比莎士比亚的朱丽叶的心理写得更细微，更深刻，更美妙？

曹禺：你知道，只因为你，也为了你，才有了瑞珏的歌声；自然，这里也蕴含着多少代呻吟在封建制度下少女们对不合理的婚姻的倾诉，还有她们对爱情的向往和期盼！

（此刻，传来杜鹃的啼声）

方瑞：先生，你是最理解女人的心灵的，我真的想不到，一个男人会这样的了解女人，你看，你写的蘩漪，你写的陈白露，都是被人看不起的女人，而你却看到她们有着一个美丽的灵魂，即使妓女翠喜，你也看到有一颗金子般的心。这都是我们看不到的。

曹禺：其实，我对女人懂得太少了，人啊，人，真是太奇妙了？妈妈让我跟着她回去，我不能，我还要研究人，还要写人，我还要写女人，写出她们美好的心灵！

方瑞：我懂，我懂！

曹禺：但是，我不明白，为什么你糊涂涂地吃下那么多安眠药，你不让我死，你却离我而去，让我孤零零地留在人间，让我失去了我灵感的源泉。

方瑞：（沉默，转入"文革"的场景）

（大屏幕）北京铁狮子胡同3号。院子的大门口，贴着"反动学术权威曹禺在此"的标语。街道的大喇叭响彻着"无产阶级文化大革命万岁"、"将无产阶级文化大革命进行到底"的口号声。室内恐怖的电话铃声响起来，这不是第一次了！

曹禺抽着九分钱一盒的烟，一根接一根拼命地吸着。

方瑞哀静地坐在床上。孱弱的身体，依然有着幽雅的风采。她的身体本来就很孱弱，"文革"的折磨，变得更加衰弱了。曹禺已经被打成"牛鬼蛇神"，连日来，晚上都有恐吓电话打来！

（曹禺紧紧盯住挂在墙上的电话机，身体在颤抖着）

电话里传来恐怖的声音：曹禺！你这个王八蛋，你这个狗日的！你他妈的老实听着！

不准你放下电话，你要放下电话，就砸烂你的狗头！

你承认不承认你他妈的就是反动权威？是不是他妈的牛鬼蛇神？你是不是有罪？你他妈倒是说话啊！

曹禺：（断断续续地，硬着头皮）是，是，我是反动权威，我是牛鬼蛇神，我有罪。（从电话里传来一群人的哄笑声）

画外音（大批判会上的声音）

"曹禺！你必须要老实交代，交代你和叛徒杨帆的关系，你们是怎样认识的？一起搞过哪些反革命活动，他交给你什么任务？"

"曹禺，谁都知道你是彭真的御用文人，你要老老实实地揭发他！"

"你看你都写了些什么人，不是交际花，妓女，就是一些地主资本家，都是一些乌龟王八蛋，你竟然把他们写得比天仙还美。你就写了一个工人鲁大海，也把他歪曲了。大叛徒刘少奇，居然夸你的《雷雨》深刻深刻深刻。事实证明你们是一丘之貉。金猴奋起千钧棒，玉宇澄清万里埃！打倒曹禺，

《弥留之际》

打倒刘少奇！"（群众跟随呼喊）

曹禺：译生，我真是受不了。

方瑞：(不语，静静地看着曹禺)

曹禺：我是真有罪啊！

方瑞：(不语)

曹禺：我全错了，我写的剧本全错了！

方瑞：(不语)

曹禺：每天是写不完的检查，认不完的罪，没完没了的恐吓电话，还有迎接不完的外调。谁都可以打上门来，谁都可以审问我。

方瑞：家宝，你就是沉不住气，还没有到哪儿，你就要死要活的。你看那些当年出生入死的大干部，大将军，比我们还遭罪呢！你看看你们剧院老书记赵起扬，每次见到我，还是那个老样子，总是悄悄地嘱咐我说，不要怕，这种日子长不了的。告诉曹禺同志，一定要咬着牙挺过去。该吃就得吃，该喝就得喝。我老伴，总是想尽各种办法给我打牙祭，还准备上一壶小酒。尽管我在机关里挨批挨斗，一回到家里，暖洋洋的。她让我向他的老伴学习。今天，我就特地给你搞了一瓶"女儿红"来，还买了一只烧鸡。别想这些不愉快的事了，你也来个一醉方休！

曹禺：真把我都弄糊涂了。我真的觉得我是犯了罪，我的那些作品，一个一个都是要不得的大毒草。你看白天一到剧院，等待我的不是铺天盖地的大字报，就是革命群众的大批判，晚上回到家里，不是恐怖电话，就是无休止的外调，我看不到出路，看不到希望，看不到天日。我的精神完全崩溃了。

方瑞：我知道你很痛苦，但是你怎么会想到去死呢？你看看那些关在牛棚里人，人家回到家里，该吃就吃，该喝就喝，要挺住。那天，司机史师傅偷偷来到家里，要我嘱咐你，一切都会好起来的。有什么困难就告诉他。天下好人多啊，天下最终是好人的天下。

曹禺：这些道理，我也懂得，但是一挨批挨斗，就又糊涂了。

方瑞：我看你还不如在国民党统治的时候，你那么乐观，那么勇敢！你还记得吧！你在重庆，躲到唐家沱，在一艘江轮上写《家》的时候吧。那时，我天天誊写你送来的《家》的手稿，我一边抄一边低声地朗读着，我被感动着，有时流着泪；我佩服你在那种政治高压下，写得那么乐观，那么具有青春的气息。你让我在黑暗中看到光明。有些台词，至今我都背下来！

（《家》的片段）

(不断的杜鹃啼声传来)

瑞珏：明轩，你记得我第一天来的夜晚，杜鹃在湖边上叫么？

觉新：记得，那时候是春天刚刚起首。

瑞珏：嗯，春天刚刚起首。

觉新：现在是冬天了。

瑞珏：不过冬天也有尽了的时候。

(杜鹃一声声凄婉而痛彻地鸣叫着，正是落着漫天大雪)

方瑞：那时，我就被你这样的情景迷住了，这些台词，至今我都能背下来，它和雪莱的诗句可以媲美。怎么，你现在怎么会想到死呢！家宝！如果，你一定坚持去死，那我们一起去死好了！

曹禺：(眼看着方瑞退隐到大屏幕中去)译生，你不要走，你不要走，我还有话对你说……

曹禺：是方瑞在我精神处于最危急的时候，让我清醒起来，振作起来，把我救了。我真的感激她。我被关在牛棚的日子里，她总是来探视，我们相对无言，又给了我多大的勇气和鼓励！但是，她却没有挺过来。对方瑞，我同样地感到自责，一辈子，都是她照顾着我，而我却没有保护好她。方瑞默默地跟着我出来，默默地帮助着我，最后又默默地走了。

第三场

(大屏幕)在北京木樨地22号楼6门12号,曹禺家的客厅。

空旷的客厅,除了靠墙的两把椅子,一个茶几,几把凳子;最显眼就是墙壁上挂着一幅黄永玉画的出水荷花图,还有董必武为《王昭君》一剧的题诗。

曹禺:(刚刚放下电话,又响起铃声,拿起话筒,有点不耐烦了),是黄秘书吗,哪天开会?18号,你等会儿,我记一下。(女儿跑过来,递过去一个本子和笔)

女儿:又是哪儿开会?

曹禺:北京文联。

女儿:怎么北京文联也找您?

曹禺:我还是他们的主席!

女儿:爸,不是我说您,你就是爱热闹,好心肠!人家一说,您就心软;如果人家不找您,您可能还觉得寂寞!

(门铃声,女儿开门)

女儿:爸!爸!是找您要稿子的,评《上帝的宠儿》的稿子,您写出来吗?

曹禺:就在我书房的桌子上。我去拿。

女儿:就这么一上午,就这么忙乎过去了。

(电话铃声)

曹禺:哪一位?

(大屏幕上出现黄永玉的影像)

黄永玉(声音):您好,我是黄永玉。我刚从美国回来,您身体好吗?阿瑟·米勒让我代他问候您。

曹禺:他怎么样,有什么大作问世?

黄永玉:我要向您报告的是,米勒的精神状态实在是太好了,实在是让我佩服。他刚刚写出一部新戏,《美国时间》。他请我到排练场,看他一边排戏一边改戏,你看他那种活跃,那种严肃,简直像鸡汤一样养人。那种情景迷人极了。家宝公,您听得清楚吗?

曹禺：你接着说，我都听得入迷了。

黄永玉：他和他的老婆，精力是那么充沛。排完戏，他们亲自驾车，跑好远的公路，才回到家里；然后带着我到他们的森林中去伐木，砍成劈柴。然后，米勒又开着拖拉机把我们和劈柴一起拉回来。两三吨的劈柴啊！家宝公，我觉得他全身心的细胞都在活跃，所以他的戏，不论成败，都充满了生命力。您说怪不怪，那时我就想到您，挂念着您，如果写成台词，就是："我们也有个曹禺！"可是，我的潜台词却是，您多么需要米勒那点草莽精神！

曹禺：什么时候你有空闲，来我家里，详细说说你访美的详细情形。

黄永玉：因为我马上又要外出，行程都订好了。所以，我先给您打个电话；我回去看望您！我诚恳地对您说，我那封信，您千万不要再给别人看了，我打的您的心理，但是，您念给米勒听，他就很困惑。您多保重！我回来一定去看望您！（从大屏幕上隐去）

女儿：爸，黄叔叔说的是哪一封信？

曹禺：（从一个盒子拿出黄永玉的信，递给女儿看），这就是黄永玉的信。你看，他的画画得好，诗写得好，字也写得这样漂亮，别具风格，苍劲有力。

女儿：（一边看着，一面读出来）

你是我的极尊敬的前辈，所以我对你要严！我不喜欢你解放后的戏，一个也不喜欢。你心不在戏里，你失去伟大的灵通宝玉，你为势位所误！从一个海洋萎缩为一条小溪流，你泥溷在不情愿的艺术创作之中，像晚上喝了浓茶清醒于混沌之中。命题不巩固，不缜密，演绎、分析得也不透彻。过去数不尽的精妙的休止符、节拍、冷热、快慢的安排，那一箩一筐的隽语都消失了！

"谁也不说不好。总是'高！''好！'这些称颂虽迷惑不了你，但混乱了你，作践了你。写到这里，不禁想起莎翁《马克白》中一句话：'醒来啊马克白，把沉睡赶走！'"

（女儿停顿，沉默）

《弥留之际》

曹禺：方子，他说得太好了，我真的处于一种清醒的沉睡之中。我很希望自己摆脱出来。

女儿：(迷惑不解地面对曹禺)我也不明白，您为什么要把这封信念给阿瑟·米勒听？

曹禺：方子，你也知道我现在整天忙忙碌碌，都是一些杂七杂八的应酬事务，我十分痛苦。老巴，也给我来信，催促我把"心灵中宝贝掏出来"，我的压力很大。我倒不在乎这些友好的敦促，更在于我内心的渴望，内心的命令。我讨厌这些烦人的事物，我非常非常渴望创作！我要检讨自己，我要下决心摆脱。

女儿：我相信你一定会摆脱掉的。

曹禺：我已经想好了，把在重庆没有写完的《桥》修改出来。

女儿：好啊！我看过这个剧本，这是您第一次在舞台上展现一个钢厂，写民主资本家，写了工程师，尤其是这些年轻的知识分子，在舞台上还没有人写过。我的印象，写得很有气派，您改吧！

曹禺：谢谢你的鼓励(陷入沉思)，老巴也是这样鼓励我，让我不要把时间浪费在无味的事务中，可是我不能，我拔不出来了。我讨厌热闹，可是我又被这热闹诱惑着。我是又清醒又痛苦，我这种清醒的苦痛，往往不能自拔的。真的，难道是我的精神残废了。我脑子里，总是想起恩格斯批评歌德的话，我被庸俗所累了。这是我自己的过错。

这怎么总是让我想到方达生和陈白露……

陈白露：(警告他)你是要教训我么？你知道，我是不喜欢教训的。

方达生：我不是教训你。我是看不下去你这种样子，我在几千里外听见关于你种种的事情，我不相信。我不相信我从前最喜欢的人会叫人说得一个钱也不值。我来看你，我发现你在这么一个地方住着；一个单身的女人，自己住在旅馆里，交些个不三不四的朋友，这种行为简直是，放荡，堕落,——你要我怎么说呢?

陈白露:(立起,故意冒了火)你怎么敢当着面说我堕落!在我的屋子里,你怎么敢说对我失望!你跟我有什么关系,你敢这么教训我?

方达生:(觉得已得罪了她)自然现在我跟你没有什么关系。

陈白露:(不放松)难道从前我们有什么关系?

方达生:(嗳嘴)呃,呃,自然也不能说有。(低头)不过你应该记得你是很爱过我。并且你也知道我这一次到这里来是为什么?

陈白露:(如一块石头)为什么?我不知道!

方达生:(恳求地)我不喜欢看你这样,跟我这样装糊涂!你自然明白,我要你跟我回去。

陈白露:(睁着大眼睛)回去?回到哪儿去?你当然晓得我家里现在没有人。

方达生:不,不,我说你回到我那里,我要你,我要你嫁给我。

陈白露:(恍然大悟的样子)哦,你昨天找我原来是要跟我说媒,要我嫁人啊?(方才明白的语调)嗯!——(拉长声)

方达生:(还是那个别扭劲儿)我不是跟你说媒,我要你嫁给我,那就是说,我做你的丈夫,你做我的——

陈白露:得了,得了,你不用解释。"嫁人"这两个字我们女人还明白怎么讲。可是,我的老朋友,就这么爽快么?

方达生:(取出车票)车票就在这里。要走天亮以后,坐早十点的车我们就可以离开这儿。

陈白露:我瞧瞧。(拿过车票)你真买了两张,一张来回,一张单程,——哦,连卧铺都有了。(笑)你真周到。

方达生:(急煎煎地)那么你是答应了,没有问题了。(拿起帽子)

陈白露:不,等等,我只问你一句话——

方达生:什么?

陈白露:(很大方地)你有多少钱?

方达生:(没想到)我不懂你的意思。

陈白露：不懂？我问你养得活我么？(男人的字典没有这样的字，于是惊吓得说不出话来)咦？你不要这样看我！你说我不应该这么说话么？咦，我要人养活我，你难道不明白？我要舒服，你不明么？我出门要坐汽车，应酬要穿些好衣服，我要玩，我要跳舞，你难道听不明白？

方达生：(冷酷地)竹均，你听着，你已经忘了你自己是谁了。

陈白露：你要问我自己是谁么？你听着：出身，书香门第，陈小姐；教育，爱华女校的高材生；履历，一阵子的社交明星，几个大慈善游艺会的主办委员……父亲死了，家里更穷了，做过电影明星，当过红舞女。怎么这么一套好身世，难道我不知道自己是谁？

方达生：(不屑地)你好像很自负似的。

陈白露：嗯，我为什么不呢？我一个人闯出来，自从离开了家乡，不用亲戚朋友一点帮忙，走了就走，走不了就死去？到了现在，你看我不是好好活着，我为什么不自负？

方达生：可是你以为你这样弄来的钱是名誉的么？

陈白露：可怜，达生，你真是个书呆子。你以为这些名誉的人物弄来的钱就名誉么？我这里很有几个场面上的人物，你可以瞧瞧，种种色色：银行家，实业家，做小官的都有。假若你认为他们的职业是名誉的，那我这样弄来的钱要比他们还名誉得多。

方达生：我不明白你究竟是什么意思，也许名誉的看法——

陈白露：嗯，也许名誉的看法，你跟我有些不同。我没故意害过人，我没有把人家吃的饭硬抢到自己的碗里。我同他们一样爱钱，想法子弄钱，但我弄来的钱是我牺牲过我最宝贵的东西换来的。我没有费着脑子骗过人，我没有用着方法抢过人，我的生活是别人甘心愿意来维持，因为我牺牲过我自己。我对男人尽过女子最可怜的义务，我享着女人应该享的权利！

方达生：(望着女人明灼灼的眼睛)可怕，可怕——哦，你怎么现在会一点顾忌也没有，一点羞耻的心也没有。你难道不知道金钱一迷了心，人生最可宝贵的爱情，就会像鸟儿似的从窗户飞了么？

陈白露：(略带酸辛)爱情？(停顿，掸掸烟灰，悠长地)什么是爱情？(手一挥，一口烟袅袅地把这两个字吹得无影无踪)你是个小孩子！我不跟你谈了。

方达生：(不死心)好，竹均，我看你这两年的生活已经叫你死了一半。不过我来了，我看见你这样，我不能看你这样下去。我一定要感化你，我要——

陈白露：(忍不住笑)什么，你要感化我？

方达生：好吧，你笑吧，我现在也不愿意跟你多辩了。我知道你以为我是个傻子，从那么远的路走到这里来找你，说出这一大堆傻话。不过我还愿意做一次傻请求，我想再把这件事跟你说一遍。我希望你还嫁给我，请你慎重地考虑一下。

曹禺：(自言自语)我怎么总是念着方达生和陈白露，奇怪啊！奇怪啊！方子，我说到哪里去了！

女儿：你看，你又走神了。你那个拴马桩早就没有了，还摸着它。我看您你不要总是沉陷在一种焦灼的情绪里。您从年轻的时候，你的心绪就像一个热锅上的蚂蚁，煎熬着，蒸腾着，如今老了，依然是这样不能割舍的沉思。也许你的思考是对的。但是我不希望你陷于悲观里。

曹禺：我不是现在陷于悲观，我是与生俱来的悲观。我一辈子都没有真正的乐起来。我总觉得人太可怜了，过去，我以为人是可怜的动物，我似乎有一种超越人类的感觉，而现在，我觉自己就是一个可怜虫了！(苦笑)

女儿：您的作品，就在写人生的悖论，陈白露的人生，也是一种悖论，一种人生困境。大概，这让您又产生一种联想吧！

曹禺：我能摆脱这样的困境吗？！

女儿：我说能，就看您的决心了，您就干脆，把这些不相干的事情推辞掉就是了，去实现您的梦想，您的渴望！

曹禺：是的，我是要设法摆脱的，不，一定要摆脱的！

第四场

上海复兴中路1462弄3号。

一座漂亮的小洋楼,曹禺的居室,也是他的临时书房。书桌上放着老的报刊,笔记本,摊着稿纸。

曹禺正在灯光下沉思。李玉茹将刚刚泡好的一杯茶水轻轻地放到书桌上。

李玉茹:曹禺先生的第三任夫人。你看她虽然已经六十多岁了,因为有着深厚的戏曲功底,看上去,依然健美大度,风韵犹存。在她还可以演戏的时候,她毅然担起照顾曹禺的担子,几乎把全副身心都交给了曹禺。

李玉茹:他爸,这么晚了,该休息了。这些天,把你累坏了。跑图书馆查资料,访问了那么多老人,你一扎到书房里,就这么看啊,写啊,我真的怕你累出毛病来!你别往忘了,你是个病身子,经不住你这么拼命,还是悠着点!

曹禺:(似乎还沉迷在写作的情境里,回转头来看到夫人站在后边,这才清醒过来),玉茹,真是太奇怪了,怎么,我一进入构思,眼前就是当年写作的情景,那时,我是那么激动,那些人物就在我的眼前,召之即来。要不是跟老舍一起去美国讲学,我那时就把《桥》写完了。现在,怎么,这些人物,怎么行动不起来?故事也走不下去呢?

李玉茹:不要着急,虽然是完成一部旧作,多年过去了,等于是重新开始,总得酝酿些时候!

曹禺:我整天坐着冥思苦想,不断地出现一个场景,一个片段,但是,不断地被我否定,就这样折腾啊,折腾,老觉着不够味,没有戏。有时,也很兴奋,仔细想来,又是一场空欢喜。

李玉茹:大概你心中的标准太高了?

曹禺:你说的有道理,我只有跟你说,《桥》也许是我的压卷之作了,我总要超越自己，我总要给观众一个真实的交代啊！

李玉茹：这样，你的压力就太大了，还是抱着一颗平常心吧！

曹禺：也好你说得对，鞠躬尽瘁，死而后已！

李玉茹：我看他真的很累很累了，让他一个多病的老人，再做百米赛跑，再攀高峰，连我都没有信心。我真的感到他写不出来的痛苦，他对我说："我连信都写不出，写文章就更难了！"这是多么的无奈，又是多么令人心痛啊！

他这个人啊，一辈子就是为戏活着的啊！

（转入病房的情景）

1996年12月23日上午

李玉茹：我这就走，我看你的烧退了，都稳定了，我才放心。

曹禺：玉茹，我们结婚有十几年了吧。这十多年，真的让你受累了。你本来有你的事业，为了我，牺牲了你的艺术生命，你正处于艺术表演的峰巅。十年来，多半是在病房里伴我度过的，结果，把你也累得病倒了。每想起你一个人到上海去动手术，我却不能陪着你，我就难过，我没有尽到一个做丈夫的责任。

李玉茹：你今天怎么啦，这么客气！

曹禺：不是客气，是我觉得是你给我的晚年带来幸福。你还记得我给你写的信嘛。你在上海，我在北京，我一个人，我特别感到生命的孤独，我恨不得立刻到上海去。

李玉茹：我还记得你信上是这样写的："一切的言语都是云，都是雾。只有看见你，活生生的你，才是真的。"

曹禺：我不能离开你，一时一刻都不能离开你。我们的生命已经凝结在一起，记得，一个冬天的夜晚，外边飘着雪花，屋里暖暖的，你倚在我的臂膀上睡着了。第二天，天亮了。我们发现我们二人还紧紧地拥抱着，沉沉地睡了一夜晚。我们很老了，但是那次，我们高兴得像一对刚醒过来的小鹿，像刚从梦中醒来的孩子！我们的生命在欢快地跳跃。

李玉茹：我们在一起的日子也许不多了，每一天，每一时，每一分，每

《弥留之际》

一秒都是珍贵的！我这一辈子，在晚年遇到你，也是我的幸运。

曹禺：我也是这样，在晚年遇到你，真是幸运啊！我们这十多年，总是在和和宽宽的日子里愉快地生活着。这些年，我病了，你朝夕日夜地服侍我。处处为我想得周到。我真是感激你啊，我的玉妻，你温柔如水，情深似海，我说不完你待我的深情。我感谢上天待我如此恩厚，在我老年时，把你赐给我，我才是一个真福气！

李玉茹：年轻时，我就得到你的关怀和教诲，引导我读书明理；我一直把你看作是我的老师；也许我们结婚时，都已经历了风霜，才更懂得珍惜。您不但护着我，还呵护着我的孩子；我只是觉得我不能给您分忧，如果我把您照顾得好些，能够为中国戏剧多写些作品，为此尽些力，我就心满意足了。

曹禺：我想不到我在晚年，爱也由于你而燃烧得如此热烈。

刀刺我的心，
会流出热得烫着你的心的血，
血会讲："我爱你！"
血在流，流，每一滴血
都变成一张嘴，说："我爱我的妻子！"

李玉茹：我真想不到，您的心灵还像年轻人这样地热烈，这样地燃烧！

曹禺：是啊！我的诗，是不是写得有点可怕；但是，我没有疯狂，这是我在夜间所产生的幻想；这幻想却是我最真实的感情。你我都老了，我常常这样想，当你是满脸皱纹，背驼如弓时，我是否仍然这样爱你？我想，我将是另外的一种爱法，但还是爱，是更为深深的爱！

人活着太难太难了，仅仅是"你"，就让我万般苦恼了。我心里企盼着，你最好不是京剧艺术家，让你永远和我在一起。

李玉茹：你放心，我会永远永远地伴着你，我还是那句话，让我们珍惜每一天！

曹禺：此刻，我真想听你一曲清唱，我喜欢你的《贵妃醉酒》！

李玉茹（亮起身段，翩翩起舞，唱《贵妃醉酒》）

摆驾！

海岛冰轮初转腾；

见玉兔，玉兔又早东升，

那冰轮离海岛，

乾坤分外明。

皓月当空，恰便似那嫦娥离月宫，

好似嫦娥离月宫。

好一似嫦娥下九重；

清清冷落在广寒宫，

啊，广寒宫。

……

第五场

女儿：爸爸不但面临外界的压力，而且更陷于一种近似残酷的自我压迫之中。黄永玉的信自然是一个严厉的催促，让先生拿出作品来，巴金，不止一次写信含蓄地批评他，不要沉醉于那些无聊的事务之中，呼唤着他"把心灵中宝贝拿出来！"在这一段时间，爸爸真像一个热病的患者！痛苦极了！尤其是《桥》的流产，对他更是一个沉重的打击，他曾向我倾诉内心的焦虑！

曹禺：我知道我的生命快结束了，我这一生写得太少了，太少了，真是少得可怜啊！

女儿：您不要过于忧虑，和一些人比较起来，您是写得少，但是真正的艺术是不讲究数量的，您看大仲马一生写了那么多小说，但是，人们记住的，传留下来的不过是一两部，两三部。

曹禺：最近，我读巴老的《随想录》，思绪万千，巴老使我惭愧，使我明白。活着要说真话。我想说，但却怕说了很是偏激。那些狼一般"正义者"将夺去我的安静与时间，可是，我还要利用这"时间"，写出我死前最后的一两部剧本，才对得起我这个老朋友，对得起我的良心。

女儿：我不明白，你下了那么大的决心，要把四十年代没有完成的《桥》改出来，怎么又放弃了？

曹禺：就是这个《桥》，搞得我好苦恼啊！我总是急于求成，一旦写起来，又总觉得腹中空空，似乎脑海中是白茫茫的一片。就是这个《桥》搅得我片刻不得宁贴，辗转不能休息，也不能静下去，昏昏然！我怪我自己不该午饭后吃安眠药，我再不敢吃午后安眠药了。

女儿：其实您完全可以放松。

曹禺：《桥》啊，《桥》，伤心的《桥》，恐怕我这一辈子，再也造不起来这座"桥"了。

在上海的那些日子，我天天想着《桥》，反复地琢磨着，我还制订了一个计划，特地访问了一些当年将自己的工厂迁到重庆的企业家，我不知翻阅了多少历史的资料，记得还让人给我借来《金陵春梦》第五册，研究日本投降前前后后的历史情况。但是，就是找不到一个思路，想不出一个具体修改的方案。那时，我还想亲自到重庆去一趟。

我的想象的翅膀似乎是折断了，再也飞不起来。不知怎的，在上海就是心神不定，《桥》的结构就是搞不起来，苦恼极了！

愫方：(眼睛才从那鸽笼移开)文清！

曾文清：(停步，依然不敢回头)

愫方：奶妈说你在找——

曾文清：(转身，慢慢抬头望愫)

愫方：(又低下头去)

曾文清：愫方！

愫方：(不觉又痛苦地望着笼里的鸽子)

曾文清：(没有话说，凄凉地)这，这只鸽子还在家里。

愫方：(点头，沉痛地)嗯，因为它已经不会飞了！

曾文清：(愣一愣)我——(忽然明白，掩面抽咽)

愫方：(声音颤抖地)不，不——

曾文清：(依然在哀泣)

愫方：(略近前一步，一半是安慰，一半是难过的口气)不。不这样，为什么要哭呢？

曾文清：(大恸，扑在沙发上)我为什么回来呀！我为什么回来呀！明明晓得绝不该回来的，我为什么又回来呀！

愫方：(哀伤地)飞不动，就回来吧！

曾文清：(抽咽，诉说)不，你不知道啊，——在外面——在外面的风浪——

愫方：文清，你(取出一把钥匙递给文清)——

曾文清：啊！

愫方：这是那箱子的钥匙。

曾文清：(不明白)怎么？

愫方：(冷静地)你的字画都放在那箱子里。(慢慢将钥匙放在桌子上)

曾文清：(惊惶)你要怎么样啊，愫方！——

(半响。外面风声，树叶声)——

愫方：你听！

曾文清：啊？

愫方：外面的风吹得好大啊！

(风声中外面仿佛有人在喊着："愫姨！愫姨！")

愫方：(谛听)外面谁在叫我啊？

曾文清：(也听，听不清)没，没有吧？

愫方：(肯定，哀徐地)有，有！

曹禺：(从幻想中醒来，自言自语)我是飞不起来了！

女儿（小心地提示）：您是不是还有些顾虑，所以总是不能将《桥》结构起来？

曹禺：不是的，我觉得我很自由，很解放，没有一丝顾虑。我确实感到自己想写什么，便写什么！不能有个东西撞着我的头，什么思想，什么条条框框妨碍我的笔。任凭我自己按着我自己的观念、思维、感情——爱的、憎的、纯挚的情感去写！但是，就是写不出来了，没有了灵感，没有了冲动。我想，难道我真的枯竭了吗！我内心是一片的恐怖！

我不怕死，我可以冷静地面对死亡，但是，我却不能也不敢面对我的写作生命的枯萎！方子，爸爸从来没有像今天这样感到孤独孤单，寂寞，像一个罐头抽尽空气。

我在压缩的黑暗中大喊，没有声息。
孤单，寂寞，在潜五千丈深的海底，
我浑身阴冷，有许多怪鱼从身边滑去。
孤单，寂寞，在干枯无边的沙地，
罩在白热的天空下，我张嘴望着太阳喘气。
孤单，寂寞，跌落在深血弥漫的地狱，
我沉没在冤魂的嘶喊中，恐惧。

女儿：爸爸，我懂，我懂。（望着曹禺隐去的身影，眼里闪着烈滚泪光，沉默。手里拿起爸爸的笔记本，大屏幕上展现曹禺的手稿）

爸爸，即使在《桥》之后，也从来没有停下他的思考，一出戏，一出戏的构思，都写在这些笔记本上，《黑店》、《外面下着雨》、《岳父》……从这些构思的片段中，我强烈地感到爸爸的创作的热情，他脑子的那部创造的机器一直在运转不停，人生的问题一个个像滚珠似的，在他的脑海里翻腾着，汹涌着；他的思想的大厅是那么开阔，思想自由的回声在他的灵魂中震荡。爸爸曾经对我说，"灵魂的石头就是为人摸，为时间磨而埋下去的"，爸爸，你的灵魂就是石头铸就的。

第六场

（大屏幕）上海瑞金医院病房，巴金因摔伤住院。他靠在病床上，曹禺坐在床边的一把椅子上。

女儿：躺在病榻上的，是巴金先生，他的小说《家》、《春》、《秋》，以及《寒夜》等，曾激动着几代读者。"文革"后写的《随想录》成为一部经典。他和爸爸是至交，在某种意义说，也是曹禺唯一的知己。是巴金最早发现了《雷雨》并且将它发表的，所以说，爸爸不但将巴金视为兄长，也看作是他的引路人。巴金不慎摔伤，住进上海瑞金医院。爸爸特地到医院来看望巴金。

曹禺：您这样整天地仰卧着，脚高高抬起，也不能动，真是太痛苦了！

巴金：还能忍受，小林他们照顾得很好，减去我许多痛苦。我有信心，争取早些出院。我还要活到九十岁，许多稿债等着我出院去还呢！

曹禺：您总是这样从容乐观。您在信中，不止一次叫我把一些繁琐的事情丢掉，可是，偏偏有些不需要干的事情，压在头上，而且推不掉。这让我觉得工作一天，毫无效率可言。我真的也感到时间不多了，时不我与，一旦想起来，就着急，就苦恼，就心痛，有时还要发脾气！我没有你的毅力，也没有你那种壮年的气态，我的病也拖累着我。

巴金：我看你还是下决心，把一些事情推掉，静下心来。你看，萧乾，他就懂得宝贵自己的生命，一本书，一本书地写出来。现在是一个作家给自己下结论的时候了，一定要写点东西，留给后人看。写了不能出版，也没有关系；放几年，甚至放几十年，自己看不到出版，也不要放到心上，最重要的是写一点经得起历史推敲的东西。难道我们这一辈子，浪费文字还少吗！？

曹禺：我会听您的话，彻底并从繁琐中摆脱出来。我总觉得人是很不幸的动物，有时我恨我自己，我讨厌我自己；有时我爱人，但是有时我却恨人，憎恶人！人啊，人的人性太复杂了。到现在我都不知道怎样做人，也不怎么懂得人，理解人。

巴金：家宝，你我都有书呆子气，但是，你是懂得人性的复杂的，你比我更懂得爱人恨人，我总觉得你心中还有宝贝，我所以催促你写作，就是要你把心灵中宝贝拿出来。

曹禺：也许我变了，我不再是我年轻的时候，壮年的时代，尤其这些年，我越来越不懂得这个社会了，越来越不懂得人了。我真有一种世道沧桑，人情淡薄之感，似乎人们越来越被钱所吸引了。我有时感到人生的寂寞和孤独。我一个人在病房中，虽然有时也很热闹，但是，我很孤独，我对这个时代突然感到陌生、隔膜起来！

巴金：是啊！一个大转变时代到来了，也许它是不属于我们的。

曹禺：在我心中埋着深深的悲哀，也许就是那种世纪末的悲哀吧？我恨我怎么会有这样的情绪；但是，对你我要说真话。我不是不想写，但是，写什么我都找不到一个出口，因此，越发地痛苦，我真是一个蠢人。我越老越糊涂了！

巴金：我看你很清醒，写不出就不要强迫自己。

曹禺：六十多年来，不，我这一辈子，就有你这样一个伟大的朋友，只有你这个诚心诚意的兄长。我十分怀念在北平三座门的日子，您住在简陋的房子里，当时我还是一个不知天高地厚的无名的大学生。是你发现了《雷雨》，这部放在抽屉里已经一年的稿子，被您发现了。是您看到这个青年还有可为，发表了这部剧作，是您把我引进文学界，此后，我的每一部剧作，都是由您亲自审阅，亲自编辑，亲自发表，我不知道说了多少遍。我不止一次说过，人生就是这样地偶然，如果不是您发现了《雷雨》，我的人生道路也许就不是这样了，因此，我深深地感激着您！

巴金：家宝，今天你是怎么了，又唠叨这些。

曹禺：您还记得吧，1943年，您从上海到了大后方，专程到江安这个偏僻的小城来看我们。我们整天地谈啊，有着说不完的话。在深秋的夜晚，在我住的小小阁楼上，对着一盏孤灯，一聊就是一个夜晚，是那么兴奋！就是这次，您对我十分信赖，把改编小说《家》的差使，交给我。您不知道，我内心里是何等的兴奋。我知道我没有改好，但是，我却把我们的友谊，把我对您的爱，全部注入其中了。

巴金：改编得好啊！不，应当说话剧的《家》，已经是属于你的创造。我看过上海话剧院演出的《家》，他们还到日本演出过，好极了！

曹禺：在我这一生中，得亏有您这样一个大哥。我最珍惜的，就是和您的友谊。记得你曾经写信给我，你说，你若永远闭上眼睛，您的骨灰将要跟萧珊的骨灰放到一起。一想您这句话，我就觉得我非常非常的孤独寂寞。我想，我在这人世还有什么，还有什么？假如你永远闭上眼睛，我就不知道怎样过下去，还谈写什么东西？我的老哥哥，我的老巴，那时，我就想我要死在您的前面，让痛苦留给您，我是多么自私啊？但是，我今天来，就是向您道别来了！我的老哥哥，您保重，愿您长寿！(带着低低哭泣声悄然离去)

第七场

在病房里。

这一场，肖邦的钢琴曲始终若隐若现。

曹禺：(格外的兴奋) 方子，方子！

女儿：看您高兴的样子。

曹禺：我想写一个戏？

女儿：好啊！太好了！您早就该写，我听说于是之整天为了剧本发愁，他要听说您要写戏，非乐得喝他个一醉方休不可。不知你准备写什么题材？

曹禺：(十分兴奋地) 我告诉你，我要写齐天大圣，我要写孙悟空！我要把这个孙猴子搬上话剧的舞台上。

女儿：哦？！好啊，好啊！

《弥留之际》

曹禺：孙悟空在花果山水帘洞过的是最自由自在的生活了，孙悟空也可以说一个最自由最率真的人物；但是，他答应跟随唐僧到西天取经是有条件的，那就是一旦取回真经，就再回到他的花果山。经历千难万险，经取回来，猴子也封了官，观世音也把紧箍咒撤走了，玉皇大帝问他有何要求，孙悟空说，我什么要求也没有，我还是回我的花果山吧。玉帝答应了悟空的要求。他高兴极了，一看天气大好，晴空万里，于是他朝着东方一个筋斗翻去，翻了十万八千里。落脚后，他撒了一泡尿，稍作休息再是一个筋斗，又是十万八千里，猴子尿多，正当他就要撒尿时，发现这不是刚刚尿过的地方吗？此刻，空中传来玉皇大帝的哈哈大笑的声音："猴子，你休想跑出我的手心！你永远也逃不出去！"

女儿：好啊，有戏，有味道。您写吧！我觉得您写的又回归了！！

曹禺：你说说，又回到哪里？

女儿：又回到对宇宙的憧憬，对人的生存境遇的探求。

曹禺：你说得对！我常想，我后来写的几个戏，连我自己都不知道走到哪里去了？我年轻时候，让我不得宁贴的，看来是那个社会，但是，最让我困惑，最让我追究的，还是人，还是我们这个人类。

我一生都有这个感觉，人这个东西是非常复杂的，又是非常宝贵的。人啊，还是极应当搞清楚的。无论做学问，做什么事情，如果把人搞不清楚，也看不明白，这终究是一个很大的遗憾。

女儿：我记得你还说过，写戏的人，不但要写人生，更要关心人类，把自己的眼界放得更开阔些，更高远些！

曹禺：我批评一些年轻剧作家的作品，说他们只是写问题，只是一味地揭露，似乎戏剧把现实写得越黑暗越丑恶越好，这是对戏剧的一个很大的误解。方子，我告诉你，一个作家必须有真正的思想。一个人没有思想变不成其为人，更何况一个作家。你要记住，只有向往着光明的思想才能写出好东西来。根据我一辈子的体会：一个作家必须有一个高尚的灵魂！卑污的灵魂是写不出真正的人会称赞的东西。爸爸希望你不要受这浮躁的社会风气的感染，希望你们能真正在创作中得到平静快乐的心情。

女儿：我会记住你这些话的。您看，当前戏剧的问题究竟在哪里？

曹禺：我不会为当代的戏剧开药方的，你看看，当前的社会，一面是高歌猛进的现代化进行曲，一方面又是物欲横流，道德沦落的社会风气；对于一个作家来说，在当前万万不能失去的是"童心"，童心是一切好奇，创作的根源，童心使你经受磨炼，一切空虚、寂寞、孤单、精神的饥饿、身体的折磨与魔鬼的诱惑，只有"童心"这个喷不尽的火山口，把它们吞噬干净。你会向真纯、庄严、崇高的人生大道一直向前闯，不惧一切。方子，你说对吧！一个作家，一旦失去宝贵的"童心"，就没有希望了！

女儿：难得您今天对我的教导，方子一定铭记在心。一定！

曹禺：爸爸就要走了，我太累了。(随手从桌子上拿出一本书来，随着曹禺读书声，出现手写的李叔同的语录)我给你读弘一法师的两句诗，你好好领会。

　　水月不真，
　　惟有虚影，
　　人亦如是，
　　终莫之领。
　　为之驱驱，
　　背此真净，
　　若能悟之，
　　超然独醒。

曹禺：(带有临终嘱托的味道，他从桌子上拿起弘一法师的一本书)爸爸还要告诉你，这是弘一法师写的，我念给你听："水月不真，惟有虚影，人亦如是。终莫之领。"什么意思呢？说人，人生也是飘渺虚幻的，但是人们就是不懂得这个道理。"为之驱驱"，就是在那里忙啊忙啊，忙了一辈子。"背此真净"，就是说这么一个干净的世界，你违背了。"若能悟之，超然独醒"，如果懂得这个道理，那么，您就会是另外一番境界了？方子，对于这人间世事。要看得真切，看个明白，看得透彻，要有一个超然的态度！爸爸希望你好自为之。

女儿：爸，你不要走，你再说啊，你心中的宝贝那么多，怎么平时不给我们说呢？爸，爸——（看着爸爸的背影飘然而去）

爸爸的心是透明的，爸爸的灵魂是清澈的，真的像天空那般辽阔，大海那样宽广！爸爸，我爱你！

尾 声

曹禺：（弥留中，突然发出呼喊）好痛啊！好痛啊！是谁砍断了我的胳膊；我的血在流，像长江一样地流；你看，我的血在燃烧；忽地寒风吹来，又是黑漆漆的，沉死的夜邦。不言的鬼魂，黑矮的精灵，在我身旁角逐，我的心房是这样的抽痛；妈妈，您在哪里？妈妈，也许我不久将僵冷地，睡在衰草里，我的灵儿将永远和您在一起。

薛夫人：添甲，添甲！

曹禺：妈妈！您哪里去了，我找您找的好苦啊！我在这里一直等着您！

薛夫人：添甲，我看你太累了，也该休息休息了。我来，就是带你回老家去！

曹禺：妈妈，我也觉自己太累了，是我的心太累了；可是我不甘心啊，我有好多好多的话要说，我有好多好多的苦要诉，我有好多好多的事要做，我还有好多好多的剧本要写；我还没有想得清楚，最大的困难，是我心里还乱乱的，整理不出一个头绪来。

妈妈！我这一辈子写得太少了，我真的对不起您，我胆子太小，我知道我很软弱，越老越软弱；本来，我活得很自由，心灵也很自由，可是，后来，我像是进了一个金丝笼子了，逐渐失去了飞翔的能力，我就像是文清，也许还像江泰，我自己都觉得自己没有出息了。妈妈！你懂不懂得我，我苦闷极了，我的灵魂苦闷极了！

薛夫人：我懂，我懂，该休息了，还是跟着我回家吧！

曹禺：（没有忘记桌上摆着的瓷观音，庄重地捧起，走向母亲）

薛夫人牵着曹禺的手，一起隐入大幕。

（停顿）

曹禺：（太阳出来，曹禺披着霞光出现，他朗诵着他写的一首诗）

我看见了太阳，

圆圆的火球从地平线上升起！

我是人，不死的人，

阳光下有世界，

自由的风吹暖我和一切，

我站起来了，

因为我是阳光照着的自由人！

2005年9月10日到11月13日初稿

2009年4月25日第四稿

2010年3月12日第五稿

（原载《剧本》2010年第9期）

深挚的怀念

——《弥留之际》写作后记

2010年，在纪念曹禺先生百年诞辰之际，香港话剧团和天津人民艺术剧院，分别在澳门、香港、天津、北京、沈阳演出过我的剧本《弥留之际》。他们有着他们的独到的解读和精彩的舞台展示。让我借此机会向陈敢权先生、陈健彬先生、钟海先生、王延松先生以及剧组的朋友们表示我由衷的谢意。

我从来没有写过戏，甚至没有写戏的想法。确切地说，《弥留之际》是我对曹禺先生深切怀念的一篇纪念文字。

我曾经研究过这位伟大的人物，在他生前，我同先生有过很深的交往。我深知他心灵的苦闷；但是，我却一再对我提出这样的问题：曹禺先生究竟是怎样的一个苦闷的灵魂？于是，我以《苦闷的灵魂》作为书名，出版了曹禺访谈录。而这一切，又让我不得不重新思考他的剧作，思考他的为人种种，让我再次进入一个对曹禺的探究和追索的过程。

说来也是一个偶然，就在《苦闷的灵魂》出版之后，香港中文大学教授方梓勋，作为该书的序言作者，建议我根据这部访谈录写一个剧本。

虽然，我从来没有写过剧本，但他的话却深深触动了我。于是对曹禺先生的再认识再思考，以及对剧本的构思就成为我的一个心结。我暗暗地下定决心，我应该写，我一定写，一定写出我的思念、我的崇敬、我的深情，我对曹禺先生的再思考。

这就是《弥留之际》写作的动因。

虽然，我写了有关曹禺的多部著作；但是，我始终惭愧我的笔无力给予更好的概括。最后，终于从我内心发出这样一个声音：曹禺，一个伟大的人文主义剧作家；同时，在我的心目中逐渐形成一个具有深广人文关怀的崇高形象。

恕我大胆地说，在中国现代作家中，除了鲁迅，再没有人像曹禺先生如此深入人的灵魂，深入人的人性，如此深切地关心人，顽强地研究人，关怀着人类的命运。只要你看看他笔下的人物，你就该折服于他对人有着多么深切的了解，又对人有着怎样的悲天悯人的深情关怀。

在他那苦闷的灵魂中，是对自由的渴望和追求。

曹禺，不是那种通常意义上的哲学家，但在他的剧作中，却有着蕴含在人物命运中的哲思和对宇宙的憧憬。在这点上，使他的剧作具有一种超越时空的持久的魅力。

他有点儿像西方的波德莱尔，如果说他最早发现了美学的现代性悖论，那么，曹禺就是在鲁迅之后，在中国文坛上对于审美现代性具有高度敏感和深刻感知的作家。曹禺不是那么一个只是逼真地描写现实的作家，而是一位看到现代的"恶"以及发现"恶之花"的伟大作家。他的剧作这种审美现代性，使他的剧作在中国至今仍然是一个无人企及的典范。

但让我最动心的，集中思考的焦点，也是我最想表达给观众的是曹禺先生晚年的悲剧。我和先生多年交往，我深深感到他的晚年真是太苦闷了。在相当长的时间里，他深深地陷进一种生活的悖论之中，是难以解脱的困顿。他更有着想写而写不出的极度苦闷。他清醒地意识到自己的灵魂痛苦，因此就更为痛苦，也让人对于他的境遇格外地痛心，并且引发对于生活的，对人生的，对社会的拷问。

于是，我渴望在舞台上呈现这个伟大人物的晚年的悲剧。当我苦苦思索的时候，我终于找到了一个情境——那就是他的弥留之际，一个得以展示他的灵魂的域界。

在几次修改中，我所选取的是环绕他的几个亲人和朋友：薛夫人、郑秀、方瑞、李玉茹以及他的女儿们；写这些人，也并非为了什么"好看"、"有戏"，而是为了揭示曹禺的情感。我希望透过曹禺同这些人物的纠葛，展现他的心路历程和种种的愤懑，尤其是他那伟大的人文情怀。

我之所以特地表现他的晚年，也是希望人们看到在他晚年内心痛苦的境遇中，在似乎变形的人生中，却有着怎样一个顽强的灵魂。正如曹禺说的，"灵魂的石头就是为人摸，为时间磨而埋下去的"。

我再一次说，我不会写戏，我只是写出我对曹禺先生的崇敬和思考。

我特别要感谢梓勋，没有他的提议和敦促，我是不会写出这篇戏剧的。

最后，也谢谢《剧本》的主编黎继德先生，感谢此剧的责任编辑，在纪念曹禺百年诞辰之际，刊登了《弥留之际》。

谢谢我的学生和朋友，给予我许多的意见和支持。

（原载《剧本》2010 年第 9 期）